AF203150

BECCA FREEMAN

DER CHRISTMAS CLUB

Die schönste Zeit ist mit euch

Roman

Aus dem Amerikanischen von Carolin Müller

 PENGUIN VERLAG

Die Originalausgabe erschien 2023
unter dem Titel *The Christmas Orphans Club*
bei Penguin, New York.

Penguin Random House Verlagsgruppe FSC® N001967

1. Auflage
Copyright © 2023 der Originalausgabe by Becca Freeman
Copyright © 2024 der deutschsprachigen Ausgabe by Penguin Verlag
in der Penguin Random House Verlagsgruppe GmbH,
Neumarkter Straße 28, 81673 München
Redaktion: Dr. Annika Krummacher
Covergestaltung: Favoritbüro, München
nach einem Entwurf von Liz Casal
Coverbild: © Liz Casal
Satz: Buch-Werkstatt GmbH, Bad Aibling
Druck und Bindung: GGP Media GmbH, Pößneck
Printed in Germany 2024
ISBN 978-3-328-11133-7
www.penguin-verlag.de

An alle, die an Weihnachten schon einmal allein waren:
Ich sehe euch, ich hab euch lieb.

Und an meine Mangy Ravens: Danke, dass ihr mir die
Art von Freundschaft geschenkt habt, über die es sich
lohnt, Bücher zu schreiben.

Prolog

*In der Nacht vor dem Christfest, da regte in ganz Manhattan
sich niemand und nichts, nicht mal eine Maus.*

Von wegen. Manhattan um sechs Uhr an Heiligabend ist
eine Vollkatastrophe.

Am Straßenrand wühlen sich die Mäuse – gut, eher Ratten – durch Berge von Mülltüten. Schamlose Viecher, wirklich. *Sich regen* wäre eine komplette Untertreibung.

Und was die Menschen angeht, ist der Bahnhof Grand Central ein einziges Meer von Leuten, die unbedingt noch einen
Zug erwischen wollen, der sie in einen der ausufernden New
Yorker Vororte bringt, aus denen sie stammen. Im Citarella,
dem noblen Feinkostladen im West Village, wo eine Schale
Beeren mindestens zehn Dollar kostet, entflammt vor der Auslage mit den vorgekochten Speisen zum wiederholten Mal ein
lautstarker Streit, diesmal über den letzten Behälter mit Kartoffelgratin. Denjenigen, die sich für eine Bestellung nach Hause
entschieden haben, ergeht es nicht besser. Die von Han Dynasty geschätzte Lieferzeit beträgt aktuell nahezu drei Stunden.

Ich brauche mich also gar nicht zu wundern, dass ich im
Stau stecke und mich im Stop-and-Go-Tempo auf dem Rücksitz eines gelben Taxis den West Side Highway hinaufschiebe.
Die Hoffnung, mich während der Fahrt zu schminken, habe
ich bereits aufgegeben. Ich kann mich schon glücklich schätzen, wenn mir von dem ganzen Geruckel nicht noch kotzübel wird.

»Sind Sie von hier?«, erkundigt sich mein etwa sechzigjähriger Taxifahrer in starkem New Yorker Akzent.

»Nein, aus Jersey«, antworte ich und versuche, die richtige Balance zu finden zwischen Höflichkeit und der klaren Ansage, dass ich mich nicht unterhalten möchte.

»Aber Sie haben Familie in der Stadt, oder? Tanten? Cousins und Cousinen?«, fragt er unbeirrt weiter. »Ich wette, Sie verbringen Heiligabend mit ihnen.«

»Nö. Keine Familie, nur ich.«

Er sieht mich durch den Rückspiegel an, und ich erkenne Mitleid in den graublauen Augen, die ein Kranz von kleinen Falten umgibt.

Ich tue ihm leid, aber mir tun alle anderen leid, mit ihren langweiligen, konventionellen Weihnachtsfesten. Die Leute denken immer, es wäre traurig, die Feiertage ohne Familie zu verbringen, aber Weihnachten ist mein absoluter Lieblingstag im Jahr. Und dieses Jahr wird das Fest besser als je zuvor. Das muss es auch, nach der Doppelkatastrophe der letzten beiden Jahre. Und der heutige Abend ist bloß der Anfang.

Ich erwäge, die Sache dem Taxifahrer gegenüber klarzustellen, doch dann spüre ich, wie der Burrito von heute Mittag in meinem Magen rebelliert, als der Mann zum dreihundertsten Mal auf die Bremse tritt, und beschließe, stattdessen die Augen zu schließen und mich schlafend zu stellen. Soll er doch denken, was er will.

Als ich in Theos Wohnung stürme, ungeschminkt und mit noch immer leicht flauem Gefühl im Magen, schreit Finn: »Hannah, bist du das? Endlich!«

»Jetzt aber los!«, ruft Theo. »Wenn das Essen kalt wird, schmeckt es echt beschissen.«

»Cooler Schal«, bemerkt Priya, als ich das Esszimmer betrete, wo drei meiner vier Lieblingsmenschen an einem langen Tisch versammelt sind.

»Bestimmt hat Hannah ihn sich nicht selbst ausgesucht. Schließlich ist er weder neutral noch blau«, scherzt Finn. »Also, von wem hast du ihn?«

»Hey!«, protestiere ich. »Aber du hast ja recht. Ist ein Geschenk von David.« Ich streiche über den knallroten Kaschmirschal, den ich um den Hals geschlungen habe.

»Zu Weihnachten?«, erkundigt sich Finn und stupst mich an.

»Nein, Bescherung gibt's bei uns erst morgen früh. Es war ein Geschenk, einfach so. Er hat ihn in einem Schaufenster gesehen und fand, er würde gut zu meiner Haarfarbe passen.«

»Ich glaube, er maaag dich«, säuselt Finn und dehnt das Wort wie Sandra Bullock in *Miss Undercover* ihr »Du willst mich knuuutschen«.

Meine Wangen glühen, aber ich muss auch grinsen. David bringt mir immer mal kleine Geschenke mit. Ich weiß, dass er mich mag – ja, sogar liebt. Ich habe nie an seinen Gefühlen gezweifelt, nicht einmal in den ersten Tagen unserer Beziehung. Doch die innigen Gedanken an meinen Freund werden sogleich von leichten Schuldgefühlen verjagt. Einen Moment lang überlege ich, ob ich ihnen erzählen soll, wie schwierig es in letzter Zeit mit uns war und was ich vor ein paar Wochen entdeckt habe … Aber der heutige Abend ist mir heilig. Eine Auszeit vom wirklichen Leben. Keine Arbeit, keine Familie, nur wir. Ich will ihn nicht mit meinen Beziehungsproblemen verderben.

Nachdem ich meine Winterkleidung abgelegt und den Schal über der Stuhllehne drapiert habe, damit er nicht auf dem Boden schleift, fällt mir die Tischdekoration auf, die ich in meiner Eile bisher übersehen hatte. Auf dem Tisch stehen silberne Tabletts, auf denen sich bergeweise Burger in Papierverpackungen stapeln, und Kristallschalen mit Pommes in allen Variationen – dünne, spiralförmige, geriffelte, Süßkartoffel- und Steakhouse-Pommes. Es gibt sogar eine Schale mit frittierten Zwiebelringen und eine weitere mit Kroketten. Zu jedem Gedeck gehören Schälchen mit etwas, das aussieht wie Ketchup, Mayo und eine Spezialsoße.

»Sorry, aber hab ich etwa den Teil des Abends verpasst, an dem ihr euch alle komplett zugekifft habt?«, erkundige ich mich.

»Du hast doch schon mal vom Fest der sieben Fische gehört, oder?«, fragt Theo. »Das hier ist nämlich das Fest der sieben Fast-Food-Burger.«

»Wir werden sie alle probieren und den Gewinner küren. Theo hat sogar Wertungslisten drucken lassen.« Finn zeigt auf eine cremefarbene Karte neben seinem Teller, auf der in geschwungener roter Schrift *Burgerschlacht an Heiligabend* steht.

Mit diesen Leuten könnte ich mich sogar in einem komplett leeren Raum amüsieren, allein das Zusammensein mit ihnen ist etwas ganz Besonderes. Aber das hier ist wirklich ein extrem witziger Einfall.

»Vorneweg, die ganze Veranstaltung ist absurd, weil der von Shake Shack sowieso gewinnen wird. Was machst *du* eigentlich?«, wende ich mich an Priya, die Vegetarierin ist.

»Ich bin Schiedsrichterin«, flötet sie. »Aber du solltest wissen, dass Theo auf den von In-N-Out gesetzt hat.«

»Es gibt doch nicht mal ein In-N-Out in New York«, protestiere ich. Aber tatsächlich türmen sich auf einer der Servierplatten Burger mit der typischen rot-weißen Verpackung. »Wie hast du das angestellt?«, frage ich Theo.

»Er hat sie aus Kalifornien einfliegen lassen«, erklärt Finn mit einem Augenrollen.

Ich will gar nicht wissen, wie er das gemacht hat oder wie viel es gekostet hat, aber ich bin mir sicher, dass diese Burger auf keinen Fall gewinnen werden, schon gar nicht aufgewärmt.

»Also, legen wir los?«, fragt Theo voller Ungeduld.

Ich setze mich neben Finn und schüttele meine Serviette aus. Alle greifen zu, nur ich nicht. Stattdessen drücke ich auf den Auslöser meiner mentalen Kamera. Ich will mich an alles erinnern, diesen Abend in meinem Gedächtnis speichern. Denn es soll nicht nur unser bestes Weihnachten werden, sondern wird vielleicht auch das letzte sein, das wir gemeinsam feiern.

Finn drückt meine Hand und fragt leise, ob mit mir alles in Ordnung sei. Die Wahrheit ist, dass es mir alles andere als gut geht. Ich bin am Boden zerstört, dass er bald wegziehen und die Hälfte meines Herzens mitnehmen wird, wie bei einer dieser BFF-Plastik-Halsketten, die Mädchen sich in der vierten Klasse gegenseitig schenken. Es fühlt sich doppelt unfair an, weil ich das Gefühl habe, ihn gerade erst zurückbekommen zu haben. Ein ganzes Jahr ist uns durch unseren dämlichen Streit verloren gegangen. Ich bin nicht bereit für das, was jetzt kommt. Aber ich setze ein Lächeln auf, schaue ihn an und tue so, als wäre ich glücklich. Und das bin ich auch. Ich freue mich für ihn, bin aber zugleich traurig, dass alles zu Ende geht.

Alle anderen haben etwas Neues in Aussicht – Priya ist immer noch ganz beflügelt von ihrem neuen Job, Finn zieht nach L.A., und Theos Leben besteht sowieso nur aus Flugtickets und Partys. Ich hingegen werde in meinem Leben nur ein riesiges Loch haben, das Finn hinterlässt.

»Was ist los?«, fragt Finn und wirft mir einen forschenden Blick zu, weil er mir mein aufgesetztes Lächeln offenbar nicht abkauft.

»Nichts«, sage ich. »Ich bin einfach nur glücklich, heute Abend mit euch allen hier zusammen zu sein.«

Ich verdränge den nächsten Gedanken, der mir durch den Kopf schießt: *Ich weiß nicht, wie ich jemals glücklicher sein könnte als jetzt.* Diese Menschen sind genau die Familie, die ich brauche.

1

Hannah

Weihnachten #1, 2008

Ich, Hannah Gallangher, bin eine Art Expertin für deprimierende Playlists.

Natürlich ist das eine bescheuerte Superkraft, ich würde auch lieber fliegen können oder Gedankenlesen oder mich in eine Pfütze aus metallischem Glibber verwandeln können wie Alex Mack, aber wir können uns die Karten, die uns zugeteilt werden, eben nicht aussuchen. Und das weiß ich auch.

Ich füge der Playlist, an der ich gerade arbeite, »Brick« von Ben Folds Five hinzu, direkt gefolgt von »Skinny Love« von Bon Iver. Sicherheitshalber lege ich noch »Vindicated« von Dashboard Confessional obendrauf. Ein Problem der Musik heutzutage ist meiner Meinung nach, dass es zu viele Songs übers Verlassenwerden gibt oder darüber, dass man jemanden liebt, der diese Liebe nicht erwidert, und zu wenige über den besorgniserregenden Zustand der ganzen verdammten Welt.

Ich habe die letzten vier Jahre damit verbracht, meine Skills zu verfeinern, und die heutige Playlist wird mein Meisterwerk.

Ich verkleinere ein Browserfenster, um meine LimeWire-Downloads zu checken. *Verdammt!* Der Ladebalken hat sich kaum bewegt, und der Lüfter meines Laptops brummt, als würde er jeden Moment von meinem Schoß abheben.

Wenn ich »Hide and Seek« wirklich will, könnte ich es kaufen. Aber neunundneunzig Cent sind viel Geld für einen einzigen Song, und es nervt mich immer noch, dass dieser Hit durch Marissa Cooper aus *O.C., California* den unangenehmen Beigeschmack eines niedlichen und beliebten Mädelssongs bekommen hat. Andererseits ist meine Playlist sonst etwas männerlastig, und seit wann haben Männer das Monopol auf Lebensangst?

Ach, egal! Es ist Weihnachten. Wenigstens das hab ich mir verdient.

Ich hopse von meinem Hochbett und mache mich auf den beschwerlichen Weg – ganze drei Schritte – zum Schreibtischstuhl, über dessen Lehne mein Rucksack hängt. Mein Portemonnaie ist irgendwo ganz unten, zusammen mit einem Haufen eingetrockneter Stifte und halbfertigen Spanisch-Arbeitsblättern vom letzten Semester.

Gerade als ich meinen Geldbeutel zu fassen kriege, klopft es an der Tür.

Das ist seltsam.

Es kann niemand von meinen Freunden sein, denn ich habe hier keine. Und selbst wenn ich welche hätte, wären sie in den Winterferien zu Hause und würden mit ihren glücklichen, intakten Familien Weihnachtsschinken essen.

Als ich die Tür öffne, stehe ich einem gertenschlanken Typen mit hellbrauner Haut gegenüber, der gekleidet ist, als wäre er eben von einem Mittelaltermarkt geflohen. Das Smokinghemd mit Rüschen hat er in eine Hose gesteckt, die so schmal geschnitten ist, dass sie einem Mädchen gehören könnte. Sein Look wird noch durch einen grünen Krawatten-schal mit Paisleymuster und einen schwarzen Samtumhang abgerundet. Ich bin mir ziemlich sicher, dass er Eyeliner trägt, was ihm, das muss man fairerweise sagen, wirklich gut steht.

»Wer bist du?« Ich halte mich nicht mit Höflichkeiten auf, weil ich mir sicher bin, dass er sich im Zimmer geirrt hat.

»Ich bin Finn Everett«, verkündet er, als wäre es eine Selbstverständlichkeit, obwohl ich weiß, dass ich ihn noch nie in meinem Leben gesehen habe. Ich würde mich an ihn erinnern. Um seine Aussage zu unterstreichen, wirft er den Umhang theatralisch über die eine Schulter, wobei ein pur-purrotes Seidenfutter aufblitzt, und stemmt eine Hand in die Hüfte. Er starrt mich an, als würde er auf eine Antwort war-ten, obwohl *er* derjenige ist, der an *meine* Tür geklopft hat.

»Okay, Finn Everett, was willst du?«

»Was machst du an Weihnachten auf dem Campus? Du weißt schon, dass du eigentlich nicht hier sein darfst, oder?«

Ich kenne ihn erst seit dreißig Sekunden, und er regt mich jetzt schon auf. Aber ich weiß, wie ich ihn loswerde: »Ich bin Waise.«

Mit Genugtuung sehe ich, dass er bei diesem Wort zu-sammenzuckt. Normalerweise würde ich mich nicht so be-zeichnen, aber ich will wieder meine Ruhe haben, und in den letzten Jahren habe ich gelernt, dass nichts ein Gespräch schneller beendet als das W-Wort. Ich selbst wäre jeden-falls am liebsten davongerannt, als ein Sozialarbeiter mittle-ren Alters in einem kastigen braunen Blazer mir und meiner Schwester gegenübersaß und das Gespräch mit den Worten eröffnete: »Jetzt, da Hannah eine Waise ist, müssen wir uns überlegen, wie wir ihre Vormundschaft regeln.«

Finn Everett mustert mich von oben bis unten, betrachtet meine karierte Pyjamahose, meinen übergroßen Boston-College-Pulli und mein fettiges Haar, das seit drei Tagen zu einem unordentlichen Dutt zusammengebunden ist.

»Nein«, sagt er und schüttelt den Kopf, als wäre ich eine Matheaufgabe, die er nicht lösen kann. »Für ein Waisenkind bist du zu hübsch.«

»Wie bitte?«

»All die feinen weißen Damen hätten sich darum gerissen, dich aus dem Waisenhaus zu holen. Du bist süß. Underdressed, aber süß.« Als ich nicht reagiere, fügt er hinzu: »Das war übrigens ein Kompliment!«

Tja, Mist. Offensichtlich gehört er nicht zu den Leuten, denen es die Sprache verschlägt, wenn sie von meinen toten Eltern hören. Ganz im Gegenteil, er interessiert sich für mich. Dabei gibt es nichts Schlimmeres als Leute, die nachfragen. *Wie ist es passiert? Zur gleichen Zeit? Wie alt warst du? Wie geht es dir damit?*

»Nicht *so* ein Waisenkind. Ich bin keine von diesen Kohlkopfpuppen mit Adoptionsurkunde, oder was auch immer du denkst. Meine Eltern sind gestorben, als ich fünfzehn war.«

»Oh, okay. Na gut, aber jetzt wartet jedenfalls ein Abenteuer auf uns.«

Mein ganzer Körper entspannt sich, als ich merke, dass er zum nächsten Thema übergeht. »Ach, wirklich?« Ich habe das Studentenwohnheim seit zwei Tagen nicht mehr verlassen, weil der gesamte Campus dicht ist, sogar die Mensa. Ich habe mich von einer Packung Special K Red Fruit ernährt und von Bohnen-Käse-Burritos aus dem nächsten Laden, die ich mir in der Mikrowelle warmgemacht habe. Was für ein Abenteuer könnte uns da schon erwarten?

»Oder hast du was Besseres vor?«, fragt Finn.

Nein, habe ich nicht. Ich werde meine Playlist hören, während ich einen ganzen Becher Ben & Jerry's Cookies & Cream verputze, und dann werde ich mir vielleicht *Stirb langsam* ansehen, den am wenigsten kitschigen Weihnachtsfilm, um mir einzureden, dass ich in Weihnachtsstimmung bin. Doch das will ich ihm nicht verraten, weil ich weiß, wie das klingt.

Aber Finn Everett braucht keine weitere Ermutigung. Er schiebt sich an mir vorbei, und sein Blick wandert zwischen den beiden Seiten meines Zimmers hin und her, die jeweils mit einem Bett, einem Schreibtisch und einer Kommode ausgestattet sind. »Welcher Schrank ist deiner?«

Auf der einen Seite liegt eine einfache marineblaue Bettdecke. Jeder Quadratzentimeter der Wand aus Schlackenbetonstein ist mit Bandpostern zugekleistert. Guster, O.A.R., Weezer, Wilco, The Postal Service. Die andere Seite ist mit einer Lilly-Pulitzer-Bettdecke und einem einzigen Poster von Jessica Simpson dekoriert, die in Unterwäsche staubsaugt. Ich denke, es ist offensichtlich, welcher der Schränke mir gehört, aber ich zeige trotzdem auf den rechten. Er fängt an, sich durch die Kleiderbügel zu arbeiten. Ich weiß nicht recht, was er sucht, aber ich bin mir sicher, dass er es nicht finden wird. Ich trage ausschließlich Band-T-Shirts, die ich an den Merch-Tischen im Paradise Rock Club und im Orpheum erstanden habe.

»Das war's?« Er seufzt so dramatisch, dass ich mir eine Entschuldigung für meinen Mangel an Abendkleidern verkneifen muss.

»Wonach suchst du denn?«

»Etwas Besseres als …«, er deutet auf meinen Pyjama und verzieht das Gesicht, als hätte er verdorbene Milch gerochen, »das hier.«

»Und wo gehen wir hin, wo es so eine strenge Kleiderordnung gibt?«

»Jetzt müssen wir erst noch einen Boxenstopp einlegen. Schnapp dir deinen Mantel. Los geht's.« Er schnippt zweimal mit den Fingern, um seine Aufforderung zu unterstreichen. Ich bin so verdutzt, dass ich nach meinem Daunenmantel greife und in ein Paar salzbefleckte Ugg-Boots schlüpfe. Anscheinend wartet ein echtes Abenteuer auf uns.

Wir treten aus dem Wohnheim in die kalte Nachtluft hinaus. Schneeflocken tanzen im Wind, doch am bemerkenswertesten ist nicht der Schnee, sondern die Stille. Normalerweise wuseln hier tausende Studierende herum, auf dem Weg zu einem Seminar über Perspektiven auf die westliche Kultur oder zu einem Spinning-Kurs im Plex, oder sie strömen nachts – und seien wir ehrlich, manchmal auch tagsüber – zu Partys außerhalb des Campus, um Flip-Cup zu spielen. Aber heute Abend sind nur wir da.

Wir überqueren die etwas unglücklich als Dustbowl bezeichnete Grünfläche auf dem College-Campus. Sie ist alles andere als staubig und den Großteil des Jahres ein grasbewachsener Platz, umringt von stattlichen Steingebäuden, aber jetzt ist sie mit einer zwei Zentimeter dicken Schneeschicht bedeckt. Als ich den Campus zum ersten Mal besichtigte, war es Frühling, und der Rasen war übersät mit Freundinnenpaaren, die sich auf Strandtüchern sonnten, während um sie herum Gruppen von Jungs Frisbee spielten. Es war genauso, wie es am College sein sollte, zumindest wenn man von der Serie *Dawson's Creek* ausging. Und es war das Stückchen Normalität, nach dem ich mich sehnte.

»Wie hast du mich überhaupt ausfindig gemacht?«, erkundige ich mich. Vielleicht hätte ich mehr Fragen stellen sollen, bevor ich mich auf diesen Ausflug eingelassen habe. Nicht, dass ich jemals wirklich zugestimmt hätte.

»Durch deine Musik«, antwortet Finn. »Dabei war deins schon das sechste Wohnheim, wo ich Ausschau gehalten habe! Glaub mir, es war nicht leicht, dich zu finden. Nach einer Woche allein auf dem Campus ist mir langsam die Decke auf den Kopf gefallen.« Er deutet auf sein lächerliches Outfit. »Ich dachte schon, ich wäre der einzige Mensch hier.«

Finn und ich kommen zur O'Neill Plaza und gehen auf den traurigen, unbeleuchteten Weihnachtsbaum in der Mitte zu. Ist das der Ort, wo wir hinwollen? Tolles Abenteuer. Da die Studierenden über die Ferien zu Hause sind, hat die Verwaltung wohl beschlossen, dass es sich nicht lohnt, den Baum zu beleuchten, auch nicht an Weihnachten.

»Warte hier«, weist Finn mich an.

Er lässt mich unter dem Baum stehen und geht auf die Bibliothek an der Ostseite des Platzes zu. Ich bin zu weit entfernt, um zu sehen, was er tut, aber ich höre das Klimpern der Schlüssel, die er unter seinem Umhang hervorholt, und sehe, wie er in das Gebäude schlüpft.

Einige Minuten vergehen, ohne dass er wieder auftaucht. Ich trete von einem Fuß auf den anderen, um mich warm zu halten, und für einen Moment frage ich mich, ob ich zurückgelassen wurde – mal wieder – und ob auf der anderen

Seite des Gebäudes möglicherweise eine Flucht-Pferdekutsche auf ihn wartet.

Ich beschließe, ihm noch fünf Minuten zu geben, bevor ich mich in mein warmes Wohnheimzimmer zurückziehen und *Stirb langsam* schauen werde. Doch gerade als ich auf meine Uhr blicken will, um die Zeit zu stoppen, flackert der Baum vor mir auf. Ich recke den Hals und bestaune die Tausende von Lichtern, die in allen Farben des Regenbogens glitzern. Dabei fällt mir auf, dass ich übers ganze Gesicht grinse. Okay, Finn Everett, kein schlechter Start.

Bei dem Wind, der über den Platz fegt, höre ich ihn nicht zurückkommen, aber als ich mich umdrehe, steht er mit einem selbstzufriedenen Grinsen neben mir, während ich sein Werk bewundere.

»Woher wusstest du, wie das geht?«, frage ich.

Er zuckt gespielt arglos mit den Schultern und ignoriert meine Frage. »So ein Abenteuer erfordert ein wenig Ambiente, oder?« Er zwinkert mir zu. »Los, weiter!«

»Wohin gehen wir jetzt?« Ich folge ihm eine Treppe hinunter.

»Das wirst du schon sehen. Geduld, Schätzchen!«, ruft er mir über die Schulter zu.

»Hannah«, korrigiere ich ihn und merke erst jetzt, dass er mich noch gar nicht nach meinem Namen gefragt hat. Offenbar war das kein entscheidendes Kriterium für eine Abenteuergefährtin. Jetzt komme ich mir noch bescheuerter vor, dass ich mit diesem Spinner im Umhang, der sich nicht einmal für meinen Namen interessiert, über den Campus stapfe und mir auf diesen eisigen Stufen wahrscheinlich noch das Genick brechen werde.

Am Treppenabsatz bleibt er stehen, und ich krache ihm fast in den Rücken. »Hannah«, wiederholt er mit übertriebener Betonung. »Es ist mir ein Vergnügen«, sagt er, begleitet von einer kleinen Verbeugung.

Ich gebe ein nervöses Kichern von mir. Es hat sich noch nie jemand vor mir verbeugt. Er ist echt schräg, aber womöglich macht ihn das auch irgendwie sympathisch. Außerdem hat er ja recht. Was habe ich heute Abend schon anderes vor?

»Also los, bevor ich mir noch den Hintern abfriere!«

Nach einem Zwischenstopp in Robsham Hall, wo wir den Fundus des Fachbereichs Theater plündern, und einigen hitzigen Verhandlungen über mein Outfit für den Abend (er plädierte dringend für ein viktorianisches Kleid mit Korsett, aber ich konnte ihn auf ein rotes Kleid mit einem kratzigen Petticoat im Stil der fünfziger Jahre herunterhandeln), stehen wir vor der geschlossenen Lower Dining Hall. Bloß dass mit Finns magischem Schlüsselbund an diesem Abend nichts für uns geschlossen bleibt. Langsam frage ich mich, ob nicht in irgendeiner Besenkammer der Hausmeister sitzt – ohne Schlüsselbund und mit Klebeband an einen Stuhl gefesselt.

Das Cocktailkleid, zu dem mich Finn überredet hat, schwingt raschelnd um meine Knie, als wir in den Cafeteriabereich des Mensagebäudes gehen.

»Und was wünscht die Dame heute Abend zu speisen?«, fragt Finn.

Da die Mensa geschlossen ist, nehme ich an, dass die Auswahl begrenzt ist. Ohne die warmen Speisen oder die Salatbar bleiben wohl nur Chips, Müsliriegel oder Cornflakes.

»Die Dame wird sich wohl mit köstlichen Honigpops begnügen müssen, werter Herr.«

»Das können wir besser«, sagt Finn, während er hinter der Essensausgabe verschwindet. »Wenn du die Auswahl hättest aus allen Speisen der Welt – na ja, vielleicht nicht der ganzen Welt, aber dem, was normalerweise am Lower Campus zu haben ist – was wäre das?«

Das Ganze scheint auf eine Art Fantasieparty rauszulaufen, aber ich spiele erstmal mit.

»Also?«, hakt er nach.

»Pancakes!«

»Langweilig. Versuch's noch mal, aber komm diesmal mit was Besserem.«

»Pancakes mit Schokostücken?«

»Schon besser.«

Er bückt sich, um einen Edelstahlkühlschrank unter der Essensausgabe zu öffnen, und taucht mit Milch und einem Päckchen Butter wieder auf.

»Bin gleich da.« Er verschwindet in der Küche, deren Zutritt, da bin ich mir sicher, für Studierende verboten ist. Als er zurückkommt, hält er eine mit trockenen Zutaten gefüllte Rührschüssel an die Brust gedrückt, in der anderen Hand baumelt eine ungeöffnete Tüte Schokostückchen.

»Hüpf rauf.« Er deutet auf eine leere Arbeitsplatte. »Du hast die wichtigste Aufgabe von allen. Du wirst meinen Umhang halten. Beschütze ihn mit deinem Leben«, sagt er, bevor er hinterherschiebt: »Nein, im Ernst, ich bin tot, wenn ich den bekleckere. Wir führen nächstes Semester *Phantom der Oper* auf.«

Finn krempelt die Ärmel hoch und macht sich an die Arbeit. Er misst die Milch ab und schlägt die Eier in die

Schüssel mit den trockenen Zutaten. Nachdem er alles verrührt hat, kippt er die kompletten Schokoladenstückchen hinterher und zwinkert mir zu.

»Woher wusstest du, wo das ganze Zeug ist?«, frage ich. Mich wundert, wie sicher er beim Kochen ist. Außerdem scheint er sich in dieser Küche auszukennen.

Er schaltet eine Herdplatte ein und fährt mit der Hand darüber, um zu testen, ob sie heiß wird. Zufrieden nickt er und holt eine Schöpfkelle. »Ich arbeite hier. Das ist mein Studijob.«

»Aha, deshalb hast du auch alle Schlüssel.«

»Nein, das liegt an meinem anderen Job. Ich arbeite auch im Büro der Hochschulleitung. Dabei muss ich jede Menge Botengänge machen, daher die Schlüssel.«

Zwei Jobs. Wow! Ich hatte keinen einzigen. Wenn man ein optimistischer Typ ist, der gern das Positive sieht, besteht der Vorteil von toten Eltern darin, dass ich mit dem Geld aus dem Verkauf meines Elternhauses das College bezahlen kann und am Ende meines Studiums schuldenfrei sein dürfte. Die Kehrseite ist natürlich, dass ich keine Eltern mehr habe.

»Bist du deshalb über Weihnachten nicht nach Hause gefahren? Weil es zu teuer wäre?«

Finn stößt einen tiefen Seufzer aus, während er Teig auf die Grillplatte schöpft. »Nicht ganz.«

Ich beschließe, nicht nachzuhaken. Schließlich will ich auf keinen Fall zu den Leuten gehören, die ständig Fragen stellen. Eine Weile beobachten wir schweigend, wie die Pancakes vor sich hin brutzeln.

»Mein Vater ist leider ein Arschloch. Er hat mir den Geldhahn zugedreht, als ich mich letzten Sommer geoutet habe.

Anscheinend war seine Heirat mit einer schwarzen Frau die einzige fortschrittliche Tat seines ganzen dämlichen Lebens. Er hat nicht mal versucht, mich zu verstehen.« Die Worte sprudeln nur so aus ihm heraus, als könne er nicht umhin, es mir zu erzählen.

»Ach, Finn.« Eine blöde Reaktion, aber ich weiß nicht, wie ich ihn aufmuntern soll. Verdammt, schließlich kenne ich ihn erst seit einer Stunde.

»Ich wollte nicht die Uni wechseln, also habe ich mich mit Jobs eingedeckt, um die Studiengebühren bezahlen zu können. Aber jetzt falle ich in allen Kursen durch, weil ich so viel arbeiten muss. Also war der Plan wohl nicht gerade perfekt.«

Er wendet die Pancakes. Der Geruch ist einfach himmlisch. Wenigstens etwas.

»Was hat deine Mutter denn dazu gesagt?«, frage ich.

»Nicht viel. Was echt enttäuschend ist. Sie hasst mich zwar nicht so wie mein Vater, aber sie stellt sich auch nicht gegen ihn. Also scheiß auf die beiden, würde ich sagen.«

Ich nicke bloß energisch, denn es kommt mir unhöflich vor, auch: »Scheiß auf sie«, zu sagen, da es Erwachsene sind, die ich nicht einmal kenne. Stattdessen höre ich mich sagen: »Meine Mutter ist im Frühjahr meines zweiten Highschool-Jahres an Krebs gestorben, und mein Vater drei Monate später bei einem Autounfall. Meine Schwester macht gerade eine Art Weltreise und hat nicht mal angerufen, um mir schöne Weihnachten zu wünschen.« Ich habe keine Ahnung, warum ich ihm das erzähle. Vielleicht haben solche Geständnisse etwas Ansteckendes.

»Jetzt lässt du mich und meine kleine Geschichte aber ziemlich lächerlich aussehen.«

»Ich denke nicht, dass sie lächerlich ist. Ich find sie echt scheiße.«

»Ich deine auch.«

Finn holt zwei Teller heraus und serviert die Pancakes in großen Stapeln, fünf für jeden von uns. Er bückt sich zum Kühlschrank und hält dann triumphierend eine Dose Sprühsahne hoch, wobei er mir einen fragenden Blick zuwirft.

»Aber hallo!« Ich bin fast beleidigt, dass er die Frage überhaupt stellt. Ganz offensichtlich kennt er mich nicht besonders gut. *Noch* nicht, denke ich.

Auf dem Weg zu den Tischen schnappen wir uns Besteck und stopfen uns Sirup-Päckchen in die Taschen. »Wo möchtest du sitzen?«, fragt er. Wir stehen am Kopfende der Mensa und sehen uns die leeren Tischreihen an.

»Da drüben.« Ich zeige auf einen runden Tisch in der hintersten Ecke, der normalerweise ständig besetzt ist, mit Gruppen von Freunden, die bei einem Kaffee lernen oder einfach nur zusammensitzen. Ausnahmsweise möchte ich das Gefühl haben, dazuzugehören. Auch wenn niemand sonst hier ist, der es sieht.

2

Finn

Weihnachten #6, 2013

Mein Handy vibriert auf dem Nachttisch.

Wer ruft so früh am Morgen an? Dabei weiß ich gar nicht, ob es wirklich früh ist, aber es fühlt sich so an, und ich habe nicht die Kraft, die Augen zu öffnen und nachzusehen. Also warte ich, bis die Mailbox angeht. Doch das Telefon fängt wieder an zu klingeln. Ich stöhne gequält. Ich bin so unfassbar verkatert, und mein Mund fühlt sich an, als hätte ich letzte Nacht eine ordentliche Portion Saharasand verputzt.

»Willst du nicht rangehen?«, fragt jemand mit vornehmem britischem Akzent hinter mir.

Oh, Shit. Ich habe gestern Abend wohl jemanden aus der Bar mit nach Hause genommen.

Das mache ich sonst nie.

Ich spule in meinem Gedächtnis zurück, um zu sehen, ob ich auch nur die leiseste Ahnung habe, wer der Mann in meinem Bett ist, wie er heißt oder ob irgendetwas zwischen uns gelaufen ist. Nö. Keinerlei Erinnerung.

Ich hebe das Laken an und spähe darunter, um zu sehen, ob ich bekleidet bin. Auch nö.

»Keine Sorge, ich war ein perfekter Gentleman. Wir haben

bloß ein bisschen rumgeknutscht«, versichert mir der Typ in meinem Bett. »Na ja, ziemlich viel, wenn ich ehrlich bin.«

Ich bin nur für ein paar Sekunden erleichtert, dann bin ich beleidigt. Moment mal, ich bin ein echt guter Fang und nehme nicht jeden mit nach Hause. Warum würde er nicht mit mir schlafen wollen? Außerdem, warum bin ich splitternackt, wenn wir nur geknutscht haben?

»Du bist eingeschlafen«, fährt der Mann fort.

Na ja, das ist wiederum nicht so wahnsinnig attraktiv. Aber wenn ich eingepennt bin, warum ist er dann überhaupt geblieben? Das ist doch irgendwie auch creepy, oder nicht?

»Auf meinem Arm«, fügt er noch hinzu.

Okay … doch kein so guter Fang.

Bevor ich mich umdrehe, um einen Blick auf den geheimnisvollen Fremden zu werfen, schicke ich ein stilles Stoßgebet an den Schutzpatron der One-Night-Stands: *Bitte sei nicht hässlich, bitte sei nicht hässlich.*

Er ist alles andere als hässlich. Der geheimnisvolle Fremde liegt auf der Seite und hat beide Hände unter die Wange geklemmt. Seine Lippen umspielt ein verschmitztes Lächeln, als ob er das Ganze hier genießt. Eine widerspenstige dunkle Locke fällt ihm in die Stirn, und er streicht sie sich aus dem Auge. Dabei bemerke ich seinen ausgeprägten Bizeps.

Bei dem Gedanken, dass er mich auf ein Bett drückt, wird mir ganz heiß. Ist das passiert? Oder wünsche ich mir das nur?

Das nächste Problem ist, dass ich keine Ahnung habe, wie der Typ heißt, und meine beiden Mitbewohner sind über Weihnachten verreist, sodass ich niemanden habe, den ich ihm vorstellen könnte, um ihn dazu zu bringen, sich ebenfalls vorzustellen. Aber vielleicht ist das ja auch gut so. Evan und Bryce haben im Prinzip kein Problem damit, mit einem schwulen Mann zusammenzuwohnen, aber ich bin mir nicht sicher, wie cool sie es finden würden, einen halbnackten Übernachtungsgast in unserer Küche anzutreffen.

Mein Telefon beginnt wieder zu summen.

»Wenn jemand dreimal hintereinander anruft, bedeutet das meiner Erfahrung nach entweder, dass er sehr wütend ist oder dass jemand gestorben ist.« Der geheimnisvolle Fremde stützt sich jetzt auf seinem Ellbogen ab. Es scheint ihn brennend zu interessieren, was von beiden in diesem Fall zutrifft.

Ich drehe mich auf den Rücken und strecke mich, um das Handy vom Nachttisch zu fischen. Hannah. Ich habe gesagt, dass ich um zehn bei ihr sein würde. Wahrscheinlich bin ich schon zu spät dran.

»Hallo«, krächze ich ins Handy.

»Bist du unterwegs?«

»Was denkst du denn?«

»Los, steh auf und komm her. Es ist Weihnachten!« Offensichtlich hat Hannah die letzte Nacht nicht damit verbracht, in der Toolbox Wodka Sodas zu kippen. Sie klingt putzmunter. Ich brauche auf jeden Fall erst literweise Kaffee, um mit ihrem Enthusiasmus mithalten zu können.

»Okay, okay. Ich steh ja schon auf. Gib mir eine Stunde.« Das ist eine eklatante Lüge. Ich habe diese Strecke schon Dutzende, vielleicht Hunderte Male zurückgelegt – erst vier Blocks zu Fuß bis zur Linie sechs an der Hundertsechzehnten, dann fünfzehn Haltestellen bis Bleecker, an der Station Broadway-Lafayette umsteigen in die Linie F, zwei Haltestellen bis Essex und dann noch mal vier Minuten Fußweg bis zu

Hannah. An einem guten Tag dauert das schon fünfundvierzig Minuten, aber nur wenn alle Züge planmäßig fahren, was am ersten Weihnachtsfeiertag nicht der Fall sein wird. Also bleiben mir nur fünfzehn Minuten, um zu duschen, mich anzuziehen und mich um den Fremden in meinem Bett zu kümmern.

»Eine Stunde in Finn-Zeitrechnung bedeutet drei normale Stunden«, motzt sie. Sie kennt mich einfach zu gut.

»Wenn du mich jetzt nicht duschen lässt, wird es noch länger dauern. Ich schick dir eine Nachricht, wenn ich unterwegs bin«, sage ich und beende das Gespräch.

»War das deine Mum?«, fragt der geheimnisvolle Fremde und blickt noch immer in Seitenlage auf mich herab. Ich traue mich nicht, den Kopf zu heben und das volle Ausmaß meines Katers zu spüren.

»Meine beste Freundin.«

»Aha«, meint er.

Der Kerl hat es offenbar überhaupt nicht eilig zu gehen, also werde ich deutlicher. »Du wirst doch bestimmt auch irgendwo erwartet. Schließlich ist Weihnachten.«

»Nö. Keine Pläne.«

Verdammt. Aber vermutlich sagt er die Wahrheit. Schließlich würde man sich an Heiligabend wohl nicht in einer Schwulenbar abschießen, wenn man eine liebevolle Familie hätte, die einen in aller Frühe zum Geschenkauspacken erwartet. Oder vielleicht doch, was weiß ich?

»Verbringst du den Tag nicht mit deiner Familie?«, hake ich nach.

»Die ist im Ausland.«

»Dann eben mit deinen Freunden?«

»Die sind alle bei ihren Familien.« Er hat ein schelmisches Funkeln in den Augen, das mir nicht gefällt. Dieser Typ versteht nicht einmal den Wink mit dem Zaunpfahl. Dabei will ich einfach nur, dass er verschwindet, damit ich das Wasser direkt aus dem Wasserhahn im Bad trinke und mich unter die brühend heiße Dusche stellen kann.

Du kannst ihn an Weihnachten doch nicht allein lassen, sagt eine Stimme in meinem Hinterkopf. Ein denkbar ungünstiger Zeitpunkt für Gewissensbisse. Aber ich weiß, dass die Stimme recht hat. Ich weiß, wie schwer es ist, an Weihnachten ohne Familienanschluss zu sein, und ich kann selbst nicht glauben, was ich gleich tun werde …

»Du kannst mit mir und meinen Freunden feiern, wenn du willst.«

»Wunderbar, sehr gerne!« Er strahlt mich mit einem Lächeln an, das sich für eine Zahnpasta-Werbung eignen würde. Eindeutig Veneers. »Du hast mich eigentlich schon gestern Abend eingeladen, aber ich fand es unhöflich, anzunehmen, dass die Einladung noch steht, da du dich anscheinend nicht mehr an das Gespräch erinnern kannst.«

Ich stöhne und ziehe mir die Decke über den Kopf. Ist es möglich, vor Verlegenheit zu sterben? Denn jetzt wäre der perfekte Zeitpunkt dafür. Ich warte eine Minute auf den Tod, für den Fall, dass das Universum mir diesen Gefallen erweist, aber es passiert nichts. Also setze ich mich auf und lehne mich mit dem Rücken an die Wand, die mir als Kopfteil dient.

Der Fremde macht es mir nach und richtet sich ebenfalls auf. Aus diesem neuen Blickwinkel fällt mir auf, dass er ein richtiges Sixpack hat. Aber ich starre nicht so lange hin, dass ich die einzelnen Bauchmuskeln zählen kann – das wäre sehr plump –, also könnte es auch ein Eightpack sein.

Der Mann wendet sich mir zu und streckt seine rechte Hand nach mir aus. Wird jetzt doch noch etwas zwischen uns laufen? Es ist ja nicht so, als würde Hannah wirklich glauben, dass ich in einer Stunde bei ihr sein werde. Vielleicht würde mich der morgendliche Sex auch von meinen Kopfschmerzen ablenken, die mittlerweile mit voller Wucht zugeschlagen haben. Solange er keinen Blowjob erwartet, denn das würde mein Würgereflex gerade nicht verkraften.

»Ich bin übrigens Theo. Falls du dich nicht mehr erinnern solltest.«

Oh, der einzige Körperkontakt, den der Unbekannte – der offenbar Theo heißt – mir anträgt, ist ein Händedruck. Verlegen ergreife ich seine Hand und schüttle sie.

Nachdem ich geduscht habe, fühle ich mich etwas menschlicher. Ich schätze das Risiko, mich zu übergeben, auf etwa fünfzig Prozent ein, was nicht super ist, aber nichts, was ein Frühstückssandwich nicht lösen könnte.

»¿Que lo que, jefe?«, begrüßt uns Ramón und blickt von seinem Sudoku auf, als wir die Bodega an der nächsten Straßenecke betreten. Aus den Lautsprechern dröhnt »Feliz Navidad«, und ich hätte bei der Lautstärke beinahe auf dem Absatz kehrtgemacht, aber mein Bedürfnis nach Kohlenhydraten und Fett überwiegt.

»Kann ich ein Sandwich mit Speck, Ei und Käse bekommen?«

»Und für deinen Freund?«

»Was möchtest du?«, frage ich Theo.

Er sieht verwirrt aus. »Gibt es eine Speisekarte?«

»Nein, das hier ist eine Bodega. Die haben so was wie Speck, Ei und Käse oder Ei und Käse, und ich weiß nicht … Bodega-Zeug eben.« Welcher New Yorker hat seine Bodega-Bestellung nicht wie aus der Pistole geschossen parat? Vielleicht ist er nur zu Besuch aus England.

»Ich nehm einfach das Gleiche«, verkündet Theo.

Ramón singt zur Musik mit, während er in einer kleinen Metallschüssel Rührei schlägt. Theo schaut ihm zu, und ich nutze die Gelegenheit, um ihn genauer zu betrachten, auch wenn er jetzt leider vollständig bekleidet ist. Seine Schuhe sind braun und ein wenig abgewetzt, aber aufgrund der Horsebit-Schnalle bin ich mir ziemlich sicher, dass sie von Gucci sind und kein Imitat aus der Canal Street, wie ich es trage. Mein Blick wandert an seinem Körper hinauf. Die Jeans ist dunkel und ohne Abnutzungserscheinungen. Ich versuche, die Marke seines ebenfalls braunen Gürtels festzustellen, aber die Schnalle ist schlicht und ohne Details, die auf den Designer schließen ließen.

»Starrst du … starrst du etwa auf meinen Schwanz?«, flüstert Theo kokett und unterbricht damit meine gedankliche Bestandsaufnahme seines Outfits.

»Nein! Ich hab nur … äh …«, stammle ich in Richtung der Zigarettenauslage hinter dem Tresen, die ich plötzlich sehr interessant finde. Zum Glück rettet mich Ramón, der gerade mit unseren Sandwiches zurückkommt. Er packt sie zusammen mit ein paar Servietten in eine Plastiktüte.

Draußen wartet ein schwarzer SUV auf uns. Ich habe die U-Bahn vorgeschlagen, aber Theo hat darauf bestanden, uns einen Wagen zu besorgen. Nachdem ich seine Schuhe gesehen habe, überrascht es mich nicht, dass er ein schickes schwarzes Auto springen lässt.

»Gib mir dein Handy, dann kann ich Hannahs Adresse eingeben«, schlage ich vor.

»Wir müssen vorher noch kurz bei mir vorbei, damit ich mich umziehen kann«, sagt er. »Ich kann keine neuen Leute in den Klamotten von gestern kennenlernen.«

Ich habe keine Energie für eine Diskussion. »Gut.«

Ich achte nicht darauf, wohin wir fahren. Stattdessen konzentriere ich mich ganz auf mein Sandwich, das meinen Kater mit jedem Bissen lindert. Als ich die Folie zerknülle und die Krümel von meinem Pullover wische, halten wir vor einem Backsteinhochhaus am Central Park West.

»Willst du schnell mit hochkommen?«, bietet er an.

Das ist auf jeden Fall besser, als hier mit dem Fahrer rumzusitzen. Noch bevor wir die Tür des Gebäudes erreicht haben, beginnt mein Handy in der Tasche zu vibrieren. Ich fische es heraus und sehe den Namen meiner Schwester auf dem Display.

»Ich komme gleich nach«, sage ich zu Theo.

Dann lehne ich mich an die Fassade des Gebäudes und ignoriere den bösen Blick, den mir der Portier zuwirft.

»Mandy!«, rufe ich mit dem ganzen Enthusiasmus aus, den ich in meinem verkaterten Zustand aufbringen kann.

»Ew! Ich bin nicht mehr Mandy, sondern Amanda.«

Mandy war elf, als ich das letzte Mal zu Hause war. Sie hatte eine Zahnspange mit lila Gummibändern (immer lila, das war ihr Ding) und war geradezu besessen von den Jonas Brothers. Genau genommen von Nick Jonas. Jetzt ist sie sechzehn und nennt sich offenbar Amanda. Ich habe zwar keine Ahnung, in wen sie aktuell verknallt ist, aber ich kann mich darauf verlassen, dass sie immer zu Weihnachten und an meinem Geburtstag anruft.

»Na dann, frohe Weihnachten, Amanda!«

»Dir auch. Erzähl mir, was du heute vorhast!«

Sie liebt es, von den Weihnachtsabenteuern zu hören, die Hannah und ich erleben. »Dieses Jahr haben wir keine großen Pläne. Wahrscheinlich schauen wir uns Filme an und gehen später noch was essen.«

Ich brauche nicht zu fragen, was sie vorhat. Ich bin mir sicher, dass sie sich wie immer um genau drei Uhr nachmittags zu einem formellen Familienessen einfinden wird. Truthahn (nie Schinken), Kohlgemüse, das berühmte Maisbrot meiner Mutter und Käsemakkaroni.

»Das klingt auf jeden Fall besser als hier. Onkel Owen bringt seine neue Freundin mit, und Mama behauptet, sie sei ordinär. Das ist ein Riesending.«

»Moment, Onkel Owen und Tante Carolyn haben sich getrennt?«

»Ja, schon vor einer Weile. Mom ist auf Tante Carolyns Seite, also hat sie sie auch eingeladen. Das wird super schräg.« Ein Kloß bildet sich in meinem Hals bei der Vorstellung, dass meine Mutter, die sich seinerzeit nicht für mich eingesetzt hat, nun meinem Vater die Stirn bietet und die Ex-Frau seines Bruders, die nicht einmal eine Blutsverwandte ist, zu Weihnachten einlädt. Mehr noch, ich kann nicht glauben, dass er ihr das erlaubt hat.

»Ist Mom da? Kann ich mit ihr sprechen?« Meine Mutter ruft mich zwar nie an, aber manchmal reicht Amanda ihr das Telefon weiter, und wir tauschen ein paar Minuten lang Belanglosigkeiten aus. Sie fragt nach meinen letzten Auditions und meiner Wohnung, aber nie nach meinem Liebesleben, und im Gegenzug informiert sie mich über den Klatsch und Tratsch aus der Nachbarschaft oder – in letzter Zeit verstärkt – über die Verlobungen und Hochzeiten meiner ehemaligen Mitschüler aus Highschool-Zeiten.

»Mom ist unten. Sie backt dieses Jahr drei verschiedene Maisbrote und ist total angespannt, weil Grandma Everett letztes Jahr eine Bemerkung darüber gemacht hat, dass das Maisbrot trocken sei.«

»Oh«, sage ich und achte darauf, meine Enttäuschung zu verbergen. »Dann sag ihr frohe Weihnachten von mir.«

»Mach ich. Aber jetzt muss ich Schluss machen, sie ruft mich zum Tischdecken. Hab dich lieb, Finny! Bye!«

Sie legt auf, ohne meine Verabschiedung abzuwarten.

Bevor ich ins Haus gehe, atme ich tief durch und versuche, die Gefühle, die der Anruf in mir ausgelöst hat, abzuschütteln. Ich weiß Amandas Anrufe wirklich zu schätzen, aber manchmal wäre es einfacher, so zu tun, als hätte ich gar keine Familie. Besonders an Tagen wie heute. Mit ihr zu reden, fühlt sich an, als würde man am Schorf einer Wunde herumzupfen, die nie ganz verheilt.

Der Portier in einer makellosen grauen Uniform öffnet mir die Tür, und ich betrete das holzgetäfelte Foyer des Gebäudes. Das einzige weihnachtliche Zugeständnis sind zwei imposante Säulen, die mit Tannengirlanden umwickelt und mit weißen Lichtern geschmückt sind. Nirgendwo auch nur eine einzige rote Glitzerkugel in Sicht, die die Dekoration etwas auflockern würde. Ich zucke zusammen, als ich das Quietschen meiner Stiefel auf dem Marmorfußboden höre, welches die sonst so unberührte Stille stört.

Hinter einem Empfangstisch sitzt ein weiterer uniformierter Portier, allerdings mit Weihnachtsmannmütze. Man sollte meinen, er wäre ein spaßiger Typ, aber mich hat wahrscheinlich noch nie jemand so finster angesehen wie er, als könnte er selbst nach meiner heißen Dusche den Wodka riechen, der aus meinen Poren dringt.

»Ich bin mit … ähm … Theo hier«, erkläre ich und hoffe inständig, dass er uns zusammen hat ankommen sehen, denn ich kenne Theos Nachnamen nicht und will nicht, dass er denkt, ich sei ein nach Wodka stinkender Penner, der bloß versucht, sich hier einzuschleichen. Er gestikuliert in Richtung der Aufzüge, ohne ein einziges Wort zu sagen.

Einen Moment lang bin ich erleichtert, bis mir klar wird, dass mir niemand gesagt hat, in welches Stockwerk ich fahren soll, geschweige denn in welche Wohnung ich muss. Ich will mich gerade wieder umdrehen, als sich die Fahrstuhltüren öffnen und ein dritter Portier (oder ist das ein Fahrstuhlführer?) darauf wartet, mich zu Theo hochzubringen. Er drückt auf einen Knopf, und wir stehen schweigend da, während der Aufzug hochsaust.

Oben angekommen öffnen sich die Aufzugstüren zum Eingangsbereich der schönsten Wohnung, die ich je gesehen habe. Die Wände sind mit roten Tapeten bedeckt, auf der Zebras durch die Luft hüpfen, was eigentlich eher aufdringlich oder kitschig wirken müsste, doch in Kombination mit dem klassischen schwarz-weißen Schachbrettboden wirkt der Raum freundlich und modern. An der Seite steht ein schwarzlackiertes Büfett mit zwei goldenen Lampen, die ein riesiges Arrangement aus weißen Pfingstrosen in Szene setzen. Haben Pfingstrosen überhaupt gerade Saison?

Ich war nicht auf eine Multimillionen-Dollar-Immobilie gefasst. Erst die Bauchmuskeln, dann die Schuhe und jetzt das? Mein Instinkt sagt mir, dass ich besser abhauen sollte. Ich kann genauso gut die Reißleine ziehen, bevor ich mich noch mehr blamiere. Theo ist ganz klar eine Nummer zu groß für mich.

Aber irgendwie kann ich mich nicht überwinden, kehrtzumachen und den Knopf zu drücken, um den Aufzug wieder zurückzurufen.

»Hallo?«, ruft Theo von irgendwo in der Wohnung.

»Hi! Ich bin's«, antworte ich und schiebe dann noch »Finn« hinterher, weil er den Klang meiner Stimme wohl kaum kennt und ich nicht möchte, dass er mich für einen Einbrecher hält, der es auf seine Kunstwerke und Antiquitäten abgesehen hat. Ich will mir gar nicht erst ausmalen, wie der Wachdienst in diesem Gebäude so drauf ist. Aber ich schätze, jetzt gibt es kein Zurück mehr.

»Ich bin hier!«, ruft er.

Der Flur vor mir führt in ein Wohnzimmer. Als ich eintrete, bleibe ich wie angewurzelt stehen. Der Raum hat eine Fensterfront mit einem atemberaubenden Blick auf den Central Park. Ich mache mir eine geistige Notiz, dass ich mir auf dem Weg nach draußen die Adresse merken muss, denn ich werde diese Wohnung auf der Immobilienplattform Zillow suchen müssen. Schwebende Regale bedecken eine der Wände vom Boden bis zur Decke. Sie sind mit kunstvoll arrangiertem Schnickschnack bestückt, der aussieht, als gehöre er zur Ausstattung der Wohnung. Kein einziges Buch oder gerahmtes Foto gibt Hinweise auf den Mann, der hier lebt.

Was muss Theo wohl von der Bruchbude gehalten haben, die ich meine Wohnung nenne?

Ich stehe in der Mitte des Raums, starre nach draußen und versuche mich fieberhaft daran zu erinnern, ob schmutziges Geschirr in meiner Spüle gestanden hat und in welchem Zustand mein Badezimmer war. In diesem Moment betritt Theo frisch angezogen den Raum. Er trägt eine neue Dark-Wash-Jeans und einen weich aussehenden waldgrünen Pullover. Die Farbe hebt seine Augen hervor, die, wie ich nun feststelle, ebenfalls grün sind. Der Pullover ist bestimmt aus Kaschmir, und ich verspüre den plötzlichen Drang, die Hand auszustrecken und ihn zu befühlen, aber das wäre echt strange. Also stecke ich meine Hände lieber in die Taschen und versuche, lässig zu wirken.

»Wie findest du's?«, fragt Theo.

»Gut. Sehr gut. Yap!«, sage ich, als hätte ich Wortsuppe zum Frühstück gegessen, die mir nicht gut bekommen ist. »Kann ich kurz dein Bad benutzen?« Ich brauche ein bisschen, um mich wieder zu sammeln.

»Zweite Tür rechts.« Er deutet auf einen Flur am anderen Ende des Wohnzimmers.

Als ich mir ziemlich sicher bin, dass er mich nicht sehen kann, verlangsame ich meine Schritte, damit ich mich etwas umsehen kann. Der erste Raum auf der linken Seite ist ein Büro mit einem imposanten Mahagonischreibtisch in der Mitte. Über dem Schreibtisch ist ein Schwarm von Modellflugzeugen mit Angelschnur so an der Decke befestigt, dass es aussieht, als würden sie schweben.

Auch der Schreibtisch spricht Bände. Theo muss sowieso wichtig sein, um sich dieses Apartment leisten zu können. Ich fürchte mich vor dem Moment, in dem er mich fragen wird, was ich beruflich mache, und ich gestehen muss, dass ich ein arbeitsloser Schauspieler mit zwei ebenso wenig beeindruckenden Nebenjobs bin. Im ersten falte ich Hosen bei Banana Republic, und im zweiten beantworte ich Telefonanrufe bei der Actors' Equity Association. Ich dachte, ein Job bei der Gewerkschaft der Theaterschauspieler würde mir einen Vorteil bei künftigen Auditions verschaffen, aber bis jetzt hat er mir nur ein enzyklopädisches Wissen über die Voraussetzungen für die Krankenversicherung der Gewerkschaft eingebracht. Meine einzige Hoffnung ist, dass wir dieses Thema bereits gestern Abend abgehakt haben und ich nur so klug war, es zu verdrängen, um meinem zukünftigen Ich die Peinlichkeit zu ersparen.

Gegenüber vom Büro befindet sich, dem neutralen Dekor nach zu urteilen, ein Gästezimmer. Die einzige weitere Tür im Flur führt ins Bad. Ich schlüpfe hinein und schließe hinter mir ab, bevor ich mich erschöpft auf den Marmorwaschtisch stütze.

Komm schon, Finn, reiß dich zusammen.

Ich bin viel zu dehydriert, um pinkeln zu müssen, also betrachte ich mich im Spiegel. Ich sehe müde aus.

Dann öffne ich den Hängeschrank in der Hoffnung auf eine magische Augencreme, die mich ganz wundersam taufrisch und ausgeruht erscheinen lassen wird – und dem heißen Monopoly-Typen im Nebenzimmer würdig. Seit Kurzem benutze ich die Augencreme von Mario Badescu und frage mich, welche Sorte Theo wohl benutzt – wahrscheinlich La Mer, so wie es hier aussieht. Doch der Medizinschrank ist bis auf Schmerztabletten leer. Ich nehme zwei davon mit einer Handvoll Wasser aus dem Hahn und beschließe, dass nun genug Zeit vergangen ist. Das Letzte, was ich will, ist, dass noch der Verdacht aufkommt, ich würde hier einen riesigen Haufen absetzen. Um den Schein zu wahren, betätige ich die Toilettenspülung und halte meine Hände unter den Wasserhahn.

Als wir um zwölf Uhr fünfundzwanzig vor Hannahs Haus in der Orchard Street halten und ihre Schätzung von drei Stunden damit um fünfundvierzig Minuten schlagen, bin ich ziemlich zufrieden mit mir.

Ich schließe die Haustür mit meinem Ersatzschlüssel auf, ein Überbleibsel aus der Zeit, als Hannah und ich hier zusammenwohnten. Wir hielten zwei Monate durch, bevor wir feststellen mussten, dass beste Freunde manchmal die schlechtesten Mitbewohner sind.

Theo keucht, als wir die mit grauem Linoleum ausgelegte Treppe zu Wohnung siebenundzwanzig hinaufsteigen, und ich bin froh, einen Beweis dafür zu haben, dass er wohl doch nicht ganz so perfekt ist. Als wir den fünften Stock erreicht haben, zögere ich. Soll ich klopfen oder meinen Schlüssel benutzen? Klopfen ist höflicher, da ich nicht allein bin.

Priya öffnet die Tür in einem pinken Sweatshirt, auf dem in glitzernden Buchstaben *Sleigh the Patriarchy* steht – ein weihnachtliches Wortspiel mit *Niederschlagen* und *Schlittenfahren*.

»Ach, du bist es! Warum hast du denn nicht deinen Schlüssel benutzt?« Sie wirft sich eine glänzend schwarze Haarsträhne über die Schulter und beugt sich vor, um mir einen Kuss auf die Wange zu geben. »Ach ja, und frohe Weihnachten, nebenbei!«

»Wer ist an der Tür?«, ruft Hannah aus der Küche.

»Ach, nur Finn«, antwortet Priya.

»Es ist immer schön, von meinen besten Freunden so herzlich empfangen zu werden.«

»Hast du deinen Schlüssel verloren?« Hannah kommt aus der Küche und wischt sich die Hände an ihrer ollen karierten Pyjamahose ab, die sie schon an dem Abend anhatte, an dem wir uns kennengelernt haben. Seitdem ist der Zustand der Hose nicht besser geworden, aber sie zieht sie trotzdem jedes Jahr zu Weihnachten an und besteht darauf, dass sie Teil der Tradition ist.

Hannah schaut an mir vorbei und bemerkt Theo.

Sie setzt ein seltsam demonstratives Lächeln auf und nimmt Haltung an, als wäre sie eine Marionette, deren Puppenspieler die Fäden plötzlich straffzieht. »Oh, du hast jemanden mitgebracht!«

»Theo, das sind meine sehr unhöflichen Freundinnen Priya und Hannah.«

»Freut mich, euch kennenzulernen. Danke, dass ich in eure heutigen Pläne hineinplatzen darf. Als kleine Entschädigung habe ich das hier mitgebracht.« Theo zieht eine gelbe Geschenkverpackung von Veuve Clicquot aus einer Stofftasche, die mir bis jetzt noch gar nicht aufgefallen war, und überreicht sie Priya.

»Wie nett von dir.« Hannah nimmt Priya den Karton mit dem Champagner ab, damit sie ihn ebenfalls begutachten kann. Ich bin mir sicher, dass dies die beste Flasche Alkohol ist, die es je in dieser Wohnung gegeben hat. Wir machen Mimosas normalerweise mit Sekt von André, manchmal sogar mit Cook's, aber nur, wenn jemand Geburtstag hat.

»Die stellen wir für später in den Kühlschrank«, sagt Hannah. »Finn, kommst du kurz mit in die Küche? Ich brauche deine Hilfe, um heiße Schokolade zu machen.«

Hannah ist eine schreckliche Köchin, aber selbst sie braucht keine Hilfe, um heiße Schokolade aus einer Fertigpackung zu machen. Offensichtlich ist sie ziemlich angepisst. Priya führt Theo durch den Flur, der mit Hannahs Sammlung von Tourplakaten gesäumt ist, ins Wohnzimmer und löchert ihn mit Fragen darüber, wie wir uns kennengelernt haben und woher aus England er kommt.

»Wer ist das?«, flüstert Hannah, als wir allein in ihrer Küche stehen, die die Größe einer Polly-Pocket-Schatulle hat. Ihre Frage klingt nicht kokett (*Oh, wer ist denn der neue Mann an deiner Seite?*), sondern eher nach: *Wer ist dieser Fremde, und was hat er in meinem Haus verloren?*

»Das ist eine lange Geschichte.« Ich nehme den Wasserkessel vom Herd und fülle ihn an der Spüle auf.

»Na, dann lass mal hören. Du hast jemanden zu Weihnachten mitgebracht! Seid ihr zusammen?«

»Nein.«

»Ihr habt die gleichen Pullis an. Ihr seht aus, als wärt ihr einem verdammten J.Crew-Katalog entsprungen.« Mit dieser Reaktion hatte ich nicht gerechnet. Und wir tragen nicht die gleichen Pullover, sie sind bloß farblich aufeinander abgestimmt. Meiner ist rot und Theos grün. Aber mir ist klar, dass es nichts besser machen würde, wenn ich sie korrigiere.

Stattdessen platze ich heraus: »Du hast letztes Jahr doch auch Priya mitgebracht!«

»Sie wohnt hier!«

Ich weiß, ich hätte vorher fragen sollen, aber Hannah bauscht die Sache unnötig auf. Außerdem versperrt sie mir den Weg zum Herd, also flüsterschreie ich: »Tja, ich kann ja wohl auch mal jemanden mitbringen«, während ich einen sonnengelben Teekessel mit Gänseblümchen in der Hand halte, der eindeutig Priya gehört, was, wie ich fürchte, meine Ernsthaftigkeit untergräbt.

»Du kannst keine einseitigen Entscheidungen über Weihnachten treffen. Weihnachten ist *unser* Ding. Und wir haben vorher besprochen, dass wir Priya einladen!« Hannah holt tief Luft und fasst sich wieder. »Ich hab ja nicht gesagt, dass du niemanden mitbringen darfst. Ich habe bloß gefragt, *wer* das ist«, sagt sie in einem gemäßigteren Ton.

»Ich habe ihn gestern Abend aus einer Bar mit nach Hause genommen, und er hatte heute noch nichts vor, also habe ich ihn eingeladen. Zufrieden?«

Sie zuckt zurück, als hätte man ihr eine Ohrfeige verpasst. »Also kennst du ihn gar nicht. Ist er ein Streuner? Hat er kein Zuhause, oder wie?«

»Euch ist schon klar, dass wir euch hören können, oder?«, ruft Priya aus dem Wohnzimmer.

Hannah schlägt die Hände vor den Mund, und wir tauschen einen entsetzten Blick aus, bevor sie aus der Küche stürmt und so schnell um die Ecke biegt, dass ihre Socken über den Parkettboden rutschen.

»Es tut mir so leid«, sagt sie an Theo gewandt. »Wirklich, ich hab es nicht böse gemeint. Wir sind alle Streuner. Ich bin eine Streunerin, Finn ist ein Streuner. Ich schätze, Priya ist nicht wirklich eine Streunerin, aber sie ignoriert die meisten Anrufe ihrer Mutter.«

»Hey, lasst mich aus dem Spiel!«, protestiert Priya.

»Es tut mir so, so, so leid«, beteuert Hannah erneut.

»Du musst dich nicht entschuldigen. Ich verstehe vollkommen, dass du überrumpelt bist, wenn ein Fremder unangekündigt in deiner Wohnung auftaucht, und das auch noch an Weihnachten. Vielleicht sollte ich besser gehen ...«

»Nein!«, schreien Hannah und ich gleichzeitig.

»Bitte geh nicht«, schiebt Hannah hinterher.

»Ich würde vorschlagen, ich drehe eine Runde um den Block, und ihr besprecht das erst mal in Ruhe.«

Das ist wahrscheinlich seine Art, einen höflichen Abgang zu machen. Er wird auf keinen Fall zurückkommen. Für ihn wird das Ganze nichts weiter als eine Anekdote sein, die er bei Cocktails und Canapés seinen reichen Freunden erzählen kann: »Nicht zu glauben, wie unhöflich diese Normalos waren!« Ich stelle mir vor, wie er das sagt, während jemand namens Mitzi oder Bitsy vor sich hin kichert.

Theo steht von der beigen Ikea-Couch auf, und mir rutscht das Herz in die Hose. Ich fische meinen Schlüsselbund aus der Hosentasche und drücke ihn Theo in die Hand. Vielleicht bringt ihn ja ein kleines Pfand dazu, wiederzukommen. »Hier, nimm meine Schlüssel«, platze ich heraus, »damit du wieder ins Gebäude kommst. Es sind die beiden silbernen.«

»Okay.« Theo schlüpft in seinen Mantel.

Gedrücktes Schweigen senkt sich über den Raum, während wir seinen Schritten lauschen. Als die Wohnungstür hinter ihm zufällt, fragt Priya: »Glaubst du, er kommt zurück?«, und Hannah fragt gleichzeitig: »Hast du mit ihm geschlafen?«

»Nein«, antworte ich.

»Nein, was?«, hakt Hannah nach.

»Beides. Wahrscheinlich sitzt er schon in einem Taxi nach

Uptown. Wie konnte ich nur so bescheuert sein, ihm meine Schlüssel zu geben? Jetzt muss ich hier schlafen, bis Evan aus Maryland zurückkommt, und ich habe nicht mal Wechselklamotten dabei.« Ich stütze meinen Kopf in die Hände und stoße ein langgezogenes »Fuuuck« aus.

Ich stehe in der Küche und bereite drei Tassen heiße Schokolade mit Pfefferminzschnaps zu. Mein Kopf pocht wieder nach der kurzen Atempause, die die Schmerztabletten mir verschafft hatten, und mit Theo habe ich es total vermasselt. Das kann ja ein tolles Weihnachten werden. Ich bin gerade dabei, die drei Tassen ins Wohnzimmer zu tragen, als ich höre, wie sich ein Schlüssel im Schloss umdreht.

Ich eile in die Diele, um ihn abzufangen.

»Du bist zurückgekommen«, flüstere ich staunend. So muss sich Noodle, der Schnauzer aus meiner Kindheit, gefühlt haben, wenn wir sonntags aus der Kirche nach Hause kamen, nachdem er überzeugt gewesen war, dass wir ihn endgültig verlassen hatten. Aber im Gegensatz zu Noodle habe ich niemandem in den Schrank gepinkelt, um meinem Unmut darüber Luft zu machen.

»Natürlich bin ich zurückgekommen. Ich habe doch deinen Schlüssel«, sagt Theo.

»Aber wir haben uns ganz furchtbar verhalten.«

»Ach was, ich kenne furchtbares Verhalten. Ihr wart höchstens etwas unhöflich.«

»Willst du gleich wieder los?«, erkundige ich mich.

»Willst du denn, dass ich gehe?«

»Nein.«

»Dann bleibe ich«, sagt Theo.

Den Nachmittag verbringen wir damit, ein Doublefeature von *Buddy – Der Weihnachtself* und *Tatsächlich … Liebe* anzuschauen, während ich mir die ganze Zeit Gedanken darüber mache, ob es Theo gefällt. Langweilt er sich? Bereut er es, zurückgekommen zu sein? Fällt ihm auf, dass am Türrahmen die Farbe abblättert? Findet er die Filme kindisch?

Aber dann spüre ich von meinem Platz dicht neben ihm, für den das Miniatursofa einen willkommenen Vorwand bietet, wie sein Lachen in meinem eigenen Brustkorb widerhallt, als Buddys Arm im Zeitraffer Schneebälle im Central Park schleudert. Irgendwann legt er mir sogar die Hand aufs Knie, und ich falle fast in Ohnmacht. Vielleicht vor Erleichterung, aber wahrscheinlich eher, weil das ganze Blut aus meinem Körper in meinen Schwanz geflossen ist.

Später setzt uns ein weiterer schwarzer Wagen, den Theo bezahlt hat, vor einem Restaurant ab, das eingepfercht zwischen einem TGI Fridays und einem Deli liegt. Auf einem Vinylschild steht DIM SUM AUTHENTIC BANQUET mit einigen chinesischen Schriftzeichen darunter.

Letzte Woche habe ich eine Gruppe von Jungs belauscht, die sich über ihren Kater nach einer wilden Nacht im China Chalet beklagten, während wir in einem grell beleuchteten Flur auf das Casting für die Rolle eines namenlosen Fabrikarbeiters im Chor von *Kinky Boots* warteten. Ich habe gleich anschließend dort angerufen, um einen Tisch zu reservieren, und Hannah und Priya erst heute mit dem Plan überrascht.

»Hat es überhaupt geöffnet?«, fragt Hannah wenig begeistert. Der Financial District, in dem es außerhalb der Börsenzeiten immer ziemlich ruhig ist, wirkt heute so verlassen, fast schon unheimlich, als wären wir in die Eröffnungsszene irgendeiner True-Crime-Serie geraten.

Also bin ich beinahe überrascht, als ich die Türklinke des Restaurants betätige und sie sich öffnen lässt. Wir steigen eine Treppe hoch und kommen in einen öden Speisesaal, voller weiß eingedeckter Tische. Auf jedem Gedeck liegt eine grüne Serviette, die zu einem Fächer gefaltet ist. Die Servietten passen nicht zu dem abgenutzten Teppich, dessen rotgoldenes Muster sich mit dem rosafarbenen Neonlichtband beißt, das den Raum erhellt. Nur einige der Tische sind bestuhlt.

»Ist das nicht toll!«, rufe ich mit gezwungener Fröhlichkeit.

»Soweit ich weiß, essen New Yorker jüdischen Glaubens seit jeher an Weihnachten chinesisch«, sagt Priya, als wir zu unserem Tisch geführt werden. »Ich glaube, sie haben recht. Ich meine, niemand mag Truthahn, aber alle lieben Dumplings.« Ich nehme mir vor, ihr ein besseres verspätetes Weihnachtsgeschenk zu besorgen als die Regenbogensocken, die ich ihr vorhin geschenkt habe, weil sie so tut, als wäre das hier kein totaler Reinfall.

Kaum haben wir Platz genommen, kommt eine Kellnerin mit einem Wagen voller Bambuskörbe an unseren Tisch. Sie hebt einen nach dem anderen hoch, nimmt die Deckel ab und präsentiert uns den Inhalt, als sei sie die Dim-Sum-Glücksfee. Als sie ihren Wagen wieder wegschiebt, ist jeder Zentimeter des Tisches mit Körben bedeckt, in denen sich Baozi mit Schweinefleischfüllung, gefüllte Teigtaschen und Satays befinden.

Das Essen lockert die Stimmung auf. »Die sind verdammt gut!«, sagt Hannah mit dem Mund voll kalter Sesamnudeln.

Die Tatsache, dass wir einen Neuen in der Runde haben, liefert uns ein offensichtliches Gesprächsthema, aber Theo ist sparsam mit Details, als ob er sich für seine noble Kinderstube schämen würde. Doch im Laufe des Abendessens kitzeln wir immerhin ein paar grundlegende biografische Informationen aus ihm heraus: Er ist in einem Haus im Londoner Stadtteil Belgravia aufgewachsen, wurde aber mit elf Jahren auf ein Schweizer Internat geschickt, bevor er in Paris die Uni besuchte. Er hat einen deutlich älteren Bruder, der bereits studierte, als Theo noch in die Grundschule ging. Er spricht vier Sprachen fließend und ein paar andere weniger fließend. Das merken wir, als er die Kellnerin herbeiruft und in schnellem Kantonesisch um mehr Krabbenklöße bittet. Sie lacht über etwas, das er sagt, und zerzaust ihm die Locken. Als sie zurückkommt, hat sie einen zusätzlichen Korb dabei, obwohl wir nur einen bestellt haben. Theos Vater ist über die Feiertage zum Skifahren in Gstaad, und seine Mutter macht Strandurlaub in Thailand.

»Vermisst du dein Zuhause?«, fragt Priya.

»Nicht wirklich, nein.« Dann rudert er eilig zurück: »Das klingt schrecklich, oder? Ich schätze, ich betrachte es einfach nicht als mein Zuhause, schließlich habe ich dort nicht mehr gewohnt, seit ich elf war. Und in vielerlei Hinsicht ist es einfacher, weg zu sein.«

Ich erkenne mich in seinen Worten wieder. Abgesehen von Hannah habe ich noch nie jemanden getroffen, der keine Familie hat. Es trifft mich oft aus heiterem Himmel, wenn Freunde erwähnen, dass sie mit der Familie in den Urlaub fahren oder zwei Geburtstagsfeiern veranstalten – eine mit Freunden und eine mit der Familie –, auch jetzt noch, wo wir längst über zwanzig sind. Es erinnert mich daran, dass sie Teil einer größeren

Einheit sind, während ich bloß ein einsames Legoteil bin. Solche Leute verstehe ich nicht, aber das hier ... das verstehe ich.

Als die Rechnung gebracht wird, stürzt sich Theo darauf und zückt trotz unseres Einspruchs seine Kreditkarte. »Ihr habt mir schließlich Frühstück gemacht«, sagt er. »Das ist nur fair.«

Als die Kellnerin mit der Kreditkartenquittung zurückkommt, mustert sie unsere Gruppe genauer. »Gehen Sie noch nach hinten?«

»Nach hinten?«, frage ich verblüfft.

»Zum Tanzen!«

»Auf jeden Fall gehen wir noch zum Tanzen nach hinten!«, sage ich zu ihr, bevor jemand etwas dagegen einwenden kann. »Und wo müssen wir dafür gleich noch mal hin?«

Sie deutet auf eine unscheinbare Metallschwingtür gegenüber vom Eingang, durch die wir wenig später in einen verspiegelten Flur gelangen. Eine Treppe führt uns in ein höhlenartiges Untergeschoss, in dem trotz der Nichtraucherschutzbestimmungen der Stadt dicker Zigarettenrauch hängt. Der Boden bebt zum Beat von »I Love It« von Icona Pop. Es wundert mich, dass wir oben im Speisesaal keine Musik gehört haben, da muss es eine Schallisolierung in Industriequalität geben. Eine bunt gemischte Schar feiert hier – von Skater-Punks bis zu glitzernden Uptown-Girls. Sie werfen die Hände in die Luft und tanzen ausgelassen. Das sind unsere Leute. Hier sind die anderen Weihnachtsstreuner, die die Nacht im China Chalet durchtanzen.

Später an diesem Abend – oder besser gesagt früh am nächsten Morgen – taumeln Hannah und ich auf müden Beinen in ihre Wohnung. Meine Ohren klingeln noch von der Musik.

Priya haben wir zurückgelassen, ihr Mund war mit dem Gesicht des DJs verschmolzen, der ihren Kuss nur unterbrach, um eben den nächsten Song aufzulegen. Und Theo ist mit einem weiteren schwarzen SUV davongebraust, nachdem er beteuert hat, dass wir das bald wiederholen müssten.

Ich könnte in Priyas Zimmer schlafen. Sie wird es heute Nacht ohnehin nicht benutzen. Aber stattdessen liegen Hannah und ich einander zugewandt in ihrem großen Bett, unter dem wachsamen Blick von Florence Welch, die von einem Poster über der Kommode auf uns herabstarrt.

»Hattest du ein schönes Weihnachtsfest?«, fragt Hannah mit einem Gähnen. Sie ist bereits im Halbschlaf.

»Auf jeden Fall unter den Top drei.«

»Wegen Theo?«

Ich bin froh, dass ich mit dem Rücken zum Fenster liege, denn so fängt das von der Straße hereinfallende Licht nicht das schmachtende Lächeln ein, das mir unwillkürlich übers Gesicht huscht. Trotzdem halte ich vorsichtshalber die Hand vor den Mund.

»Magst du ihn?«, hakt sie nach, als ich nicht antworte.

»Vielleicht.«

Sie tritt mir gegen das Schienbein.

»Okay, ja«, gebe ich zu.

»Ich mag ihn auch«, sagt sie. »Für dich, meine ich. Aber versprich mir, dass wir, auch wenn du dich in ihn verliebst, trotzdem jedes Jahr zusammen Weihnachten feiern.« In ihrer Stimme liegt ein Anflug von Verzweiflung, aber ich würde sie ohnehin nie im Stich lassen.

»Klar verspreche ich das.« Ich strecke meinen kleinen Finger aus, und sie hakt sich mit ihrem eigenen ein.

3

Hannah

Dieses Jahr, 14. November

Sonnenlicht strömt durch die Fenster der Wohnung in Tribeca. Selbst nach fünf Monaten fällt es mir schwer, sie als meine zu betrachten. Oder unsere, genau genommen. Jeden Morgen, wenn ich aus unserem Schlafzimmer trete, überraschen mich das großzügige Licht und der Raum aufs Neue, als wäre alles nur ein schöner Traum.

Ich bin mit David hier eingezogen, in unsere erste gemeinsame Wohnung, nachdem Priya angekündigt hatte, sie wolle aus der Orchard Street ausziehen. »Du wohnst, seit du zweiundzwanzig bist, in derselben Wohnung, Hannah. Meinst du nicht, es wäre Zeit für ein kleines Upgrade?«, meinte sie. »Wäre es nicht schön, nicht mehr ständig aufeinander zu hocken? Schränke zu haben, in die mehr als fünf Outfits passen? Ein Wohnzimmer mit Fenstern? Einen Geschirrspüler? Mit meinem neuen Job verdiene ich endlich genug, um mir eine eigene Wohnung leisten zu können.«

Natürlich wären all diese Dinge schön, aber die Orchard Street war nun mal mein Zuhause, wenn auch vor allem aus Mangel an anderen, besseren Optionen.

Außerdem habe ich gern mit Priya zusammengewohnt. Ich habe damit die College-WG-Erfahrung nachgeholt, die

ich nie hatte. Samstagabends haben wir uns im knallpink ge-
fliesten Badezimmer der Wohnung zu einem Soundtrack von
Lana Del Rey und Lorde die Haare gemacht und dabei billi-
gen Weißwein getrunken. Ich hatte mich an ihre Geräusche
gewöhnt (ihren Marimba-Weckton und ihren Lieblingspod-
cast *Call Your Girlfriend*, den sie immer hörte, während sie
sich für die Arbeit fertig machte) und an ihre Gerüche (die
sündteuren Diptyque-Kerzen, die sie als Beauty-Redakteu-
rin vergünstigt bekam, und den Rooibos-Tee, den sie gern
in halbvollen Bechern in der Wohnung herumstehen ließ).
Nach fast sechs Jahren des Zusammenlebens war Priya ein
fester Bestandteil meines Alltags geworden.

Als sie auszog, machte David den Vorschlag, dass wir zusammenziehen könnten. Die Idee war ebenso faszinierend
wie erschreckend. Obwohl ich schon die meisten Wochenenden und immer mehr Nächte unter der Woche in Davids
Wohnung im Flatiron District verbrachte, kam mir das of-
fizielle Zusammenziehen wie ein riesengroßer Schritt vor.
Was, wenn ihn meine Gleichgültigkeit gegenüber Haushalts-
dingen störte oder er mich nervig fand, wenn ich ständig da
war? Immerhin hatten Finn und ich es nur zwei Monate als
Mitbewohner ausgehalten.

»Ich weiß doch schon, dass du morgens schrecklichen
Mundgeruch hast und dass du das miese einlagige Toiletten-
papier dem guten vorziehst, und ich liebe dich trotzdem«,
scherzte David. »Ich will alle deine Macken, Hannah. Gib dir
einen Ruck.« Und mir nichts, dir nichts brachte sein Überschwang meine vorsichtige Zurückhaltung ins Wanken.

Doch anstatt einfach beide in seine Wohnung zu ziehen,
plädierte David dafür, dass wir uns etwas suchen sollten, was

uns gehörte und nicht *ihm*. Als ich dann unsere zukünftige Wohnung zum ersten Mal sah, war ich Feuer und Flamme. Die riesigen Fabrikfenster, die freiliegenden Backsteinwände und die coole Küche, die genauso gut das Set einer Kochshow sein könnte.

Aber noch besser als die Wohnung selbst war der Mann, mit dem ich hier leben durfte. Wir waren zu diesem Zeitpunkt seit etwas mehr als einem Jahr zusammen, und die stillschweigende Übereinkunft, dass wir nun zumindest für die Dauer eines zwölfmonatigen Mietvertrags zusammenbleiben würden, gab mir das Gefühl, wahnsinniges Glück gehabt zu haben.

»Die Wohnung muss doch irgendeinen Haken haben«, sagte ich, als ich meinen Kopf in den begehbaren Kleiderschrank des Schlafzimmers steckte. Wenn sie in unserer Preisklasse lag, musste die Sache einen Pferdefuß haben. Kakerlaken vielleicht? Oder professionelle Stepptänzer, die über uns wohnten? Geister?

Es stellte sich heraus, dass ich recht hatte. Der Punkt war, dass *ich* mir diese Wohnung nicht leisten konnte, aber *wir* schon. David grinste breit, als er mir die Excel-Formel zeigte, die er erstellt hatte, um zu berechnen, wie viel Miete jeder von uns auf der Grundlage seines jeweiligen Gehalts zahlen sollte. Mir wurde ganz warm ums Herz, als ich seine nerdige Begeisterung für eine Tabellenkalkulation sah.

»Es macht mir wirklich nichts aus«, beteuerte er. »Bitte lass mich das für uns tun. Ich möchte, dass wir ein Team sind.« Anstatt zu antworten, schob ich ihn gegen die geschlossene Tür unseres künftigen Schlafzimmers und drückte ihm einen Kuss auf die Lippen.

»Ist das ein Ja?«, fragte er, als wir wieder zu Atem kamen.
»Eindeutig ja«, bestätigte ich.

Ich war es nicht gewohnt, dass sich jemand um mich kümmerte. Finn hatte mich einmal als krass eigenständig bezeichnet, als ich ihm von einem zweitägigen Magen-Darm-Infekt erst erzählte, nachdem ich mich davon erholt hatte. Er meinte es als Vorwurf, aber ich nahm es als Kompliment.

In diesem Fall hatte David allerdings recht: Er sollte nicht unter den Immobilienabscheulichkeiten leiden müssen, die ich mir mit meinem Gehalt leisten konnte. Es war nicht seine Schuld, dass in der Rundfunkbranche nur Peanuts bezahlt wurden, obwohl ich im Prinzip schon vor zwei Jahren in die Podcast-Sparte gewechselt war. Aber mein Arbeitgeber ist immer noch ein chronisch unterfinanzierter öffentlicher Radiosender. Zum Beweis dafür habe ich einen Schrank voll Stoffbeuteln von irgendwelchen Spendenaktionen.

Heute Morgen habe ich mich vor der Kücheninsel niedergelassen und meinen Laptop aufgeklappt, um schon mal einen Überblick über meinen Posteingang zu bekommen, als David in einer blau gestreiften Pyjamahose und einem weißen T-Shirt mit ausgeleiertem Kragen aus unserem Schlafzimmer geschlappt kommt. Seine hellbraunen Haare sind noch vom Schlaf zerzaust, und er hat eine alte Brille mit Drahtbügeln auf, die er nur morgens und abends trägt.

Der Morgen-David ist die Variante von ihm, die ich am liebsten mag. Seine private Version, nur für mich, bevor er sich die Haare stylt, seine Kontaktlinsen einsetzt und in den Anzug für seinen Job in der Anwaltskanzlei schlüpft. Obwohl ich zugeben muss, dass er in einem Anzug auch nicht übel aussieht.

Bei unserer ersten Verabredung hatte er die Brille auf, was, wie ich später herausfand, äußerst ungewöhnlich und nur der Tatsache geschuldet war, dass ihm die Kontaktlinsen ausgegangen waren. »Ich muss morgen wirklich früh raus«, sagte er dann nach zwei Gläsern Wein im Immigrant, der schummrigen Weinbar in Alphabet City, die er vorgeschlagen hatte. Ich hatte bis dahin eigentlich gedacht, unsere Verabredung würde gut laufen, zumindest war es das beste Date, das ich je gehabt hatte, aber dieser Eindruck schien nicht auf Gegenseitigkeit zu beruhen.

Ich machte mich also schon mal auf eine Abfuhr gefasst. Nach nur einem Monat, die ich in Dating-Apps unterwegs gewesen war, hatte ich gelernt, die Zeichen zu deuten. Ich ärgerte mich über mich selbst, weil ich es gewagt hatte, mich für ihn zu begeistern. Aber dann überraschte er mich. »Ist es okay, wenn ich mir einfach noch ein Wasser hole?«, fragte er. »Weil es mir wirklich Spaß macht, mich mit dir zu unterhalten, und ich nicht will, dass der Abend schon endet.« In diesem Moment habe ich mich ein bisschen in ihn verliebt, und die Anzahl der kleinen besonderen Momente, die er auf seinem Konto verbuchen kann, ist seitdem nur noch angestiegen.

»Morgen«, murmelt er. »Warum schaust du drein, als hätte jemand deinen Welpen getreten? Es ist gerade mal halb acht.« Er schlurft zu mir herüber und drückt mir einen Kuss aufs Haar. Bei dieser süßen, beruhigenden Geste kribbelt es in meinem Bauch, und für ein paar Sekunden vergesse ich die E-Mail, die ganz oben in meinem Posteingang wartet. Ich lehne mich an ihn und spüre noch die Wärme des Schlafes, die von ihm ausgeht. »Was ist los?«, hakt er nach.

»Mitch«, stöhne ich.

»Was hat er denn jetzt wieder gemacht?«

»Er droht damit, das ganze Projekt einzustellen, wenn es uns nicht bald gelingt, jemand Geeigneten für die Pilotfolge zu verpflichten.« Er hat die E-Mail, in der er mir das mitteilt, als dringlich markiert, so wie er es bei jeder seiner E-Mails macht. Sogar bei den völlig belanglosen.

»Wie kommt er dazu? Ich fass es nicht, dass er nicht sieht, was für eine gute Idee das ist.«

Ich arbeite gerade an einem Pitch für einen musikgeschichtlichen Podcast namens *Hit-Story*, was ich für einen ziemlich cleveren Namen halte. Es wäre mein erstes Soloprojekt. Jede Folge soll die Geschichte eines bestimmten Songs erzählen – ob Chartstürmer, tiefgründige Songs mit sentimentaler Bedeutung für den Künstler oder One-Hit-Wonder. Wir würden alle Beteiligten interviewen, vom Künstler bis hin zu den Songschreibern, Produzenten und Studiomusikern, um zu erfahren, wie der Song entstanden ist. Ich stelle mir das als eine Mischung aus *Pop-Up Video* und *Behind the Music* von VH1 vor, beides TV-Grundpfeiler meiner Jugend.

Meine ursprüngliche Idee für die Pilotfolge war, die Geschichte von »Konstantine« von Something Corporate zu erzählen, einem Lieblingssong der Fans, den die Band jahrelang nicht auf Konzerten spielen wollte. Er war die Basis aller Playlists, die ich in der Highschool erstellt habe.

»Der Song ist neun Minuten und dreißig Sekunden lang«, sagte mein Chef Mitch, seit Kurzem auch Leiter der Podcast-Entwicklung des Senders, ohne den Blick vom CNN-Nachrichtenticker zu nehmen. Er machte sich nicht mal die

Mühe, den Fernseher auszuschalten, wenn ich in sein verglastes Büro kam, sondern schaltete ihn lediglich stumm.

»Na und? Das macht es doch noch interessanter. Wie konnte ein neunminütiger Song, der nur in Japan veröffentlicht wurde, überhaupt zu einem Fan-Liebling werden? Das war 2003, in den frühen Tagen des Internets. Ich könnte das richtig spannend machen.«

»Für genau vier Menschen, und du bist einer davon. Dein Publikum besteht also aus drei Leuten. Bring mir was mit kommerzieller Zugkraft, und ich denk drüber nach.«

Mein zweiter Vorschlag war ein Porträt über »Candy« von Mandy Moore. Was wäre kommerzieller als ein Bubblegum-Popsong mit einer Verbindung zur beliebten TV-Serie *This is us*? Und welches Kind der Neunziger erinnert sich nicht an den hellgrünen VW-Käfer aus dem Musikvideo?

»Ja!«, dröhnte Mitch. »Meine Frau liebt *This is Us*. Aber wie kommen wir jetzt an die Künstlerin?«

»Überlass das mir! Über den Radiosender habe ich jede Menge Musikkontakte«, sagte ich und verkrümelte mich hastig aus seinem Büro, bevor er noch seine Meinung ändern konnte.

Ich trat ans Management von Mandy Moore heran, und als ich keine Antwort erhielt, versuchte ich es auch bei ihrem Agenten und ihrer Pressesprecherin. Aber nach einem Monat des Schweigens, trotz wöchentlicher Nachfragen, musste ich mir eingestehen, dass sie meine Anfrage nicht beantworten würden. Es stellte sich heraus, dass der Radiosender zwar viele Musikkontakte hat, ich aber nicht. Damit stand ich wieder am Anfang.

»Würde ein Kaffee helfen?«, fragt David.

Es ist eine rhetorische Frage. Er füllt bereits Wasser in die Karaffe, um es in die Kaffeemaschine zu gießen, und holt meine Lieblingstasse aus dem Schrank. Ich könnte mir natürlich auch selbst Kaffee machen, aber David hat einen leichten Schlaf, und unsere geliebte Capresso-Maschine klingt wie ein Düsentriebwerk beim Flugzeugstart. Also ist das zu unserem morgendlichen Ritual geworden. Nach fünf Monaten hier schätze ich die kleinen Routinen, die wir gemeinsam entwickelt haben. Es überwiegt bei Weitem den gelegentlichen häuslichen Streit, dass ich jeden Abend in seinen warmen, schützenden Armen einschlafe oder wir gemeinsam Abendessen kochen, während wir über unseren Tag reden – gut, im Grunde kocht er, während er mir die unmöglich zu vermasselnden Aufgaben wie Zwiebelschneiden oder Karottenschälen zuweist, aber dafür bin ich immer für den Abwasch zuständig. Jedenfalls fange ich an, mich daran zu gewöhnen, vielleicht sogar zu genießen, dass sich jemand um mich kümmert.

Während der Kaffee durchläuft, lehnt er sich an den Tresen. »Ich glaube, ich hab jetzt rausgefunden, was ich mit der Pizzakruste falsch gemacht habe«, verkündet er. Schon seit Wochen versucht er, unsere Lieblingspizza mit Prosciutto und Rucola aus einer kleinen Pizzeria im West Village zu hacken. »Wie wäre es, wenn ich es heute Abend noch einmal versuche und wir dann diese Netflix-Serie anfangen, von der mein Bruder erzählt hat? Vielleicht wäre das ein Lichtstreif am Himmel, nachdem du dich den ganzen Tag mit Mitch herumärgern musstest«, schlägt er vor.

»Das klingt toll, aber ich kann nicht. Ich treffe mich heute Abend mit meinen Freunden auf einen Drink.«

Ich brauche nicht zu sagen, wen ich meine, wenn ich von meinen Freunden spreche. Ich habe zwar auch Freunde bei der Arbeit – Leute, mit denen ich in der Mittagspause der Schlange bei Sweetgreen trotze und mit denen ich Büroklatsch austausche –, und ich geh auch gern mal auf einen Pärchenabend mit Davids College-Freunden von der NYU, aber ich bin eigentlich ganz froh, dass ihre Frauen oder Freundinnen ihre Versprechen nicht einhalten, dass wir uns auch mal ohne die Jungs verabreden. Mit »meine Freunde« sind immer Finn, Priya und Theo gemeint.

David versteht sich auch ganz gut mit ihnen, aber nicht so gut, dass er fester Teil der Gruppe wäre. Allerdings gab es, als wir zusammenkamen, eigentlich gar keine Freundesgruppe, zu der man hätte dazugehören können. Denn das war das Jahr, in dem Finn und ich nicht miteinander gesprochen haben. Aber wir haben einfach zu viel gemeinsame Geschichte, als dass jemand Neues das je aufholen könnte. Wenn David dabei ist, müssen wir ständig unterbrechen und erklären, dass Elise Priyas grässliche Ex-Chefin ist, die sie bei Refinery29 gefeuert hat, oder dass Finn uns einmal überredet hat, Bier-Pong mit Gin Tonic zu spielen und dass seitdem keiner von uns mehr Gin angerührt hat oder dass Theos Mutter in den Achtzigern in einem schrecklichen Arthouse-Film mitgespielt hat, einem zeitgenössischen Remake von *Madame Butterfly* mit dem Titel *Ms Butterfly*, und dass wir deshalb in hysterisches Gelächter ausbrechen, wann immer irgendjemand das Wort »Butterfly« sagt, egal, in welchem Kontext.

»Hat heute jemand Geburtstag?«, erkundigt sich David.

»Nein, wieso?«, antworte ich irritiert.

»Oh, ich dachte nur …« Er verstummt. »Ach, vergiss es. Vor-Kaffee-Gehirn.« Er macht einen Spritzer Kaffeesahne in meine Kaffeetasse und stellt sie vor mich auf den Tresen.

Auch wenn er es nicht böse gemeint hat, stört mich seine Frage – die Andeutung, dass wir einen besonderen Grund bräuchten, um uns zu treffen. Außerdem ist es, wenn ich es mir recht überlege, sowieso schon eine Weile her, dass wir uns zu viert getroffen haben.

»Kein besonderer Anlass, wirklich«, fühle ich mich genötigt zu erklären. »Wir wollen bloß ein bisschen quatschen.«

»Kannst du mich dann für morgen Abend vormerken?«, fragt er.

»Morgen Abend? Ich dachte, du gehst zu deinem Bruder zum Footballschauen.« Davids Brüder und ein paar ihrer Jugendfreunde haben so eine Fantasie-Liga laufen, die sie viel zu ernst nehmen. Sie treffen sich immer donnerstags, um irgendein Spiel anzuschauen, zu fachsimpeln und Wetten auf die Spielergebnisse abzugeben. David ist sowas wie ihr Statistiker. Am Ende der Saison muss derjenige, der am schlechtesten abgeschnitten hat, irgendeine bescheuerte Wette einlösen, und so kam es, dass David im letzten Frühjahr an einem Test für die Hochschulreife teilnahm, dem sogenannten SAT. Es hat ihm sogar Spaß gemacht, sich darauf vorzubereiten, und er hat sich einen ganzen Stapel Bücher zur Vorbereitung auf den Test gekauft. Ich habe ihn gnadenlos gehänselt, als er *SAT-Vorbereitung für Dummies* mit ins Bett nahm, aber am Ende lachte er, als er um zwanzig Punkte besser abschnitt als damals, als er den Test in der Highschool gemacht hatte.

»Ich kann's ja diese Woche mal ausfallen lassen«, sagt er. »Ich würde nämlich viel lieber Zeit mit dir verbringen.«

Ich stelle mich auf die Fußstütze meines Hockers und lehne mich über die Kücheninsel, um meine Lippen auf seine zu drücken. »Klar«, sage ich zu ihm. »Ich bin dabei.«

An diesem Abend bin ich die Erste, die bei Rolf's eintrifft. Im Dezember steht man dort Schlange bis um die Straßenecke, aber Mitte November treffe ich bloß auf die üblichen Verdächtigen.

Die Stammgäste einer Bar mit ganzjährigem Weihnachtsmotto sind ein schrulliger Haufen: Frauen um die sechzig, die mit ihren fransigen Frisuren und den Pullis mit Blumenapplikationen aussehen wie aus dem *Saturday-Night-Live*-Sketch über Mom-Jeans. Sie lästern ausgiebig über ihre Ehemänner, während sie sich Merlot hinter die Binde kippen und aus riesigen Tüten Kartoffelchips essen, die sie aus unerklärlichen Gründen mitbringen dürfen, obwohl Rolf's eigentlich ein Restaurant mit deutscher Küche ist.

Ich suche mir einen Platz in der Mitte der Bar – nah genug, um sie zu belauschen, aber weit genug weg, um nicht neugierig zu wirken – und bestelle einen warmen Apfelwein mit Schuss. Dabei beobachte ich den Barkeeper, einen gelangweilt aussehenden Typ Anfang 20, der mir mein Getränk in einem Becher von der Größe meines Kopfes serviert.

Die Frauen erinnern mich ein bisschen daran, wie meine Mutter mit ihren Freundinnen war. Wie wäre sie wohl, wenn sie heute noch leben würde? Ich zähle die Jahre an meinen Fingern ab, um nachzurechnen.57. Seit ihrem Tod sind 15 Jahre vergangen. Dieses Jahr wird sie schon so viele Weihnachten aus meinem Leben verschwunden sein, wie sie mit mir verbracht hat, und der Gedanke daran macht mich unerträglich traurig. Mit der Zeit hat sich ihr Fehlen zu einem dumpfen Schwelen tief in meinem Brustkorb abgeschwächt, aber manchmal, wie jetzt, durchflutet es mich mit voller Wucht.

Ich stelle sie mir immer noch so vor, wie sie war, bevor sie krank wurde, wie sie von einem Werbeschild an einer Bushaltestelle lächelte, das sie als EDISON'S BELIEBTESTE IMMOBILIENMAKLERIN anpries. Sie wollte eigentlich, dass auf dem Schild »Top-Immobilienmaklerin« stand, was jedoch nicht ganz stimmte. Allerdings war sie die unbestrittene Königin der örtlichen Gerüchteküche, was sie bei bestimmten Leuten sehr beliebt machte. Im Jahr ihrer Diagnose ließ sie sich die Rachel-Frisur machen, für die sie schon damals ein paar Jahre zu spät kam – Jennifer Aniston war bereits in ihrer Glätteisen-Phase angelangt –, aber sie war trotzdem unglaublich stolz auf diesen Haarschnitt. Ich nehme an, dass sie ihn, wenn sie noch am Leben wäre, inzwischen aktualisiert hätte, aber in meinem Kopf ist und bleibt sie eine ewige Rachel Greene.

So ist es auch hier im Rolf's: Es verändert sich nie. Das ganze Jahr über ist jeder verfügbare Quadratzentimeter an Decke und Wänden mit künstlichem Tannengrün bedeckt und mit Weihnachtsschmuck und künstlichen Eiszapfen aus Plastik behängt. Eine Tatsache, die ich äußerst beachtlich finde.

Ich checke mein Handy, um zu sehen, ob mir jemand geschrieben hat, und entdecke eine Nachricht von Finn: *Komme später. Es gibt Neuigkeiten!*

Für Finn können »Neuigkeiten« alles Mögliche sein, von der Begegnung mit Timothée Chalamet in der U-Bahn über die Begegnung mit der Liebe seines Lebens bis hin zur Entdeckung eines Sandwichladens mit einem wirklich guten Buffalo-Chicken-Wrap. Für ihn sind das alles Neuigkeiten. Aber dann sehe ich, dass Priya und Theo ins Gespräch vertieft die Bar betreten, und das setzt meinen Spekulationen vorerst ein Ende.

Eine Stunde später kommt Finn in einer Wolke aus Entschuldigungen für seine Verspätung hereingeschneit und gesellt sich zu uns in die Nische, in die wir umgezogen sind, um Theo die Flirtversuche der Frauen an der Bar zu ersparen.

»Sorry! Sorry!«, ruft Finn, während er sich von seinem Schal befreit und ihn an einen Haken hängt. Er beugt sich vor und gibt Priya einen Kuss auf beide Wangen, dann schiebt er sich auf meine Seite des Tisches. Er greift nach meiner Hand auf der Bank und drückt sie. Wie immer geht es mir gleich besser, wenn wir alle vier am selben Ort sind.

»Also, du hast Neuigkeiten?«, ermuntert Theo ihn.

»Große Neuigkeiten!« Finn schaut in die Runde, um sich zu vergewissern, dass ihm alle ihre ungeteilte Aufmerksamkeit schenken. »Ich hab einen neuen Job! Bei Netflix! Ich werde an Sendungen für echte Erwachsene mitarbeiten!«

Priya kreischt, springt von ihrem Platz auf und schlingt die Arme um Finns Hals.

»Das schreit nach Champagner!«, jubelt auch Theo.

»Das ist ja unglaublich! Du bist unglaublich!«, sage ich zu ihm und finde vor lauter Aufregung keine anderen Worte als »unglaublich«.

»Das entspricht zwar nicht gerade der Karriere, die ich mir vorgestellt hatte – ich hab mich ja mehr als Schauspieler gesehen –, aber es ist trotzdem ein Schritt nach oben. Das ist doch schon mal was.« Trotzdem strahlt Finn angesichts unserer positiven Reaktionen auf seine Neuigkeit.

Finn hat in den letzten dreieinhalb Jahren als Associate Development Executive bei ToonIn gearbeitet. Dort war er an der Auswahl der Sendungen beteiligt und hat sie dann durch den gesamten Produktionsprozess begleitet. Die meiste Zeit davon befand er sich allerdings in einem erbitterten Wettstreit mit einem Konkurrenzsender. Es ging dabei um eine Serie mit dem Zeichentrickwelpen *Sparky MD*, der aus unerklärlichen Gründen auch als Humanmediziner arbeitet. Finn hatte diese Sendung sechs Monate nach seinem Jobantritt abgelehnt, woraufhin *Sparky MD* leider beim Konkurrenzsender zur Nummer eins aufstieg.

Mittlerweile ist Sparky allgegenwärtig und taucht auf Plakatwänden und Kinderrucksäcken auf. Einmal, als wir in der Apotheke mein Verhütungsmittel abholten, entdeckte Finn neben der Kasse sogar *Sparky-MD*-Pflaster. Daraufhin marschierte er wutschnaubend nach draußen. Als ich ihm folgte, sah ich ihn auf dem Bürgersteig auf und ab tigern. »Das ist doch totaler Schwachsinn!«, schimpfte er. »Sparky kann nicht mal sprechen! Wie soll er den Leuten ihre Diagnose mitteilen?«

Leider konnte bisher keine der Sendungen, für die Finn grünes Licht gab, mit dem Erfolg von Sparky mithalten. Diese neue Jobperspektive ist also wirklich überfällig – er kann einen Neuanfang gut gebrauchen. Ich bin stolz auf Finn. Außerdem bin ich erleichtert, dass ich nie wieder etwas von *Sparky MD* hören muss.

»Ich wusste gar nicht, dass du dich nach einem neuen Job umgesehen hast«, sage ich.

»Ach, ich wollte dir lieber nichts davon erzählen, für den Fall, dass es nicht klappt«, erklärt Finn. »Ich wollte dich nicht umsonst beunruhigen.«

»Beunruhigen? Warum sollte ich beunruhigt sein? Das ist doch großartig! Ich freue mich so für dich.«

Er fummelt an einer Rille in der Tischplatte herum und meidet den Blickkontakt mit mir. »Na ja, weil der Job in L.A. ist«, sagt er kleinlaut.

Ich versuche, diese neue Information zu verarbeiten. Priyas Lippen bewegen sich, um Finn eine Folgefrage zu stellen, aber ich kann sie wegen des Rauschens in meinem Hirn nicht hören.

Manchmal wache ich um vier Uhr morgens auf, eine alte Angewohnheit aus den Jahren, in denen ich beim Morgenradio gearbeitet habe. Dann liege ich im Bett und versuche, mich nicht zu bewegen, um David nicht zu wecken, und liste im Geiste alle meine Sorgen auf. Ich mache mir Sorgen über Deadlines in der Arbeit und über bissige Bemerkungen, die ich David gegenüber gemacht habe, als ich hungrig und genervt war, aber am meisten sorge ich mich um meine Freunde. Ich mache mir Sorgen, dass es Theo in New York zu langweilig werden und er beschließen könnte, von einer seiner Reisen nach Paris, Bangkok, Sydney oder wo auch immer er gerade ist, einfach nicht zurückzukehren. Ich mache mir Sorgen, dass Priya beschließen könnte, dem Mann zu folgen, mit dem sie gerade zusammen ist, dabei sind ihre Beziehungen immer so kurzlebig. Zuletzt war sie mit einem Koch zusammen, der mit einem Wohnwagen Pop-up-Dinner-Partys im ganzen Land veranstaltete. Aber ich habe mir nie Gedanken darüber gemacht, dass Finn weggehen könnte.

Und jetzt geht er weg.

Sobald der erste Schock etwas abgeklungen ist, merke ich, dass ich auch wütend bin. Ich bin wütend, dass Finn es mir nicht schon vorher unter vier Augen erzählt hat, sondern erst jetzt davon erzählt, als wir zu viert versammelt sind. Die Art und Weise, wie er die Neuigkeit mitgeteilt hat, schmerzt fast genauso wie die Nachricht selbst.

Vielleicht ist zwischen uns doch nicht alles so gut, wie ich dachte.

Als ich meine Aufmerksamkeit wieder dem Gespräch zuwende, bemerke ich, dass mich alle anstarren.

»Du siehst irgendwie blass aus. Fühlst du dich krank?«, erkundigt sich Priya.

»Alles gut. Ich bin bloß überrascht.« Um Zeit zu schinden, nehme ich einen Schluck von meinem Getränk und bekomme Sektbläschen in die Nase. Ich fange an zu husten, was nur noch mehr Aufmerksamkeit erregt. Jetzt starren auch die umliegenden Tische.

Gespanntes Schweigen macht sich breit. Ich brauche eine Ablenkung. Einen Themenwechsel. Die Leute sollen aufhören, mich anzustarren, und mir einen Moment Zeit zum Nachdenken geben. Also überkompensiere ich. »Weihnachten!«, platze ich heraus.

Meine Freunde schauen mich verwirrt an, als wäre ich ein Roboter mit Kurzschluss.

»Da Finn wegzieht, könnte dies unser letztes gemeinsames Weihnachten sein«, fahre ich fort. »Also müssen wir dafür sorgen, dass es das allerbeste Weihnachten ever wird!«

»Feiern wir dieses Jahr überhaupt zusammen?«, fragt Priya.

Finn gibt ein unverbindliches Brummen von sich.

»Natürlich!« Finn und ich feiern seit einem Jahrzehnt jedes Jahr zusammen Weihnachten, Priya ist seit sechs Jahren dabei, Theo seit fünf Jahren. Wie kommt sie bloß drauf, dass wir dieses Jahr nicht zusammen Weihnachten feiern?

»Die letzten Jahre war Weihnachten …« Priya verstummt. Sie braucht nicht fortzufahren, wir waren dabei.

»Aber jetzt ist doch wieder alles okay! Und wir müssen es dieses Jahr machen … für Finn!« Ich lege meinen Arm um seine Schulter, um zu verdeutlichen, dass alles wieder gut ist. Es muss einfach gut sein.

4

Hannah

Weihnachten #5, 2012

Als ich aufwache, klappert Priya in der Küche herum. Ich hatte gehofft, sie wäre schon weg, aber Fehlanzeige.

Priya wohnt hier, seit Garrett im Juni ausgezogen ist. Garrett, mein Mitbewohner nach Finn, trainierte gerne Kickboxen im Wohnzimmer, das schon zum Herumsitzen zu eng ist, geschweige denn für eine Jab-Cross-Undercut-Kombination. Ich bin mir auch ziemlich sicher, dass er in seinem Zimmer in leere Limoflaschen gepinkelt hat. Oder er war massiv dehydriert, denn manchmal hat er den ganzen Sonntag lang sein Zimmer nicht verlassen.

Das einzig Positive an Garrett als Mitbewohner war, dass er über Weihnachten zuverlässig weg war. Vermutlich dort, wo auch immer er herkam. Ich habe nie herausgefunden, wo das war.

In der Küche vor der winzigen quadratischen Arbeitsplatte steht Priya in einem rosa-rot gestreiften Thermopyjama, die Haare zu einem hohen Dutt zusammengebunden. Die Arbeitsfläche ist mit Gemüseresten und zerbrochenen Eierschalen übersät. Sie summt »We Are Young« von Fun mit, das blechern aus dem Lautsprecher ihres Handys dröhnt. »Ich mach uns Frühstück!«, verkündet sie fröhlich, als sie mich bemerkt.

Ich schaue über ihre Schulter in die Rührschüssel, in der sich eine klebrige Masse aus Eiern und den Restbeständen aller Gemüsesorten aus unserem Kühlschrank befindet.

»Danke«, sage ich, obwohl der Inhalt der Schüssel nicht gerade verlockend aussieht.

»Das ist ein Rezept von meiner Mutter. Sie nennt es Küchenspülen-Quiche. Dafür nimmt sie alles, was noch im Kühlschrank ist, vermischt es mit Käse und füllt es in eine Form, die sie mit Mürbteig ausgelegt hat. Das sieht jetzt zwar eklig aus, aber es ist wirklich gut, versprochen.« Normalerweise würde mir das nichts ausmachen, aber heute – an Weihnachten – fühlt sich mein eigener Mangel an Familie noch akuter an. Ich bin ein wenig neidisch, dass Priya eine Mutter hat, von der sie in der Gegenwartsform sprechen kann. »Jedenfalls«, plappert sie weiter, »war ich früh wach und dachte, ich mache ein besonderes Frühstück, weil ja Feiertag ist und so.« Sie zuckt verlegen mit den Schultern. »Abgesehen davon, was soll ich auch sonst heute machen? Für uns Nicht-Christen ist Weihnachten nur ein komischer Tag im Kalender, an dem alles geschlossen ist.«

Angesichts ihrer freundlichen Geste fühle ich mich mies, weil ich sie nicht eingeladen habe, Weihnachten mit mir und Finn zu verbringen.

»Wir sollten sie einladen«, hat Finn letzte Woche gedrängt. »Sie hat doch gesagt, dass sie keine Pläne hat.« Ich war mir da nicht so sicher. Bis jetzt ist sie zwar eine gute Mitbewohnerin. Viel besser als Garrett, was aber keine Kunst ist. Sie ist fast jeden Abend unterwegs: PR-Veranstaltungen unter der Woche, und am Wochenende hat sie Dates oder geht mit Freunden was trinken. Sie hat Finn schon zu ein paar von ihren Pressepartys mitgenommen, und er hat von den Cocktails geschwärmt, den Minikrabbenbrötchen und den Goodie-Bags mit Beauty-Produkten in Reisegröße und Markenwasserflaschen. Er war hin und weg, dass das alles kostenlos war.

Priya und ich würden uns wahrscheinlich nicht auf Anhieb verstehen, wenn wir uns auf irgendeiner Party kennenlernen würden – sie wirkt zu normal, zu angepasst –, aber wir haben den gleichen Geschmack, was Take-away-Essen und Fernsehserien betrifft, was bei Mitbewohnern schon viel wert ist. Trotzdem hatte ich die Hoffnung, dass ich heute Morgen in einer leeren Wohnung aufwachen würde. Ich hatte darauf spekuliert, dass einer ihrer anderen Freunde sie zu Weihnachten einladen würde. Aber es sieht ganz so aus, als würde sie nirgendwo hingehen.

Wir essen unsere Küchenspülen-Quiche im Wohnzimmer, dessen Einrichtung eine seltsame Mischung aus unseren zusammengewürfelten Habseligkeiten ist. Mein Ikea-Sofa neben ihrem Plexiglas-Couchtisch. Mein *Band-of-Horses*-Tourplakat neben Priyas *For-Like-Ever*-Poster. Sogar ihr Taschenbuch von *Fremd Fischen* scheint sich etwas mulmig zu fühlen in unserem Billy-Bücherregal neben meiner Ausgabe von *Die Tribute von Panem*. Aber wenigstens eine von uns hat Geschmack, wenn es um die Einrichtung geht. Sogar ich muss zugeben, dass sich die Wohnung durch ihre Sachen wohnlicher anfühlt.

»Ich habe mich immer gefragt«, beginnt sie, »was ist das eigentlich zwischen dir und Finn?«

»Wir haben uns im College kennengelernt, an Weihnachten in unserem zweiten Studienjahr. Und es hat sofort klick gemacht. Es ist, als wäre er mein Seelenverwandter, mein Lieblingsmensch.« Ich halte kurz inne. »Puh, das klingt total kitschig.« Ich muss über mich selbst lachen.

Sie zieht die Augenbrauen ruckartig so weit hoch, dass ich Angst habe, sie könnten ihr aus dem Gesicht fallen. »Moment, hast du etwa Gefühle für ihn?«

»Schon, ja, aber keine romantischen, wenn du das meinst. Wir sind nur Freunde. Eigentlich mehr als Freunde. Aber nicht auf *diese* Art.« Ich schaue sie nachdenklich an. »Ich meine … Ich weiß auch nicht, wie ich es sonst beschreiben soll. Hattest du schon mal so jemanden?«

Mein Gerede ist mir irgendwie peinlich. Ich bin nicht gut darin, über meine Gefühle zu sprechen. Nachdem ich sie nach dem Tod meiner Eltern so viele Jahre lang unterdrückt und allen vehement versichert habe, dass es mir *gut* gehe, *total gut*, ist mir irgendwie das Vokabular abhandengekommen, um meine Emotionen jemand anderem verständlich zu machen, selbst wenn ich es wirklich möchte. Genau deshalb kommt mir auch dieser nicht-biologische Zwillingssinn, den Finn und ich füreinander haben, sehr gelegen. Er versteht mich ohne große Worte, und ich ihn.

»Ben«, sagt sie. »Bei uns war es genauso. Ich weiß, was du meinst.«

»Wer ist Ben?«, frage ich mit einer Mischung aus Neugier und der Gewissheit, dass ihre Verbindung keinesfalls genauso sein kann wie die von Finn und mir.

»Mein College-Freund.« Sie starrt auf ihren Teller mit Quiche, plötzlich zögerlich, obwohl sie mir freiwillig seinen Namen verraten hat.

»Was ist passiert? Falls du darüber reden willst, meine ich.«

»Tja, *National Geographic* ist passiert. Er hat seinen Traumjob als Reisefotograf bekommen und ist jetzt wahrscheinlich irgendwo im Urwald am Amazonas. Es ist ziemlich schwer, eine Beziehung mit jemandem zu führen, der nur zehn Prozent der Zeit Handyempfang hat. Wir haben es mit einer Fernbeziehung versucht, aber er hätte genauso gut auf dem Mars sein können. Und ich schätze, er hat den Job mehr geliebt als mich, denn er ist immer noch dort, und ich bin noch immer Single und nicht über ihn hinweg.«

»Das tut mir leid.« Durch ihr Geständnis fühle ich mich ihr näher. Vielleicht kann man ihren Verlust nicht mit meinem vergleichen, aber es ist der Beweis dafür, dass auch sie nicht nur aus der Sonnenschein- und Regenbogenfassade besteht, die sie nach außen hin zeigt. Ich will ihr meine Hand tröstend aufs Knie legen, aber im letzten Moment entscheide ich, dass wir doch noch nicht diese Art von Freundinnen sind, und greife nach meiner Gabel, um mir einen weiteren Bissen Quiche in den Mund zu schieben. Sie ist wirklich gut.

»Kannst du ja nichts dafür«, sagt sie.

»Übrigens, ähm … Ich wollte dich das eigentlich schon längst fragen. Hast du Lust, heute mit mir und Finn abzuhängen?«

»Ach, ich will euch nicht stören«, erwidert sie. »Ich wollte später sowieso ins Kino gehen. Weihnachten ist für mich ja nicht mal ein Feiertag. Im Ernst, du brauchst mich nicht einzuladen, nur weil ich dir von dem Drama mit meinem Ex-Freund erzählt habe.«

»Nein, ich würde mich wirklich freuen, wenn du dabei bist«, sage ich und bin selbst überrascht darüber, dass ich mir wünsche, dass sie Ja sagt.

Um zwei Uhr treffen wir uns mit Finn im Herzen von Greenwich Village. Priya hat ein Sweatshirt an, das ich ihr geliehen habe. Es ist grün mit einem flauschigen Lamm auf der Vorderseite, auf dem in schnörkeligen Buchstaben *Fleece Navidad* steht, und die Arme sind mit verschlungenen Lichterketten verziert. In den vier Jahren, in denen ich mich nun schon mit Finn auf Weihnachtsabenteuer begebe, habe ich mir eine stattliche Sammlung weihnachtlicher Klamotten zugelegt. Der heutige Plan ist einfach: Wir machen zu zweit in hässlichen Weihnachtspullis eine Kneipentour durch Greenwich Village. Jetzt allerdings zu dritt – mit Priya.

»Wow, hier sind ja viel mehr Leute, als ich erwartet hätte«, sagt Priya, als wir uns an einen Hochtisch im Wicked Willy's setzen, einer Piratenbar, in der es im Sonderangebot für zwei Dollar Bud Light Lime gibt. Das Lokal bleibt seinem tropischen Thema auch im Winter treu.

»Studentenkneipen sind an Weihnachten immer eine gute Option«, meint Finn. »Man trifft auf eine Mischung von Leuten aus aller Welt, darunter jüdische Studis und solche, die sich keinen Flug nach Hause leisten können, aber zwei Dollar für ein Bier. Es sind jede Menge Leute an Weihnachten allein, wenn man weiß, wo man suchen muss.«

Priya sieht sich um und betrachtet die anderen Weihnachtswaisen.

»Was hast du denn letztes Jahr an Weihnachten gemacht?«, fragt Finn sie.

»Ich hab mir einen halben Haschkeks reingezogen, mir den neuen *Alvin-und-die-Chipmunks*-Film angeschaut und dabei einen Rieseneimer Popcorn und eine Familienpackung Twizzlers verputzt. Und was habt ihr gemacht?«

»Oh mein Gott«, sagt Finn und sieht mich an. Wir erinnern uns beide daran, wie großartig das letzte Weihnachten – unser erstes in New York – war. »Das mag jetzt super-kitschig klingen, aber wir sind nach Dyker Heights gefahren. Du weißt schon, im tiefsten Brooklyn, wo sie sich mit der Weihnachtsbeleuchtung voll ins Zeug legen …«

»Nein, ernsthaft«, unterbreche ich, »die geben wirklich *alles*. So eine Weihnachtsbeleuchtung habe ich noch nie gesehen. Das sprengt bestimmt jede Stromrechnung.«

»Also, wir haben uns die Weihnachtsbeleuchtung angesehen«, erzählt Finn weiter, »und dann sind wir an der Eighty-Sixth Street zurück zur U-Bahn gegangen und an einem italienischen Restaurant vorbeigekommen. Ein echt traditionelles Lokal, das aussieht, als würde die Mafia dort verkehren, und es war total voll. Also beschlossen wir, es uns anzuschauen. Doch dann stellte sich heraus, dass es einfach das Weihnachtsessen der Familie war, der das Lokal gehört, aber wir wurden einfach mit eingeladen. Ich habe noch nie so gute Ravioli gegessen. Wir landeten an einem Tisch mit Carmela, der Ur-Ur-Großmutter, die von allen wie eine Königin behandelt wurde. Wir saßen bei ihr, tranken Limoncello, und sie erzählte uns Geschichten über ihre Kindheit in Sizilien.«

»Finn war ganz verrückt nach ihr«, füge ich hinzu.

»Sie war wie Sophia von den *Golden Girls*, und sie hat mir dieses Jahr sogar eine Weihnachtskarte geschickt.«

»Das klingt wirklich lustig«, sagt Priya. »Im Ernst, danke, dass ihr mich dieses Jahr mitgenommen habt.« Sie schaut sich in der Bar um und betrachtet die Mischung aus schreienden und lachenden jungen Leuten um die Zwanzig. »Ich fass es immer noch nicht, wie viele Leute hier sind. Es gibt sogar ein paar süße Jungs. Siehst du jemanden, der dir gefällt?«

»Für mich gibt es hier nichts«, antwortet Finn, ohne sich

überhaupt umzusehen. »Alle hier sind komplett hetero.«

»Klar«, sagt sie. »Und was ist mit dir, Hannah?« Beide richten ihre Aufmerksamkeit auf mich.

»Ich brauche niemanden, schon gar nicht heute. Ich will einfach nur den Tag mit euch verbringen.« Ich proste ihnen zu und nehme einen Schluck von meinem Bier.

Fünf Stunden und vier Bars später hocken wir an einem klebrigen Holztisch im Bitter End, einer schäbigen Kneipe, die sich als Musiklokal bezeichnet Unser *Ich-hab-noch-nie*-Spiel, das Priya und ich spielen, wird unterbrochen, indem ein Mann in einem T-Shirt mit dem Logo der Bar die leere Bühne betritt. Er tippt zweimal ans Mikrofon, woraufhin ein schrilles Pfeifen durch den Raum hallt.

»Sorry«, sagt er, »ich wollte bloß ankündigen, dass wir in 15 Minuten mit dem Open-Mic beginnen und dass drüben an der Bar eine Anmeldeliste ausliegt.«

»Wir sollten Finn anmelden«, sage ich zu Priya. Er ist vor ein paar Minuten rausgegangen, um einen Anruf seiner Schwester entgegenzunehmen.

»Nein, das wäre echt fies! Ich wäre stinksauer, wenn du das mit mir machen würdest.« Priya wirkt entsetzt über meinen Vorschlag.

»Glaub mir, er wird es lieben.«

Finn schlägt vor, dass wir nach den ersten beiden eher glanzlosen Auftritten gehen – ein betrunkener Student, der »Summer Girls« von LFO verhunzt, und eine Frau, die eine besonders wütende Version von »You Oughta Know« grölt.

»Lasst uns noch ein bisschen bleiben«, entgegne ich. »Bitte!«

Er wirft mir einen komischen Blick zu, protestiert aber nicht.

Als dann sein Name aufgerufen wird, starrt Finn mich an. »Das hätte ich mir ja denken können.« Aber sein Mund verzieht sich zu einem kleinen Lächeln.

»Du musst das nicht machen«, beteuert Priya und legt ihm eine Hand auf die Schulter. »Ich habe ihr gesagt, dass das gemein ist. Nur damit du's weißt, das war ganz allein Hannah!«

Noch bevor sie ihren Satz beenden kann, stolziert Finn ganz im Künstlermodus auf die Bühne.

Priya steht auf ihrem Stuhl und pfeift, als Finn seine Coverversion von »Bleeding Love« beendet hat.

»Gänsehaut, Finn, ich hab Gänsehaut«, ruft Priya, als er zu unserem Tisch zurückkommt. »Du warst unglaublich. Ich hatte keine Ahnung, dass du das kannst.«

»Ich habe dir doch gesagt, dass ich singe. Wir haben uns erst letzte Woche auf der Launch-Party für diesen Energydrink über ein Vorsingen unterhalten.«

»Na ja«, sagt Priya, »aber ich hätte nicht gedacht, dass du wirklich gut bist.« Sie schlägt sich die Hände vor den Mund. Die vier vorangegangenen Stationen auf unserer Kneipentour haben ihre Zunge gelockert, aber sie versucht es geradezubiegen: »Ich meine … warum bekommst du keine Rollen, wenn du so toll singen kannst?«

Finn nimmt ihr den Fauxpas nicht übel. »Bei diesen Castings ist jeder gut. Talent ist die Grundvoraussetzung. Aber ich habe keine Beziehungen oder Referenzen. Regisseure haben mir auch schon öfter gesagt, dass ich nicht das richtige Aussehen für die Rolle habe, was manchmal bedeutet, dass ich zu schwarz bin, aber manchmal auch, dass ich nicht schwarz genug bin. Manchmal ist es auch bloß eine Kleinigkeit. Einmal hätte man mich fast für eine Rolle gecastet, aber ich war zu groß für die Kostüme, und sie hatten weder die Zeit noch die Mittel oder vielleicht auch nicht die Lust, sie umändern zu lassen.«

»Das ist ja ein Mist, Finn. Wie unfair«, schimpft Priya.

»Das Leben ist nicht fair.« Er zuckt mit den Schultern. »Wollt ihr noch was trinken?« Er hält sein leeres Glas hoch.

»Danke«, sage ich. »Ich muss morgen megafrüh aufstehen und arbeiten.« Als jüngste Vollzeitangestellte beim Radiosender Z100 habe ich mir gar nicht erst die Illusion gemacht, dass ich die ganze Woche frei bekomme. An Weihnachten wird eine vorproduzierte Sendung aus Musik- und Werbeblöcken gesendet, aber morgen sind wir wieder in aller Frühe dran.

»Hannah Gallagher, aufstrebende Radiostarmoderatorin, dazu berufen, ihren besten Freund, einen hungernden Künstler, auf dem Weg nach ganz oben in den Schatten zu stellen«, sagt er mit aufgesetzter Nachrichtensprecherstimme.

»Ich weiß ja nicht, ob ich meinen Mindestlohnjob als Weg nach ganz oben bezeichnen würde. Ich glaube nicht, dass sie das am Boston College gemeint haben mit ihrem Spruch: *Set the world aflame*«, murre ich und zitiere damit das Jesuiten-Motto der Hochschule, das man uns in verschiedenen, vor Plattitüden triefenden Reden während des Studiums eintrichterte. Doch insgeheim bin ich überglücklich, dass ich letzten Monat eine Vollzeitstelle ergattert habe, nachdem ich mehr als ein Jahr lang als unbezahlte Praktikantin gebuckelt hatte.

Niemand war von meinem beruflichen Aufstieg nach dem Studium überraschter als ich. Davor hatte ich immer gedacht, ich würde kellnern oder an der Abendkasse der Musicalproduktionen arbeiten, in denen Finn die Hauptrolle spielt. Ich hatte mich auch nur zum Spaß für das Praktikum beworben, nach einem besonders frustrierenden Gespräch mit einer Beraterin des Career Centers der Universität.

»Was macht Ihnen am meisten Spaß?«, hatte sie mich gefragt. Die einzigen Dinge, die mir einfielen, waren Musik und meine Weihnachtstradition mit Finn, und nur mit einem davon ließ sich überhaupt Geld verdienen. Finn hat es viel schwerer, einen Job zu finden.

»Ist außer mir noch jemand am Verhungern?«, fragt Priya.

»Lasst uns von hier verschwinden«, schlägt Finn vor. »Wir können es immer noch zum Waverly Diner schaffen.«

»Ich bin dabei!«, rufe ich. Es ist eines der wenigen Lokale, in dem es Kartoffelpuffer statt Pommes gibt, was es zu unserem Lieblingsrestaurant macht. »Frühstück zum Abendessen ist für uns so ein Weihnachtsding«, erkläre ich Priya.

»Okay, und was waren für dich bisher die Höhe- und Tiefpunkte von deinem ersten Weihnachten mit uns?«, will Finn von Priya wissen, während er uns in Richtung West Village führt.

»Mein Höhepunkt war definitiv dein Lied, Finn. Ich bin immer noch ganz baff. Du hast die ganze Bar zum Toben gebracht.« Finns Gesicht leuchtet bei ihrem überschwänglichen Lob. »Im Ernst«, fährt sie fort, »ich habe keine wirkliche Vergleichsgrundlage, aber dieses Weihnachten war bestimmt mein Bestes.«

Ich strahle sie an und freue mich, dass sie begriffen hat, warum ich die Weihnachtsabenteuer mit Finn so mag. »Hast du Lust, nächstes Jahr wieder dabei zu sein?«, frage ich.

»Mit dem allergrößten Vergnügen.«

5

Hannah

Dieses Jahr, 16. November

Warte auf der Männer-Couch auf mich. Muss noch kurz was fertig machen! 5 Min!, schreibt Priya.

Ich weiß nicht genau, was eine »Männer-Couch« sein soll, aber es erklärt sich von selbst, als ich im Büro von Glossier in der Lafayette Street ankomme und drei Männer erblicke, die auf einem rosa Plüschsofa im Empfangsbereich in ihren Handys scrollen, während ihre Frauen im angeschlossenen Showroom Make-up einkaufen, die minimalistischen Farbtöne der Marke ausprobieren und Selfies vor den perfekt beleuchteten Spiegeln machen.

Seit Priya im April ihren neuen Job angetreten ist, kann sie über nichts anderes mehr reden. Sie erwähnt die Marke, für die sie arbeitet, in jedem zweiten Satz, als wäre sie bis über beide Ohren verknallt. *Glossier wird das nächste Startup-Einhorn. Ich hab Aktienoptionen von Glossier bekommen. Ich habe auf* Into the Gloss *gelesen, dass Priyanka Chopra Joghurt als Peeling verwendet.* Kurz gesagt, Priya ist total auf dem Glossier-Trip.

Und es ist schön zu sehen, dass sie sich nach drei eher erfolglosen Jahren wieder für die Arbeit begeistert. Davor hatte ihr Einkommen als freiberufliche Texterin aus ziemlich trostlosen Auftragswerken bestanden. Am Ende durfte sie bloß noch SEO-Artikel schreiben, die die Leser dazu bringen sollten, auf Affiliate-Links zu klicken. Aber jetzt hat sie ihren Traumjob als Redakteurin für den Markenblog Glossier.

Als sie dort anfing, habe ich eine große Online-Bestellung für Produkte mit so wohlklingenden Namen wie »Cloud paint« und »Haloscope« aufgegeben, obwohl ich nicht wusste, wie man sie benutzt. Ich war einfach froh, Priya so glücklich zu sehen, und wollte sie unterstützen.

Nach kurzer Wartezeit kommt Priya in den Empfangsbereich und schlüpft in einen blauen Plüschmantel, der aussieht, als wäre er aus einem Muppet-Show-Fell gemacht. Ihre Augen sind mit passendem blauen Glitzer-Eyeliner umrandet. »Bereit?«, fragt sie.

»Erklär mir noch mal, was das für ein Kurs ist«, sage ich, während wir die Canal Street überqueren und uns auf den Weg nach Tribeca machen. Ich sehe Priya viel seltener, seit sie ihren neuen Job hat und wir nicht mehr in der Orchard Street wohnen. Die letzten drei Male, als wir nur zu zweit etwas vorhatten, hat sie kurz vorher per Textnachricht abgesagt, weil sie noch im Büro festsaß. Ich dachte mir, dass sie vielleicht nicht so leicht abspringt, wenn sie den Abend geplant hat, aber jetzt bin ich skeptisch, worauf ich mich da eigentlich eingelassen habe.

Wie sich herausstellt, hatte ich guten Grund, misstrauisch zu sein. Angeblich handelt es sich um einen Dance-Cardio-Kurs, aber am Ende der fünfundfünfzigminütigen Einheit fühle ich mich, als wäre ich mit Schwimmflügeln und einem String-Bikini zu einem Navy SEALs-Training für Fortge-

schrittene erschienen. Mein T-Shirt ist komplett durchge-
schwitzt, und ich bin mindestens fünf Mal über meine eigenen Füße gestolpert. Zum Ausklang der Stunde liege ich
ausgestreckt auf einer der Matten, die wir für die Schlussent-
spannung ausgerollt haben. Ich weiß nicht, ob ich es schaffe,
aufzustehen, geschweige denn meine Matte abzuwischen und
nach Hause zu gehen.

»Hat doch Spaß gemacht, oder?«, meint sie, als wir schließlich doch auf der Straße vor dem Studio stehen. »Stell dir vor,
wie durchtrainiert du wärst, wenn du das dreimal pro Woche machen würdest.« Priyas blauer Eyeliner sitzt noch perfekt, während mir Mascaraschlieren über die Wangen laufen.

»Das werden wir niemals erfahren, denn ich komme bestimmt nicht wieder hierher. Ich schätze, mit der heutigen
Stunde habe ich mein Trainingspensum für mindestens das
ganze nächste Jahr erfüllt«, erkläre ich, damit bloß nicht das
Missverständnis aufkommt, ich hätte mich mit einer neuen
Tradition einverstanden erklärt. Ich stehe eher auf Bewähr-
tes wie am Sonntagabend Pad Thai und Frühlingsrollen von
unserem Lieblings-Take-away zu essen, während wir uns Folgen von *30 Rock* ansehen. Aber ich fürchte, das haben wir in
den fünf Monaten seit unserem Auszug nur einmal geschafft.

»Wir hätten auch was anderes machen können«, räumt
sie ein.

»Ich wollte Zeit mit dir verbringen, und du wolltest eben
das machen«, sage ich.

»Wusste ich doch, dass du insgeheim total nachgiebig
bist.« Sie stupst mich mit ihrer Schulter an.

»Sag es niemandem, das untergräbt sonst meine Glaub-
würdigkeit«, erwidere ich. »Aber können wir uns jetzt bitte

endlich in irgendeiner Bodega auf dem Weg eine große Portion Pommes holen und vielleicht ein Gatorade?«

Sie hakt sich bei mir unter, und ich führe sie zum Terroir, einem Lokal im Viertel, das David und ich lieben. Ich rede mir ein, dass ich als Stammgast das Recht habe, in Trainingsklamotten und mit verschwitzten Haaren dort aufzutauchen.

Nachdem wir einen Tisch gefunden haben, eine Käseplatte zwischen uns steht und die Pommes bestellt sind, spreche ich das Thema an, das mich seit Finns Ankündigung Anfang der Woche quält.

»Also, wegen Weihnachten …«

»Ich hab mir schon gedacht, dass du das ansprechen wirst«, unterbricht mich Priya. »Ehrlich gesagt versteh ich es nicht. Ich dachte, du würdest Weihnachten dieses Jahr mit Davids Familie verbringen. Läuft's denn nicht gut bei euch?«

»Es läuft alles großartig mit David. Aber hier geht's nicht um ihn, es geht um uns vier.« Es frustriert mich, dass die anderen unsere Weihnachtstradition offenbar so einfach aufgeben wollen.

Sie mustert mich mit misstrauisch hochgezogener Augenbraue. »Du hast noch nicht einmal mit David über Weihnachten gesprochen, oder?«

Ich trinke ein halbes Glas Wasser in einem Zug, um ihrer Frage auszuweichen. Sie kennt mich einfach zu gut.

Die Zeit, als Finn und ich nicht miteinander redeten, hat mich und Priya noch näher zusammengebracht. Zuvor hatte ich meine Geheimnisse auf die beiden verteilt, weil ich niemandem von ihnen zu sehr zur Last fallen wollte. Doch während meine Freundschaft mit Finn auf Eis lag, avancierte Priya zu meiner einzigen Vertrauten. Ich fürchte, wenn ich ihr die Chance dazu gebe, wird sie mir Weihnachten genauso ausreden, wie sie es getan hat, als ich in den ersten Monaten unserer Beziehung zweimal fast mit David Schluss gemacht hätte.

»Findest du nicht, dass er ein bisschen zu gut klingt, um wahr zu sein?«, fragte ich Priya nach unserer vierten Verabredung. »Ich meine, schon seine Berufsbezeichnung ›Rechtsanwalt für geistiges Eigentum‹ klingt irgendwie nach einem Fake, oder? Das ist doch genau das, was so ein Internetbetrüger schreiben würde. Und er stellt so viele Fragen – über meinen Job, meine Lieblingsdinge, meine Kindheit. Es kommt mir so vor, als würde er versuchen, mein Online-Banking-Passwort rauszukriegen. Meinst du, es könnte sich um eine Art Identitätsdiebstahlsmasche handeln?«

Sie warf mir einen Blick zu, als wäre ich der begriffsstutzigste Mensch der Welt, was ich vielleicht auch war. »Also, ich glaube, er versucht einfach, dich kennenzulernen. Und ich sage es dir nur ungern, aber du verdienst läppische fünfundsiebzigtausend Dollar im Jahr und gibst die Hälfte deines Einkommens nach Steuern für die Miete aus. Ich glaube nicht, dass deine Identität so viel wert ist … Was, wenn er einfach nur ein guter Typ ist?«

Was David betrifft, hatte sie recht, aber es gibt andere Dinge, die sie nicht versteht. Jedenfalls nicht wirklich. Nicht so wie Finn. Und ich fürchte, Weihnachten könnte so ein Thema sein.

Nach unserem ersten Weihnachten war ich nicht sicher, ob ich Finn wiedersehen würde. Aber er tauchte Tag für Tag in meinem Wohnheim auf, immer mit einem Plan für ein Abenteuer im Gepäck. Wir aßen French Toast in Johnny's

Luncheonette, einmal wühlten wir uns durch Geschäfte im Garment District, wo die Klamotten zum Kilopreis verkauft werden, und bei einem Filmabend zwang er mich, *Moulin Rouge* zu schauen, und ich nötigte ihn im Gegenzug zu *Garden State*.

Der Auftakt meiner Freundschaft mit Finn fühlte sich an wie die klassische Szene einer Liebeskomödie, in der sich die Hauptpersonen ineinander verlieben – hübsch zusammengeschnitten und mit einem fröhlichen Popsong hinterlegt. Ohne es zu wissen, holte er mich aus meiner Dunstglocke von Trauer und Selbstmitleid heraus. Und als sich im Januar der Campus wieder mit Studenten füllte, war unsere Freundschaft besiegelt.

Nun nach einem Jahrzehnt gemeinsamer Weihnachten habe ich das Gefühl, ich bin es Finn schuldig, ihm ein letztes Weihnachten zu schenken, um all das zu feiern, was er mir gegeben hat. Also weiche ich Priyas Frage aus, ob ich David bereits gesagt habe, dass ich Weihnachten nicht mit ihm und seiner Familie verbringen kann. Er wird schon verstehen, warum mir das so wichtig ist.

»Wir vier feiern Weihnachten doch immer zusammen«, sage ich zu Priya. »Oder hast du dieses Jahr was anderes vor?«

»Ich hab mir überlegt, nach Bali zu fliegen«, sagt sie. »Die Tickets sind wirklich günstig, wenn man am ersten Weihnachtstag fliegt. Glossier ist in der Woche zwischen Weihnachten und Neujahr sowieso geschlossen, und Bali klingt besser als eine Woche Frieren in New York.«

Ich habe Priya in den sechs Jahren, die ich sie nun schon kenne, noch nie von Bali reden hören. Es ist, als hätte sie wahllos einen Dartpfeil auf eine Landkarte geworfen, als wäre alles besser, als Weihnachten hier mit uns zu verbringen. Die Vorstellung, dass ihr unsere Tradition so wenig bedeutet, schmerzt.

»Aber warum allein nach Bali fliegen, wenn man Weihnachten mit seinen Freunden verbringen kann?«, werfe ich ein.

»Weil letztes Weihnachten … furchtbar war.« Priya zieht eine Grimasse, als ob die Erinnerung daran ihr körperliche Schmerzen bescheren würde.

»Ja, okay. Aber daran war niemand schuld.«

»Und das Weihnachten davor?«, fragt sie mit strenger Stimme, wie eine Lehrerin, die mir zu verstehen geben will, dass der Hund nicht wirklich meine Hausaufgaben gefressen hat.

»Ich weiß schon, aber glaub mir, mit Finn und mir ist wieder alles gut. Das war ein Ausrutscher. Dieses Jahr wird anders. Versprochen, es wird viel besser!«

»Hannah, warum ist das so wichtig für dich?«

»Und warum ist es dir nicht wichtiger?«

Bevor Priya antworten kann, leuchtet ihr Telefon auf, und auf dem Bildschirm ist ein Foto von ihr und ihrer Mutter zu sehen, mit eng aneinander geschmiegten lachenden Gesichtern.

Priya blickt aufs Display und dann wieder zu mir. Die Antwort auf meine Frage hängt unausgesprochen zwischen uns in der Luft. Sie *braucht* Weihnachten nicht so sehr wie ich. Sie hat eine *richtige* Familie. Sie würde es nie so formulieren – und ich würde es auch nicht laut sagen –, aber es ist die Wahrheit.

Priya dreht das Handy um und ignoriert den Anruf. Ich bin mir nicht sicher, ob es daran liegt, dass sie gerade nicht mit ihrer Mutter sprechen will, weil die sie sowieso fast jeden Abend anruft, um sie vor irgendeinem mysteriösen neuen medizinischen Problem zu warnen, je nachdem welche Patienten sie an diesem Tag in ihrem Job als Krankenschwester versorgt hat, oder aus Rücksichtnahme auf mich.

Ich schmiere etwas Brie auf ein Stück Baguette und schiebe es mir in den Mund. Während ich langsam kaue, überlege ich, wie ich das, was ich Priya verständlich machen will, formulieren soll. »Das ist Finns letztes Weihnachten in New York …«

»Na und? Er kann nächstes Weihnachten herfliegen, wenn er will. Er zieht nach L.A., nicht in die Antarktis.«

»Ja, aber was ist, wenn er neue Freunde findet? Oder einen Freund hat? Oder was ist, wenn wir es dieses Jahr nicht mehr machen und die Tradition damit endet. Dann würde er nämlich nicht zurückfliegen und ganz allein in seiner traurigen Wohnung sitzen.«

»Warum gehst du davon aus, dass seine Wohnung traurig sein wird?«, fragt sie.

»Ich weiß es nicht! Das ist nicht der Punkt. Es geht darum, dass Finn meine Familie ist – so wie du und Theo auch – und dass das unsere Tradition ist, und wenn es unser letztes Weihnachten ist, müssen wir es richtig angehen: ein letztes Mal, solange wir alle zusammen hier in dieser Stadt sind.«

In letzter Zeit habe ich das Gefühl, dass wir viel weniger Zeit füreinander haben. Früher war es eine Selbstverständlichkeit, dass wir vier unsere Wochenenden zusammen verbrachten. Wir brauchten keine Restaurantreservierungen oder Konzertkarten, um uns auf ein Datum und eine Uhrzeit festzulegen. Wenn wir nichts zu tun hatten, ließen wir uns etwas einfallen. So kam es, dass wir mal spontan einen verregneten Aprilsamstag im Dave & Buster's am Times Square verbrachten und versuchten, den Sieg im Pub-Quiz zu erlangen, bei dem man einen Toaster gewinnen konnte, der bis heute in Finns Küche steht. Doch inzwischen braucht es dreißig E-Mails und schon einen Monat im Voraus eine Google-Kalender-Einladung, um ein Datum festzulegen, und selbst dann besteht eine fünfzigprozentige Wahrscheinlichkeit, dass mindestens einer kurzfristig abspringt. Ich dachte, wenigstens unsere gemeinsame Weihnachtstradition sei uns heilig, aber jetzt ist sogar die in Gefahr.

Priya stößt einen Seufzer aus. »Ich weiß, dass dir das wichtig ist, also bin ich dabei. Unter einer Bedingung …« Sie hält einen Finger zwischen uns hoch. »Kein Drama dieses Jahr. Du musst mir hoch und heilig schwören, dass das wirklich das beste Weihnachten wird. Keine Wiederholung der letzten beiden Jahre. Und du musst auch Theo überzeugen. Sonst: Bali, ich komme.« An ihrem Lächeln erkenne ich, dass sie bloß Spaß macht, und ich atme erleichtert auf. Jetzt muss nur noch einer überzeugt werden.

Am Samstag packe ich das Thema mit Theo an. Ich warte auf ihn vor der Kunstgalerie Massey Klein in der Forsyth Street, die er mir als Treffpunkt genannt hat. Da ich davon überzeugt bin, dass das Galeriepersonal meine relative Armut an meiner Kleidung, meinem Haarschnitt oder vielleicht sogar an meinem Geruch erkennen kann, bleibe ich fröstelnd auf dem Bürgersteig stehen und höre beim Warten das neue Album von Clementine Del. Dieses neue Album ist viel düsterer als ihre frühere Musik.

Meine Playlist wird durch einen Anruf von Brooke unterbrochen, aber ich bin heute nicht in der Verfassung, mich mit ihr zu beschäftigen, auch wenn es eigentlich nie einen idealen Zeitpunkt gibt, um mit meiner Schwester zu sprechen. Ich lasse den Anruf auf die Mailbox gehen.

Als Kind habe ich Brooke vergöttert. Natürlich bedeutete unser Altersunterschied von sechs Jahren, dass ich nur die nervige kleine Schwester war, die sie immer mitschleppen musste. Jemand, den sie, weil unsere Mutter darauf bestand, mit ins Schwimmbad nehmen musste, wo sie sich mit ihren *richtigen* Freunden traf. Aber ich liebte diese Tage, an denen ich so tat, als würde ich einen meiner Gruselkrimis lesen, während ich bloß begierig jeden Happen Klatsch verschlang, den Brooke mit ihrem Freundinnentrio austauschte. Ich malte mir aus, dass wir, wenn wir älter wären, beste Freundinnen sein würden, wie die Schwestern aus *Charmed*, Brookes damaliger Lieblingsserie.

Brooke und ich standen uns genau eine Woche in unserem Leben nahe. In der Woche nach dem Tod unseres Vaters.

Als unsere Mutter starb, waren wir nicht überrascht. Der Krebs hatte sich nach und nach in ihrem Körper ausgebreitet. Erst in ihrer Lunge, dann in ihrem Gehirn und am Ende überall. Als sie starb, hatten wir das Gefühl, nach einer langen, anstrengenden Autofahrt am Ziel anzukommen. Alle waren müde, zermürbt und genervt von den anderen Mitfahrern. Wir waren sehr traurig, keine Frage, aber da war auch so etwas wie Erleichterung. Nach der Beerdigung konnte Brooke zurück nach Georgetown fahren und in ihrem restlichen Abschlussjahr noch ein paar wilde Partys bei der Fraternity Sigma Phi Epsilon mitnehmen, ohne sich schuldig zu fühlen, weil sie nicht am Krankenbett unserer Mutter wachte.

Aber der Tod unseres Vaters kam völlig überraschend. Eines Morgens, drei Monate nach dem Tod unserer Mutter, brach er zu seiner Arbeit auf und kehrte nie mehr zurück. Er fuhr auf dem Rückweg vom Pendlerparkplatz an der NJ Transit Station im Stadtzentrum gegen einen Baum. Er sei am Steuer eingeschlafen, sagte mir der Polizeibeamte, als er an unsere Haustür klopfte und mich fälschlicherweise für jemanden hielt, der alt genug war, um mit dieser Nachricht konfrontiert zu werden. In meinen schlimmsten Momenten fragte ich mich, ob er diesen Unfall absichtlich gebaut hatte. Ob er einfach nicht in einer Welt ohne meine Mutter hatte leben wollen.

Brooke und ich verbrachten die Woche nach dem Unfall damit, hinter einem Schleier aus gemeinsamer Trauer durch das Haus unserer Kindheit zu geistern. Wir besprühten uns mit Moms Chanel N°5-Parfüm und schlüpften in die abgetragenen Flanellhemden und alten Band-T-Shirts, die Dad an den Wochenenden angehabt hatte. Unter der Woche trug er das, was er seine »Büroverkleidung« nannte – eine Kollektion bestehend aus Khakihosen und pastellfarbenen Button-Down-Hemden –, um als Grafikdesigner in einer Werbeagentur zu arbeiten. Er fertigte gerne Karikaturen von Brooke und mir beim Hausaufgabenmachen an. »Leider kann man mit solchen Kritzeleien nicht viel Geld verdienen«, sagte er dann manchmal. »Also lernt lieber fleißig euren Mathekram.« Das Traurigste an der ganzen Sache war, dass er auf dem Heimweg von einem Job starb, den er hasste.

Nun waren Brooke und ich ganz allein auf der Welt. Wir waren füreinander die einzigen verbliebenen Verwandten.

Wir lasen uns abwechselnd Einträge aus einem Tagebuch meiner Mutter vor, von dem wir vorher nichts gewusst hatten. Wir fanden es in der obersten Schublade ihres Nachttisches neben einem kleinen rosa Vibrator, den wir sofort kreischend in den Müll beförderten. Die Einträge wechselten zwischen lustigen Anekdoten aus unserer Kindheit und Plänen für eine Zukunft, die sie nie haben würde, Aufzählungen von den exotischen Reisen, die sie und Dad machen würden, sobald ich die Highschool abgeschlossen hätte. Brasilien, Bermuda, Botswana – und das waren nur ihre Traumziele mit B.

Unsere Nähe hielt für die Dauer des Sonderurlaubs, den Brooke von ihrem ersten Job nach dem Studium als Junior-Analystin bei Lehman Brothers bekam. Dann lebte sie ihr Leben weiter.

Brooke wurde zu meinem gesetzlichen Vormund ernannt. Es gab ja auch niemanden sonst. Dad war Einzelkind gewesen – seine Eltern waren bereits verstorben –, und Mom hatte kaum mit ihrer Familie gesprochen. »Fundamentalistische Spinner«, hatte sie sie genannt. Am Ende war keiner von ihnen bei ihrer Beerdigung aufgetaucht.

Brookes Rolle als mein Vormund existierte mehr auf dem Papier als in der Praxis. Was wusste eine Zweiundzwanzigjährige auch schon darüber, wie man für eine Sechzehnjährige sorgte? Brooke konnte sich ja kaum um sich selbst kümmern.

Wie zu erwarten war, verwahrlosten wir ziemlich in unserer neuen Wohnsituation. Ich ernährte mich hauptsächlich von Pizzalieferungen und Essenseinladungen bei Freunden, die Mitleid mit mir hatten. Brooke wohnte zu Hause und pendelte zu ihrer Arbeit in der Stadt, aber meistens schlief sie bei Freunden in der Nähe ihres Büros auf der Couch und kam nur alle paar Wochenenden nach Hause, um Wäsche zu waschen und sich zu vergewissern, dass ich das Haus nicht komplett verwüstet hatte. Es kam uns nicht einmal in den Sinn, mich an einer neuen Schule in der Stadt anzumelden.

Eine Minute nachdem ich den Anruf meiner Schwester ignoriert habe, vermeldet ein Klingelton meines Handys eine Nachricht auf der Mailbox.

»Hi! Hier ist Brooke. Du hast nicht auf meine Textnachricht wegen Thanksgiving reagiert, also wollte ich noch mal nachfragen. Spencers Eltern kommen aus Florida, und die Familie seines Bruders aus Maine wird dieses Jahr auch dabei sein. Wir würden uns freuen, wenn du kommst. Finn ist natürlich auch willkommen. Oder David. Oder beide. Ruf mich doch bitte mal zurück und lass mich wissen, ob wir mit dir rechnen können. Ich muss dem Catering bis Dienstag die endgültige Personenzahl mitteilen.«

Ich fass es nicht, dass Brooke für Thanksgiving einen Caterer engagiert hat. Aber wenn ich es mir recht überlege, passt es wie die Faust aufs Auge. Ihre Hingabe an die Rolle einer perfekten Hausfrau, die sie nach der Heirat mit Spencer übernommen hat, ist Oscar-würdig. Ich schreibe eine kurze Nachricht: *Bin dieses Jahr mit David bei seinen Eltern.*

Sie antwortet mit einem Daumen-hoch-Emoji. Vermutlich ist sie genauso erleichtert darüber, dass ich nicht dabei sein werde, wie ich. Denn ich wäre bloß ein hässlicher Fleck aus ihrer traurigen Vergangenheit, der die Fassade der ansonsten perfekten Familie, die sie sich aufgebaut hat, beschädigen würde.

Um zehn nach eins setzt ein schwarzer SUV Theo auf dem Bürgersteig vor der Galerie ab. Er trägt einen anthrazitfarbenen Wollmantel und hat einen Burberry-Schal um, tadellos wie immer. Sein Gesicht verzieht sich zu einem Grinsen, als er mich an einem Fahrradständer lehnen sieht.

»Warum wartest du hier draußen?«

»Hier steht *nur nach Terminvereinbarung*, und ich habe keinen Termin. Hast du denn einen?« Ich zeige auf das Schild im Fenster.

»Die meinen doch nicht uns. Du frierst dir hier draußen ja die Eier ab.«

»Theo, ich glaube nicht, dass Damen Eier haben.«

Er lacht. »Dann eben die Titten. Los, komm.« Er führt mich in die Galerie.

Eine schwarz gekleidete Galeriemitarbeiterin schaut von ihrem Laptop auf und schenkt Theo den Anflug eines Lächelns. »Sagen Sie Bescheid, wenn ich Ihnen behilflich sein kann.«

»Wonach suchen wir?«, flüstere ich, als er mich in den ersten Raum führt.

»Du brauchst nicht zu flüstern, das ist hier keine Bibliothek.«

»Also?«, frage ich mit meiner vollen Stimme, aber das fühlt sich an einem Ort wie diesem irgendwie falsch an.

»Ich suche etwas für mein Schlafzimmer.« Er hält inne, als würde er überlegen, ob er noch mehr sagen soll. »Das Bild über dem Bett hat Elliot gehört, aber er hat es mitgenommen, als er ging.«

Elliot ist der letzte in Theos Serie von geheimnisvollen Liebhabern gewesen. In den fünf Jahren, die wir Theo nun kennen, haben wir immer wieder Gerüchte über seine Lieb-schaften gehört, sie aber nur selten getroffen. Elliot, Violinist am dritten Pult bei den New Yorker Philharmonikern, war in dieser Hinsicht eine bemerkenswerte Ausnahme. Theo schien es ernster mit ihm zu meinen. Sie waren sieben Mo-nate zusammen, ein Rekord, soweit ich weiß. Diesen Som-mer, nach nur zwei Monaten Beziehung, war er bei Theo eingezogen. Theo behauptete damals, Elliot habe seine Woh-nung untervermietet, weil er eigentlich vorgehabt hatte, den Sommer nicht in der Stadt zu verbringen. Doch Finn hielt El-liot für einen Gold-Digger, der Theo nur ausnutzte, um seine eigene finanzielle Situation zu verbessern. Allerdings wusste man bei Finns Meinungen über Theos Partner nie so recht, was dahintersteckte. Er mochte sie alle aus Prinzip nicht. Und das Prinzip lautete, dass diese Männer nicht er waren.

»Warum hast du nicht lieber Finn mit hierher genom-men?«, frage ich. »Meinst du nicht, dass er das besser kann?«

»Du weißt, dass das nicht stimmt. Er würde alles mögen, bloß weil es teuer ist.«

Ich kann mir ein Grinsen nicht verkneifen. Er hat nicht unrecht.

»Ich war so froh, als du angerufen hast, damit wir was zu-sammen planen können«, fährt Theo fort. »Du und ich ha-ben uns schon so lange nicht mehr zu zweit getroffen, und ich finde, es wurde langsam mal wieder Zeit.« Auch das ist nicht verkehrt. »Also … gab es einen bestimmten Grund, warum du dich mit mir treffen wolltest?«, fragt er. »Nicht, dass es einen Grund bräuchte, ich freue mich natürlich im-mer, wenn ich Zeit mit dir verbringen kann.« Er legt mir eine Hand auf den Rücken und führt mich in den nächsten Raum, der voll von hyperrealistischen Gemälden ist, die von Weitem wie Fotografien aussehen. Auf einem Bild ist ein Mann zu sehen, der eine kleine Badehose trägt, mit einer noch kleineren Ananas darauf. Daneben sind im Bildausschnitt nur noch sein Oberkörper und seine Beine zu sehen. Ein weiteres Gemälde zeigt ein junges Mädchen, das mit dem Rücken zum Betrachter dasteht und eine Baggy-Jeans und einen rosa Rucksack trägt. Keiner der Porträtierten hat ein Gesicht, aber man kann aus diesen Schnipseln von Körperteilen und Kleidung viel über sie erfahren.

»Ich wollte mit dir über Weihnachten sprechen«, sage ich.

»Das hatte ich im Gefühl.« Er lässt sich nicht anmerken, wie er zu dem Thema steht.

»Ich denke, wir sollten Finn ein letztes Weihnachtsabenteuer schenken. Eines für die Geschichtsbücher, das alle Rekorde bricht!« Ich habe eine ganze Rede vorbereitet, die ich heute Morgen vor dem Badezimmerspiegel sogar geübt habe. Ich warte ab, wie mein Aufmacher ankommt, bevor ich fortfahre. Bei Priya war ich mir ziemlich sicher, dass sie nachgeben würde, aber bei Theo weiß ich nicht so recht. Obwohl Finn und ich uns wieder versöhnt haben, hat Theo mich im vergangenen Jahr auf Distanz gehalten, und ich habe ihn gelassen. Aber jetzt, wo unser vielleicht letztes Weihnachten bevorsteht, muss alles wieder so werden wie vor dem großen Hannah-Finn-Zerwürfnis. Ein legendäres Weihnachten zu viert.

Er bleibt vor einem Gemälde stehen, auf dem zwei Paar nackte Beine zu sehen sind, eine Frau in Sandalen und ein Mann in Turnschuhen, und legt eine Hand ans Kinn, um es näher zu betrachten. Ich kann nicht sagen, ob er sich für das Bild interessiert oder bloß Zeit schindet. Einen Moment lang frage ich mich, ob er einen Fußfetisch hat. Ich persönlich finde das Gemälde seltsam, aber ich habe in meinem Wahlpflichtfach Kunstgeschichte am College auch nicht gerade geglänzt.

»Was meinst du?«, fragt er nach einer Weile.

»Zu dem Bild oder zu Weihnachten? Ich habe dir gesagt, wie ich mir Weihnachten vorstelle, und ich denke, wir sollten es machen.«

»Ich bin mir ehrlich gesagt, bei beidem unschlüssig. Aber ich denke, das hier ist fürs Schlafzimmer zu schrill.«

Er stellt sich vor das nächste Gemälde, das von einem anderen Künstler stammt. Zwei Körper schwimmen in einem blauen Ozean aus dicken, übereinandergeklatschten Farbschichten, die den Eindruck von Wellen erwecken sollen. Ich stelle mich neben ihn und warte darauf, dass er sich genauer zu Weihnachten äußert. Eine andere Sache, die ich aus der Beobachtung von Theos Beziehungen weiß, ist, dass er immer mit einem Fuß auf der Türschwelle steht und lieber selbst geht, anstatt verlassen zu werden. Deshalb bin ich mir auch sicher, dass Finns Weggang ihm mehr zu schaffen macht, als er zugeben will.

Nach einer Minute stiller Betrachtung der Schwimmer bricht Theo sein Schweigen. Den Blick nach vorne gerichtet, wendet er sich eher an das Gemälde als an mich. »Ich denke, ihr solltet Weihnachten ohne mich feiern. Ich will der Sache nicht im Weg stehen.«

Nach unserem ersten Weihnachten zu viert waren wir nicht sicher, ob wir Theo je wiedersehen würden. In jenem Frühjahr luden wir ihn zur Happy Hour ins Tacombi ein und zur Premiere von Finns Off-Off-Broadway-Stück über den Mord an JonBenét Ramsey, in dem er ihren neunjährigen Bruder spielte, obwohl er fast dreimal so alt war. Finn behauptete, dass das ironisch gemeint sei. Aber Theo lehnte jede unserer Einladungen ab und sagte, es tue ihm leid, aber er sei gerade nicht in der Stadt. Je öfter er ablehnte, desto deutlicher wurde, dass seine schicke Wohnung eher ein Möbellager als ein Zuhause war.

Während er sich rar machte, durchsuchten wir Google nach Hinweisen auf ihn, kamen aber ohne seinen Nachnamen nicht besonders weit.

Finn und ich verbrachten in jenem Jahr zahllose Stunden damit, bei Eimern von billigem Bier in unserer Stammkneipe Lucky's die Textnachrichten zu analysieren, die Finn von Theo bekommen hatte. Schickte er ihm ein Selfie ohne Hemd – mit gebräuntem Oberkörper und schüchternem Lächeln –, weil er Finn anmachen wollte, oder nur, weil er sich gerade an einem wunderschönen Karibikstrand befand? War das Foto von ihm, wie er in Peking ein Bao-Bun aß, zusammen mit der Nachricht: *Bei Dim Sum muss ich immer an dich denken*, eine Anspielung auf unser Weihnachtsessen oder eher auf die Nacht davor? Und ich wusste, dass es weitere Nachrichten gab, die Finn mir nicht zeigte. Manchmal ließ er sein Handy auf dem Tisch zwischen uns liegen, und ich erhaschte einen Blick auf lange Nachrichtenverläufe zwischen ihnen.

Im August lud Finn Theo dann zu seinem 25. Geburtstag bei Wilfie & Nell ein. »Das ist mein letztes Angebot«, sagte Finn zu mir. »Ein Mensch kann nur eine bestimmte Anzahl von Körben ertragen.«

Theo schrieb zurück, dass er gerade auf Mallorca sei und wie leid es ihm tue, dass er die Party verpassen werde. Aber auf der Feier brachte ein Kellner dann plötzlich eine Flasche Champagner, aus deren Korken brennende Wunderkerzen ragten – eine kleine Aufmerksamkeit von Theo. Finn strahlte, als der Kellner die Flasche vor ihm abstellte, genoss das Spektakel und war beeindruckt, dass Theo sogar Dom Perignon hatte springen lassen.

»Bekommt er jetzt doch noch eine Chance?«, fragte ich, während ich Finn ein Glas einschenkte.

»Aber nur eine«, sagte er und konnte das liebeskranke Grinsen auf seinem Gesicht nicht verbergen.

Das nächste Mal, als wir von Theo hörten, war er derjenige, der sich meldete. Am 1. November schrieb er Finn eine Nachricht: *Wie sieht der Plan für Weihnachten aus? Ich bin diesmal gerne Gastgeber!* Und nach unserem zweiten gemeinsamen Weihnachtsfest war unsere vierköpfige Gruppe etabliert. Theo gehört also genauso zu unserer Weihnachtstradition wie jeder andere von uns.

»Im Weg stehen!«, wiederholte ich seine Worte. Für einen Moment habe ich die Grabesstille in der Galerie vergessen, und mein Protest klingt lauter, als es nötig oder angemessen wäre. Die Galerieangestellte hebt den Blick von ihrem Laptop, um zu sehen, ob sie etwas verpasst, das es wert ist, mitgehört zu werden.

Ich verfalle in einen Flüsterton und fasse Theo am Arm, drehe ihn so, dass er mich anschaut und sehen kann, wie ernst ich es meine. »Du bist niemals im Weg. Ohne dich gibt es kein Weihnachten. Du gehörst dazu.«

»Ach? Ich dachte, ich wäre ein Streuner?« Sein linker

Mundwinkel verzieht sich zu einem ironischen Lächeln. Er zieht mich auf. Jetzt bin ich mir ziemlich sicher, dass ich ihn im Boot habe.

»Zufälligerweise sind das genau die Menschen, die ich am liebsten mag.« Ich hake mich bei ihm unter und lasse mich von ihm auf die andere Seite des Raumes führen. Wir bleiben vor einem weiteren Gemälde desselben Künstlers stehen, auf dem vier schwimmende Menschen zu sehen sind. Während die Schwimmer auf dem vorigen Bild so aussahen, als würden sie gelassen dahintreiben, wirken diese Leute so, als hätten sie Spaß daran, ja, als würden sie vielleicht sogar herumplanschen. Mir gefällt der Gedanke, dass es sich um uns vier handeln könnte, auch wenn die Menschen auf dem Bild nur aus dicken, abstrakten Farbklumpen in Hautfarben bestehen.

Aber nach ein paar Minuten stiller Bedenkzeit kommt noch immer keine klare Zusage von Theo. Also versuche ich es noch einmal: »Was spricht denn dagegen, dass du dabei bist?«

Er seufzt. »Zwischen dir und Finn läuft es endlich wieder gut. Und ich weiß, dass Weihnachten so wichtig für euch beide ist, dass ich den Frieden nicht stören möchte. Ich habe Bedenken, dass ich nicht die ganze Geschichte kenne, die passiert ist.«

Er hat recht, wenn man bedenkt, was Finn ihm erzählt hat. Aber das ist nicht meine Sache. Stattdessen sage ich: »Bei uns ist alles super. Ganz ehrlich. Das ist Schnee von gestern.« Und auch wenn ich einem Teil der Frage ausgewichen bin, so ist es doch die Wahrheit.

»Und du würdest mir sagen, wenn bei euch *nicht* alles okay wäre, ja?«

»Da gibt es wirklich nichts zu erzählen.« Ich zucke mit den Schultern und halte ihm wie zum Beweis die offenen Handflächen hin.

Er überlegt eine Weile, während er das Bild vor uns studiert. »Also gut, aber eine Frage hab ich noch«, sagt er dann. »Soll ich dir beim Planen helfen?«

Ich schlinge meine Arme um seinen Hals und kreische ihm begeistert ins Ohr. Der Lärm ist zu viel für die Galerieangestellte, die ihren Kopf um die Ecke steckt. »Ist alles in Ordnung bei Ihnen?«, fragt sie.

»Wir nehmen das hier«, sagt Theo und deutet auf die vier Schwimmer vor uns.

»Dann kümmere ich mich gleich um die Unterlagen«, sagt die Frau zu ihm. Sie kehrt an ihren Schreibtisch zurück und kommt ein paar Sekunden später zurück, um einen roten Punkt auf die Titelkarte des Bildes zu kleben. Die Sache ist geritzt.

6

Finn

Dieses Jahr, 18. November

Ich begutachte meine Pulloversammlung, die ich aus den Schubladen genommen und auf meinem Bett gestapelt habe. Ich versuche zu entscheiden, welche ich bei meinem Umzug mit nach L.A. nehmen und welche ich spenden soll. Ich kann mir nicht vorstellen, wie mein Leben in der neuen Stadt aussehen wird – ich war erst zweimal dort, einmal auf einem Familienausflug als Teenager, als wir eine Bustour gemacht haben, die uns an angeblichen Promihäusern vorbeiführte, und einmal für mein Vorstellungsgespräch bei Netflix –, aber ich bin mir ziemlich sicher, dass L.A.-Finn mehr T-Shirts als Rollkragenpullover tragen wird, also sind Pullis ein guter Ausgangspunkt für meine Entrümpelung vor dem Umzug.

Um eine endgültige Entscheidung hinauszuschieben, habe ich sie nach Farben sortiert und die Stapel wie einen Regenbogen angeordnet. Die Klingel rettet mich aus meiner Unentschlossenheit.

»Hallo?«, sage ich in die Gegensprechanlage. Ich erwarte niemanden und habe versucht, mich mit Online-Einkäufen bis nach dem Umzug im Zaum zu halten. Ich brauche nicht noch mehr Sachen, die ich einpacken und nach L.A. transportieren muss.

»Ich bin's!«, verkündet die Stimme am anderen Ende.

Ich drücke den Summer, um die Eingangstür zum Gebäude zu entriegeln, und lächle vor mich hin, als ich meine Wohnungstür öffne, damit Theo hereinkommen kann.

Er hat Eiskaffee dabei.

»Das ist ja eine nette Überraschung!«, sage ich und nehme einen großen Schluck. Cold Brew mit Hafermilch, so wie ich ihn mag. Mir gefällt, dass Theo meine Gewohnheiten kennt und kein Problem damit hat, unangemeldet bei mir vorbeizuschneien.

»Ich würde mich ja hinsetzen, aber es sieht so aus, als hätten sich deine Pullis schon alle guten Plätze geschnappt.« Theo deutet auf das Chaos um uns herum. »Fährst du in den Skiurlaub?«

»Schön wär's. Ich versuche, mit dem Packen für den Umzug voranzukommen.«

Theo setzt sich auf den Platz, den ich am Fußende des Bettes für ihn freigeräumt habe.

»Ich habe gestern einen Kostenvoranschlag von einer Umzugsfirma eingeholt. Wusstest du, dass es zwei Wochen dauert, bis du deine Sachen bekommst, wenn du quer durchs Land ziehst? Also, entweder ich packe bis zum fünfzehnten Dezember schon alles zusammen, oder ich hocke in L.A. zwei Wochen lang in einer leeren Wohnung.«

»Kein Problem«, sagt Theo. »Schick alles früh los und bleib bis zum Umzug bei mir. Ich kann dir alles leihen, was du brauchst.« Er lässt sich nach hinten aufs Bett fallen und wirft dabei einen Stapel roter Pullis zu Boden. Ich warte ab, ob er sie aufhebt, aber er bemerkt es nicht mal, denn er ist ganz in etwas auf seinem Handy vertieft. Typisch Theo, hilfsbereit in den großen Dingen, absolut nicht hilfreich in den kleinen.

»Danke, ich werd's mir überlegen«, sage ich zu ihm und hebe die roten Pullis auf.

»Was gibt es da groß zu überlegen? Problem gelöst. Wollen wir jetzt brunchen gehen?«

Deshalb ist er also hier. Auch das ist typisch Theo. Immer wenn er gerade Single ist, packt er seine Wochenenden voll mit Unternehmungen – Museumsbesuche, Shopping, Dinnerpartys, Cocktails, nie ein einsamer Moment –, und wenn er ausnahmsweise mal keine Pläne hat, dann zettelt er irgendetwas an.

»Ich muss noch packen!«

»Kannst du das nicht von einer Firma machen lassen? Ich dachte, dafür bekommst du ein Budget gestellt.«

»Ja, aber das reicht gerade mal für den Umzugswagen, der wirklich verdammt teuer ist.« Ich weiß, dass er mir anbieten würde, die Kosten für einen Packservice zu übernehmen, wenn ich ihm die Gelegenheit dazu gäbe, was ich aber nicht tun werde. Um das Thema zu wechseln, halte ich einen roten Pullover an meinen Körper. »Soll ich den behalten?«

»Den musst du behalten! Du hast ihn zu Weihnachten getragen, als ich das erste Mal hier war, oder?«

Ja, er hat recht. Das hatte ich ganz vergessen. Es gefällt mir, dass er sich daran erinnert. Ich habe wochenlang Cornflakes zum Abendessen gegessen, um mir den Pullover leisten zu können, der mit seinem dicken Zopfmuster auf der Vorderseite tragisch aus der Mode gekommen wirkt. Er erinnert total an Billy Crystal in *Harry und Sally*. Ich falte den Pullover wieder zusammen und lege ihn auf den Behalten-Stapel.

»Was ist mit dem hier?« Ich halte einen zitronengelben Pullover hoch.

Theo blickt von seinem Handy auf. »Nicht deine Farbe.«

Ich habe ihn vor ein paar Jahren gekauft, nachdem ich gesehen hatte, dass ein berühmter Sänger einen Pullover in derselben Farbe trug, aber Theo hat recht, er steht mir nicht. Einmal habe ich ihn im Büro zu Jeans getragen und den ganzen Tag damit verbracht, mir Sorgen zu machen, wie ich wohl darin aussehe. Ich lege ihn auf den Spendenstapel.

Als Nächstes halte ich einen grünen Pullover hoch, damit Theo ihn begutachten kann.

»Nur damit ich Bescheid weiß, spielen wir hier gerade die Schrank-Ausmist-Szene aus *Sex and the City* nach?« Er wirft mir ein freches Grinsen zu. »Versprichst du mir, dass wir hinterher brunchen gehen, wenn ich beim Aussortieren helfe? Ich kann nämlich gar nicht mitansehen, wie du einen deiner letzten Sonntage in der Stadt vergeudest.«

Ich sollte wirklich weiterpacken. Der gelbe Pullover ist das Einzige, von dem ich mich bisher trennen konnte, aber er hat recht. Ich habe nur noch ein paar Wochenenden als New Yorker vor mir. Schlagartig wird mir klar, dass Theo mir bald keine spontanen Besuche mehr abstatten kann. Er wird nicht mehr bloß 25 Minuten mit der U-Bahn entfernt wohnen, sondern einen sechsstündigen Flug.

Ich denke an die vielen Stunden, in denen Hannah und ich Trash-TV geschaut haben, verkatert auf ihrer Couch zwischen den leeren Packungen von geliefertem Essen. All die warmen Tage, an denen wir auf einer Decke im Washington Square Park gelegen und teilweise in unseren Büchern gelesen und teilweise Menschen beobachtet und gequatscht haben. Die endlosen Wochenenden, an denen wir mit Priya unter dem Deckmantel der Recherche für eine Kolumne jeden neuen, kurzlebigen New Yorker Trend erkundet haben. All das werde ich auch verlieren. Bei dem Gedanken krampft sich mein Magen zusammen.

»Gut«, lenke ich ein, »aber erst müssen wir noch ein paar von diesen Sachen loswerden.« Ich wedle mit einem grünen Pulli vor seiner Nase herum, damit keine Müdigkeit aufkommt.

»Ich weiß nicht. Probier ihn an.«

Ich ziehe mein marineblaues Henley-Shirt aus und werfe es aufs Bett. Als ich den grünen Pulli in die Hand nehme, werfe ich einen verstohlenen Blick zu Theo hinüber, weil ich wissen will, ob er mich beobachtet. Tut er nicht. Er ist immer noch in sein Handy vertieft. Ich lasse mir Zeit beim Anziehen des Pullovers und beobachte aus dem Augenwinkel, ob er aufblickt. Nope.

Es ist ja nicht so, als wäre ich exhibitionistisch veranlagt, aber seit ich Anfang des Jahres 30 geworden bin, mache ich zum ersten Mal in meinem Erwachsenenleben wieder nennenswerten Sport. Hannah hat mich ausgelacht, als ich ihr das erzählt habe. »Wow, was hab ich sonst noch verpasst. Seit wann sind wir Leute, die ins Fitnessstudio gehen?«, zog sie mich auf.

Und wenn ich so zurückblicke, hat sie auch recht. Wir sind eher Leute, die Reality-TV glotzen und lästern. Die *Real Housewives of Beverly Hills* sind unser Sport. Bis zu diesem Jahr bestand meine einzige gezielte sportliche Betätigung darin, meinen alljährlichen Geburtstagskilometer zu laufen. Jedes Jahr an meinem Geburtstag stehe ich früh auf und gehe

runter zum Hudson River. Ich spiele »My Shot« aus dem Ha-
milton-Soundtrack ab und laufe einen Kilometer so schnell
ich kann, um mir selbst zu beweisen, dass ich noch nicht alt
bin und die 1000 Meter noch immer in der Zeit laufen kann,
die es damals brauchte, um in die Leichtathletikmannschaft
der Highschool aufgenommen zu werden.

Dieses Jahr musste ich mich nach dem Sprint zwar übergeben. Aber ich bin gerade noch rechtzeitig ins Ziel gekommen, und das ist schließlich das Entscheidende.

Eine weitere Besonderheit des diesjährigen Geburtstags-
kilometers war, dass ich meine Turnschuhe auch am Tag darauf geschnürt habe und wieder laufen gegangen bin. Und am
nächsten Tag. Und am übernächsten auch.

Ich schlug mich mehr schlecht als recht und war verdammt
langsam, als ich meine Läufe schrittweise auf drei, dann auf
fünf und schließlich auf zehn Kilometer ausdehnte. Im Kopf
hörte ich meinen Leichtathletiktrainer von der Highschool,
der mich anschrie, ich solle schneller laufen, aber es machte
auch irgendwie süchtig. Laufen ist das Einzige, was mein Gehirn ausschaltet. Dann kann ich im Moment bleiben, anstatt
mir quälende Gedanken darüber zu machen, warum mein
Leben mit 30 nicht so aussieht, wie ich es mir vorgestellt habe,
und dass ich seit der Trennung von Jeremy im Frühjahr keinen Sex mehr hatte (oder auch nur jemanden geküsst habe).
Weil ich langsam fürchte, dass ich vielleicht nie wieder jemanden küssen werde, hört es sich für mich mittlerweile gar
nicht mehr so verkehrt an, sich mit *mögen* anstelle von *lieben*
zufrieden zu geben.

Jetzt, dreieinhalb Monate nach Beginn meines Lauftrai-
nings, bemerke ich auch körperliche Veränderungen. Ich bin

zwar nicht dazu bestimmt, ein muskulöses Instagram-Model zu werden, dazu ist mein Körper zu drahtig, aber der leichte Bauch, den ich mit 28 entwickelt habe, ist verschwunden, und wenn ich mich gleich morgens, noch bevor ich etwas gegessen habe, im perfekten Winkel vor den Spiegel stelle, kann man mit etwas Fantasie den Anflug von Bauchmuskeln erkennen. Ich frage mich, ob Theo das auch auffiele, wenn er denn mal hersehen würde.

Ich klammere mich weiter an die Vorstellung, dass er gleich aufschauen wird und es mein Rachael-Leigh-Cook-Moment auf der Treppe in *Eine wie keine* sein wird. Nach dem Winter mit Raj, den sechs Wochen mit Alex und dem grässlichen Sommer mit Elliot wird er endlich erkennen, dass ich der Richtige bin. Ich war es immer schon. Deshalb hat es mit den anderen auch nie geklappt, weil sie nicht ich waren. Doch dann ärgere ich mich über meine eigene dumme, unsinnige Hoffnung. Das Leben ist nun mal keine Liebeskomödie. Stattdessen spähe ich auf Theos Handydisplay und sehe, dass er auf Grindr ist. Die Erkenntnis trifft mich wie ein Schlag in die Magengrube.

»Ta-da!«, verkünde ich, sobald ich den grünen Pulli anhabe.

»Nein.« Theo blickt kaum auf.

Na gut, dann eben nicht. Ich ziehe den grünen Pullover aus und werfe ihn zu dem gelben auf den Spendenstapel. Als Nächstes ziehe ich einen schwarz-blau gemusterten Pullover an. »Und der hier?«, frage ich.

»Du siehst aus wie eine Billigversion von David Rose.«

Dabei war das Teil echt teuer. Meine Schultern sacken nach vorne, während ich die Stapel vor mir betrachte und mich frage, ob auch nur einer der Pullover Theos hohen Ansprüchen genügen wird.

»Ist alles in Ordnung mit dir?«, erkundigt sich Theo plötzlich.

»Alles gut.«

»So siehst du aber nicht aus. Du ziehst eine Schnute.«

»Ich zieh überhaupt keine Schnute!«, protestiere ich heftiger als beabsichtigt.

Theo setzt sich auf und legt das Handy neben sich aufs Bett. Auf dem Display ist ein langer Nachrichtenverlauf mit einem Typen zu erkennen, der nicht ich bin. »Es tut mir leid. Ich dachte, wir stellen diese *Sex-and-the-City*-Ausmistszene nach, und ich hab Samantha gespielt. Du wolltest doch Zeug loswerden, darum ging es doch, oder?«

Natürlich ist das der Sinn der Sache. Aber ich habe mir eben eingebildet, dass es um mehr gehen könnte. Nicht zum ersten Mal fühle ich mich wie ein Idiot, weil ich mir das eingeredet habe. Als ich ihn demonstrativ nicht ansehe, duckt er sich in mein Blickfeld und zwingt mich, ihm in die Augen zu blicken. Er streckt eine Hand aus und verflicht seine Finger mit meinen. »Du weißt, dass ich dich in allen Klamotten toll finde, oder? Ich hab bloß Spaß gemacht. Bitte sei nicht sauer auf mich.«

Und schon flackert wieder diese verdammte Hoffnung in mir auf.

Zwei Stunden später, nach einem Zwischenstopp bei Housing Works, wo ich eine Pulloverspende abgegeben habe, laufen wir in Richtung SoHo. Der Wind ist eisig, und ich ziehe meinen Mantel enger. Theo bemerkt das und legt den Arm um mich, vielleicht um mich zu wärmen, vielleicht aber auch, weil er weiß, dass ich wegen vorhin immer noch ein bisschen gekränkt bin.

Es fühlt sich richtig für mich an, so an ihn geschmiegt, und ich genieße das Gefühl, weiß aber, dass es nichts zu bedeuten hat. Theo war schon immer ein Freund, der keinen Hehl aus seiner Zuneigung macht – und das nicht nur mir gegenüber –, aber unsere Beziehung war von Anfang an rein platonisch.

»Sind Engländer nicht angeblich verklemmt?«, fragte ich ihn eines Abends während eines Lindsay-Lohan-Filmmarathons in seiner Wohnung. Er lag mit dem Kopf auf Priyas Schoß, während sie mit seinem Haar spielte. Gelegentlich blickte er zu ihr auf und versicherte ihr, dass er sich in sie verliebt habe.

»Zum Glück hat mich keine Engländerin großgezogen«, erwiderte Theo.

Schon damals kannte ich die Geschichten über seine geliebte Nanny aus Kindertagen: Lourdes, eine fröhliche Spanierin, die nicht mehr ganz jung und, soweit ich das beurteilen kann, für ihn eine Mischung aus Kindermädchen und Ersatzgroßmutter war. Als ich einmal zu ihm kam, plauderte er gerade in schnellem Spanisch über FaceTime mit ihr und stellte uns einander vor.

Als Theo klein war, lebte Lourdes fast das ganze Jahr über bei seiner Familie und verbrachte nur die Sommer in ihrer Heimat auf Marbella. Anstatt dort Urlaub zu machen, nahm sie Theo mit. Dort surfte er im Meer und verputzte zusammen mit ihren echten Enkelkindern haufenweise ihrer selbstgemachten Tortillas. Theo zufolge hatten seine Eltern ihre Energie hauptsächlich auf die Erziehung seines älteren Bru ders Colin verwendet. Als Theo dann auf die Welt kam, waren sie nur noch selten zu Hause, vor allem, weil sie es kaum noch ertrugen, zusammen unter einem Dach zu leben. Noch heute spricht Theo viel öfter mit Lourdes als mit irgendjemandem aus seiner eigentlichen Herkunftsfamilie.

Wir setzen uns im Dutch an die Bar und bestellen bei dem Barmann mit dem ironischen Schnurrbart und der Jeansschürze eine Runde Bloody Marys und ein Dutzend Austern.

»Wie, meinst du, hat Hannah deine große Neuigkeit aufgenommen?«, fragt Theo.

»Na ja, sie hat schon etwas komisch reagiert, aber ich denke, im Großen und Ganzen ist es ganz gut gelaufen, oder?«

Theo hatte ich die Neuigkeit bereits letztes Wochenende eröffnet. Ich hatte auch mit ihm besprochen, wie ich Hannah die Sache möglichst schonend beibringen könnte. Letzten Endes hatte ich mich dafür entschieden, es ihr in der Öffentlichkeit zu sagen. So war es weniger wahrscheinlich, dass sie laut herumschrie oder weinte. Unter ihrer oft ruppigen Oberfläche ist Hannah nämlich ganz schön emotional. Theo hat die Nachricht von meinem bevorstehenden Umzug ziemlich gelassen aufgenommen. So gelassen, dass ich mir gewünscht hätte, er wäre ein *bisschen* emotionaler geworden.

»Hast du seitdem mit ihr gesprochen?«, erkundigt er sich.

»Nein. Ich dachte, ich gebe ihr erst mal Zeit, es zu verarbeiten. Warum fragst du? Denkst du, ich sollte sie anrufen?«

»Ich könnte nicht behaupten, dass ich eure komplexe Beziehung auch nur ansatzweise verstehen würde. Ich bin nur froh, dass ihr wieder miteinander sprecht. Aber lass uns das Thema wechseln. Wann brichst du zu Thanksgiving auf?«

»Mittwochnachmittag«, stöhne ich. Es hat mich viel Überwindung gekostet, diesem Besuch zuzustimmen und mich mal wieder bei meiner Familie blicken zu lassen, aber ich muss es tun. Der Versuch ist wichtig für mich. Besonders jetzt. »Ich stehe in harten Verhandlungen mit Amanda. Ich versuche, sie dazu zu bringen, ein paar Nächte dort zu bleiben, anstatt nur einen Tag. Ich habe ihr sogar angeboten, für sie Alkohol zu besorgen, bevor sie zurück zum Campus fährt, aber sie hat jetzt einen gefälschten Ausweis. Wir hätten ihr das Ding nie besorgen sollen. Mittlerweile denke ich sogar schon darüber nach, ihr Bargeld anzubieten.«

»Also, mein Angebot steht noch«, sagt Theo. »Wenn du jemanden dabeihaben willst, komme ich mit.«

»Nein. Wenigstens einer von uns sollte eine gute Zeit haben. Und du hast doch schon einen Flug nach Kalifornien gebucht.«

»Flüge kann man umbuchen. Das macht mir nichts aus.«

»Das kann ich nicht von dir verlangen.«

»Du verlangst es nicht, ich biete es dir an.«

»Ich denk darüber nach«, versprach ich. Zwar weiß ich sein Angebot zu schätzen, aber ich kann nicht von ihm erwarten, dass er dafür sorgt, dass ich in meinem Elternhaus nicht durchdrehe. Nicht schon wieder.

Wir werden durch das Vibrieren meines Handys auf dem Tresen unterbrochen. Hannahs Name leuchtet auf dem Display auf. »Glaubst du, sie weiß, dass wir über sie gesprochen haben?«, fragt Theo lachend.

Ich gehe ran, und Theo beugt sich zum Lauschen zu mir herüber. »Hey«, begrüße ich Hannah.

»Hey! Ich habe gute Neuigkeiten!«

»Ach ja?«

Wenigstens schreit sie mich nicht an. Ich hatte nicht ganz ausgeschlossen, dass sie nach einer längeren Bedenkzeit wieder sauer werden könnte, weil ich ihr nicht erzählt hatte, dass ich mich auf Stellen außerhalb von New York bewerben würde. Ihrer Kündigung bei Z100 waren etliche nächtliche Besprechungen mit Rotwein und Popcorn auf ihrer Couch und monatelanges Krisenmanagement vorausgegangen. Das Problem: Hannahs Karriere bei dem Radiosender steckte in der Sackgasse, und es gab keine Aufstiegsmöglichkeiten. Wir hatten einen ganzen Notizblock mit Pro-und-Contra-Listen gefüllt, bevor sie sich schließlich entschloss zu kündigen.

Eigentlich wollte ich mit Hannah reden, bevor ich mich für den Job in L.A. beworben habe, aber ich rechnete mir sowieso keine großen Chancen aus, denn mein Lebenslauf ist nicht gerade berauschend. Außerdem befürchtete ich, dass ich den Mut verlieren könnte, überhaupt auf Senden zu drücken, wenn ich vorher irgendjemanden einweihte.

»Weihnachten steht!« Hannahs Stimme ist voller Stolz. Ich habe eigentlich befürchtet, dass es ihr nach den letzten beiden schrecklichen Jahren – die zumindest teilweise auf meine Kappe gingen – nicht gelingen würde, alle ins Boot zu holen, aber ich bin froh, dass sie es geschafft hat. Das wird der perfekte Abschluss für meine Zeit in New York sein. Ein letztes gemeinsames Weihnachten.

Als er merkt, dass es keinen Eklat geben wird, holt Theo sein eigenes Handy heraus und beginnt, auf Instagram zu scrollen.

»Das ist großartig, Han! Es bedeutet mir sehr viel, dass du alle überzeugen konntest. Ich freu mich total. Ein letztes Mal für die Geschichtsbücher!«

»Genau das habe ich auch zu Theo gesagt. Apropos Theo, hast du gehört, dass er und Elliot Schluss gemacht haben?«

»Mhmm«, mache ich nur, denn Theo sitzt bloß zehn Zentimeter entfernt.

Das Schlimmste an Elliot war, dass wir uns ähnlichsehen. Er ist groß und zur Hälfte schwarz und sieht aus wie ich nach einem Beauty-Makeover: strahlender, attraktiver, besser gekleidet. Aber die Ähnlichkeit unserer Gesichtszüge nagt an mir. Allerdings besteht natürlich auch ein großer Unterschied: Elliot ist erfolgreich. Er hat seinen großen Traum, in einem professionellen Orchester zu spielen, tatsächlich verwirklicht. Vielleicht hat sich Theo deshalb zu ihm hingezogen gefühlt. Er steht einfach auf Typen, die etwas erreicht haben. Dagegen liegt auf mir eine feine Staubschicht des Versagens. Ich habe die letzten drei Jahre damit verbracht, in der Hölle der pädagogischen Zeichentrickfilme zu schmoren, nachdem ich mich vier Jahre lang bei jeder Audition, die ich ergattern konnte, zum Affen gemacht hatte. Ich verstehe schon, dass mich das nicht gerade zum Burner macht.

»Ich hab mir gedacht, jetzt wo er wieder Single ist, solltest du es Theo endlich sagen«, meint Hannah.

»Theo was sagen?«, meint Theo, hellhörig geworden, als er seinen Namen vernimmt.

»Äh …« Wenn ich eins weiß, dann, dass ich dieses Gespräch nicht mit Theo in Hörweite führen möchte. Ich hebe einen Finger, um ihm zu signalisieren, dass ich eine Minute brauche, und zeige zur Tür.

»Gib mir eine Sekunde«, sage ich dann zu Hannah, während ich das Telefon zwischen Kinn und Schulter klemme, um mir den Mantel überzuziehen.

»Oh, Scheiße, ist er da?«

»Mhmm.«

»Oh Gott, das tut mir leid.«

Ich trete hinaus auf die Spring Street. »Schon okay. Ich bin jetzt draußen. Also, was meintest du?« Ich gehe auf und ab, um warm zu bleiben, und weiche mit Einkaufstüten beladenen Touristengruppen aus.

»Ich habe Theo gestern gesehen, und er meinte, Elliot sei ausgezogen. Endlich seid ihr beide zur gleichen Zeit Single, und ich dachte, das wäre der richtige Zeitpunkt, ihm zu sagen, was du für ihn empfindest.«

Das höre ich nicht zum ersten Mal. »Du wirst entschuldigen, wenn ich deine Ratschläge, was mein Liebesleben betrifft, mit Vorsicht genieße.«

»Du denkst an Raj, oder? Ich wusste nichts über ihn. Das ist etwas anderes!«

»Ja, es ist anders, weil ich sowieso weggehe. Es hat also keinen Sinn. Es ist zu spät.«

»Der Sinn besteht darin, dass du ihn liebst, und das solltest du ihm sagen.«

»Aber wenn ich es ihm nie sage, muss er mir nicht das Herz brechen und aufhören, mit mir zu reden, weil es zu peinlich ist, mit mir befreundet zu sein. Ich habe nicht vor, verbrannte Erde zu hinterlassen, wenn ich aus der Stadt wegziehe.«

»Im Gegenteil: Wenn du es ihm nie sagst, fragst du dich vielleicht dein ganzes Leben lang, was passiert wäre, wenn du es getan hättest.«

»Ich muss es ihm nicht sagen. Ich weiß, wie er reagieren würde.«

Ich blicke durch das beschlagene Fenster zu Theo. Der Barkeeper lehnt sich, einen Arm auf die Theke gestützt, nah zu ihm und lacht über etwas, das Theo gesagt hat. Theo macht Bekanntschaften, wo immer er hingeht. Er gibt den Leuten das Gefühl, etwas Besonderes zu sein. Das ist seine Superkraft. Ich weiß es besser, als dass ich da viel hineininterpretieren würde. Ich denke an heute Morgen und die Pullis. Er ist nicht auf die Art an mir interessiert. Er hätte jede Menge Gelegenheiten gehabt, einen Schritt auf mich zu zu machen, aber er hat es nicht getan. Für ihn bin ich nur ein Freund, und das muss ich akzeptieren.

»Versprich mir, dass du wenigstens darüber nachdenkst«, sagt Hannah.

»Okay. Aber jetzt muss ich Schluss machen.«

Nachdem wir das Gespräch beendet haben, halte ich mir noch eine Weile das Telefon ans Ohr, um Zeit zu gewinnen, bevor ich wieder hineingehe. Ich starre Theo durch die Glasscheibe an und rufe mir noch einmal in Erinnerung, was ich ganz sicher weiß. *Er empfindet nicht so für dich. Ihr seid einfach nur Freunde*, sage ich mir immer wieder in Gedanken.

7

Hannah

Weihnachten #7, 2014

Die Aufzugtüren öffnen sich direkt in Theos Wohnung.

Oh mein Gott!

Ich dachte, so was gibt es nur in Filmen. Ich drehe mich zu Priya um und stelle fest, dass sich mein verblüffter Gesichtsausdruck in ihrem Blick widerspiegelt.

Wir haben Finn im letzten Jahr bis zum Abwinken von seinem Besuch bei Theo schwärmen hören, und die Wohnung wurde bei jeder seiner Erzählungen eindrucksvoller. Ich hatte angenommen, er würde übertreiben, aber jetzt wird mir klar, dass ich ihm unrecht getan habe.

Priya und ich bleiben wie angewurzelt vor dem Aufzug stehen und starren den riesigen Weihnachtsbaum an, der den größten Teil des Eingangsbereichs einnimmt. Er sieht aus, als würde er aus dem Schaufenster eines Kaufhauses stammen. Der Baum ist mit bunten Lichterketten und sonderbaren bonbonfarbenen Anhängern versehen: ein Paket Butter, ein Heißluftballon, ein glitzernder rosa Rollschuh. An den Ästen hängen Büschel von silbernem Lametta, was meine Mutter immer abgelehnt hat, weil sie den Aufwand beim Aufräumen scheute.

Finn kommt mit glühendem Blick um den Baum herumgeschlittert und reißt dabei mit dem Ellbogen fast eine Hot-dog-Kugel ab. Er packt mich am Arm. »Ihr werdet nie erraten, wer hier ist!«

»Okay, dann sag es uns«, erwidere ich.

»Stellt euch vor – Clementine Del ist hier!« Er wippt auf seinen Zehen und wartet gespannt auf unsere Reaktion.

»Die Sängerin?«, fragt Priya ungläubig.

»Ja, die Sängerin! Hier! Im Wohnzimmer! In natura ist sie sogar noch hübscher. Theo kennt sie!«, schwärmt er begeistert. Nur eine echte Berühmtheit kann Finns Freude über das Wiedersehen mit Theo in den Schatten stellen. Gut, dass wir aufs Erraten verzichtet haben, sonst hätten wir die ganze Nacht vorm Aufzug verbracht. Clementine Dels Musik ist für meinen Geschmack ein bisschen zu seicht – in ihrem bekanntesten Musikvideo trägt sie komplett unironisch ein rosa Tüllkleid und befindet sich in einer lebensgroßen Nachbildung eines Barbie-Traumhauses –, aber ich bin trotzdem beeindruckt, dass sie hier ist.

Finn führt uns den Flur entlang ins Wohnzimmer, wo Theo und Clementine Del auf einem kobaltblauen Samtsofa Cocktails schlürfen, während Nat King Cole aus einem Plattenspieler in der Ecke trällert. Clementine, in einer schwarz-weiß gepunkteten Palazzohose und einem gelben bauchfreien Pullover, wirkt vollkommen entspannt. Ihre schwindelerregend hohen goldenen Plateauschuhe hat sie unter dem Couchtisch abgelegt, und ihr weißblondes Haar ist mit einem Stift zu einem lässigen Knoten hochgesteckt. Während wir den Raum betreten, stößt sie gerade ein kehliges Lachen aus, als hätte Theo gerade einen besonders anrüchigen Witz erzählt. Sie ergreift kichernd seinen Arm.

Sobald er uns bemerkt, springt Theo von der Couch auf. Unsere Gegenwart scheint ihn genauso zu begeistern wie die eines echten Popstars. »Da seid ihr ja!« Er drückt uns beiden einen Kuss auf jede Wange, während Finn es sich in einem Sessel gegenüber der Couch bequem macht.

Trotz der Selfies, die Theo Finn gelegentlich geschickt hat, ist meine Erinnerung an ihn seit letztem Jahr verblasst, oder vielleicht kamen seine markanten Gesichtszüge auf den Fotos auch nicht so gut zur Geltung. Auch seine Haare sind länger geworden, die Spitzen kringeln sich um seine Ohren wie bei einem der Stark-Brüder aus *Game of Thrones*. Es steht ihm. Ich stelle überrascht fest, dass er, was gutes Aussehen betrifft, mit der berühmten Sängerin auf der Couch mithalten kann, die, wenn ich mich nicht irre, Werbebotschafterin für eine Reihe von Make-up- und Modemarken ist.

»Der erste Punkt auf der Tagesordnung sind die Cocktails«, sagt Theo. »Clem hat Margaritas gemacht!«

»Nicht besonders festlich, aber das Einzige, was ich kann! Es sei denn, jemand will einen Whiskey-Shot, das kann ich auch. Ich glaube, ich bin zu viel mit Jungs auf Tour gewesen. Meine Band trinkt nämlich nichts anderes.« Ihre Stimme kommt mir durch ihre Songs vertraut vor. An ihrer neuesten Single »Queen of Hearts« kommt man derzeit nicht vorbei. Sie läuft in einer gefühlten Endlosschleife in jedem Taxi, jedem Laden und jedem Coffeeshop der Stadt.

Theo schenkt zwei Margaritas aus einem Kristallkrug auf der Anrichte ein.

»Okay, dann geht es mit der Vorstellungsrunde los«, verkündet er.

Bevor er anfangen kann, richtet Clementine ihre Aufmerksamkeit auf mich. »Warte, ich kenne dich.«

»Mich?« Ich zeige auf mich und werfe dann einen Blick über die Schulter, um mich zu vergewissern, dass nicht noch eine zweite berühmte Person hinter mir steht. So wie der heutige Abend angelaufen ist, würde mich das nicht wundern.

»Du kennst … sie?«, fragt Finn vollkommen verblüfft.

»Ja, du hast mir einen Tee gebracht, stimmt's?«, meint Clementine, scheinbar ohne Finns ungläubigen Ton zu bemerken.

Technisch gesehen hat sie recht. Ich habe Clementine eine Tasse Kamillentee gebracht, als sie letztes Jahr bei uns im Sender war, wo Elvis Duran, der Moderator der Morgensendung, ein Interview mit ihr geführt hat. In den letzten drei Jahren habe ich allen möglichen Prominenten im Sender alle möglichen Getränke gebracht: eine Cola Light für Katy Perry, einen Red Bull für Snoop Dogg, einen Venti Mocha Frappuccino für Ed Sheeran. Die meisten machen sich nicht mal die Mühe, sich zu bedanken, und diejenigen, die mich nach meinem Namen fragen, kann ich an einer Hand abzählen. Ich hätte nie gedacht, dass sich Clementine Del ein Jahr später noch an mich erinnern kann. »Ähm, ja. Bei Z100, richtig?«

»Wusste ich's doch! Ich vergesse nie ein Gesicht. Namen sind allerdings was anderes. Wie heißt du gleich noch mal?« Clementine erhebt sich von der Couch und streckt mir zur Begrüßung die Hand entgegen.

»Ich bin Hannah.«

»Schön, dich kennenzulernen. Ich meine, noch mal so richtig.« Sie verdreht die Augen angesichts ihrer eigenen Vergesslichkeit. »Mich nennen alle Clem.«

»Freut mich, Clem«, erwidere ich und schüttle ihre Hand.

»Und das ist Priya«, mischt sich Theo ein und legt ihr einen Arm um die Schulter. Priya steht noch immer mit offenem Mund da, weil sie diese überraschende Wendung des Abends noch nicht verarbeitet hat.

»Schön, dich kennenzulernen«, sagt Clementine. Dann lässt sie sich wieder auf die Couch fallen und zieht ein Bein unter sich.

»Also«, drängt Finn, »du wolltest uns gerade erzählen, wie ihr euch kennengelernt habt, bevor die beiden ankamen.«

»Ach ja«, meint Theo. Er nimmt neben Clementine auf der Couch Platz, und sie tauschen einen Blick aus, als würden sie sich still darüber einigen, ob sie es uns sagen sollen oder nicht.

»Wir waren mal zusammen!«, platzt Clementine heraus und stupst Theo spielerisch mit der Schulter an.

Wahrscheinlich hat sie mit einem Lacher gerechnet, aber ihr Bekenntnis schlägt ein wie eine Bombe. Schockiertes Schweigen macht sich breit.

Das wäre doch sicher in der Klatschpresse gelandet. Man kann ja keinen Lebensmittelladen verlassen, ohne dass Clementine einen von der Titelseite irgendeines Hochglanzmagazins anstrahlt, begleitet von einer Schlagzeile über eine skandalöse Reise nach Cabo San Lucas oder Spekulationen darüber, ob sie sich mal wieder mit Prinzessin Beatrice verkracht hat. Das Ganze muss also gewesen sein, bevor wir Theo kennengelernt haben, sonst hätte Finn ihn sicher in den Gossip-Blogs entdeckt.

»Wann war das?«, frage ich und stelle mir einen Theo im Teenie-Alter vor, im Jackett einer Privatschule und die Wangen mit Akne übersät, der eine Clementine Del aus der Vor-Hollywood-Zeit datet. Sie stelle ich mir als kleinen Theaterfreak vor. Vielleicht wusste sie von Anfang an, dass Theo schwul war, und fungierte nur als seine Tarnung, bis er so weit war, sich zu outen.

»Letzten Sommer«, antwortet Clementine. »Na ja, also nicht diesen Sommer, sondern den Sommer davor, meine ich.«

Das würde ja heißen, dass Theo mit Clementine Del zusammen war, kurz bevor er was mit Finn hatte? Das war ja … erst kürzlich.

»Wir haben uns in Ascot kennengelernt«, fährt Clem fort. »Ich war dort mit meiner alten Schulfreundin Peach. Ihr richtiger Name ist Penelope, Peach ist nur ein Spitzname. Eine Clementine und eine Peach! Wir haben immer versucht, uns als Zwillinge auszugeben, obwohl wir uns überhaupt nicht ähnlichsehen. Aber mein Vorname ist wirklich Clementine.«

Sie bemerkt, dass Finn und ich Blicke wechseln. »Sorry! Ich langweile euch«, sagt sie. »Das passiert mir immer. Zu viele Details! Kurz gesagt, wir haben uns bei einem schrecklich langweiligen Pferderennen kennengelernt. Die Begegnung mit Theo war das einzig Erfreuliche an diesem Tag!«

Theo macht da weiter, wo sie aufgehört hat. »Clem hatte gerade eine Konzertpause, und ihr Manager wollte, dass sie sich mit irgendeinem schmierigen Plattenproduzenten trifft. Besagter Musikproduzent war der Vater meines Freundes Ollie und hatte sich am Abend zuvor total zugesoffen und einen höllischen Kater, also hat er Ollie an seiner Stelle hingeschickt, und ich bin mitgekommen. Wir dachten, es könnte ganz witzig werden. Ihr wisst schon: sich schick anziehen,

Pimm's schlürfen und ein paar Wetten abschließen. Also sind wir hingegangen. Ihr könnt euch vorstellen, wie überrascht wir waren, als Clem und Peach in unserer Loge auftauchten.« Er lacht. »Kein schlechter Tag. Ich habe fünftausend Pfund gewonnen, aber der eigentliche Hauptgewinn war Clem.« Theo und Clementine tauschen ein zuckersüßes Lächeln.

»Ich habe ihm gesagt, dass ich mich nicht mit ihm verabrede, wenn er seinen Gewinn nicht spendet. Ich konnte den Gedanken nicht ertragen, dass jemand von dieser Tierquälerei profitiert«, sagt Clementine. »Allerdings, wenn ich damals schon gewusst hätte, wie reich er ist, hätte ich ihn dazu gebracht, das Dreifache zu spenden!«

Theo lacht herzhaft, und ich werde das Gefühl nicht los, dass ihre Geschichte bereits durch zahlreiche Schilderungen vor einem interessierten Publikum auf schicken Cocktailpartys verfeinert worden ist. Ich bemühe mich, ein nichtssagendes Lächeln aufzusetzen, und überlege mir eine höfliche Anschlussfrage. Aber alles, was mir in den Sinn kommt, ist zutiefst unhöflich: *Sorry, aber du datest auch Frauen? Du hattest was mit ihr? Wie ist Theo im Bett? Wie ist Clementine Del im Bett?*

»Nach Ascot sind wir für ein paar Wochen nach Capri geflüchtet. Clem war noch nie da gewesen. Allerdings könnte ich jetzt nicht behaupten, dass sie viel von der Insel gesehen hat.«

»Und es ist eine kleine Insel!«, witzelt Clementine und legt zur Betonung die Hand auf Theos Arm. »Wir haben die meiste Zeit auf dem Zimmer verbracht, wenn ihr versteht.«

Wir verstehen. Ihr habt gevögelt.

»Im Anschluss an Capri musste ich allerdings nach Hongkong, wo meine Tour weiterging, und Theo verbrachte den Sommer in Kalifornien.«

Theo übernimmt. »Es reicht wohl zu sagen, dass es nicht geklappt hat. Wir haben uns zu selten auf demselben Kontinent befunden, geschweige denn in derselben Stadt.«

»Er ist der einzige Mensch, den ich kenne, der mehr reist als ich.«

»Zwei Monate später haben wir es beendet, aber sie ist die einzige Exbeziehung, mit der ich noch immer befreundet bin.«

Na, herzlichen Glückwunsch! Ich verkneife mir ein Augenrollen.

»Wir treffen uns immer, wenn wir am selben Ort sind, was seltener der Fall ist, als man denkt«, erklärt Clementine.

Theo und Clementine lächeln sich erneut an. Oh mein Gott, werden sie heute Nacht Sex haben? Oder vielleicht haben sie es schon getan, bevor wir hier aufgekreuzt sind. Der Gedanke fühlt sich komisch an. Ich hatte Theo in eine bestimmte Schublade gesteckt und, wenn ich ehrlich bin, angenommen, es sei nur eine Frage der Zeit, bis er und Finn zusammenkommen. Das war auch der einzige Grund, warum ich mich dazu habe breitschlagen lassen, Weihnachten hier bei Theo zu feiern, nachdem ich ihn ein ganzes Jahr lang nicht gesehen hatte – damit Finn herausfinden kann, ob da wirklich etwas zwischen ihnen sein könnte, jetzt, wo Theo wieder in New York ist. Doch nun gibt es ein paar neue Variablen in der Rechnung.

Ich schiele zu Finn hinüber, um zu sehen, wie er das alles aufnimmt, und beobachte, wie er die Hälfte seiner Margarita in einem Zug leert.

»Tja, er ist mir offenbar durch die Lappen gegangen!«, meint Clementine scherzhaft.

Finn verschluckt sich an seinem Getränk und fängt an zu husten.

»Tut mir leid, falscher Hals«, japst er.

Clementine lächelt Theo unbeirrt selig an und ergreift seine Hand.

Theo zeigt keinerlei Anzeichen von Unbehagen.

»Tja«, gurrt er sie an, »jetzt bin ich ja hier!«

»Und ich muss nächste Woche wieder los!«, setzt sie mit einem übertriebenen Schmollmund ihre kitschige Show fort.

»Clem ist im Moment auf Tour«, erklärt Theo uns, obwohl ich es längst weiß. Der Sender hat in den letzten sechs Wochen alle fünfzehn Minuten Werbung dafür gesendet, und es ist meine Aufgabe, die Spots einzuspielen.

»Und ich dachte mir, Clem würde gut zu euch passen. Schließlich ist sie ja auch irgendwie eine Streunerin.«

»Also, so würde ich das nicht ausdrücken«, relativiert sie Theos Wortwahl. »Aber meine Mutter hat wieder geheiratet und verbringt die Feiertage bei der Familie ihres Mannes. Das fühlt sich sowieso alles noch ein bisschen neu und komisch an, und da dachte ich, sie können nicht auch noch die Frau aus dem Fernsehen gebrauchen, die zum Essen auftaucht … Aber genug von uns. Wahrscheinlich langweilen wir euch sowieso schon. Jetzt will ich mehr über euch alle erfahren! Theo hat so von seinen New Yorker Freunden geschwärmt.«

Sie muss uns mit anderen Leuten verwechseln. Wir haben uns erst einmal getroffen. Wieso sollte er uns da erwähnt haben? Meine Liste von unhöflichen Fragen wird immer länger.

»Sollen wir ins Esszimmer rübergehen?«, fragt Theo, der wittert, dass das Gespräch ins Stocken geraten könnte.

Ich blicke zu Finn, der so aussieht, als würde er nach einem Notausgang suchen, und räuspere mich. »Ich geh noch kurz ins Bad und wasche mir die Hände, bevor wir essen. Ihr wisst schon, der U-Bahn-Schmutz. Finn, willst du dir auch die Hände waschen?«

»Ja, will ich! Meine Hände sind nämlich … sehr schmutzig«, beteuert er.

»Meine auch«, schließt Priya sich hastig an. Offensichtlich will sie nicht außen vor bleiben.

Unser Verhalten ist wirklich alles andere als subtil. Theo zieht die Augenbrauen hoch, versucht aber nicht, uns aufzuhalten.

Im Flur auf dem Weg zum Badezimmer bleibe ich vor einem Foto von Theo mit Phillip Benson, dem exzentrischen Milliardär und Besitzer von Infinite Airlines, stehen. Ich hätte Theo nicht für einen seiner Legionen von Fanboys gehalten, aber vielleicht hat er ja eine allgemeine Vorliebe für Promis.

Als ich das Marmorbad betrete, hockt Priya bereits auf dem Waschtisch, während Finn die fünf Schritte von der Toilette bis zur gegenüberliegenden Wand auf und ab tigert. Ich schließe die Tür hinter mir und setze mich auf den geschlossenen Toilettendeckel. Wer hat schon ein Badezimmer, das groß genug ist, um darin herumzulaufen? Aber das Staunen über die Luxusimmobilie ist inzwischen zweitrangig angesichts des Popstars im Wohnzimmer.

»Theo ist also bi?«, fragt Priya Finn.

»Er könnte auch pan sein«, schlage ich vor.

Finn, der bis jetzt auffallend schweigsam war, sieht aus, als müsse er sich gleich übergeben.

»Alles in Ordnung?«, frage ich ihn. »Du wusstest nichts davon, oder?«

»Natürlich wusste ich es nicht.« Finn bleibt stehen und lehnt sich an die Wand. »Er ist nackt in meinem Bett aufgewacht. Tut mir leid, dass ich nicht daran gedacht habe, ihn ausführlich nach seinen sexuellen Vorlieben zu fragen.«

»Hat er denn jemals andere Frauen erwähnt, mit denen er was hatte?«, hakt Priya vorsichtig nach.

Finn rutscht die Wand hinunter in die Hocke und streicht sich über sein kurz geschorenes Haar. »Leute, ich hab ihn auch nicht öfter getroffen als ihr. Ich hatte keine Ahnung.«

»Ja, aber du hast dir Nachrichten mit ihm geschrieben«, sage ich. Neulich hat Finn eine seltsame Bemerkung gemacht, als ich ihn gefragt habe, ob ich ihm ein Sandwich von Gaston mitbringen soll, bevor ihm eingefallen ist, dass es ein Insiderwitz war, den er mit Theo und nicht mit mir hatte. »Ist das denn nie zur Sprache gekommen?«

»Nein, ist es nicht. Wir haben auch nicht alle unsere verflossenen Sexpartner aufgezählt oder ausführliche Lebensläufe ausgetauscht. Ich bin nicht davon ausgegangen, dass er es mit A-Promis treibt.«

»Das scheint dich ziemlich mitzunehmen«, sage ich.

»Tut es nicht.« Seine Körpersprache verrät etwas anderes. »Warum sollte mich das überhaupt interessieren?«

»Weil du ihn magst?«, gebe ich vorsichtig zu bedenken.

»Ich mag ihn nicht«, sagt er spöttisch. »Ich habe dir doch schon an meinem Geburtstag gesagt, dass ich über ihn hinweg bin.«

Und ich habe es ihm schon damals nicht abgenommen. Im vergangenen Monat hat Finn jedes Mal ganz verträumt gelächelt, wenn Theos Name oder unsere Pläne für den heutigen Abend zur Sprache kamen. Aber es ist fast so, als könnte ich sehen, wie eine Maske über sein Gesicht gleitet, als wäre dies eine Rolle und er würde sich in diese Figur hineinversetzen. *Die Rolle von Finn spielt heute ... eine Roboterversion seiner selbst.* Vielleicht ist es besser so, denn schließlich müssen wir noch das Abendessen überstehen.

»Was machen wir dann überhaupt hier drin?«, will Priya wissen.

»Ich dachte, wir waschen uns die Hände und quatschen«, sagt Finn. »Ich glaube, Clementine hat sich operieren lassen. Habt ihr bemerkt, dass ihre Nase anders aussieht? Ich sage nicht, dass wir das machen sollen, aber wenn wir wollten, könnten wir heute Abend ein Foto von ihr machen und dann für viel Geld verkaufen.«

Wir nehmen zu fünft an einem Esstisch Platz, an den leicht zwölf Personen passen würden. Anstatt alle Gedecke an ein Tischende zu stellen, wurden die zusätzlichen Stühle entfernt, und wir sitzen in merkwürdig großen Abständen zueinander. Nicht nur die Sitzordnung ist ungünstig, auch die Konversation ist ins Stocken geraten, seit wir von unserer Badezimmerbesprechung zurückgekehrt sind.

Während alle mit ihren Salaten beschäftigt sind, starre ich auf den Braten in der Mitte des Tisches – die beiden Schenkel sind mit kleinen Papierhütchen versehen – und hoffe, dass man nicht von mir erwartet, dass ich mich selbst bediene, denn ich hätte nicht die geringste Ahnung, wie man dieses Ding tranchiert.

»Das ist ein Kronenbraten«, erklärt Theo, als er meinen Blick bemerkt. »Als ich klein war, haben wir so was immer an den Feiertagen gegessen. Also habe ich den Caterer gebeten, heute Abend einen für uns zu machen.«

Eine Runde anerkennender *Hms* erklingt.

»Wir hatten auch immer Knallbonbons auf dem Tisch. Aber ich hatte leider keine Zeit, welche zu bestellen«, versucht Theo erneut, ein Gespräch zu entfachen. »Einmal hat mein Vater welche mit Hunderterscheinen drin anfertigen lassen, aber in dem Jahr war ich besonders unartig und wäre sogar fast von der Grundschule geflogen, weil ich mit einem Klassenkameraden gerauft hatte, also hat er mir eins mit einem Stück Kohle drin machen lassen.«

Clementine streckt ihre Hand aus, um ihn zu trösten, aber sie ist zu weit weg, und ihre Hand zappelt in der Luft, bevor sie wieder auf dem weißen Tischtuch zwischen ihnen zur Ruhe kommt.

Über ihrer Schulter sehe ich ein weiteres gerahmtes Foto von Theo, eingezwängt zwischen Phillip Benson und einer älteren Frau mit einer blonden Farrah-Fawcett-Frisur und einem Gesicht, das durch Botoxspritzen zu einem erschrockenen Ausdruck erstarrt ist.

»Wow, du scheinst ja ein Riesenfan von Phillip Benson zu sein«, bemerke ich, weil mir nichts Besseres einfällt. »Aber wenn du anfängst, aus seinem Buch zu zitieren, bin ich raus.«

Tyler, der andere Assistent in der Morgensendung beim Radio, zitiert ständig irgendwelche Business-Phrasen aus Bensons Buch. »Oft sind die ›notwendigen Übel‹ viel übler als notwendig«, erinnert er uns gerne, wenn er sich um Routinearbeiten drücken will. Das wäre lächerlich nerdig, aber auch unser Chef liebt Benson.

»Glaub mir, ich bin der Letzte, der aus seinem Buch zitieren würde«, versichert mir Theo. »Das Ego von diesem Mann, der trotz seiner vielen persönlichen Probleme ein Selbsthilfebuch geschrieben hat, ist haarsträubend. Es schockt mich immer wieder, dass die Leute nicht ihr Geld zurückverlangen.«

»Genau!« Dann erinnere ich mich an das andere Foto von ihm im Hausflur. »Moment, ich dachte wirklich, du wärst ein Fan?«

Theo lacht rau. »Wohl kaum.«

»Aber das andere Foto im Flur?« Ich schaue mich am Tisch um, um mich zu vergewissern, dass alle genauso verwirrt sind wie ich.

»Phillip ist sein Vater, Schätzchen«, sagt Clementine. »Wusstest du das nicht?«

Ich hatte tatsächlich keine Ahnung, und dem Blick von Finn nach zu urteilen – seine Augenbrauen verschwinden quasi in seinem Haaransatz –, wusste er es auch nicht. Ich ärgere mich darüber, dass wir unseren Gruppenausflug ins Badezimmer bereits verpulvert haben, denn plötzlich gibt es noch viel mehr zu besprechen.

»Welche Promis wären Dreiermaterial für euch?«, fragt Priya wie aus dem Nichts. Ich bin dankbar für die Ablenkung.

Clementine dreht sich mit dem ganzen Körper zu Priya und klatscht in die Hände. »Oh, das ist lustig! Wollt ihr wissen, mit wem ich schon mal einen Dreier hatte? Oder mit wem ich's gerne mal hätte?«

»Ähm, beides?«, erwidert Priya.

»Ist auch egal, weil's aufs selbe rauskommt. Chris Evans und Rita Ora. Da würde man meinen, er wäre der Star, aber sie weiß wirklich, wie man mit einer Klitoris umgeht.«

Finn fällt die Kinnlade herunter. Buchstäblich. Ich gehe davon aus, dass mein Gesicht etwas Ähnliches macht. Wir sind beim Abendessen mit dem Sohn eines Milliardärs und einer Sängerin, die mit Captain America gevögelt hat. Dabei sind wir bloß eine Assistentin, ein erfolgloser Schauspieler und eine Internetkolumnistin. Ich kann mir gut vorstellen, wie sehr die beiden die Wahl ihrer Dinnergäste bedauern.

»Was ist mit dir?«, erkundigt sich Clementine bei Theo.

»Promis sind mir zu pflegeintensiv.« Er sieht Clementine an und fügt hinzu: »Tut mir leid, Darling.«

Sie zuckt unbeeindruckt mit den Schultern, bevor sie sich wieder ganz Priya zuwendet. »Dieselbe Frage noch einmal an dich.«

»Vielleicht Dominic Broughan …«

»Nein«, unterbricht Clementine sie, »er küsst furchtbar. Zu viel Zunge.« Sie macht ein saures Zitronengesicht und lässt ihre Zunge herausschnellen wie eine Eidechse. Der ganze Tisch fängt an zu kichern, was sie nur noch mehr anspornt. Sie fängt an, die Luft vor ihr zu betatschen. »Ein richtiger Grapscher«, fügt sie hinzu. »Dabei reicht er mir nur bis zum Schlüsselbein.«

Nach dem Essen wechselt Theo die Platte, und eine melancholische irische Ballade ertönt aus den Lautsprechern.

»The Pogues, echt jetzt?«, fragt Clementine, die sich rücklings auf dem Wohnzimmerteppich ausgestreckt hat. Der Stift, der ihren Haarknoten zusammenhielt, ist irgendwann während des Abendessens herausgerutscht, und ihr silberblondes Haar liegt aufgefächert wie eine Löwenmähne um sie herum.

»›Fairytale of New York‹ ist das Lieblingsweihnachtslied der Briten«, verteidigt er sich.

»Lasst uns ein Spiel spielen«, schlägt sie vor, als das Tempo des Liedes schneller wird. »Theo, hast du Karten? Wir könnten Strip-Poker spielen.«

Wir sind alle ein bisschen betrunken. Nachdem sich die anfängliche Anspannung gelegt hatte, war es Clementine gelungen, uns für sich zu gewinnen. Mich mit ihrem Musikgeschmack, Finn mit ihrem enzyklopädischen Wissen über Musicals (wie sich herausstellt, lag ich mit ihr als kleinem Theaterfreak gar nicht so falsch) und Priya mit allerlei Promiklatsch-Leckerbissen. Es ist durchaus nachzuvollziehen, warum sie so berühmt ist. Sie hat eine geradezu magnetische Ausstrahlung. Etwas Schillerndes, schwer zu Beschreibendes.

Außerdem übt sie einen ziemlich schlechten Einfluss auf uns aus. Sie hat sich nämlich verantwortlich erklärt, unsere Gläser mit Theos nicht enden wollendem Vorrat an Rotwein zu füllen, und schenkt uns großzügig nach, wann immer unsere Gläser weniger als halb voll sind. »Ich bin Optimistin, Schätzchen«, sagte sie, als sie mein Glas fast bis zum Rand füllte. »Ich mag einfach volle Gläser.«

Ich habe keine Ahnung, wie viel ich getrunken habe, aber mein Weinglas war während unseres zweistündigen Abendessens niemals leer.

»Ich habe keine Karten, fürchte ich«, sagt Theo.

»Dann wüsste ich ein anderes Spiel, das wir spielen könnten«, schlägt Priya vor. »Hast du ein Bettlaken?«

»Ja?« Theo sieht irritiert aus, macht sich aber auf die Suche nach einem Laken.

Clementine setzt sich schwungvoll auf und wirkt enthusiastisch. »Sag schon, welches Spiel spielen wir?«

»Das Lakenspiel«, sagt Priya.

»Lakenspiel?« Es hört sich lustig an, wie Clementine es sagt. Ich muss kichern. Anscheinend bin ich betrunkener, als ich dachte.

»Wie geht das?«, fragt Finn und wechselt vom Stuhl zu Clementine auf den Boden hinunter.

Theo kommt mit einem weißen Bettlaken zurück und reicht es Priya.

»Super, ich wollte gerade die Spielregeln erklären«, sagt sie. Alle lauschen gespannt. »Zuerst bekommt jeder zehn Zettel. Ihr könnt draufschreiben, was ihr wollt. Eine Person, einen Filmtitel, einen Ort, einen Gegenstand. Dann werden die Zettel zusammengefaltet und eingesammelt. Es gibt vier Runden: In der ersten Runde läuft es so ähnlich wie bei Tabu. Der erste Spieler zieht einen Begriff und darf dann jedes beliebige Wort außer dem auf dem Zettel sagen, um sein Team auf den gesuchten Begriff zu bringen. In der zweiten Runde darf man nur ein Wort sagen, um den gesuchten Begriff zu beschreiben. In der dritten Runde muss man den Begriff wie bei einer Scharade pantomimisch erklären. Die vierte Runde besteht auch aus einer Scharade, allerdings unterm Bettlaken.«

»Und es gibt Teams, ja?«, fragt Finn, der schon ganz aufgeregt ist.

»Klar, wir teilen uns in zwei Teams auf. Die beiden Teams wechseln sich immer ab, und jedes Team hat eine Minute Zeit, um so viele Wörter wie möglich zu erraten. Die Runde ist zu Ende, wenn wir alle Zettel durch haben. Für jeden Zettel, der richtig erraten wurde, gibt es einen Punkt.«

»Das kommt mir ziemlich kompliziert vor für einen Haufen Betrunkene«, sage ich.

»Glaub mir, es macht Spaß. Die Winter in Syracuse sind kalt, wir hatten viel Zeit totzuschlagen.«

»Ich bin dabei«, meint Finn.

»Ich auch«, sagt Clementine.

»Also gut«, lenke ich ein.

»Wer ist in einem Team?«, fragt Theo.

»Wie wäre es mit Jungs gegen Mädchen? Ihr habt dann zwar eine Person weniger, aber dafür dürft ihr anfangen«, schlägt Priya vor.

Theo stellt sich hinter Finn und massiert ihm die Schultern wie ein Manager, der seinen Preisboxer anspornt. »Bist du bereit?«

»Auf jeden Fall.« Finn strahlt, als hätte er im Lotto gewonnen.

Nachdem wir uns noch einmal nachgeschenkt und Stifte zusammengesucht haben – Theo holte zwei Montblanc-Füller aus seinem Büro, und wir fanden Clementines Haarnadelstift unter dem Esstisch wieder –, überlegen wir uns unsere Wörter und werfen unsere gefalteten Zettel anschließend in eine Kristallschale.

»Das ist wirklich viel schicker als damals, als wir im College Partyspiele gemacht haben«, stellt Priya fest. »Früher haben wir für so was einfach die Popcorn-Schrägstrich-Kotzschüssel benutzt.« Sie hält Finn, der als Erster dran ist, die Schale unter die Nase. »Du hast eine Minute. Los!«

Finn zieht seinen ersten Zettel und grinst, als er liest, was draufsteht. »Es ist ein Musical über Oz!«, ruft er Theo zu, der ihn ausdruckslos anschaut. »Kristin Chenoweth!«, fügt Finn hinzu.

»Ähm …« Theo legt seine Stirn nachdenklich in Falten.

»Heißgeliebt!«, schreit Finn. Als Theo weiter schweigt, versucht Finn es stattdessen mit Singen. »*Hei-eiß-geliebt!*«, trällert er.

Doch es hilft nicht. Theo tut mir leid. Es erinnert mich an das eine Mal, als Finn versucht hat, mir ein Spiel zu erklären, mit dem sie sich im Schauspielunterricht immer aufgewärmt haben, und er wütend wurde, als ich es nicht schnell genug kapiert habe.

»Hexe!«, schreit Finn schließlich.

»Können wir das einfach überspringen?«, fragt Theo.

»Oh mein Gott, diese Wissenslücken müssen wir so schnell wie möglich beheben, wenn wir Freunde bleiben wollen«, schnaubt Finn, während er den nächsten Zettel zieht. »True-crime-Podcast, von dem alle besessen sind.«

»*Serial?*«, sagt Theo.

Bevor Finn einen weiteren Zettel aus der Schüssel nehmen kann, klingelt der Timer auf Priyas Handy, und die Zeit ist um.

»Ihr habt einen Punkt«, sagt Priya.

Theo legt Finn die Hand auf den Oberschenkel. »Ich hab dich enttäuscht. Nächstes Mal mach ich's besser.« Ich beobachte, wie Finn mit großen Augen auf Theos Hand hinunterstarrt.

»Sind sie nicht süß?«, flüstert Clementine mir zu. Ich nicke, unsicher, wie ich reagieren soll.

In unserem Team fängt Priya an.

»Komm schon, du machst das!«, ermuntert Clementine sie und veranstaltet einen Trommelwirbel, indem sie sich mit den Händen auf die Oberschenkel klopft.

Theo startet den Timer auf seinem Handy. »Und, los!«

Priya zieht ihren ersten Zettel. Nachdenklich kneift sie ein Auge zusammen. »Oben-ohne-Paparazzi-Fotos von Clem«, sagt sie.

»Leonardo DiCaprios Jacht!«, ruft Clementine, und es ist unklar, ob sie sich über die Erinnerung freut oder darüber, dass sie richtig liegt.

»Leute, die sich in den sozialen Medien Wasser über den Kopf schütten«, fährt Priya mit dem nächsten Zettel fort.

»Ice Bucket Challenge«, brülle ich.

»Die Frau aus *Die Tribute von Panem*.« Priya verliert keine Zeit. Sie zieht gleich mehrere Zettel statt nur einen. Unser Team hat einen Lauf.

»Katniss Everdeen!«, schreit Clementine.

Als Theos Timer ertönt, haben wir bereits acht Zettel auf unserem Stapel. Clementine gibt Priya ein High Five, als sie auf der Couch Platz nimmt.

Eine Stunde später befinden wir uns in der letzten Runde, und mir tut vor Lachen der Bauch weh. Nach einem holprigen Start haben Finn und Theo aufgeholt. Zu Beginn dieser Runde steht es vierundsiebzig für die Jungs zu sechsundsiebzig für die Mädchen. Theo nimmt die Sache mehr als ernst und zeigt eine ähnlich kämpferische Seite wie Finn. Die übrigen Zettel sind immer wieder in der Schüssel gelandet, weil niemand sie erraten konnte.

»Ich schätze, ich bin dran. Versprecht ihr mir, dass ihr immer noch mit mir redet, wenn ich es vermassle?«, fragt Clementine.

»Du wirst es nicht vermasseln«, ermutigt Priya sie.

Clementine zieht sich das Laken über den Kopf und nimmt gleich ein paar Zettel mit darunter.

»Auf die Plätze, fertig, los.«

Clementine wirft den Kopf zurück und macht eine Handbewegung, die so aussieht, als würde sie auf einer imaginären Trompete spielen. Dann fängt sie an, in einer Art Vögelbewegung die Hüften vor- und zurückzuschieben.

Theo lacht, bis er sich die Tränen aus den Augen wischen muss. Wir würden uns auch totlachen, wenn wir nicht so damit beschäftigt wären, herauszufinden, was zum Teufel Clementine damit meint. Ich hätte nie gedacht, dass dieser Abend damit enden würde, dass ein waschechter Popstar mit einem Laken über dem Kopf vor uns trockenvögelt. Wenn Paparazzi schon für die Fotos ihrer neuen Nase gutes Geld bezahlt hätten, stelle man sich vor, wie viel wir für diese Fotos bekommen könnten. Die reißerische Schlagzeile würde vermutlich lauten: »Clementine Del komplett durchgedreht!«

Jetzt spielt Clementine wieder die Lufttrompete.

»›Drunk in Love‹ von Beyoncé?«, rät Priya. Aha, das sollte Trinken darstellen und keine Lufttrompete.

»Du bist genial!«, kreischt Clementine unter dem Laken.

»Nicht reden!«, ermahnt Finn.

»Ach komm, ich schummle nicht.«

Jetzt fängt Clementine an, mit ausgebreiteten Armen durch den Raum zu sausen. Dann hechtet sie zur Seite und stößt dabei eine leere Sektflöte um. Das Glas ist so schwer, dass es nicht zerbricht.

»Vergiss es!«, meint Theo bloß. »Das Spiel ist wichtiger.«

Clementine geht in die Hocke, streckt die Arme aus und

erhebt sich dann langsam im Watschelgang durchs Wohnzimmer wie ein startendes Flugzeug.

»*Gedanken aus fünfunddreißigtausend Meter Höhe*«, brülle ich den Titel des Selbsthilfebuchs von Theos Vater.

»Ja!«, jubelt Clementine. Sie zieht das Laken zurück, sodass es wie ein Brautschleier auf ihrem Kopf sitzt, und stürzt sich auf mich. In einem Kuddelmuddel aus Gliedmaßen und hochwertigem Leinen fallen wir um, und Priya wirft sich noch oben auf den Haufen.

Auf der anderen Seite des Zimmers murrt Theo: »Mein Vater bekommt es hin, mir Weihnachten sogar dann zu ruinieren, wenn er gar nicht da ist.«

Finn reibt ihm tröstend den Rücken. »Wir bestehen auf eine Revanche.«

Ein Rückspiel findet allerdings nicht mehr statt, denn kurz darauf schläft Clementine zusammengerollt wie ein Kätzchen auf dem Teppich ein und schnarcht leise vor sich hin. Doch wir anderen sind immer noch total aufgedreht, sei es vom Spiel, vom Wein, von der guten Gesellschaft oder von einer berauschenden Kombination aus allen dreien.

Während wir uns noch bis in die frühen Morgenstunden unterhalten, liegt ein elektrisierendes Knistern in der Luft. Es kommt mir so vor, als würde zwischen uns vieren etwas einrasten. Letztes Jahr habe ich Finn noch die Hölle heiß gemacht, weil er Theo eingeladen hat, aber er hatte recht. Er ist einer von uns.

8

Hannah

Dieses Jahr, 22. November

Unser Mietwagen, ein silberner Prius, hält vor dem Haus von Davids Eltern in Fairfield. Ich war schon zweimal hier – einmal zum Geburtstag seiner Mutter und einmal zu Davids Geburtstag –, aber jedes Mal beeindruckt mich das Haus aufs Neue. Nicht, weil es riesig wäre – das wäre mit dem Gehalt von zwei Lehrern in einer der teuersten Gegenden von Connecticut nicht möglich. Sondern weil es aussieht, als wäre es einer Prime-Time-Sitcom entsprungen. Weiße Fassadenverkleidung, schwarze Fensterläden, ein aus Korb geflochtenes Füllhorn voller Kürbisse auf der obersten Stufe des Backsteinweges, der zu einer knallroten Eingangstür führt – es wirkt alles so einladend.

»Bereit?«, erkundigt sich David vom Fahrersitz aus bei mir.

»Ja«, antworte ich, und es klingt weitaus entschlossener, als ich mich fühle. Mein Knie ist während der gesamten Fahrtzeit von eineinhalb Stunden nervös auf und ab gehüpft.

»Es wird toll«, versucht David mich zu beruhigen. »Meine Eltern freuen sich so, dass du mitkommst.«

Kaum hat David den Autoschlüssel betätigt, woraufhin das Auto zur Bestätigung ein Piepsen von sich gegeben hat, geht auch schon die Haustür auf. Seine Mutter June steht da, als hätte sie bereits auf ihren jüngsten Sohn gewartet, damit der Feiertag endlich losgehen kann.

Sobald ich in Reichweite bin, nimmt sie mich in den Arm, und ich schiebe den Kuchen, den ich in der Hand halte, hastig in Davids Richtung, damit er nicht zerquetscht wird.

»Hannah! Wir freuen uns ja so, dass du dieses Jahr Thanksgiving mit uns feierst!« June drückt mich noch einmal fest an sich.

»He, warum werde ich hier vollkommen ignoriert?«, fragt David.

Daraufhin fasst June David an den Oberarmen und hält ihn auf Armeslänge von sich, um ihn genau in Augenschein zu nehmen. Sie macht sich ständig Sorgen, dass er nicht genug isst. Als ob er verkümmert sein könnte, seit wir seine Eltern vor drei Wochen an der Grand Central Station abgeholt haben und mit ihnen zum Abendessen gegangen sind, bevor sie sich ein Musical am Broadway anschauten. Die Karten waren ein extravagantes Geburtstagsgeschenk von David gewesen.

Nach ihrer Inaugenscheinnahme zieht June auch ihren Sohn an sich und drückt ihm einen Kuss auf die Wange, wo sie einen Klecks rosafarbenen Lippenstift hinterlässt. »Wie könnte man dich übersehen?«, gurrt sie. »Dafür siehst du doch viel zu gut aus.«

June hakt sich bei ihrem Sohn unter und geleitet uns ins Haus. »Geh und sag deinen Brüdern hallo, sie sind im Wohnzimmer.«

David reicht mir den Kuchen und verschwindet gehorsam im hinteren Teil des Hauses.

June könnte nicht freundlicher sein, aber sie macht mir trotzdem Angst.

Bei einer so zierlichen Frau, die einen unauffälligen cremefarbenen Pullover mit passender Hose trägt und noch nie ein böses Wort über irgendjemanden verloren hat, mag diese Reaktion seltsam erscheinen, aber was mir so Angst macht, ist, wie viel David an ihrer Zustimmung liegt.

Nachdem ich seine Eltern zum ersten Mal getroffen hatte, bei Steak Frites im Almond, fünf Monate nachdem wir zusammengekommen waren, ging David auf dem Nachhauseweg mit noch schwungvollerem Schritt als sonst.

»Sie mögen dich«, sagte er erfreut.

»Schön. Ich mag sie auch.«

»Alexa mochten sie nicht.« Seine letzte Freundin, die Einzige, mit der es ihm so ernst war, dass er sie seinen Eltern vorstellte. »Sie hielten sie für hochnäsig und fanden sie ›nicht besonders intelligent‹.« Seitdem lebe ich in der ständigen Angst, dass June mir ihre Billigung wieder entziehen könnte, denn mir ist bewusst, dass sie keineswegs selbstverständlich ist.

Ich folge June in die Küche, wo auf allen Herdplatten Töpfe vor sich hin brodeln. Die Kühnheit dieser Frau, in einem cremeweißen Outfit und ohne Schürze ein komplettes Essen zu kochen, ist nur eine weitere Bestätigung dafür, dass meine Befürchtungen nicht ganz unberechtigt sind.

»Wo soll ich das hinstellen?« Ich halte die rosa Schachtel von der Bäckerei hoch. »Der ist mit Pekannuss.«

June hat sich gesträubt, als ich ihr anbot, etwas mitzubringen. »Ich habe alles im Griff, es reicht, wenn ihr euch selbst mitbringt«, meinte sie.

Ich bin keine besonders gute Köchin, eigentlich sogar eine ausgesprochen schlechte. Aber Essen ist Davids *love language*, und dieses Gen hat er von seiner Mutter geerbt. In der Werbephase lud er mich in seine Lieblingsrestaurants ein und erzählte mir von sich anhand der Gerichte, die wir aßen – von den Glücks-Ramen aus einem Lokal am St. Marks Place, die er am Abend vor jeder seiner Abschlussprüfungen an der New York University bestellt hatte, über die mehrstöckige Meeresfrüchteplatte in Jeffrey's Grocery, zu der ihn sein Vater eingeladen hatte, nachdem er die Anwaltsprüfung bestanden hatte, bis zu den Pancakes im Sarabeth's, wohin er seine Mutter an jedem Muttertag ausführt. Als ich erkältet war, besorgte er Junes Rezept für Hühnersuppe, selbstgemachte Brühe aus einer Hühnerkarkasse. Er behauptete, die Suppe habe eine geradezu magische medizinische Wirkung. Zu meinem Erstaunen half sie tatsächlich.

Was ich an Thanksgiving in sein Elternhaus mitbrachte, fühlte sich also wie ein Test an, den ich unbedingt bestehen wollte. Es ist zwar nicht mein erstes Mal hier, aber an einem Feiertag hier zu sein, fühlt sich wichtiger und offizieller an als meine früheren Besuche.

Ich hatte die ganze Woche fieberhaft Yelp-Bewertungen zu jeder Bäckerei der Stadt durchforstet, um den besten Kuchen zu finden, den man für Geld kaufen kann, bevor ich mich für Pies'n Thighs in Williamsburg entschied. Heute früh um acht bin ich mit der U-Bahn über die Williamsburg Bridge gefahren, um den vorbestellten Kuchen abzuholen, weil ich nicht riskieren wollte, dass er über Nacht trocken wird.

»Du kannst ihn da drüben abstellen, Herzchen.« June zeigt auf die Arbeitsplatte, wo bereits zwei andere Kuchen auf einem Kühlgestell ruhen. Ein dritter befindet sich noch in einer kuppelförmigen Tupperdose von einer von Davids Schwägerinnen. Wenn das ein Test war, fühle ich mich schon jetzt wie eine Versagerin, als ich meinen gekauften Kuchen zu den anderen selbstgebackenen stelle.

»Kann ich dir noch irgendwie behilflich sein?«, erkundige ich mich nervös.

»Ich hab alles im Griff. Schau doch mal, was die anderen Mädels so machen.«

»Weißt du eigentlich, wie schwer es ist, einen Platz in der richtigen Vorschule zu bekommen?«, fragt Davids Schwägerin Jen gerade seine andere Schwägerin Zoe, als ich das Wohnzimmer betrete. »Du solltest dich jetzt schon auf die Wartelisten setzen lassen.«

Zoes Gesicht verzieht sich. Sie befindet sich in ihrem dritten IVF-Zyklus, was sie mir vor Kurzem bei einem Drink anvertraut hat – ein Glas Wein für mich, ein Mineralwasser für sie. Wir saßen zusammen in einer gemütlichen Weinbar in Fort Greene, ganz in der Nähe der Wohnung, die sie mit Davids Bruder Nate teilt. Die Dreizimmerwohnung hatten sie vor ein paar Jahren angemietet, in der Hoffnung, den zusätzlichen Platz für ein Baby zu brauchen, aber bisher ist bloß ein Peloton-Fahrrad eingezogen.

»Ich wusste gar nicht, dass es so ein Riesenunterschied ist, in welcher Vorschule das Kind im Sitzkreis hockt«, mische ich mich ein, um Zoe etwas aus der Schusslinie zu nehmen. Wir haben uns erst ein paar Mal zu zweit getroffen, aber ich mag sie, und Jen ist wirklich fies.

»Oh mein Gott, dass ich Sophie nicht schon während meiner Schwangerschaft auf die Warteliste für Saint Ann's gesetzt habe, werde ich mein Leben lang bereuen. Deshalb mussten wir aus New York wegziehen«, klagt Jen. »Wir waren einfach zu spät dran, um sie an einer unserer Top-Vorschulen unterzubringen.«

Ich unterdrücke ein Augenrollen darüber, dass ausgerechnet die Ablehnung ihres Kindes an einer Vorschule für 48 000 Dollar im Jahr ihre Welt ins Wanken gebracht hat. Natürlich wünsche ich ihr keinen Kummer, aber sie sollte wenigstens erkennen, wie unsensibel sie sich gerade Zoe und ihrer leeren Gebärmutter gegenüber verhält.

Da ich mich in diesem Gespräch über Mutterschaft zunehmend fehl am Platz fühle, versuche ich mein Glück im Arbeitszimmer, wo David mit seinem ältesten Bruder Adam eine langatmige Debatte über die Sinnhaftigkeit von Bitcoin als Investition führt, während sie sich das Spiel der Giants ansehen.

Nachdem ich zwei Stunden lang zwischen den Frauen im Wohnzimmer und den Männern im Arbeitszimmer hin- und hergependelt bin und versucht habe, mir vorzustellen, wie ich in diese Familie passen könnte, fühle ich mich irgendwie ausgelaugt. Obwohl alle nett zu mir sind, kann ich mich nicht entspannen. Und meine Bemühungen fordern langsam ihren Tribut. Erschöpft und gereizt gehe ich nach oben in Davids ehemaliges Kinderzimmer, um eine Weile für mich zu sein.

Ich sehe mich im Zimmer um und streiche mit den Fingern über die Fußballtrophäen auf der Kommode und das gerahmte Foto von David bei seiner Highschool-Abschlussfeier, flankiert von seinen beiden Brüdern. Ich nehme einen Hardy-Boys-Krimi voller Eselsohren aus dem Bücherregal und schlage ihn auf. Bei einer unserer ersten Verabredungen hat David mir erzählt, dass er wegen dieser Buchreihe früher Detektiv werden wollte.

»Warum bist du es dann nicht geworden?«, fragte ich ihn.

»Weil Adam Anwalt werden wollte, und ich wollte vor allem so sein wie er.«

»Eigentlich bist du ja auch so was wie ein Detektiv«, sagte ich zu ihm. »Als Anwalt löst du ja auch irgendwie Fälle.«

»Mit viel Fantasie vielleicht«, erwiderte er. »Ich schätze, die spannende Folge über den skrupellosen Markenrechtsverletzer habe ich dann wohl verpasst. Von uns beiden bist wohl eher du diejenige, die ihre Träume verfolgt. Und das finde ich unheimlich sexy.«

In diesem Raum mit den Relikten aus Davids Vergangenheit zu stehen, entfacht eine paradoxe Eifersucht in mir, weil ich die früheren Versionen von ihm nie erlebt habe. Weder den kleinen Fußballstar aus der Grundschule noch den Präsidenten der High School Honour Society oder den Clubgänger, der sich ziemlich cool vorkam. Letzteres war wohl nur eine kurze Phase, die auf einem Foto festgehalten ist, das an der Pinnwand über seinem Schreibtisch hängt. Es zeigt ihn mit gegelten Haaren und einem glänzenden Hemd neben einer Gruppe von College-Freunden.

Ich habe auf Davids Bumble-Profil nach rechts gewischt, weil mich die Kombination aus seinem einzigartigen Grübchen und dem Zitat in seinem Profil angesprochen hat: *You'll be the DJ, I'll be the driver.* Bis zu unserem fünften Date wusste ich nicht, dass es sich dabei um eine Passage aus einem John-Mayer-Song handelte, aber da mochte ich ihn schon zu sehr, als dass mich sein fragwürdiger Musikgeschmack gestört hätte. Und er hielt, was sein Profil versprach: Er ließ mich gerne die DJane spielen.

Ich hatte mir immer ausgemalt, mal mit einem Musiker zusammen zu sein, mit jemandem, der so leidenschaftlich mit Musik verbunden ist wie ich. Kein Frontmann, aber vielleicht ein Schlagzeuger oder ein Bassist. Jemand, dem es nicht um die Mädchen oder den Ruhm geht, sondern um das Handwerk. Davon könnte David nicht weiter entfernt sein. Letzte Woche hörte ich ihn unter der Dusche einen Werbe-Jingle singen, und er hat mich einmal für ein Kreuzworträtsel nach einem Wort mit fünf Buchstaben gefragt, das die Frage beantwortet: »Was fehlt einem früheren Boyband-Mitglied, das Styles hat?«

»Er erinnert mich an einen schnuckeligen Pfadfinder«, stellte Priya fest, als sie ihn am Morgen nach unserem zweiten Date dabei erwischte, wie er sich aus meinem Schlafzimmer schlich. Und sie hatte recht. Er ist der typische nette Junge von nebenan, den ältere Damen gerne in der Kassenschlange im Supermarkt ansprechen. Ich hätte nicht gedacht, dass mir so etwas gefallen würde, denn ich hatte mir immer eher einen grüblerischen Typen mit Tattoos vorgestellt. Aber irgendwie zieht mich alles an David an.

Ein Klopfen an der Tür lässt mich aufschrecken, und ich drücke das Taschenbuch, in dem ich geblättert habe, erschrocken an die Brust. Als ich mich umdrehe, lehnt David mit einem kleinen Lächeln auf den Lippen im Türrahmen.

»Hi«, sagt er.

»Hi«, antworte ich und bin verlegen, weil ich dabei erwischt wurde, wie ich in seinem Zimmer herumschnüffle.

»Was machst du denn hier oben?«, fragt er mich. »Ich habe schon im ganzen Haus nach dir gesucht.«

»Ich schnüffle ein bisschen herum«, gebe ich unverhohlen zu.

»Wenn wir schon dabei sind, uns Heimlichkeiten zu gestehen … Findest du es komisch, wenn ich sage, dass ich dich gerne hier oben sehe? In der Highschool-Zeit hatte ich nicht gerade viele Mädchen zu Besuch in meinem Zimmer. Da geht also ein echter Traum in Erfüllung.« Er mustert mich von oben bis unten.

Ich merke, wie ich erröte. Wenn seine Eltern nicht unten wären, hätte ich ihn am liebsten aufs Bett gezogen, doch stattdessen begnüge ich mich damit, zu ihm zu gehen und ihm einen züchtigen Kuss zu geben. Nichts, was uns peinlich wäre, wenn seine Eltern reinkämen.

»Sollen wir wieder nach unten gehen, bevor man uns vermisst?«, frage ich.

»Nein, lass uns noch ein bisschen bleiben. Ich könnte auch eine Verschnaufpause gebrauchen. Ich weiß, sie können sehr anstrengend sein. Es bedeutet mir so viel, dass du heute hier bist.«

Er zieht mich an seine Brust, und ich schmiege mich an ihn, lege meinen Kopf auf seine Schulter. Ich atme den Geruch seines Deos und den Duft seines Parfüms nach Sandelholz und Leder ein. Das ist alles, was ich brauche, damit sich etwas in mir löst. Es fühlt sich an, als könnte ich zum ersten Mal an diesem Tag durchatmen. Ich habe zwar keine Vorschultipps, die ich mit Jen und Zoe austauschen könnte, oder eine Meinung zu Kryptowährungen oder Football, aber ich merke, dass ich trotzdem froh bin, hier zu sein. Denn David ist hier, und das sind die Menschen, die er am meisten liebt. Und ich möchte, dass sie mich auch lieben.

Der festlich gedeckte Esstisch sieht aus wie aus einem Kochmagazin. Nachdem sie als stellvertretende Schulleiterin der örtlichen Middle School in Pension gegangen war, hat June letzten Sommer einen achtwöchigen Kurs am Culinary Institute of America belegt, und heute ist ihr großer Auftritt. Sie huscht um den Tisch, füllt Gläser und schneidet den Truthahn für die Enkelkinder in mundgerechte Stücke.

»Also, David«, sagt Jen, nachdem alle Platz genommen haben, »wann wirst du Hannah einen Ring an den Finger stecken?« Sie nimmt einen Schluck Wein, um ihr selbstzufriedenes Lächeln zu verbergen, als prompt alle Gespräche verstummen, damit der Rest der Familie Davids Antwort auf die Frage hören kann, die sie sich alle stellen, die aber nur Jen zu äußern wagt.

»Na ja …«, stottert David, während er sich am Tisch nach jemandem umschaut, der ihn retten könnte.

Nate klopft ihm auf die Schulter. »Lass ihn, Jen, vielleicht hat er es für Weihnachten geplant, und jetzt hast du ihm die Überraschung ruiniert.«

»Mom strickt Hannah schon ihren eigenen Strumpf«, sagt Adam mit einem wissenden Ton.

Es ist offensichtlich, dass seine älteren Brüder es kaum erwarten können, dass David sich zu ihnen als Ehemann und Vater einreiht. Kann ich ja durchaus verstehen, doch während die Blicke erwartungsvoll zwischen mir und David hin und her wandern, fühle ich mich plötzlich wie in einem dieser Träume, in denen man im Klassenzimmer nach vorne gerufen wird, um ein Referat zu halten, das man vergessen hat vorzubereiten, und, ach ja, man hat auch keine Hose an. Ich frage mich kurz, ob es zu verdächtig wirken würde, wenn ich mich kurz entschuldigen und auf die Toilette verschwinden würde, damit der Becker-Clan das unter sich ausmachen kann.

»Lass ihn in Ruhe«, sagt dann auch Davids Vater in dem Ton, den er wohl benutzt hat, um ein Klassenzimmer voll rüpelhafter Highschool-Kids zum Schweigen zu bringen.

»Davey, du weißt doch, dass ich dich bloß aufziehen wollte«, sagt Jen, während sie sich Wein nachschenkt. »Ich versuche nur, Hannah zu helfen! Ich bin sicher, sie wird langsam ungeduldig. Ich wäre es auf jeden Fall.« Sie zwinkert mir zu, als wären wir im selben Team.

Jen erinnert mich an meine eigene Schwester. Die braungebrannte, durchtrainierte Jennifer mit den perfekten blonden Strähnchen war Anwältin in der Rechtsabteilung eines Unternehmens, als sie Adam heiratete. Jetzt ist sie mit zwei Kindern zu Hause und geht ihre Aufgaben als Ehefrau und Mutter mit demselben Ehrgeiz an, den sie zuvor darauf verwendet hat, die Karriereleiter hochzuklettern.

Eine Zeitlang sah es so aus, als würde meine Schwester Brooke einen weniger konventionellen Weg einschlagen. Nachdem der Aktienmarkt 2008 zusammengebrochen war – und Lehman Brothers mit ihm –, beschloss Brooke, ihre Hälfte des Geldes aus dem Verkauf unseres Elternhauses in ein Gap Year mit Weltreise und Partys zu investieren. Wahrscheinlich war sie erleichtert darüber, endlich von der Verantwortung befreit zu sein, »sich um mich kümmern zu müssen«.

Ein Jahr später kehrte sie mit Spencer zurück, einem anderen Rucksacktouristen, den sie auf irgendeiner Full-Moon-Party in Phuket kennengelernt hatte. Ich verdrehte die Augen, als sie darauf bestand, dass ich an Thanksgiving in meinem ersten Studienjahr von Boston aus anreiste, um ihn kennenzulernen. Ich tat es nur widerwillig, als sie die ganz großen

Geschütze auffuhr: »Du bist doch die einzige Familie, die ich noch habe.«

Wir aßen Truthahnsandwiches aus dem Feinkostladen unter Brookes Wohnung an der Upper East Side, während Spencer uns über die Qualität von japanischem Sushi belehrte und mir eintrichterte, dass ich unbedingt nach Angkor Wat müsse, bevor es vom Tourismus ruiniert würde, als wäre er irgendwie vom Touristenstatus ausgenommen.

Nach meinem Besuch war ich mir sicher, dass er sich nicht lange an Brookes Seite halten würde.

Aber er blieb.

Spencer nahm einen Job bei Citadel an und Brooke bei Credit Suisse. Sie zogen in immer schönere Wohnungen, während ihre gemeinsamen Gehälter in ungeahnte Höhen schossen. Nach zwei gemeinsamen Jahren gaben sie bekannt, dass sie ein Kind erwarteten – im selben Jahr, in dem ich nach New York zog. Kurz darauf kündigte Brooke ihren Job, sie kauften sich ein Haus in Highland Park – ganz in der Nähe des Viertels, wo wir aufgewachsen waren –, und Spencer steckte Brooke einen Diamanten von der Größe eines Eisstadions an den Finger.

An Thanksgiving im Jahr darauf waren wir zu fünft: ich, Finn, Brooke, Spencer und die kleine Ella, die während des gesamten Abendessens so schrie, dass sie beunruhigend lila anlief. Nach dem Festmahl spülten Brooke und ich das Geschirr ab, während Spencer und Finn das Baby ins Auto schnallten, um es durch die Nachbarschaft zu kutschieren, denn das war das Einzige, was die kleine Ella zum Einschlafen brachte.

Es war das erste Mal seit Jahren, dass Brooke und ich allein waren – sonst waren immer Spencer, Finn oder das Baby dabei, manchmal auch alle drei –, und ich nutzte die Gelegenheit, um sie etwas zu fragen, was ich schon lange wissen wollte.

»Bist du manchmal traurig, wenn du an Mom und Dad denkst?« Sie sprach nie über unsere Eltern, aber da sie nun ganz in der Nähe von unserem früheren Haus wohnte, kam sie vermutlich fast täglich an Orten vorbei, die sie an unsere Kindheit erinnerten. Das musste doch so sein, als würde man im Museum seiner eigenen Trauer leben.

Sie stieß einen Seufzer aus, während sie mit einer Flaschenbürste in einer von Ellas Babyfläschchen herumschrubbte. Ich konnte nicht sagen, ob der Seufzer von der allgemeinen Erschöpfung als frischgebackene Mutter herrührte oder von ihrer Verärgerung über mich.

»Du weißt, was dein Problem ist«, antwortete sie schließlich. »Du musst aufhören, in der Vergangenheit zu leben.«

»Mann, ich habe doch nur gefragt.«

»Natürlich werde ich traurig, wenn ich daran denke, dass Ella ihre Großeltern nie kennenlernen wird, oder wenn ich an Moms altem Büro vorbeifahre – da ist jetzt übrigens ein Subway drin. Ich hätte so gerne Moms Rat, wie ich Ella zum Durchschlafen bringen soll, oder einfach nur ihren Trost, dass das mit dem Elternsein irgendwann leichter wird, oder eine Umarmung oder ein selbst gekochtes Essen, wenn ich eine Woche lang nicht mehr als zwei Stunden Schlaf am Stück bekommen habe … Aber man kann die Vergangenheit nicht ändern, was bringt es also, ihr nachzuhängen? Das ist nicht gesund, Hannah. Wenn du weiterleben willst, musst du nach vorne schauen.«

In den sieben Jahren, die seitdem vergangen sind, hat Brooke noch zwei weitere kleine Mädchen geboren und die

Distanz zwischen uns noch gesteigert, indem sie so vollständig in ihrem neuen Leben aufgegangen ist, dass ich mir nicht sicher bin, ob ich darin überhaupt noch einen Platz habe. Durch Davids diesjährige Einladung zu Thanksgiving empfand ich eine Mischung aus Triumph und Niederlage, als ich Brookes Einladung ablehnen konnte. Das war der Beweis dafür, dass auch ich mich weiterentwickelte, so wie sie es mir geraten hatte, aber es bedeutete auch, dass ich mir eingestehen musste, dass Brooke und ich uns nie so nahe sein würden, wie ich es mir immer erhofft hatte.

Nach dem Abendessen, dem Nachtisch und drei hitzigen Runden Pictionary sitzen David und ich wieder im Auto, den Kofferraum voller Tupperware-Behältern mit übrig gebliebenem Essen. Als David auf die I-95 fährt, streckt er die Hand aus und legt sie auf meinen Oberschenkel. »Meine Eltern mögen dich wirklich gern, weißt du.« Er seufzt zufrieden.

»Sie sind toll«, sage ich. »Auf Jen könnte ich zwar verzichten, aber dieses Gorgonzola-Kartoffelpüree von deiner Mutter hat das fast wettgemacht. Wahnsinn.« Beim Gedanken an das Gericht stöhne ich vor Begeisterung.

»Das mit Jen tut mir leid. Du weißt ja, dass das einfach ihre Art ist. Ich habe sie nach dem Essen auch noch mal darauf angesprochen. Es war nicht fair von ihr, dich so zu überrumpeln.« Er blickt zu mir rüber, und ich merke, dass er nervös ist, weil er sich auf die Unterlippe beißt. »Aber das, was sie gesagt hat … wäre das denn so abwegig? Wenn wir uns verloben würden, meine ich.«

Ich spüre, wie sich meine Kehle zuschnürt. »Abwegig nicht, nein … nur etwas früh. Meinst du nicht?« Ich habe gerade erst den Meilenstein abgehakt, einen Feiertag mit seiner Familie zu verbringen, und schon rasen wir auf den nächsten zu. Wir haben zwar schon öfter übers Heiraten gesprochen, aber immer nur rein theoretisch. Genauso wie wir darüber reden, eine Reise nach Italien zu machen, die wir uns nicht wirklich leisten können und für die ich sowieso nicht genug Urlaubstage bekommen würde. Es sind immer hypothetische Pläne für *irgendwann*.

Und was weiß ich schon darüber, wie es ist, eine Ehefrau oder, noch ein bisschen weitergedacht, eine Mutter zu sein, wo ich doch schon so lange keine Herkunftsfamilie mehr habe? Was ist, wenn ich es vermassle und am Ende wieder mit nichts dastehe? Mein Bein hüpft wieder nervös auf und ab.

»Ich denke nicht, dass es zu früh ist. Ich bin mir sicher, was uns betrifft, Han. Ich meine, wir leben doch schon zusammen, es würde sich nicht groß etwas ändern.«

»Warum dann die Eile?«, halte ich dagegen. »Hochzeiten sind teuer.«

»Ich klär das mit meiner Mutter. Ich würde nicht zulassen, dass sie dich zu einer aufgemotzten Hochzeit im weißen Brautkleid drängt, wenn es das ist, worüber du dir Sorgen machst. Ich weiß ja, dass du das nicht bist. Von mir aus könnten wir einfach im Rathaus heiraten und danach in ein Diner gehen. Das ist mir vollkommen egal. Ich will nur mit dir zusammen sein.«

Ich werfe ihm einen Blick zu und lächle. David will einfach nur einen Plan haben, das weiß ich. Er hat Fünf-Jahres-Pläne und Zehn-Jahres-Pläne und organisiert seine Altersvorsorge mit Hilfe von Tabellenkalkulationsprogrammen. Ich dagegen versuche, nicht zu viel über die Zukunft nachzudenken. Langlebigkeit liegt bei uns nicht gerade in der Familie. Es ist nicht so, dass ich nicht weiter mit ihm zusammen sein möchte, es ist nur so, dass die Dinge im Moment gut laufen, also warum sollte man etwas ändern?

»Denk bloß nicht, ich hätte nicht bemerkt, dass du mir keine Antwort gegeben hast«, sagt er in spielerischem Ton. »Also …«, fährt er ernster fort, »wenn ich dir an Weihnachten einen Antrag machen würde, würdest du … Ja sagen?« Den letzten Teil fragt er leise, als hätte er Angst vor der Antwort.

»Nicht, dass ich vom eigentlichen Thema ablenken wollte, aber wir haben ja noch nicht einmal über Weihnachten gesprochen. Es ist Finns letztes Weihnachten in New York und …«

»Moment mal.« Er schaut mich an und zieht die Augenbrauen verwirrt zusammen. »Du kommst an Weihnachten nicht mit zu meinen Eltern?«

»Du weißt doch, dass ich Weihnachten immer mit meinen Freunden verbringe. Letztes Jahr bin ich ja auch nicht mitgekommen.«

»Aber jetzt wohnen wir zusammen«, sagt er, als wäre damit alles geklärt. Seine Verwirrung ist einem verletzten Ausdruck gewichen. »Und ich weiß, dass Weihnachten dein Lieblingsfest ist. Ich hatte gehofft, wir könnten dieses Jahr eine neue Tradition einführen. *Gemeinsam.* Ich dachte einfach nur, nach dem heutigen Tag …«

Ich unterbreche ihn, denn ich will nicht, dass er einen falschen Eindruck bekommt. »Es war total schön heute! Deine Familie ist wunderbar! Aber Finn, Priya und Theo sind *meine* Familie. Und mit unserer Weihnachtstradition feiern wir genau das. Weihnachten ist für mich wichtig, weil *sie* mir wichtig sind.«

»Ich weiß, dass sie dir wichtig sind, aber ich möchte *auch* deine Familie sein. Meine Familie könnte deine Familie sein«, sagt er, und obwohl seine Stimme sanft und voller Hoffnung ist, regt mich seine Bemerkung auf.

»Ich verspüre aber gar keinen Wunsch, meine Familie zu ersetzen. Nur weil sie keine Familie im traditionellen Sinn ist, heißt das nicht, dass sie keine echte Familie ist …«

»Das meine ich doch gar nicht …«

Ich muss meinem wachsenden Ärger Luft machen, damit David mich versteht. »Diese Leute sind in den letzten zehn Jahren mit mir durch dick und dünn gegangen.« Ich starre auf die Reihe aus Rücklichtern vor uns und atme tief durch. »Es gibt da einen Teil von mir, der meine Eltern immer vermissen wird. Es wird immer schlimm sein, dass sie nicht mehr da sind. Und eine Zeitlang hatte ich Angst, dass ich nie wieder Glück oder Sicherheit oder Trost finden würde. Ich war allein. Aber in dem Moment waren meine Freunde für mich da. Sie haben mich verstanden und mir Liebe und Lebensfreude gegeben. Du rufst June oder einen deiner Brüder an, wenn du einen harten Tag hattest oder wenn du gute Neuigkeiten hast. Tja, und ich rufe eben meine Freunde an. Für mich sind sie meine Familie, und zwar in jeder Hinsicht, die zählt.«

Einen Moment lang ist er still. Dann ergreift er meine Hand. »Ich hätte meine Worte sorgfältiger wählen sollen. Ich wollte nicht andeuten, dass das, was dich mit ihnen verbindet, weniger wert ist. Ich kann mir nicht einmal ansatzweise vorstellen, was du durchgemacht hast. Du bist wirklich der stärkste Mensch, den ich kenne, und ich bin so froh, dass du Menschen gefunden hast, die dir das alles geben. Aber Hannah … ich möchte, dass du dich auch durch mich geliebt, getröstet und lebendig fühlst. Siehst du das gar nicht?«

»Das tue ich doch, David. Aber du hast deine Eltern und deine Brüder, und ich versuche nicht, sie dir zu ersetzen. Familie und ein Partner schließen sich doch nicht gegenseitig aus. Ich meine, viele Paare verbringen die Feiertage getrennt.«

»Aber ich will nicht, dass wir so ein Paar sind.«

Wir schweigen beide ein paar Sekunden lang. Es fühlt sich an, als wären wir in eine Sackgasse geraten.

»Es ist bloß …« Er zögert.

»Was?«, frage ich, die noch nie etwas auf sich beruhen lassen konnte.

»Ach, nichts, vergiss es. Ich hasse es, dass wir wegen so einer Kleinigkeit streiten.«

Ich weiß, dass es nicht seine Absicht ist, aber mein Gehirn bleibt an dem Wort »Kleinigkeit« hängen, und es hüpft in meinem Kopf herum wie ein Flummi aus dem Kaugummiautomaten. »Kleinigkeit? Hast du mir eigentlich gerade zugehört? Das sind *meine* Leute und nicht irgendeine *Kleinigkeit*. Sie bedeuten mir alles. Und du musst gerade reden. Deine Familie ist jüdisch, David! Es ist ja nun nicht so, dass Weihnachten für euch so ein wichtiges Fest wäre.«

Er schnaubt.

Das hätte ich vielleicht nicht sagen sollen. Ich habe Fotos von ihm und seinen Brüdern gesehen, wie sie als Kinder in einheitlichen roten Pullovern die Geschenke aufrissen, die in Weihnachtsmannpapier verpackt waren. Auch wenn sie keine Christen sind, hat June die kommerzialisierte Idee von Weihnachten voll und ganz übernommen. Ich weiß, dass Weihnachten wichtig für ihn ist, aber warum sollte *ich* diejenige sein, die Kompromisse eingehen muss? Warum kann er nicht erkennen, dass meine Tradition für mich genauso wichtig ist?

Wir fahren eine Viertelstunde schweigend dahin, jeder von uns in seine eigenen Gedanken versunken.

Norwalk.

Darien.

Stamford.

Ich zähle zehn Ausfahrten, bevor ich wieder versuche, mit ihm zu reden.

»David«, sage ich.

»Wie stellst du dir eigentlich deine Zukunft vor, Hannah?« Er blickt kurz zu mir herüber, und ich kann die Mischung aus Schmerz und Wut in seinem Blick sehen. »Und welchen Platz habe ich darin? Manchmal frage ich mich, ob es immer so sein wird wie jetzt. Du bist der wichtigste Mensch in meinem Leben, aber ich scheine mich nicht an die Spitze deiner Liste emporkämpfen zu können.«

»Ich liebe dich, David. Das weißt du.«

»Das weiß ich, und ich liebe dich auch. Aber was machen wir jetzt? Wohin soll das führen?«

Vor lauter Fragen fängt mein Kopf an sich zu drehen.

Ich verkneife mir zu sagen, dass es mir gefällt, so wie es ist, denn er sieht das offensichtlich nicht so. »Ich weiß es nicht«, antworte ich schließlich. Nicht, um ihn zu verletzen, was es, wie ich fürchte, trotzdem tut, sondern weil meine Welt durch Finns geplanten Wegzug bereits aus den Fugen geraten ist. Wenn ich versuche, mir die Zukunft vorzustellen, ist es, als würde ich in das schummrige Blau eines Magic 8 Balls starren. *Frag mich das später mal.* Ich habe das Gefühl, als würden die Wände unseres winzigen Mietwagens auf mich zustürzen.

»Tust du mir den Gefallen und lässt es mich wissen, wenn du dir darüber klargeworden bist?«

»Ich …«, setze ich an, um zu protestieren, aber ich merke, dass ich es nicht kann. Es ist keine unangemessene Bitte.

»Natürlich.«

Den Rest der Fahrt verbringen wir schweigend.

In Tribeca setzt David mich schon mal zu Hause ab und bringt dann noch den Mietwagen zurück ins Parkhaus um die Ecke, wo wir ihn abgeholt haben. Ich bin mir ziemlich sicher, dass wir beide erleichtert sind, ein paar Minuten Zeit zu haben, um uns zu sammeln.

»Happy Thanksgiving«, sage ich zu Frank, dem Nachtportier, als ich am Empfang vorbei zu den Aufzügen gehe. Bevor ich auf den Fahrstuhlknopf drücken kann, überlege ich es mir noch einmal anders und gehe zurück zur Eingangstür.

»Haben Sie etwas vergessen, Mrs Becker?«, erkundigt sich Frank, als ich noch einmal in die entgegengesetzte Richtung an seinem Schalter vorbeilaufe. Sein Irrtum trifft mich wie ein Schlag, und ich verkneife es mir, ihn zu korrigieren, denn David und ich sind nicht verheiratet. Im Moment sprechen wir ja kaum miteinander.

Draußen gehe ich Richtung West Side Highway. Ich habe zu viel beklommene Energie in mir, die ich loswerden muss, und ich habe auch keine Lust, das Gespräch mit David fortzusetzen, wenn er nach Hause kommt. Vielleicht hilft mir ein Spaziergang dabei, einen klaren Kopf zu bekommen.

Aber als ich am Hudson River Park ankomme, bin ich noch verwirrter als zuvor. Vielleicht hilft es ja, darüber zu reden. Ich zücke mein Handy und tippe auf Finns Namen, der ganz oben in meiner Favoritenliste steht.

9

Finn

Dieses Jahr, 22. November

Als ich aufwache, weiß ich einige Sekunden lang nicht, wo ich bin. Ich schaue blinzelnd an die marineblaue Wand vor mir. Die Wände in meiner Wohnung sind weiß. Eigentlich wollte ich sie streichen, aber laut Mietvertrag durfte ich das nicht. Ich werfe einen Blick auf die Bettwäsche. Sie ist mit winzigen kursiven As bedeckt, dem Logo der Atlanta Braves.

Richtig, ich bin in meinem Kinderzimmer. Jetzt erinnere ich mich wieder.

Ich setze mich auf, um einen besseren Überblick zu bekommen. Es war schon dunkel, als ich gestern Abend nach einem endlosen Tag voller Verspätungen am JFK-Flughafen ankam. Aber das viele Warten war mir durchaus entgegengekommen – denn ich hatte den letzten Teil der *Throne-of-Glass*-Serie auf meinem iPad und eine Tüte voller Sandwiches dabei. Je mehr sich der Flug verspätete, desto weniger Zeit würde ich mit meiner Familie verbringen müssen.

Als mich ein Taxi vor der Haustür meiner Mutter in Peachtree City absetzte, war es bereits nach Mitternacht, und ich schaffte es gerade noch, mir die Zähne zu putzen, bevor ich ins Bett fiel. Wenn ich das Licht eingeschaltet hätte, um zum Bett zu gelangen, hätte ich später noch mal aufstehen müssen, um es wieder auszuschalten, also benutzte ich einfach die Taschenlampenfunktion meines Handys und fiel sofort in einen traumlosen Schlaf, ohne mein Telefon vorher zum Aufladen eingesteckt zu haben. Jetzt ist der Akku bei zwölf Prozent, und ich muss dringend ein Ladegerät finden.

Das Zimmer ist wie eine Zeitkapsel. Auf der Fensterbank liegt ein Stapel Fantasy-Taschenbücher mit rissigen Buchrücken. Die hat mein Vater immer gehasst. »Du bist zu alt für diese Memmenbücher«, nörgelte er. »Geh lieber mit den anderen Jungs nach draußen.« Die einzigen Bücher, die er selbst las, waren Jack-Ryan-Romane. Wenn nicht alle fünfundzwanzig Seiten irgendwas explodierte, war ein Buch automatisch was für Memmen. Eine etwas paradoxe Weltanschauung für einen Buchhalter. Aber der Reiz dieser »Memmenbücher« lag für mich in der Hoffnung, dass ich eines Tages eine Geheimtür in einem Schrank entdecken oder vielleicht Besuch von einer Eule bekommen würde, was mir einen Fluchtweg aus diesem Haus eröffnen könnte, oder, besser noch, dass ich herausfinden würde, dass ich gar nicht wirklich das Kind meines Vaters war.

Doch anstatt mich mit solchen unangenehmen Erinnerungen zu beschäftigen, nehme ich lieber die Relikte von meinem jüngeren Ich in Augenschein. An den Wänden hängen Poster von Michael Johnson von den Olympischen Spielen 1996 und dem World Series Team der Braves von 1995. Ich bin zu jung, um mich an diese Sportereignisse wirklich erinnern zu können, aber mein Vater überhöhte sie beinahe mythisch, sodass sich seine Erinnerungen wie meine eigenen anfühlen.

Als Jugendlicher war Michael Johnson eine Inspirationsquelle für mich. Er war nicht nur der Grund, warum ich mich fürs Leichtathletikteam bewarb, sondern auch ein wiederkehrendes Objekt meiner jugendlichen Selbstbefriedigungsfantasien.

Das Zimmer hat sich seit damals überhaupt nicht verändert. Dafür habe ich mich sehr verändert. Mal davon abgesehen, dass ich immer noch mit Michael Johnson schlafen will. Na ja, vielleicht. Ich müsste ihn erst mal googeln und sehen, wie er gealtert ist.

Der Gedanke an den Jungen, der einmal in diesem Zimmer gewohnt hat, macht mich traurig. Der Junge, der verzweifelt versuchte, die Anerkennung der anderen zu gewinnen, vor allem die seines Vaters, und der sein Schwulsein verbergen wollte. Meine sexuelle Identität war mir seit der Party zu Ashley Kings zwölftem Geburtstag bewusst, als ich die Flasche drehte und sie auf Billy Bradford zeigte. Ich beugte mich vor und konnte mein Glück kaum fassen, denn er war der süßeste Junge in unserer Klasse. Aber Billy war weniger begeistert, und meine Klassenkameraden brachen in schallendes Gelächter über meinen Fauxpas aus. Jungen küssten keine andere Jungen. Jeder wusste, wenn die Flasche auf einen Jungen zeigte, drehte man noch mal.

Billy verbrachte den Rest der Middleschool damit, überall herumzuerzählen, dass ich eine »Schwuchtel« sei. Und auch wenn es stimmte, war ich nicht gerade scharf auf ein weiteres Etikett, das mich von der überwiegend weißen Schülerschaft in unserem wohlhabenden Vorort ausschloss.

Als mein Vater von den Gerüchten hörte, fuhr er zu Billys Eltern nach Hause, um mit seinem Vater von Mann zu Mann zu reden. Am nächsten Tag stand Billy mit einem Entschuldigungsschreiben und einem kleinlauten Gesichtsausdruck vor unserer Tür. Er wirkte so mitgenommen, dass ich mich fast bei ihm entschuldigt hätte. Ich wollte ihm sagen, dass er nicht unrecht hatte, aber mein Vater stand hinter mir im Flur und überwachte Billys Entschuldigungsversuch.

Ich schlage die Decke zurück und gehe zur Kommode, auf der Suche nach etwas, das ich über meine Boxershorts ziehen kann. Ich finde eine Atlanta-Falcons-Pyjamahose und freue mich, dass sie noch passt, auch wenn sie enger sitzt als in meiner Erinnerung. Meinen Koffer habe ich unten stehengelassen. Gestern Abend war es mir zu anstrengend, ihn nach oben zu schleppen, und außerdem ist es gut zu wissen, dass meine gepackte Tasche direkt neben der Tür steht, für den Fall, dass ich schnell die Flucht ergreifen muss.

Es ist seltsam, wieder zu Hause zu sein. Ich hätte nie gedacht, dass ich hierher zurückkommen würde, schon gar nicht zweimal in zwei Jahren. *Das ist nicht mein Zuhause*, rufe ich mir in Erinnerung, *das ist bloß das Haus, in dem ich aufgewachsen bin.* Mein richtiges Zuhause ist eine briefmarkengroße Wohnung im West Village über der drittbesten Pizzeria des Viertels, aber nicht mehr lange. Ich habe meinem Vermieter bereits gekündigt und muss bis zum 15. Dezember ausgezogen sein. Aber ich kann nur eine Panikattacke zur Zeit bewältigen, also gehe ich nach unten.

Tante Carolyn rollt gerade Kuchenteig auf der Kücheninsel aus. »Finn!«, ruft sie in einer Mischung aus Aufregung und Bangen wie ein Seemann, der Land erspäht, als sie mich die Treppe hinunterstapfen sieht.

»Immer noch kein Frühaufsteher, wie ich sehe«, begrüßt mich meine Mutter. Sie sieht anders aus. Ihr Haar ist kürzer, und sie trägt es naturbelassen in kleinen, geringelten Locken. Ich habe sie noch nie ohne geglättetes Haar gesehen, außer auf den körnigen, vergilbten Fotos aus ihrer Kindheit. Sie schaut von dem riesigen Truthahn auf, den sie gerade bestreicht, und schenkt mir ein nachsichtiges Lächeln, während ich zu der uralten Kaffeemaschine in der Ecke hinüberschlurfe.

Ich öffne den Schrank über der Kaffeemaschine und suche nach einer meiner Tassen. Meine Mutter ist nie arbeiten gegangen. Dieses Haus war ihre Arbeit, immer blitzblank und alle fünf Jahre umdekoriert, als würde sie jederzeit mit einem Besuch von *Architectural Digest* rechnen. Legos, Barbies und alles, was aus Plastik war, musste in unseren Zimmern bleiben. Ihr einziges Zugeständnis an das Chaos war die kunterbunte Tassensammlung unserer Familie mit Aufdrucken von Sportteams und Wohltätigkeitsveranstaltungen. Ich zucke zusammen, als ich eine »Papa ist der Beste«-Tasse beiseiteschiebe (welch Ironie!), um im hintersten Teil des Schranks nach meiner Lieblingstasse zu suchen, einer grünen Tasse aus meinem letzten Jahr in der Leichtathletik-Mannschaft mit der Aufschrift *Leichtathletik rocks!*

Aber keine Spur von meiner Tasse. Also schnappe ich mir einen lila Becher von Amandas Pfadfindergruppe und gieße mir Kaffee ein.

»Kann ich noch irgendwie helfen?«, frage ich.

»Wir sind hier fertig«, sagt meine Mutter, ohne von ihrer Arbeit aufzublicken.

»Soll ich die Kartoffeln schälen?« Das war immer meine Aufgabe, als ich jünger war.

»Schon erledigt«, sagt Tante Carolyn, sichtlich zufrieden mit ihrer Effizienz.

»Oh.« Ich bin erstaunt, wie vollständig ich in den letzten zehn Jahren aus dieser Familie getilgt wurde. Ich frage mich, ob sie auch die Schulfotos von mir an der Fotowand im Wohnzimmer abgenommen haben. Meinem Vater wäre das zuzutrauen.

»Ist das stickig hier drinnen! Also, wenn du sonst nichts brauchst, warum hilfst du Amanda nicht, das Tafelsilber zu polieren?«, schlägt meine Mutter vor, und mir wird klar, dass sie vielleicht genauso wenig Zeit mit mir verbringen will wie ich mit ihr. Warum bin ich überhaupt hergekommen?

Ich finde Amanda am Esszimmertisch vor. Alle Türen des Geschirrschranks stehen offen, als hätte ein Poltergeist durchs Haus gewütet, bevor ich aufgewacht bin. Ihre Ellbogen ruhen auf dem glänzenden Holztisch, und sie starrt auf ihr Handy.

»Was geht, Blödmann? Schön, dass du auch mal kommst. Mich lässt Mom nie so lange schlafen«, sagt sie, ohne von dem romanlangen Text aufzublicken, den sie gerade tippt.

»Es scheint sie nicht zu interessieren, was ich mache. Sie hat mich aus der Küche gescheucht«, sage ich zu meiner Schwester, während ich mich auf den gepolsterten Stuhl neben ihr fallen lasse. Die Sitzmöbel sind neu und deutlich moderner als die aus Holz, die wir hatten, als ich das letzte Mal zu Hause war.

»Muss das toll sein. Von mir will sie in einer Tour wissen, was ich nach dem Abschluss machen werde.«

»Brauchst du Hilfe?«

Vor ihr liegt ein Berg von unpoliertem Silberbesteck, das echte mit filigranen Rosetten an den Griffen, das wir nur benutzen, wenn Gäste da sind. Ein Hochzeitsgeschenk von Grandma Everett.

Wenigstens ist zwischen Amanda und mir noch alles beim Alten. Ich hatte mir früher Sorgen gemacht, dass unsere Beziehung meinen Auszug nicht überleben würde. Sie war damals elf. Und solange sie unter dem Dach meiner Eltern gewohnt hat, war es ja auch nicht so, als hätte ich heimlich hier auftauchen können, um Zeit mit ihr zu verbringen. Also schrieb ich ihr E-Mails und schickte ihr Links zur Ankündigung, dass die Jonas Brothers in der Philips-Arena auftreten, oder einen Artikel über den neuen Buchladen, der im Einkaufszentrum in der Innenstadt eröffnet wurde. Ich hätte sie angerufen, aber sie hatte damals noch kein Handy, und ich hatte Angst, dass mein Vater abheben würde, wenn ich auf dem Festnetz angerufen hätte. Aber ich wollte meine Schwester auf keinen Fall verlieren.

Ich war baff, aber auch erfreut, als sie ihr Versprechen wahrmachte und mich mit 18 in New York besuchte. Sie kam in den Frühlingsferien mit Geld, das sie durchs Rettungsschwimmen und diverse Babysitterjobs gespart hatte. Unseren Eltern hatte sie verklickert, dass es sich um einen Ausflug der Abschlussklasse handelte, bei dem sie Absolventen unserer Highschool im Job über die Schulter schauen würden.

Hannah, Theo, Priya und ich nahmen sie mit zu *Wicked* und schleusten sie mit einem gefälschten Ausweis in den Club der Undergroundbar *Home Sweet Home*. Als sie ging, war ich mir nicht sicher, in wen sie sich mehr verliebt hatte – in die Stadt oder in Theo, dem sie wie ein Hündchen folgte, während sie an seinem Mund hing.

Seitdem besucht sie mich jedes Jahr in den Frühlingsferien. Nächstes Jahr wird es das letzte Mal sein, bevor sie ihren Abschluss an der Emory University macht, und ich frage mich, ob sie dann nach L.A. kommen wird. Aber selbst wenn, weiß ich, dass es ohne Hannah, Priya und Theo nicht dasselbe sein wird.

Jetzt, wo ich wach bin, haben Mom und Tante Carolyn in der Küche Whitney Houston aufgedreht. Ich erkenne Moms Lieblingsalbum. Die Kassette davon hatte immer einen festen Platz im Autoradio ihres Mercedes-Kombis. Auf der kurzen Fahrt zur Schule schmetterten wir »How Will I Know« mit. Aber die Musik war immer auf die Autofahrten beschränkt, denn Dad mochte es nicht, wenn man sie im Haus laut aufdrehte.

Aus der Küche dringt das Lachen von Tante Carolyn zu uns herüber.

»Was bist du böse!«, sagt Mama und lacht ebenfalls.

»Das geht schon den ganzen Morgen so«, meint Amanda. »Seltsam, oder? Ich warte die ganze Zeit darauf, dass Dad aus seinem Büro kommt und ihnen sagt, dass sie ruhig sein sollen, weil er einen Call hat. Und dann fällt es mir wieder ein.«

»Ja, es ist echt seltsam.« Aber das gilt für meinen ganzen Besuch hier, nicht nur für das laute Lachen meiner Mutter. Irgendwie weiß ich gar nicht mehr, was hier als seltsam zählt. »Aber es scheint ihr gut zu gehen, oder?«

»Sie ist glücklich darüber, dass du hier bist.«

»Da bin ich mir nicht so sicher.«

»Sie redet seit einem Monat über nichts anderes als deinen Besuch. Sie macht dieses Jahr sogar mal wieder Käsemakkaroni, weil sie weiß, dass du die am liebsten isst.« Ich versuche, das mit dem kühlen Empfang in der Küche in Einklang zu bringen, aber es gelingt mir nicht. »Sie muss sich einfach … dran gewöhnen«, fährt Amanda fort.

Das müssen wir alle. Auch für mich ist es komisch, wieder in diesem Haus zu sein. Zurück an diesem Tisch. An dem alles den Bach runtergegangen ist, als ich meinen Eltern erzählt habe, dass ich schwul bin, woraufhin ich von meiner eigenen Familie verstoßen wurde.

Die Antwort meines Vaters war ein unerbittliches: »Nein.« Einfach *nein*. Als ob die schiere Kraft seines Widerspruchs meine sexuelle Orientierung hätte ändern können.

Ein Jahr zuvor hätte das vielleicht sogar geklappt. Ich hätte »Yes, Sir« gesagt und mich mit einer meiner vielen Freundinnen verabredet, die sich immer ein bisschen zu nah an mich heranlehnten und meinen Arm ein bisschen zu lange berührten, als gäben sie mir grünes Licht, sie zu küssen.

Aber der Sommer nach meinem ersten Jahr am College war anders, denn ich war im Laufe des Frühjahrssemesters mit Sean Grady zusammengekommen. Sean war mein erster richtiger Freund.

Wir hatten uns auf einer schicken Party mit Wein und Käse kennengelernt, die seine A-Capella-Gruppe ausgerichtet hatte. Die Veranstaltung sollte stilvoller sein als die üblichen Campuspartys mit Dosenbier und Trinkspielen, aber der Wein kam trotzdem aus einer Kartonverpackung. Sean hatte sich bereits in der Highschool als schwul geoutet, und es gefiel ihm nicht, dass ich es noch nicht getan hatte. An der Uni war es zwar bekannt, aber zu Hause wusste es niemand, schon gar nicht meine Eltern.

Aber mein Outing nur an der Uni reichte Sean nicht. Vor dem Beginn der Sommerferien stellte er mir ein Ultimatum: Ich solle es zu Hause verkünden, sonst würden wir unsere Beziehung im Herbst »neu bewerten« müssen. Rückblickend betrachtet, war das total übergriffig von ihm, aber damals nahm ich seine Forderung sehr ernst.

Ich beschloss, meine Ankündigung beim Abendessen an meinem ersten Abend zu Hause zu machen. Nicht etwa, weil ich erwartete, dass es gut laufen würde, sondern weil ich dachte, dass meine Eltern so bis zum Ende des Sommers Zeit hätten, sich auf die Neuigkeit einzustellen, so wie es Seans Eltern getan hatten. »Glaub mir«, hatte er mir versichert, »meine Eltern sind hardcore irisch-katholisch. Wenn *sie* das akzeptieren können, wird es für deine auch in Ordnung sein.«

Es war nicht in Ordnung.

Nachdem er seinen Einspruch eingelegt hatte, stand mein Vater vom Esstisch auf, schenkte sich einen doppelten Bourbon aus der Karaffe auf der Anrichte ein, von der ich bis zu diesem Moment gedacht hatte, sie diene nur der Dekoration, und schloss sich für den Rest des Abends in seinem Büro ein, wobei er die Tür hinter sich zuknallte, um seiner ablehnenden Haltung Nachdruck zu verleihen.

Die Reaktion meiner Mutter war nur ein »Oh, Finn«, bevor sie aufstand, um den Abwasch zu machen, obwohl sie ihren Lachs nicht einmal angerührt hatte.

Oh, Finn, was?, fragte ich mich. *Oh Finn, wie konntest du nur?* Oder: *Oh Finn, gib ihm etwas Zeit?*

An jenem Abend saß ich im Dunkeln am oberen Ende der Treppe, um das Gespräch meiner Eltern zu belauschen, sobald Dad aus seinem Büro gekommen war.

»Er wird seine Meinung ganz schnell ändern, wenn ich ihm seine tuntige, liberale Schule nicht mehr zahle. Pass nur auf, Suze«, hörte ich ihn zu meiner Mutter in der Küche sagen. Daraufhin schenkte er sich noch einen Bourbon ein und verschwand wieder in seinem Büro.

Ich war schockiert, dass sie sich nicht für mich einsetzte. Ich war mir sicher, sie würde es tun. Aber sie schwieg.

Das Vibrieren meines Telefons an meinem Bein reißt mich aus meinen Erinnerungen. Ich ziehe das Handy aus der Tasche meiner Pyjamahose und sehe eine Nachricht von Theo: *Wie läuft's zu Hause?*

Schrecklich, schreibe ich zurück.

Letztes Jahr habe ich Thanksgiving mit Priya bei ihrer Familie verbracht. Normalerweise war ich immer mit Hannah bei ihrer Schwester, aber Hannah und ich redeten damals nicht miteinander. Priyas Mutter zauberte ein Festmahl aus Tandoori-Truthahn für die Fleischesser und Kürbis-Kichererbsen-Curry für die Vegetarier, aber am liebsten mochte ich den Masala-Kartoffelbrei. Das Haus war voller Leute, und Priya wurde wie eine heimkehrende Heldin behandelt. Vor allem ihre Cousins und Cousinen im Teenageralter waren begeistert von der Reisetasche voller Kosmetikpröbchen, die sie ihnen mitgebracht hatte – Gratissamples, die ihr von PR-Vertretern in der Hoffnung geschickt worden waren, dass sie darüber schreiben würde. Ich war überwältigt davon, wie wunderbar es sein muss, zu so vielen Menschen zu gehören. Ich hätte dieses Jahr einfach wieder mit zu ihr fahren sollen, anstatt hierherzukommen.

Auf meinem Display erscheinen drei Punkte und verschwinden dann wieder.

Nach zwei weiteren abgebrochenen Versuchen von Theo bekomme ich nur noch ein Stirnrunzel-Emoji.

Ich warte ab, ob die Punkte wieder erscheinen, aber das tun sie nicht.

Ich will Theo gerade schreiben und ihn fragen, was er heute vorhat, da macht mein Akku schlapp. Na ja, Theo kann es jetzt eh nicht gebrauchen, dass ich ihn mit meinen Problemen runterziehe. Er ist mit seinen Internatsfreunden in Napa und hat wahrscheinlich schon eine halbe Kiste Cabernet intus, obwohl es dort erst neun Uhr morgens sein dürfte.

Meine Mutter und ich haben offensichtlich unterschiedliche Definitionen von einem »kleinen Abendessen«. Das wird deutlich, als sie mich bittet, den Esstisch auszuziehen, an dem normal schon zehn Personen Platz finden. Im Laufe des Nachmittags treffen immer mehr Tanten, Cousinen und Nachbarn ein. Wir schlürfen süßen Tee und verteilen uns im Empfangszimmer, das wir nur nutzen, wenn Besuch kommt. Ich bleibe immer an Amandas Seite, damit ich meine zehnjährige Abwesenheit und mein plötzliches Wiederauftauchen nicht erklären muss.

Aber ich hätte mir keine Sorgen machen müssen. Alle haben ihre Feiertagsklamotten an und zeigen sich von ihrer besten Seite. Sie sind gut erzogen und würden mir nichts direkt ins Gesicht sagen, aber ich weiß, dass ich auf der Heimfahrt das Hauptthema sein werde. Die Einzige, die meine lange Abwesenheit indirekt kommentiert, ist meine Großtante Eunice, als sie zu mir sagt: »Ich habe für dich gebetet.«

Als Tante Carolyn um fünf vor drei alle an den Tisch ruft, ist das Haus rappelvoll, und der Tisch ächzt unter dem Gewicht von einem Dutzend Servierplatten und Schüsseln. Ich sehe allein drei Sorten Kartoffelsalat, die meine drei Tanten mitgebracht haben, und jede von ihnen ist davon überzeugt, dass ihrer der Beste ist.

»Der Kindertisch ist in der Küche!«, schimpft Tante Ca-rolyn mit einem Jungen in einem Miniatur-Lacoste-Polo-shirt, als sie ihn dabei erwischt, wie er sich auf einen Stuhl im Wohnzimmer setzen will. Ich erkenne ihn nicht. Das muss ein Cousin sein, der während meiner Verbannung geboren wurde.

Ich folge Amanda an den Küchentisch. Dort werden wir zwar die Ältesten sein, aber wenigstens bleibt mir der Er-wachsenentisch erspart. Wir können Wein aus der Speise-kammer stibitzen und über die Jungs tratschen, in die sie an der Uni verknallt ist. Von denen gibt es immer genug.

»Du nicht.« Tante Carolyn streckt ihren Arm aus wie eine rabiate Schülerlotsin, um mir den Weg in die Küche zu ver-sperren. »Du hast das College schon abgeschlossen und bist damit an den Tisch der Erwachsenen aufgestiegen!« Bei ihr klingt das irgendwie wie eine Belohnung und nicht wie eine Bestrafung.

»Aber ich will bei Amanda sitzen«, protestiere ich.

»Nein.« Ihr Ton lässt keinen Spielraum für Verhandlun-gen.

Am Ende sitze ich zwischen Tante Ruthie, der älteren Schwester meiner Mutter, und Travis, meinem Cousin zwei-ten Grades, der vermutlich der Vater des Poloshirt-Kids ist. Als Teenager hatte ich den Verdacht, dass Tante Ruthie les-bisch ist, aber ich war so klug, es nicht an die große Glocke zu hängen. Sie arbeitete als Rangerin im Tallulah Gorge State Park und unternahm jedes Jahr mit einer rein weiblichen Rei-segruppe Ausflüge in andere Nationalparks. Aber vielleicht habe ich mich auch getäuscht, und sie wollte sich einfach nicht wie ihre jüngere Schwester durch eine Heirat binden.

Immerhin hat Tante Ruthie nie ihren Platz am Feiertagstisch unserer Familie eingebüßt, auch wenn ich dabei vielleicht den Gaydar meines Vaters überschätze.

Das Abendessen verläuft ohne Zwischenfälle. Meine Mutter mischt sich schnell ein, als Onkel Robert von mir wissen will, ob ich eine Freundin habe. »Wusstest du, dass Finn bald einen neuen Job bei Netflix antreten wird? Wir sind so stolz auf ihn«, unterbricht sie ihn. Ein kollektives »*Ooooh!*« ertönt am Tisch. Ich weiß nicht recht, ob ich mich freuen soll, dass meine Mutter endlich mal stolz auf mich ist, oder ob ich mich darüber empören soll, dass sie immer noch alles tut, um meine sexuelle Orientierung zu verbergen.

»Glaubst du, du kannst sie dazu bringen, eine weitere Staffel von *Bloodline* zu bringen?«, fragt Onkel Robert, der den Köder sofort schluckt.

Tante Ruthie und ich sind die einzigen, die sich am Wein bedienen. »Wie schön, dass du dir Zeit für uns genommen hast«, raunt sie mir nach ihrem dritten Glas Chardonnay beschwipst zu, und das »uns« klingt eher wie »unsch«. »Ich weiß, dass du in der Stadt viel um die Ohren hast, aber du warst ja schon ewig nicht da. Deine Mama hat dich vermisst.«

Bei der Andeutung, dass meine Abwesenheit freiwillig war, muss ich mir ein bitteres Lachen verkneifen.

Später, nachdem die Verwandtschaft sich verabschiedet hat und der Abwasch von Hand geschrubbt worden ist – »Im Geschirrspüler wird das Geschirr nicht richtig sauber«, argumentiert meine Mutter –, setzen wir uns zu dritt ins Wohnzimmer vor den Fernseher.

»Lass uns *Schitt's Creek* schauen«, schlägt Amanda vor.

»Ich glaube, das würde dir gefallen, Mom, es geht um eine Familie.«

»Ich will nichts mit Schimpfwörtern im Titel sehen«, entgegnet meine Mutter empört.

Amanda und ich wechseln einen Blick, aber keiner von uns widerspricht ihr. Es wäre zu schwierig, ihr das Konzept dieser Kultserie zu erklären, also entscheiden wir uns für einen Film auf dem Hallmark Channel über eine verklemmte Großstadtzicke, die mit ihrer besten Freundin zum Skifahren fährt, nur um festzustellen, dass ihr Chalet bereits von zwei heiratswürdigen Junggesellen belegt ist. Es macht gar nichts, dass der Film bereits zur Hälfte vorbei ist – schon anhand der Kurzbeschreibung ist klar, worauf es hinausläuft.

Ein Auge auf den Fernseher und das andere auf mein Handydisplay gerichtet, checke ich auf Theos Instagram-Profil, ob er etwas aus Kalifornien gepostet hat, aber es gibt keine Updates. Bevor ich mich eingehender mit den Profilen von Theos Internatsfreunden auseinandersetzen kann, kommt ein Anruf von Hannah rein.

»Da muss ich kurz rangehen.« Ich erhebe mich von der Couch, erleichtert darüber, diesem Film entfliehen zu können, und trotte in mein Schlafzimmer.

»Gott sei Dank!«, sagt Hannah, als ich abnehme. An ihrem Ende der Leitung rauschen im Hintergrund Autos vorbei, und sie keucht, als ob sie gerade Powerwalking machen würde. Das hört sich nicht nach Connecticut an.

»Was ist denn passiert?«, erkundige ich mich.

»Alles.«

»Kannst du es ein bisschen eingrenzen?«

»Ich hab mich mit David gestritten.« Sie macht eine Pause, als wüsste ich, worum es geht, ohne dass sie es mir erklären muss. Früher einmal wäre das wohl auch so gewesen, aber im Moment habe ich keinen blassen Schimmer. Geht es um Kinder? Will er, dass sie nach Connecticut zieht? Ich zermartere mir das Hirn und versuche, an irgendetwas zu denken, was Hannah in letzter Zeit über ihre Beziehung gesagt hat, aber mir fällt nichts ein.

»Wegen Weihnachten«, fügt sie schließlich hinzu.

»Was ist mit Weihnachten?«, frage ich.

»Er versteht es nicht. Auf dem Heimweg vom Thanksgiving-Besuch bei seinen Eltern haben wir uns gestritten, und er hat gemeint: ›Wie sollen wir unsere Beziehung ausbauen, wenn du Weihnachten nicht mal mit meiner Familie verbringen willst?‹« Eins muss man ihr lassen, sie imitiert David perfekt, senkt ihre Stimme und übernimmt seine abgehackte, präzise Art zu sprechen.

»Ihr seid seit fast zwei Jahren zusammen. Es ist jetzt nicht völlig unangemessen, wenn er Weihnachten mit dir verbringen will.«

»Finn! Du solltest doch auf meiner Seite sein.«

»Ich bin immer auf deiner Seite. Ich mein ja nur, dass ich auch verstehen kann, warum er sich aufregt.«

»Es ist total bescheuert, dass er deswegen sauer ist«, schimpft sie. »Dabei ist er nicht mal Christ! Weihnachten ist doch gar nicht sein Ding.«

»Klar, und wann warst du das letzte Mal in der Kirche?« Ich bin mir ziemlich sicher, dass es der Pflichtgottesdienst am Ende der Highschool war. Sie schweigt, und ich stelle mir vor, wie sie überlegt, was sie darauf erwidern könnte. »Ernsthaft, Han, wenn du Weihnachten mit Davids Familie verbringen willst, verstehe ich das.«

»Dafür habe ich dich nicht angerufen. Ich will nicht, dass du mir deinen Segen gibst, ich will, dass du genauso empört bist wie ich. Er versteht nicht, dass *ihr* meine Familie seid. Er hat unsere Tradition als *Kleinigkeit* bezeichnet. Wie frech ist das, bitte? Aber was mich noch wütender macht, ist, dass wir diesen Streit nicht hätten, wenn ich Weihnachten bei Brooke verbringen würde.«

Unten klingelt es an der Tür. Wer um alles in der Welt klingelt nach neun Uhr an der Tür meiner Mutter? Ein erschreckender Gedanke schießt mir durch den Kopf: Was, wenn sie einen heimlichen Freund hat? Bei dieser abwegigen Vorstellung zieht sich mein Magen zusammen.

»Finn!«, ruft Mom zu mir herauf. »Es ist für dich.«

Ich mache mich auf den Weg nach unten und klemme das Handy zwischen Ohr und Schulter. Hannah schimpft weiter, wobei sie nahtlos von David zu Brooke übergeht. Ich weiß aus Erfahrung, dass das noch eine Weile dauern kann. Als ich die Treppe hinuntergehe, erblicke ich zuerst ein Paar Ledermokassins.

Nach ein paar weiteren Treppenstufen sehe ich eine bis zu den Knöcheln hochgekrempelte dunkle Jeans.

Schließlich kommt ein grüner Pullover zum Vorschein, den ich kenne.

Theo ist hier? Im Hausflur meiner Mutter? Er sieht erschöpft aus. Eine verbeulte braune Ledertasche steht zu seinen Füßen.

»Äh, Han, ich muss dich zurückrufen. Theo ist hier«, sage ich und beende mit ihrem Einverständnis das Gespräch.

Als Theo meine Stimme hört, blickt er zu mir hoch, und sein Gesicht verzieht sich zu einem schüchternen Lächeln.

»Was machst du denn hier?«, frage ich laut.

Theo sieht sich um, als wollte er sichergehen, dass niemand anderes in Hörweite ist. »Deine Nachricht«, sagt er. »Du meintest, es sei schrecklich, und als ich dich anrufen wollte, war dein Handy aus. Also bin ich hergekommen, um dich zu retten. Oder um mit dir zu leiden. Das kannst du dir aussuchen.«

»Du bist … hierhergekommen?«, frage ich, während mein Gehirn immer noch nicht ganz begreift, was hier vor sich geht.

Er nickt. »Also, sollen wir uns aus dem Staub machen?« Er deutet über seine Schulter auf die Eingangstür und zwinkert mir zu.

»Nein … äh …« Ich kann nicht glauben, dass er den weiten Weg auf sich genommen hat, um mich vor meiner Familie zu retten. Klar, das ist nicht gerade das perfekte Wochenende, aber so schlimm ist es nun auch wieder nicht. Ich muss nicht gerettet werden, ich wollte mich nur ein wenig beschweren. Aber Theo hat deshalb seine Reise abgebrochen und ist kurzerhand in ein Flugzeug gesprungen, um mich zu retten. Ich kann mich nicht entscheiden, ob ich ihn umarmen, ihn vernaschen oder weinen soll. Mein Gehirn versucht immer noch zu verarbeiten, dass er überhaupt hier ist.

»Wir bleiben hier, oder?«, fragt er nach einer Weile. »Deine Mutter macht mir bestimmt einen Teller warm, ich bin nämlich gerade am Verhungern.«

Ich umarme ihn stürmisch. Ich bin froh, dass ich mein Gesicht an seinem Hals vergraben kann, denn ich spüre, wie mir die Tränen in den Augen brennen. Er streicht mir über den Rücken. »Hey, es ist okay. Alles gut.«

Und er hat recht. Jetzt, wo er hier ist, geht es mir gut. Ich genieße das Gefühl der Sicherheit, das ich in seinen Armen verspüre. »Danke«, flüstere ich in seinen Kaschmirpullover.

»Ohne dich war Kalifornien sowieso langweilig.«

Ich esse ein zweites Stück Pastete, während Theo sich über einen Teller mit übriggebliebenem Essen hermacht und alle paar Bissen die Kochkünste meiner Mutter lobt. »Also *meine* Mutter hat es sogar fertiggebracht, ein Tesco-Fertiggericht so zu verbrennen, dass die Feuerwehr kommen musste. Ich glaube, es war ein Curry, aber als sie die Flammen löschten, waren nur noch verkohltes Plastik und Reis übrig. Abgesehen von Fertiggerichten habe ich sie nie kochen sehen. Ich kann gar nicht glauben, dass Sie das alles gemacht haben, Mrs Everett«, schwärmt Theo.

»Oh, zu freundlich«, sagt sie, und ich sehe, wie sie in ihre Tasse mit koffeinfreiem Kaffee lächelt. »Finn hat mir gar nicht gesagt, dass sein *Freund* noch kommt, sonst hätten wir einen Teller beiseitegestellt. Ich fürchte, es sind nur noch die kläglichen Reste übrig.« Ihre Betonung des Wortes »Freund« macht mehr als deutlich, dass sie vermutet, wir seien ein Paar.

»Unsinn, das ist wunderbar. Machen Sie sich bloß keine Umstände«, sagt Theo. Er sieht zu mir herüber, kneift die Augen zusammen, und die linke Seite seines Mundes verzieht sich zu einem schelmischen Lächeln.

Mir ist die ganze Sache nicht geheuer.

»Eigentlich habe ich gedacht, ich würde es nicht schaffen«, fährt er fort. »Ich war geschäftlich in Kalifornien, aber weil wir rechtzeitig fertig waren, habe ich einen früheren Flug genommen. Ich wollte nicht eine Minute länger von meinem

Freund getrennt sein.« Er sagt es mit stärkerem britischem Akzent, so wie er es immer tut, wenn er jemanden bezirzen will, und dem Gesichtsausdruck meiner Mutter nach zu urteilen, funktioniert es bei ihr. Er legt noch den Arm um meine Schulter, um dem Ganzen mehr Nachdruck zu verleihen.

Wie oft habe ich von diesen Momenten geträumt: Theos Freund zu sein und endlich wieder nach Hause zu kommen. Nie hätte ich auch nur gewagt, beides zusammen zu träumen, aber jetzt ist es einfach so.

Allerdings ist es leider bloß ein Scherz.

Ich weiß, dass er das kleine Theaterstück nur aufführt, um mich aufzumuntern, um mir zu zeigen, dass wir das gemeinsam durchstehen. Wir gegen den Rest der Welt! Aber es hat den gegenteiligen Effekt. Ich fühle mich unerträglich traurig. Ich sollte ihn davon abhalten, denn wenn ich dieses Spiel mitspiele, ist es bloß eine Frage der Zeit, bis wir eine Trennung vortäuschen oder zugeben müssen, dass wir gelogen haben.

»Ist das nicht schön?«, seufzt meine Mutter, bevor ich etwas dagegen sagen kann. »Ich freue mich, dass Finn jemanden wie dich in seinem Leben hat. Es ist so schön, dass ihr wieder hier seid, und dieses Mal unter glücklicheren Umständen als damals, direkt nach dem Tod meines Mannes. Allerdings muss ich mich entschuldigen, Theo, dass ich heute Abend keine bessere Gesellschaft mehr bin. Ich bin total erschöpft, weil ich schon im Morgengrauen aufgestanden bin, um den Truthahn in den Ofen zu schieben. Ich lasse euch Jungs jetzt allein und gehe ins Bett. Aber ich freue mich darauf, dass wir morgen den Tag zusammen verbringen können.«

»Ich freue mich auch, Mrs Everett.«

»Nenn mich bitte Suzann«, sagt sie zu ihm.

»Gut, dann gern Suzann«, säuselt er.

»Finn, kümmerst du dich noch um die Teller?« Ein als Frage getarnter Befehl. »Und lass ein Licht für deine Schwester brennen, wenn sie nach Hause kommt. Wo auch immer sie mit ihren Freunden hingegangen ist, kannst du davon ausgehen, dass sie betrunken zurückkommen wird.« Sie schüttelt den Kopf, als wollte sie sagen: *Da kann man nichts machen, so ist das eben mit Kindern.*

Dabei kann ich das gar nicht wissen. Ich habe Amandas Highschool-Jahre in diesem Haus verpasst. Trotzdem ist es einfacher, ihr zuzustimmen. »Ja, Mom.«

Als sie aus dem Zimmer gehen will, fällt mir noch etwas ein. »Mom, wo ist das Bettzeug für die Ausziehcouch im Keller?«

»Ach Schatz, es macht mir nichts aus, wenn ihr euch dein Zimmer teilt. Du weißt, ich bin moderner als dein Vater. Also, schlaft gut, Jungs.«

Theo fasst mich am Arm, als sie in die Küche verschwindet. Mit der anderen Hand hält er sich den Mund zu, während sie noch ihren Kaffeebecher ausschwenkt und in die Spülmaschine stellt. Als sie schließlich die Treppe nach oben geht, bebt er vor unterdrücktem Lachen.

»Gib's zu«, sagt er, nachdem ihre Schlafzimmertür zugefallen ist. »Das war doch süß!«

»Das war nicht süß. Es war total strange, als ob sie sich für eine Art Innovationspreis bewerben würde. Vorhin hat sie noch ganz schnell abgelenkt, als mich jemand gefragt hat, ob ich eine Freundin hätte. Wir sollten ihr Verhalten nicht überbewerten. Ich bezweifle, dass sie sich in nächster Zeit einen Regenbogensticker auf die Stoßstange kleben wird.«

»Heißt das, ich soll heute Nacht nicht bei dir schlafen?«

Ich schlucke den Kloß hinunter, der sich in meiner Kehle gebildet hat. Ich will das mehr als alles andere, auch wenn ich weiß, dass Theo das nur als Fortsetzung seiner kleinen Vorstellung ansieht.

»Wenn du lieber auf dem Ausziehsofa schlafen willst, kann ich das Bettzeug raussuchen«, erkläre ich. »Wir sollten ihr sagen, dass wir nicht zusammen sind. Sie hat einen falschen Eindruck bekommen, und wenn wir so weitermachen, müssen wir eine Art Trennung vortäuschen.«

»Dann müsstest du aber derjenige sein, der die Trennung vortäuscht. Ich würde nie mit dir Schluss machen, du bist der beste vorgetäuschte Freund, den ich je hatte!« Er wuschelt mir durchs Haar, wie man es bei einem kleinen Bruder tun würde.

»Wir werden es ihr morgen früh sagen.«

»Ach, komm schon, wenigstens gibt sie sich Mühe. Soll sie doch denken, was sie will. Aber, ernsthafte Frage, hast du noch so eine wunderschöne Hose für mich?« Er deutet auf die Atlanta-Falcons-Pyjamahose, in die ich wieder geschlüpft bin, nachdem die Gäste weg waren. »Ich habe keinen Schlafanzug mitgebracht«, fügt er hinzu.

»Die ist leider ein Einzelstück.«

»Tja, dann muss ich wohl nackt schlafen …«

Ich merke, wie ich rot werde.

Theo räumt das Besteck auf den Teller und steht vom Tisch auf. »Zeigst du mir jetzt dein Zimmer?«

10

Finn

Weihnachten #8, 2015

Hannah schaut in die Einkaufstasche von Trader Joe's. »Vergiss es«, ist ihre erste Reaktion.

»Entweder du ziehst es an, oder du kannst nicht mitkommen. Ich habe die Regeln nicht gemacht.«

Sie wirft mir einen Blick zu, als ob ich sie persönlich bestrafen würde.

»Ich muss in dieser Starbucks-Toilette in einem Pinguinkostüm rumstehen – für mich ist es also auch nicht gerade ideal«, erinnere ich sie.

Sie zieht das Elfenkostüm aus grünem Samt aus der Tüte, als befürchte sie, sie könnte sich Filzläuse einfangen.

»Das Ding war vorher in der chemischen Reinigung, falls du dir da Sorgen machen solltest«, beruhige ich sie.

»Ich mache mir mehr Sorgen um meinen guten Ruf.« Und das von Hannah, deren Lieblingspulli braun und mindestens drei Nummern zu groß ist. Ich nenne sie immer Kartoffelkopf, wenn sie ihn trägt.

»Keine Sorge, die *Vogue* wird nichts davon erfahren.«

Sie starrt finster in die Tüte.

»Es wird dich schon niemand sehen«, sage ich. »Komm, fürs Team!«

»Es wird mich schon niemand sehen? Das ist eine dreiste Lüge! Der Scheiß wird im Fernsehen übertragen!«, schnaubt sie wütend. »Ist das wirklich die einzige Option?« Sie wühlt in der Tüte, als ob sich darin unter einem doppelten Boden noch andere, bessere Kostüme verbergen könnten.

»Priya war vor dir da und hat sich das Weihnachtsfrau-Kostüm geschnappt. Also ist das tatsächlich die einzige Option. Warum seid ihr eigentlich nicht zusammen hergekommen?« Priya war pünktlich gewesen, während Hannah 30 Minuten zu spät kam. Also hatte ich Priya und Theo schon mal vorausgeschickt, um uns anzumelden, während ich noch auf Hannah wartete. Als sie dann endlich auftauchte, musste ich mir einen weiteren Kaffee kaufen, weil der Code für die Toilette stündlich zurückgesetzt wird.

»Priya hat letzte Nacht bei Ben verbracht.«

»Dem Reisefotografen?«

»Ja. Naja, nein. Schon derselbe Typ, aber er studiert jetzt irgendwo im Mittleren Westen Medizin.« Sie verdreht die Augen. »Er ist über Weihnachten hier, seine Eltern wohnen an der Upper East Side. Sie übernachtet schon die ganze Woche bei ihm.«

Ben kommt etwa alle sechs Monate in die Stadt, und dann ziehen er und Priya sich an wie zwei Magnete. Für die Dauer seines Besuchs ist alles ganz großartig, doch danach ist sie mindestens einen Monat lang am Boden zerstört. Ich kann Ben nicht leiden, dabei habe ich ihn noch nie getroffen.

Jemand klopft ungeduldig an die Tür. Es gibt nur eine einzige Toilette, und vom überquellenden Mülleimer zu schließen und den vielen Papierhandtüchern, die auf dem Boden herumliegen, ist bei Starbucks an Weihnachten um sieben Uhr morgens jede Menge los.

»Moment«, rufe ich und werfe Hannah dann einen strengen, auffordernden Blick zu. Sie stöhnt und zieht sich ihr Sweatshirt über den Kopf.

Während sie das Elfenkostüm aus Kunstsamt überstreift, frage ich mich, wie ich eigentlich hier gelandet bin. Nachdem ich vier Jahre lang bei Castings keinen Erfolg hatte – ich war ein paar Mal kurz davor, habe aber nie eine Rolle bekommen –, war klar, dass ich dringend einen Plan B brauchte. Auch wenn ich es weder auf die Bühne noch vor die Kamera schaffte, konnte ich doch zumindest im weiteren Sinne an der Umsetzung von etwas mitwirken. Hannah hatte das Angebot für meinen neuen Job bei ToonIn entdeckt. Sie hatte mir einen Stapel ausgedruckter Stellenanzeigen überreicht, die mit handgeschriebenen Notizen wie: »Klingt cool!«, oder: »Tolle Mitarbeitervorteile!«, versehen waren.

»Pädagogische Cartoons?«, sagte ich nachdenklich. Ich war wenig begeistert von dieser Perspektive. Das war so etwas wie die Sackgasse der Unterhaltungsbranche.

»Sieh es doch einfach mal als ersten Start«, riet sie. »Außerdem kann es nicht schaden, ein bisschen Bewerbungserfahrung zu sammeln.« Doch zu meinem großen Entsetzen bekam ich den Job. Und ich sagte sofort zu, denn nach vier Jahren »Nein« war es ein geradezu erhebendes Gefühl, zur Abwechslung endlich ein »Ja« zu hören.

Und neben vielen Nachteilen des Jobs – dem stets angebrannten Kaffee aus der Maschine, den Anzugträgern mittleren Alters, die sich anhand von Marktforschungsdaten obsessiv damit beschäftigen, was die unter Fünfjährigen »cool«

finden, und dem kostenlosen freitäglichen Grundschulessen (die quadratischen Ellio's-Pizzaschnitten unserer Kindheit sind weitaus schlimmer, als ich sie in Erinnerung hatte) –, gibt es auch einen Vorteil: die Gelegenheit, bei der Weihnachtsparade auf dem Wagen von ToonIn mitzufahren.

Vor zwei Wochen ging in der Firma eine interne E-Mail rum, und ich habe mich sofort in die Anmeldeliste eingetragen. Ich habe die Parade als Kind immer am Weihnachtsmorgen im Fernsehen verfolgt. Als Neunjähriger war ich davon überzeugt, dass es sich bestimmt kein New Yorker entgehen ließ, die Parade persönlich anzusehen.

Ich wollte Priya als Begleitperson mitbringen, denn ich schätzte sie so ein, dass sie für diesen Spaß am ehesten zu haben war. Hannah und Theo könnten ausschlafen und sich hinterher mit uns treffen. Aber als ich am Freitag nachschaute, war mein Name der erste und einzige auf der Liste. Warum waren die Leute denn nicht begeisterter? Diese Parade war doch eine Institution! Wollten die Kollegen denn nicht ihre Kinder mitnehmen? Pech für sie, dachte ich, als ich den Namen meines Bürokollegen Liam plus eins auf die Liste setzte. Ihm würde das egal sein, er war schon mit seiner streitlustigen protestantischen Familie in Breckenridge zum Skifahren.

»Und falls jemand nachfragt: Theo heißt Liam«, bläue ich Hannah ein.

Sie blickt von ihren spitzen Elfenpantoffeln, in die sie gerade schlüpft, auf und verdreht erneut die Augen.

Drei Stunden später schiebt sich unser Festwagen so langsam die Sixth Avenue entlang, dass ich unser Fortkommen nur erkenne, wenn ich mich auf ein Gebäude konzentriere und beobachte, wie es langsam näher rückt. Hannah und ich stehen am unteren Rand des Wagens, winken und werfen Süßigkeiten in die Menge, während Theo und Priya als Weihnachtsmann und Weihnachtsfrau verkleidet auf einer erhöhten Plattform Chicky flankieren, den Star der erfolgreichsten Zeichentrickserie unseres Senders und Ehrengast unseres Wagens.

Keith, den korpulenten Endfünfziger, der das Chicky-Kostüm trägt, haben wir eben erst im Bühnenbereich kennengelernt, bevor er sich den Kopf seines Kostüms aufsetzte. Obwohl er als riesiges Huhn verkleidet ist – wie man an Chickys langen Wimpern und den pinkfarbenen Krallen erkennen kann –, ist Keith begeistert von seiner Aufgabe.

Der Enthusiasmus hält sich bei Hannah und mir dagegen in Grenzen. »Mir fällt gleich der Arm ab«, beschwert sich Hannah. »Kein Wunder, dass Michelle Obama so einen Bizeps hat, das kommt wahrscheinlich vom vielen Winken.«

»Die Schmerzen in meinem Arm lenken mich wenigstens ein bisschen von der Kälte ab«, erwidere ich.

»Mann, ich hatte grade vergessen, wie kalt mir ist, weil ich so dringend pinkeln muss, und jetzt hast du mich wieder daran erinnert.«

»Boah, ist das alles nervig.« Ich verstehe jetzt auch, warum sich keiner meiner Kollegen freiwillig für die Parade gemeldet hat.

Vor uns auf der linken Seite liegt der Bryant Park, was bedeutet, dass es bei dieser Geschwindigkeit bestimmt noch eine gute Stunde dauern wird, bis wir den Endpunkt der Parade am Herald Square erreicht haben werden. Das machen wir sicher nicht noch einmal mit.

»Sag mir was anderes, woran ich denken kann«, jammert Hannah. »Ich glaub, mir friert gleich mein rechter kleiner Zeh ab, und ich überlege, ob ich mir in die Hose pinkeln soll, denn erstens ist es nicht meine Hose, und zweitens wäre es warm. Klingt das vollkommen durchgeknallt?«

»Total eklig«, sage ich zu ihr. »Wenigstens hast du eine Hose. Ich hab bloß 'ne Strumpfhose.«

»Aber diese Elfenpantoffeln sind nicht gefüttert!«, beschwert sie sich. »Okay, los! Lenk mich ab.«

»Mit was soll ich dich bitte ablenken?«

»Ich weiß es nicht. Verrat mir ein Geheimnis.«

»Du kennst alle meine Geheimnisse.« An einem normalen Arbeitstag reißt der Strom von Chat-Nachrichten zwischen mir und Hannah praktisch nie ab. Ganz gleich ob ich ein La-Croix trinke, eine Pinkelpause mache oder etwas Fieses über Maureen aus dem Marketing denke – Hannah weiß es. Aber es gibt eine Sache, die ich ihr nicht erzählt habe. Vielleicht macht mich die unerträgliche Kälte mürbe, denn ich spüre, wie mir das Geständnis über die Lippen will.

Sie wirft mir einen forschenden Blick zu, während ich überlege, ob ich es ihr verraten soll.

»Ich bin in Theo verknallt«, rücke ich schließlich raus.

»Wie bitte? Soll *das* dein Geheimnis sein?«

»Ja?«

Ihr Gesicht verzieht sich zu einem hämischen Grinsen, mit dem sie in ihrem Elfenkostüm wie ein Bösewicht aus einem Horrorfilm aussieht. »Das ist doch kein Geheimnis. Jeder weiß das.«

»Jeder weiß es?« Wer ist jeder? Schließt *jeder* auch Theo mit ein? Ich hatte gedacht, dass Hannah glaubte, meine

Schwärmerei für Theo hätte sich längst gelegt. Seit Theo und ich eng befreundet sind, habe ich mich davor gehütet, meine Gefühle für ihn zu erwähnen.

Nach unserem letzten Weihnachten – unserem zweiten mit Theo – lief es anders als im Jahr zuvor. Wir beschlossen, dass wir auch Silvester bei ihm feiern würden. Es stellte sich zwar heraus, dass die umliegenden Gebäude die Sicht auf das Feuerwerk versperrten, aber das machte uns nichts aus. Stattdessen kippten wir sechs Flaschen Champagner und hüpften nackt in den Whirlpool auf dem Dach seines Hauses, der zu dieser Jahreszeit eigentlich außer Betrieb sein sollte.

Im neuen Jahr gab es dann Treffen zum Brunch, die in Abendessen übergingen, und Filmabende, die damit endeten, dass wir alle auf provisorischen Betten in Theos Wohnzimmer pennten. Gästezimmer gab es zwar genug, aber wir wollten keine einzige Sekunde unserer Gesellschaft missen, nicht einmal beim Schlafen. Als die grauen Schneehaufen auf den Bürgersteigen geschmolzen waren, waren wir vier unzertrennlich geworden. Mir war vorher nicht aufgefallen, dass in unserer Gruppe etwas fehlte, aber Theo füllte die Lücke nahtlos aus und wirkte wie unser Fugenkitt.

Eines Abends im März klingelte mein Telefon, während ich zum zigtausendsten Mal *Parks & Rec* schaute, um dem Sonntagsblues zu entkommen. »Wusstest du, dass es in London weniger regnet als in Miami?«, fragte Theo, als ich abnahm, ganz ohne Begrüßung.

»Keine Ahnung. Bist du gerade in London oder in Miami?« Wenn es an der Ostküste neun Uhr war, dann war es in London zwei Uhr morgens.

»In London. Mein Vater hat Geburtstag, und er veranstaltet eine Riesenfeier für sich selbst. Dabei ist es nicht mal ein runder Geburtstag, sondern bloß sein 69.«

Ich verkniff mir ein Kichern. »Regnet es dort gerade?«, fragte ich.

Im Hintergrund hörte ich das Rascheln von Decken und stellte mir vor, wie er aus dem Bett stieg, um nachzusehen. In meiner Vorstellung war er nackt, ein Bild, das ich seit dem nächtlichen Nacktbaden an Silvester ohne weiteres heraufbeschwören konnte.

»Ja, es regnet«, berichtete er.

»Meine Wetter-App sagt für morgen 28 Grad und klarer Himmel in Miami. Also, ich würde mich für Miami entscheiden.«

»Ich auch«, antwortete er.

Von da an bekam ich diese Anrufe immer dann, wenn Theo unterwegs war und nicht schlafen konnte, was oft der Fall war. Normalerweise begann er mit irgendeinem Funfact, das wie aus der Rubrik »Unnützes Wissen« klang. *Wusstest du, dass ein männliches Känguru Boomer genannt wird? Stell dir vor, der Flughafen Dallas Fort Worth ist größer als die gesamte Insel Manhattan. Welches ist der einzige US-Bundesstaat mit einem einsilbigen Namen?* (Spoiler: Maine)

Die Telefonate dauerten oft stundenlang, manchmal bis zum Morgengrauen, wo auf der Welt auch immer er sich gerade befand. Während unsere Gespräche von Angesicht zu Angesicht eher oberflächlich und amüsant waren, hatten diese nächtlichen Unterhaltungen mehr Tiefgang. Die späte Stunde und die Tatsache, dass wir uns nicht sehen konnten, machten es uns leichter, uns zu offenbaren. Er erzählte mir von der sehr öffentlichen und erbitterten Scheidungsschlacht seiner Eltern, als er zehn Jahre alt war, und ich erzählte ihm von dem Sommer, in dem ich aufgehört hatte, mit meinen Eltern zu sprechen. Es fühlte sich an, als hätte jemand bei unserer Freundschaft die Vorspultaste gedrückt.

Eines Abends im Mai, als Theo gerade in Marokko war und unser Telefonat in die vierte Stunde ging, wich meine Müdigkeit einer aufgedrehten Stimmung, und ich nahm den Mut zusammen, die Frage zu stellen, die ich mir schon lange stellte. »Was ist eigentlich mit den Mädels?«

»Willst du wissen, ob ich an den Abenden, an denen wir nicht telefonieren, Hannah oder Priya anrufe? Es tut mir leid, dir mitteilen zu müssen, dass ich ein Einmann-Mann bin. Und dieser Mann bist du. Was meine Schlaflosigkeit betrifft, bin ich eindeutig monogam, fürchte ich.«

»Nein, ich meinte Mädels ganz allgemein … du weißt schon … Mädels, mit denen du dich triffst? Hast du noch was mit Frauen?« Ich kniff die Augen zusammen, um mich für seine Antwort zu wappnen. Vielleicht war das mit mir ja nur ein misslungenes Experiment.

»Hast du jemals ein unglaubliches Gespräch mit jemandem geführt, das so gut war, dass du von der Art und Weise, wie derjenige denkt, angetörnt warst?«, fragte er zurück. »Nicht unbedingt, weil er besonders klug ist, obwohl das auch toll ist, sondern einfach wegen der Art, wie er die Welt sieht?«

Ich dachte an das Gespräch, das wir gerade führten, und fragte mich, ob das ein verschlüsselter Hinweis auf mich selbst war. »Hmm«, machte ich nur, denn ich wollte das, worauf auch immer es hinauslaufen sollte, nicht unterbrechen.

»Für mich geht es um dieses Gefühl. Ich fühle mich immer von der Person angezogen, nicht von der Verpackung.«

»Also für mich ist die Verpackung sehr wichtig.« Die Worte entschlüpften meinem schläfrigen Hirn, und ich befürchtete, dass mein plumper Scherz den Moment ruinieren könnte, *falls* er von mir gesprochen haben sollte. Der Beweis, dass mein Gehirn wie das eines lüsternen Teenagers funktionierte. »Willst du damit sagen, dass du pansexuell bist?«, fragte ich nach, um sicherzugehen, dass ich ihn richtig verstanden hatte.

»Wenn du unbedingt ein Label dafür brauchst, könnte man es so nennen.«

Daraufhin wechselte er das Thema und redete vom Farbton Majorelle-Blau, der eigens für das Haus von Yves Saint Laurent in Marrakesch erschaffen worden war. Währenddessen blickte ich blinzelnd an die Decke meines Schlafzimmers – enttäuscht über den abrupten Themenwechsel und zugleich erleichtert, weil das Gespräch sich der unausgesprochenen Grenze in unserer Freundschaft genähert hatte, die wir nie überschritten. Nicht seit der ersten Nacht, in der wir uns kennengelernt hatten.

Im vergangenen Jahr habe ich sehr wenig Schlaf bekommen, aber ich habe erfahren, dass Theo nicht nur heiß und geheimnisvoll ist, sondern auch freundlich, großzügig und witzig und dass er auch mit höchstens vier Stunden Schlaf pro Nacht auskommt.

»Habt ihr zwei wirklich nie darüber gesprochen, wie ihr euch kennengelernt habt?«, erkundigt sich Hannah jetzt bei mir.

»Natürlich nicht!«, erwidere ich, entsetzt allein von dem

Gedanken an ein solches Gespräch, das nur zu meiner Zurückweisung führen kann.

»Jedenfalls ist das jetzt wirklich keine schockierende Neuigkeit, Finn. Priya und ich reden die ganze Zeit darüber, dass du in Theo verknallt bist«, erklärt Hannah mit einem Seitenblick zu Theo im Weihnachtsmannkostüm, der neben Chickys vergoldetem Thron steht. »Aber wir waren uns nicht sicher, ob du es selbst weißt oder ob es eine unbewusste Sache ist. Aber dir ist schon klar, dass du ständig von ihm redest, oder?«

»Klar, weil wir Freunde sind.«

»Nein, du schwärmst die ganze Zeit davon, wie toll er ist.«

Ich merke, wie ich rot werde. »Weiß Theo davon?« Ich halte den Atem an, während ich auf Hannahs Antwort warte.

»Keine Ahnung«, sagt sie. »Wahrscheinlich.«

Das ist schlecht. Wenn Theo es weiß, bedeutet das, dass er meine Gefühle nicht erwidert. Denn wenn er es wüsste und genauso empfinden würde, dann wären wir doch einfach … zusammen, oder?

»Außerdem hattest du niemanden mehr, seit du ihn kennst«, fährt Hannah fort.

»Stimmt nicht!«, entgegne ich. »Gerade letzte Woche hatte ich ein Hinge-Date.«

»Und wie ist es gelaufen?«

»Er wohnt in Hoboken, also wäre es eine Fernbeziehung gewesen.« Ihr Blick verrät mir, dass sie mir die Ausrede nicht abkauft. »Da ist nichts gelaufen zwischen uns, aber es wäre was passiert, wenn ich gewollt hätte.«

»Und du wolltest es nicht, weil du in Theo verknallt bist. Ich denke, du solltest es ihm sagen. Schau, er fühlt sich offensichtlich zu dir hingezogen. Als ihr euch kennengelernt habt, seid ihr bei dir zu Hause gelandet, also denkt er schon mal nicht, dass du ein hässlicher Troll bist.«

»Stimmt, aber vielleicht war er da nur auf der Suche nach einer Affäre.«

»Klar, vielleicht, aber ihr beide klebt doch offensichtlich aneinander. Er verbringt total gerne Zeit mit dir und er hat sich schon damals so sehr zu dir hingezogen gefühlt, dass er mit dir nach Hause gegangen ist. Ich denke, du stellst dich einfach nur dumm.«

Ich stelle mich nicht dumm. Ich bin bloß vorsichtig. Ich weiß noch, wie mein Vater mir damals schlagartig seine Liebe entzogen hat. Wenn mich das eines gelehrt hat, dann, dass die Liebe, egal was die Leute behaupten, immer an irgendwelche Bedingungen geknüpft ist. Und was, wenn Theo die neuen Bedingungen, die ich ihm vorschlage, nicht gefallen? Schon bei dem Gedanken an ein Leben ohne Theo fühle ich mich ganz leer. Es ist besser, ihn als Freund zu haben, als gar nicht.

»Das ist jetzt kein guter Zeitpunkt. Ich will nicht mit jemandem auf einem Paradewagen festsitzen, der mich zurückgewiesen hat.«

»Dann sag es ihm später. Versprich mir, dass du es ihm heute noch sagst.«

»Warum heute?«

»Es ist Weihnachten, und ich habe irgendwie das Gefühl, dass Weihnachten ein Glückstag für uns ist. Findest du nicht auch? Ich meine, es hat uns zusammengebracht.« Hannah hat einen verträumten Ausdruck in den Augen, und für einen Moment glaube ich, dass heute vielleicht wirklich unser Glückstag ist. Das Gute daran ist, dass mir absolut nicht mehr

kalt ist. Mein Körper wird von einer nervösen Hitze heimge-
sucht. Werde ich es endlich machen?

Im Anschluss an die Parade machen wir uns auf den Weg
zum nächsten Lokal, einem Irish Pub zwischen Penn Station
und Herald Square. Unser einziges Auswahlkriterium besteht
darin, dass es dort Toiletten gibt, zu denen wir dann auch als
Erstes hinsprinten.

Obwohl Weihnachten ist und die Kneipe eigentlich auf
Pendler ausgerichtet, brummt der Laden nach der Parade.
Hinten gibt es einen Kamin, und durch die warme, bier-
dunstige Luft sind die vorderen Fenster beschlagen, was dem
Ganzen eine Aura der Gemütlichkeit verleiht. Es ist sogar
so warm, dass Theo sich bis auf seine Weihnachtsmannhose
mit Hosenträgern ausgezogen hat und nun halbnackt neben
Priya an der Bar sitzt und dabei aussieht wie das Dezember-
foto aus einem Feuerwehrkalender.

Alle zehn Minuten wird ihr Gespräch von jemandem
unterbrochen, der um ein Foto mit Theo bittet. Die Erste ist
eine Kellnerin mittleren Alters. Sie schiebt sich auf seinen
Schoß, reckt ihm ihre Brust ins Gesicht und flüstert ihm etwas ins Ohr, was ich mir nur als unmoralisches Angebot vorstellen kann. Theo wirft den Kopf zurück und lacht über das,
was sie gesagt hat, während der Barkeeper ein Foto macht.

Ich beobachte die Szenerie von einer Sitznische aus, wo
Theo seinen Weihnachtsmannmantel auf den Tisch gelegt
hat – über die Handtaschen der Mädels und die Tüten mit
unseren Straßenklamotten. Ich werde von Keith in Beschlag
genommen, der sein Chicky-Kostüm wieder gegen eine zu
weite Jeans und ein fadenscheiniges rotes Flanellhemd ein-

getauscht hat. Keith ist Mechaniker in Mount Kisco, oben in Westchester County, wie ich erfahre.

»Ich hätte nie gedacht, dass ich mal ein Paradefan werden würde«, erzählt er mir. »Aber meiner Frau hat so was gefallen. Sie ist vor fünf Jahren an Eierstockkrebs gestorben, und zu ihrem Andenken komme ich jedes Jahr hierher. Ich schätze, dadurch fühle ich mich ihr nahe, und es ist ja auch nicht so, als ob ich an Weihnachten etwas Besseres zu tun hätte.«

»Das mit deiner Frau tut mir leid«, sage ich zu ihm.

Er fegt mein Mitgefühl mit einer Handbewegung vom Tisch und erzählt mir weiter die detaillierte Geschichte seines Aufstiegs bei der Weihnachtsparade. Mittlerweile ist er mit seinem Bericht bei seiner siebten Parade angekommen, dem Jahr, in dem er eine Schnur des Snoopy-Ballons halten durfte.

»An dem Tag war es sehr windig. Schreckliches Wetter für Ballons«, erinnert er sich. Es fällt mir schwer, mich für seine Geschichte zu begeistern. Er ist ein netter Kerl, aber ich ärgere mich darüber, dass ausgerechnet ich ihn bespaßen muss. Hannah ist losgezogen, um uns Getränke zu besorgen, und flirtet nun schon seit einer Viertelstunde mit dem Barkeeper, einem tätowierten Mann mit irischem Akzent. Wie ich Hannah kenne, spielt er in einer Band. Ich erwäge, Keith einfach sitzenzulassen, aber dann höre ich im Kopf die Stimme meiner Mutter, die mir sagt, dass ich mich benehmen und respektvoll mit Älteren umgehen soll.

Während Keith seinen Bericht über die Parade von 1998 fortsetzt, wandert mein Blick zu Theos halbnacktem Körper an der Bar. Seine breite, muskulöse Brust ist braungebrannt nach einem zweiwöchigen Aufenthalt in Bondi Beach An-

fang des Monats. Mir fällt auch ein schnuckeliges Schwulen-
trio weiter hinten an der Bar auf, das vor 30 Minuten aufgetaucht ist und Theo ebenfalls anerkennend beäugt. Ich frage
mich, ob sie zufällig vorbeigekommen sind oder ob Theo sie
über Grindr herbestellt hat, aber so oder so schließt sich all-
mählich mein Zeitfenster, um mit ihm zu reden.

Ich muss meinen Moment weise auswählen. Ich will nicht
bis zum Ende des Abends warten und riskieren, dass einer
von uns beiden zu betrunken ist, aber ich könnte etwas Flüs-
sigmut gebrauchen, bevor ich bereit bin, ihm meine Seele zu
offenbaren. Es ist ein Balanceakt.

Nun steht einer der drei schnuckeligen Jungs von seinem Platz auf und geht in Theos Richtung. Scheiß drauf.
Mir bleibt keine andere Wahl, als unhöflich zu Keith zu sein,
außerdem bin ich mir ziemlich sicher, dass ich ihn nie wiedersehen werde – ich bin definitiv eine Weihnachtsparaden-
Eintagsfliege, also was macht es schon, wenn er mich für
einen Rüpel hält?

»Keith, es tut mir so leid, aber ich muss kurz mit Theo reden.« Ich beiße mir auf die Zunge. »Äh, ich meine natürlich
Liam, es dauert nicht lange. Wäre das in Ordnung?«

»Geh du nur. Ich habe dich sowieso schon zu lange mit
meinen albernen Erinnerungen vollgequatscht. Ich sollte
mich langsam auf den Weg zum Grand Central machen, damit ich noch einen Zug nach Hause erwische.«

Drüben an der Bar hat der schnuckelige Typ seine Hand
auf Theos Unterarm gelegt und deutet auf seine Freunde am
Ende der Bar. Theo winkt ihnen zu.

»Deine Erinnerungen sind nicht albern. Es ist nur …« Ich
weiß nicht, was ich Keith sagen soll. Verdammt, ich kann ihm

genauso gut die Wahrheit sagen, denn die Chancen, ihn wiederzutreffen, gehen gegen null. »Ich bin in, ähm, Liam verliebt«, sage ich und stolpere fast über Theos falschen Namen. »Den Typ im Weihnachtsmannkostüm. Und ich muss es ihm sagen. Jetzt sofort, idealerweise.«

Keiths Augen weiten sich, was seine Fassungslosigkeit offenbart. Wahrscheinlich ist er ein Schwulenhasser, und jetzt kann ich mir was anhören. Stattdessen sagt er: »Hab ich dir erzählt, dass meine Frau und ich uns an Weihnachten verlobt haben?« Er lächelt mich strahlend an. Oh Gott, noch eine Geschichte. »Weißt du was«, sagt Keith, »das ist eine sehr lange Geschichte, und ich sollte sie wahrscheinlich besser dem Kerl da drüben erzählen.« Er zeigt auf den jungen Typen, der mit Theo flirtet, und zwinkert mir dabei zu.

Keith erhebt sich von seinem Platz und eilt schnurstracks zur Bar. Er ist agiler, als er wirkt. Dort angekommen klopft er dem Typen auf die Schulter und fängt an, ihn vollzuquatschen. Der Kerl sieht verwirrt aus, aber Keith gibt ihm keine Gelegenheit für Einwände. Unterdessen sieht sich Theo perplex um. Sein Blick fällt auf mich, und ich zucke mit den Schultern.

Ist das mein Moment?

Theo kommt in der roten Samthose mit den Trägern zu mir herübergeschlendert. Jeder andere würde in dem Aufzug lächerlich wirken, aber er sieht gut aus. Richtig gut. Ich dagegen trage ein Pinguinkostüm, das nicht zum Sitzen gedacht war. Der ganze Stoff hat sich in meinem Schritt zusammengeschoben. Theo lässt sich auf den Platz mir gegenüber plumpsen.

»Wir haben uns den ganzen Tag kaum gesehen. Ich hab dich vermisst.« Er stößt das Wort »vermisst« aus, als wäre er ein Ballon, dem die Luft entweicht. Er ist schon etwas angeheitert.

»Ich war hier.«

»Mit einem anderen Mann!« Er sieht mich an und wackelt mit den Augenbrauen. »Muss ich mir wegen dir und Keith Sorgen machen?«

Ich lache, aber ich könnte nicht sagen, ob er flirtet oder sich über mich lustig macht. Er hat einen trockenen Humor, und ich kann noch immer nicht unterscheiden, wann er *mit* mir herumwitzelt und wann *über* mich.

Ich versuche Theo einen schmachtenden Blick zuzuwerfen, was mir aber nicht recht gelingt. »Ich hatte gehofft, dass wir heute Gelegenheit haben, miteinander zu reden«, beginne ich.

»Nichts Schlimmes, hoffe ich?«

»Nein«, versichere ich ihm. Nun, das hängt davon ab, wie er zu mir steht. Vielleicht ist es schlimm für ihn, noch jemanden in einer sicherlich langen Reihe von Verehrern abweisen zu müssen. Ich rudere zurück: »Naja, ich glaube nicht, dass es schlimm ist. Möglicherweise … Nein.«

Theo legt den Kopf schief und sieht mich mit zusammengekniffenen Augen prüfend an. Ich bin auf dem besten Wege, es zu vermasseln.

»Also gut …«, beginne ich wieder.

Theos Augen leuchten auf. Seine Lippen verziehen sich zu einem Lächeln.

Das ist gut. Hannah hatte recht, meine Schwärmerei ist nicht so verborgen geblieben, wie ich dachte. Theo weiß, was jetzt kommt, und so wie es aussieht, ist er … begeistert. Vielleicht habe ich mir unnötig Gedanken gemacht. Es ist Theo. Und vor ihm muss ich keine Angst haben. »Also, du weißt es wahrscheinlich schon, und es ist okay, wenn es für dich nicht so ist wie für mich, aber …« Ich halte inne, als ich merke, dass Theo gar nicht mich ansieht. Steht da jemand hinter mir?

Ich blicke über die Schulter zur Tür. Ein südasiatischer Mann in einem kamelhaarfarbenen Mantel kommt auf uns zu. Er sieht aus, als wäre er einer Hochglanzwerbanzeige entsprungen, in der er eben noch grübelnd in die Ferne geblickt hat, den Ellbogen aufs Knie gestützt, um Uhren, Trenchcoats oder richtig teuren Whiskey anzupreisen. Sein dichtes schwarzes Haar ist kunstvoll zerzaust, als hätte ein ganzes Team von Stylisten Stunden damit verbracht, es absolut perfekt ungestylt aussehen zu lassen. Ich drehe mich wieder um und sehe Theo an, der eindeutig diesen Mann anstrahlt und nicht mich.

Fuck, fuck, fuck.

Als das Rolex-Model unseren Tisch erreicht, steht Theo auf. »Raj, du hast es geschafft!« Er klingt hocherfreut, als wäre Raj das Weihnachtsgeschenk, um das er das ganze Jahr gebettelt hat.

»Ich habe dir ja gesagt, dass ich komme«, antwortet Raj und schenkt Theo ein strahlendes Lächeln. Als er seinen Mantel auszieht, sehe ich, dass er ein weißes Hemd trägt, dessen Manschetten bis zu den Ellbogen aufgerollt sind. Dass er obendrein sexy Unterarme hat, stelle ich fest, als er seinen Mantel an einen Haken hinten in der Nische hängt.

Wer zum Teufel ist dieser Typ überhaupt?

»Raj?«, schreit Priya von der Bar aus, hüpft von ihrem Barhocker und stürzt sich in seine Arme. Einen Moment lang überlege ich, ob es sich bei ihm vielleicht um einen nie erwähnten Cousin von Priya handelt, bevor mir klar wird, wie rassistisch das ist.

»Ich bin Priya. Ich hab schon so viel von dir gehört«, sagt sie da auch schon. Das war's dann wohl mit meiner Theorie.

Raj legt eine Hand besitzergreifend auf Theos nackte Brust, und ich spüre, wie mir das Herz in den Magen rutscht.

»Finn, das ist Raj«, sagt Theo, und beide schauen auf mich, den traurigen Pinguin, herunter. »Mein neuer Freund«, fügt er hinzu. Und wie um das zu demonstrieren, beugt sich Theo vor und gibt Raj einen leidenschaftlichen Kuss, der ein paar Sekunden länger dauert, als es in der Öffentlichkeit angebracht wäre.

Seit wann, verdammt?, hätte ich am liebsten geschrien. Und wieso weiß Priya davon, aber Hannah und ich nicht? Ich bin plötzlich sehr eifersüchtig auf Keith, der während der gesamten Parade zwischen Priya und Theo gestanden hat. Wenn er in seinem Hühneranzug nur gehört hätte, über was die beiden sich unterhalten haben, dann hätte er mich wenigstens vorwarnen können.

Ich bin wütend. Ich habe zwar kein Recht, es zu sein, aber ich bin es.

»Alles okay mit dir, Kumpel?«, erkundigt sich Raj mit einem glatten britischen Akzent bei mir.

»Ja, nur ein bisschen viel getrunken«, lüge ich. Bisher habe ich nicht einen einzigen Drink gehabt. Ich stehe auf und versuche, so unauffällig wie möglich mein unvorteilhaftes Pinguinkostüm zurechtzuzupfen, bevor ich Rajs Hand schüttle.

»Schön, dich kennenzulernen«, sagt Raj, »ich habe schon so viel von dir gehört.«

»Pri, warum gehst du nicht schon mal mit Raj an die Bar? Finn wollte mir gerade noch was Wichtiges erzählen«, sagt Theo.

Priya legt ihren Arm um Raj, als wären sie alte Freunde, wirft mir aber auch noch einen besorgten Blick über die Schulter zu, um zu sehen, wie ich die Neuigkeiten aufnehme.

»Entschuldige, was wolltest du eben sagen?«, fragt Theo, als er wieder mir gegenüber Platz genommen hat.

»Oh, ähm … ich denke, wir sollten Silvester wieder auf deinem Dach feiern.«

»Genial! Auf jeden Fall.«

Theo steht auf und klopft mir auf die Schulter, bevor er hinzufügt: »Du solltest vielleicht nicht so viel trinken, du siehst nicht gut aus.« Ich nicke, und er macht sich auf den Weg zu Raj an die Bar. Als er weg ist, lasse ich meinen Kopf auf meine Unterarme am Tisch sinken. Jetzt muss ich auch noch mitansehen, wie Theo Raj um Mitternacht küsst. Großartig.

11

Hannah

Dieses Jahr, 1. Dezember

David und ich sind auf dem Nachhauseweg vom Bauern-
markt am Union Square. In seiner Tragetasche befinden sich
Rosenkohl, ein Bund Regenbogenkarotten, eine Packung
Champignons und ein frischer Laib Sauerteigbrot. Das Einzige, was ich ausgesucht habe, ist eine Tüte Salzbrezeln, die in
den fünf Monaten, in denen wir nun schon zusammenwoh-
nen und ich ihn samstags auf den Wochenmarkt begleite, zu
einer kleinen Sucht geworden sind.

Er erzählt mir gerade von einem Coq-au-Vin-Rezept von
Melissa Clark aus der Kochbeilage der *New York Times*, das er
heute Abend ausprobieren möchte, als er sich plötzlich selbst
unterbricht. »Sollen wir so einen kaufen?« Er deutet auf einen
Stand, wo Weihnachtsbäume verkauft werden.

Wir bleiben stehen und begutachten die Reihen von Bäumen, die allerdings in Netze eingewickelt sind, so dass der
einzige erkennbare Unterschied ihre Höhe ist. »Meintest du
nicht, du wolltest schon immer mal einen echten Baum?«,
fragt er.

Mein Herz schlägt höher, weil er sich immer auch an meine
kleinen Bemerkungen erinnert. Ja, ich habe mal erwähnt,
dass ich gern mal einen Baum von einem der Verkaufsstände

hätte, die Ende November überall auftauchen und die Straßenecken mit einem süßen Tannenduft erfüllen. Bei uns in der Orchard Street gab es keinen Platz für einen echten Baum. Unser Wohnzimmer glich sowieso schon einem Möbel-Tetris-Spiel, und im Laufe der Jahre zwängten wir immer mehr Fundstücke vom Straßenrand hinein: zwei Beistelltische, die Priya abgebeizt und neu gestrichen hatte, eine alte Holztruhe, eine dreibeinige Stehlampe. Wir haben immer einen Miniatur-Plastikbaum auf den Couchtisch gestellt und den Baumschmuck aus alten Ausgaben von Priyas *Us-Weekly*-Abo und Glitzerkleber gebastelt. Letztes Jahr bestand die Weihnachtsbaumspitze aus einem Foto von Meryl Streep auf dem roten Teppich, das wir in Sternform zugeschnitten hatten.

»Okay, lass uns das machen«, sage ich zu David. Vielleicht kann das unsere neue Weihnachtstradition werden, etwas nur für uns.

Eine halbe Stunde und vier Häuserblocks später regen sich bei mir Zweifel wegen des Baums, denn die Tannennadeln bohren sich in meine bloßen Finger wie Stecknadeln.

»Können wir kurz anhalten?«, frage ich japsend. »Ich muss den irgendwie anders nehmen.«

»Willst du die Seite wechseln?« Er trägt die Hauptlast des Stamms, aber ich habe die stachelige obere Hälfte, die sich nur schwer festhalten lässt.

»Äh, eigentlich nicht«, sage ich. »Warum? Willst du?«

»Ich denke, wir sollten die letzten zwei Blocks einfach durchpowern. Bringen wir es hinter uns«, schlägt er vor.

»Willst du damit sagen, wir sollen mit diesem Ungetüm

joggen? Ich hatte nämlich schon überlegt, ihn einfach auf dem Bürgersteig liegen zu lassen«, keuche ich.

»Ich gebe zu, dass es vielleicht ein Fehler war, den größten Baum zu nehmen«, sagt David, während seine Schultern leicht nach vorne sinken und die Einkaufstasche an seinem Arm herunterrutscht.

Ich bekomme ein schlechtes Gewissen. »Nein. Du hattest völlig recht!«, versuche ich ihn zu beruhigen. »Er wird fantastisch aussehen. Wart ab, bis wir ein paar Lichter angebracht haben. Das war eine tolle Idee, wirklich.« Ich hake meine Finger in das Netz des Baums ein, das sich unangenehm in meine Haut gräbt.

»Ich bin bereit«, verkünde ich. »Eins … zwei … drei … los!« Ich setze zu einem plumpen Trab an, der uns aussehen lässt, als hätten wir das Ding gestohlen.

Als wir zu Hause aus dem Aufzug taumeln, sind wir beide verschwitzt, und der Baum hat mindestens zwanzig Prozent seiner Nadeln verloren. »Was, wenn er eine kahle Stelle hat?«, überlegt David laut, während wir ihn durch den Hausflur in unsere Wohnung schleppen und dabei eine Spur von Tannendreck hinterlassen.

»Wir werden ihn trotzdem lieben müssen, denn ich kann diesen heroischen Kraftakt auf keinen Fall wiederholen. Ich bin sicher, auf Amazon gibt es Baumtoupets.« Wir grinsen uns erschöpft an.

»Vielleicht können wir noch einen zweiten Baum besorgen, eine jüngere Freundin, gegen seine Midlife-Crisis«, sagt er lachend.

David stellt den Weihnachtsbaumständer auf, während ich mich ins Bad begebe, um die kleinen Schnitte an meinen

Fingern zu versorgen. In der Hausapotheke gibt es kein Verbandszeug, aber ich weiß, dass David in seiner Sockenschublade welches aufbewahrt, weil er immer Pflaster braucht, wenn er seine schwarzen Schuhe anzieht, von denen er Blasen bekommt.

In der Sockenschublade finde ich zwar keine Pflaster, aber dafür eine schwarze Samtschachtel.

Jäh erhöht sich mein Herzschlag.

Vielleicht ist es ja nicht das, wofür du es hältst, versuche ich mich zu beruhigen.

Auch wenn ich ein nervöses Flattern in der Magengrube verspüre, halte ich an der Vorstellung fest, dass es sich bei der Schachtel einfach um ein Paar Manschettenknöpfe oder ein Weihnachtsgeschenk für seine Mutter handelt. Vielleicht eine schöne Halskette mit Anhänger oder ein Paar Ohrringe. Aber bitte kein Ring. Ich fühle mich noch nicht bereit dafür. Nach dem jahrelangen Konsum von Liebesfilmen und Frauenzeitschriften ist mir bewusst, dass dies nicht die erwünschte Reaktion ist. Allerdings erklärt mein Fund noch einmal, warum unser Streit an Thanksgiving so hochgekocht ist. Vielleicht ging es dabei gar nicht so sehr um Weihnachten. Vielleicht lag es daran, dass David bereits einen Ring gekauft hatte.

Nachdem ich einen Blick zur Tür geworfen habe, um mich zu vergewissern, dass David beschäftigt ist – er versucht gerade im Wohnzimmer den Baum allein in den Ständer zu hieven –, klappe ich den Deckel der Schachtel auf.

Darin befindet sich ein spitzer ovaler Diamant an einem schlichten Goldring. Komischerweise erinnert mich die Form an eine Vagina.

Was zur Hölle?

Für eine Sekunde wird meine innere Angespanntheit von purer Fassungslosigkeit abgelöst. Ich habe zwar noch nie zu den Mädels gehört, die sich ihren Traum-Verlobungsring ausmalen, aber ich bin mir absolut sicher, dass dies nicht der richtige ist. Was hat David bloß zu der Annahme veranlasst, dass dieser Ring zu mir passt? Wenn ich nicht überzeugt davon wäre, dass David nicht fremdgeht, würde ich denken, der Ring sei für jemand anderen bestimmt.

Plötzlich wird mein Atem schnell und flach. Kennt er mich denn so schlecht? Wie kommt er darauf, dass ich mir *diesen* Ring wünsche?

»Hannah? Kannst du mir mal kurz helfen?«, ruft er aus dem Wohnzimmer. Ich fasse mir an die Brust, als hätte er mich dabei erwischt, wie ich im Brautschleier mit einem Foto von ihm Walzer tanze. Hastig schließe ich die Schachtel zu und schiebe die Schublade mit der Hüfte zu.

Im Wohnzimmer bittet er mich, den Baum gerade zu halten, damit er ihn in den Ständer schrauben kann. Währenddessen starre ich stumm an die Wand und versuche, meine Zweifel angesichts des Vagina-Rings von denen wegen einer möglichen Verlobung zu trennen, aber es gelingt mir nicht.

David ist so sehr auf den Baum konzentriert, dass er meinen inneren Kampf nicht bemerkt. Nachdem der Baumstumpf festgeschraubt ist, legt er das Weihnachtsalbum der Beach Boys auf und lässt sich neben mir auf die braune Ledercouch sinken. Er legt den Arm um mich und zieht mich an sich. »Das ist das Lieblingsweihnachtsalbum meines Vaters.« Er stößt einen zufriedenen Seufzer aus, während wir auf den leicht schiefen Baum starren, dessen Nadeln oben links merklich spärlicher sind.

Aus dem Schmücken unseres neuen Baumes wird allerdings vorerst nichts, da wir keine Weihnachtsbaumanhänger besitzen. Doch nach einer Weile erhebt sich David von der Couch.

»Wo willst du hin?«, frage ich argwöhnisch. Eine Sekunde lang halte ich den Atem an und frage mich, ob er den Ring holen wird, aber er geht am Schlafzimmer vorbei und steuert auf einen selten benutzten Flurschrank zu. Der Schrank ist voller Gerümpel: Davids alte Skiausrüstung, Brettspiele, Plastikboxen mit irgendwelchen Ladekabeln, deren Zweck längst vergessen ist, und die weißen Schachteln aller Apple-Produkte, die wir je besessen haben. Zwar sind wir uns einig, dass wir sie nicht mehr brauchen, aber wir können uns trotzdem nicht dazu durchringen, sie wegzuwerfen. Die einzigen brauchbaren Gegenstände darin sind unsere Koffer, und meine Panik über einen möglichen Antrag verwandelt sich in die Angst, dass er gehen könnte. Das will ich auch nicht! Warum können die Dinge nicht einfach genauso bleiben, wie sie sind? Es ist doch gut so, wie es ist.

Stattdessen holt er einen mittelgroßen Karton hervor, auf dessen Seite in der geschwungenen Schreibschrift seiner Mutter »zerbrechlich« geschrieben steht, und zwei Schachteln mit Lichterketten.

»Meine Mutter hat uns ein paar Sachen geschickt, damit wir loslegen können«, sagt er. »Ich war die ganze Woche nervös, dass du sie finden und damit die Überraschung ruinieren würdest.«

»Nein, ich hatte keine Ahnung«, sage ich. Aber was ich wirklich wissen will, ist, wann ich mit seiner anderen Überraschung rechnen muss, die, über die ich vorhin zufällig gestolpert bin, und warum er ausgerechnet diesen hässlichen Ring ausgesucht hat.

Er stellt den Karton vor mir ab. Darin befinden sich ein paar Schachteln mit glänzenden roten und goldenen Kugeln, eine Auswahl an Basteleien, die David in seiner Kindheit angefertigt haben muss, darunter ein Foto von ihm und seinen Brüdern in einem Rahmen aus Eisstielen, und, in Seidenpapier eingewickelt, ein halbes Dutzend von Junes geliebten Christopher-Radko-Weihnachtsbaumanhängern. Ich erkenne sie, weil ich mich über den Preis – hundertdrei Dollar für einen karierten Weihnachtsmann – lustig gemacht habe, als wir ihr letztes Jahr zu Weihnachten so einen als Geschenk gekauft haben. Ihre Bereitschaft, sich von ihnen zu trennen, fühlt sich an wie eine eingravierte Einladung in die Familie.

»Wirklich nett von ihr, uns die zu schicken«, sage ich und stehe schnell von der Couch auf, um einen funkelnden Schneemann an den Baum zu hängen, damit David die Situation bloß nicht als passenden Moment für einen Heiratsantrag missversteht.

Doch David befestigt in aller Ruhe einen Haken an dem Rahmen mit dem Foto von ihm und seinen Brüdern. Die drei tragen aufeinander abgestimmte Pullunder, und er lächelt mit den schiefen Hasenzähnen, die er hatte, bevor ihm eine Zahnspange das perfekte Lächeln bescherte, das er heute hat.

»Ich frage mich …«, sagt er und zögert kurz, »… was für Weihnachtsschmuck ihr zu Hause hattet?«

»Also, meine Mutter hat den Baum immer ganz in Weiß geschmückt. Manchmal noch mit ein paar goldenen Akzenten, aber sonst nichts«, erzähle ich ihm, während ich die Schachtel mit den glänzenden roten Kugeln aufmache.

»Sollen wir ihr zu Ehren noch ein paar weiße Kugeln kaufen?«, fragt er.

Ich lache. »Oh Gott, nein! Das ist ein netter Vorschlag von dir, aber auf gar keinen Fall. Ich hatte immer schreckliche Angst vor dem Baum. Wir durften ihn nicht anfassen, aber ich tat es natürlich trotzdem heimlich und hatte solche Angst, dass der Weihnachtsmann es herausfinden würde. Am Weihnachtsmorgen bin ich immer schon früher aufgestanden als die anderen, um nach unten zu schleichen und mich zu vergewissern, dass es auch Geschenke für mich gab und ich nicht auf der Liste der ungezogenen Kinder gelandet war.«

Er schiebt seine Unterlippe zu einem übertriebenen Schmollmund vor. »Süße kleine Hannah.«

»Ich weiß«, sage ich und lache. Mir wird ganz warm ums Herz, wenn ich an die Weihnachtsfeste meiner Kindheit zurückdenke. An die puristischen weißen Bäume habe ich schon lange nicht mehr gedacht. Ich bin froh, dass ich diese Erinnerung mit David teilen kann.

»Okay, ich hab eine Idee ...« Er macht eine dramaturgische Pause. »Wie wäre es, wenn wir stattdessen eine Familie mit ausgeflippten Bäumen werden?«

»Das gefällt mir!«, sage ich zu ihm.

Ich versuche, das behagliche Gefühl zu bewahren, während wir den Baum schmücken und Brian Wilson mit schmachtender Stimme »Blue Christmas« singt, aber immer wieder kommt mir der Ring in den Sinn. Und je öfter ich mir sage, dass ich nicht an den Ring denken soll, desto mehr muss ich an ihn denken. Ringe mit Disney-Zeichentrickfüßen tanzen Cha-Cha-Cha durch mein Hirn und verhöhnen mich.

Als wir mit dem Schmücken fertig sind, lassen wir uns auf die Couch fallen und bewundern unser Werk.

»Wir haben noch viel Arbeit vor uns«, stellt David fest. »Dieser Baum sieht überhaupt nicht ausgeflippt aus. Ehrlich gesagt sieht er aus wie ein Baum, der eine Hypothek abzuzahlen hat und einen Honda Accord fährt.« Ich lache und freue mich schon darauf, mich auf die Jagd nach weiterem Schmuck zu machen, der diesen Baum zu unserem macht.

»Wie wär's, wenn du uns schon mal Wein einschenkst und ich das Abendessen vorbereite?«, schlägt David vor.

»Klingt perfekt.« Ein Gefühl der Erleichterung durchströmt mich, als er in die Küche geht. Hühnerfrikassee scheint mir doch ein ziemlich unwahrscheinlicher Ort zu sein, um einen Ring zu verstecken.

12

Hannah

Dieses Jahr, 2. Dezember

Tags darauf führt Theo mich durch die Abteilung für Designerdamenmode in der Filiale der Luxuskaufhauskette Saks in der Fifth Avenue, vorbei an Auslagen mit paillettenbestickten Abendkleidern. Hinter einer Auswahl von Blazern mit betonten Schultern, die mich an Madonna aus ihrer »Vogue«-Ära erinnern, klingelt er an einer schlichten Holztür.

Gleich nachdem er mich zu diesem Last-Minute-Einkaufstrip eingeladen hatte, rief ich Priya an, unter dem Vorwand, sie zu fragen, ob sie auch mitkommen wolle, aber eigentlich wollte ich ihre Meinung über den Ring hören. Von allen meinen Freunden kannte sie David am besten. Obwohl er am Anfang unserer Beziehung allein wohnte und wir uns leicht in seiner Wohnung hätten verkriechen können, legte er Wert darauf, auch Zeit bei mir zu verbringen.

An einem verregneten Sonntag zu Beginn unserer Beziehung kochte Priya Chana Masala – eine weitere Spezialität ihrer Mutter –, während wir nacheinander *Ocean's 11, 12* und *13* anschauten. Nachdem er seine Schüssel ausgeschleckt hatte, bestand David darauf, von ihr zu lernen, wie man dieses Gericht zubereitet. Monatelang verwandelte sich unsere winzige Küche in eine Art private Kochschule, in der Priya sonntags Kurse für ihn abhielt. Sie hörten erst damit auf, als es im Sommer in der Wohnung zu heiß und stickig wurde, um am Herd herumzustehen. Priya brachte David bei, wie man Saag Paneer und Malai Kofta zubereitet – Letzteres erforderte zur ultimativen Perfektionierung ein paar Videocalls mit Priyas Mutter. Ich übernahm nur zu gern die Rolle der Vorkosterin und freute mich darüber, dass David Priyas enthusiastische Anerkennung erhielt.

Doch als ich sie heute Morgen anrief, sagte sie mit vagen Ausreden wegen der Arbeit ab, obwohl doch heute Sonntag ist. »Vielleicht können wir uns ja später noch treffen?«

»Außerdem habe ich einen Ring in Davids Sockenschublade gefunden«, platzte ich heraus, bevor sie das Telefonat abwürgen konnte.

»Das ist toll, Hannah. Herzlichen Glückwunsch!« Sie klang abgelenkt, und ich hörte eine Männerstimme im Hintergrund. Ich fragte mich, wo sie sich wohl gerade befand und mit wem sie zusammen war. »Aber jetzt muss ich los. Lass uns nächste Woche was trinken gehen, okay? Und ich versuche, später noch dazuzustoßen, wenn ich es schaffe.« Bevor ich protestieren und ihr sagen konnte, dass ich mir nicht sicher war, ob das bis nächste Woche warten konnte, hatte sie auch schon aufgelegt.

Während ich auf die U-Bahn wartete, die mich zu Theo bringen sollte, wurde ich das Gefühl nicht los, dass sich zwischen mir und Priya eine Distanz eingeschlichen hatte. Ich fragte mich, ob da etwas im Busch war, und wenn ja, warum sie nicht mit mir darüber reden wollte. Also sind nur Theo und ich auf Shoppingtour, da Finn gerade in L.A. auf Wohnungssuche ist.

Eine Frau mit einem graublonden Bob öffnet die unauffällige Holztür, und eine Wolke Chanel N°5 weht uns entgegen. Ich würde das Parfüm überall wiedererkennen, denn meine Mutter trug diesen Duft.

»Miriam!«, ruft Theo, beugt sich vor, und sie küsst ihn auf beide Wangen.

»Theo!«, gurrt sie ihm in einem ähnlich vornehmen britischen Akzent entgegen. Wären wir nicht in einem Kaufhaus, würde mich die Zuneigung in ihrer Stimme vielleicht dazu verleiten, sie für seine Mutter zu halten.

»Und wen haben wir denn da?«, fragt sie und blickt über seine Schulter zu mir.

»Das ist Hannah.« Er schiebt mich vor sich, damit Miriam auch meine Wangen küssen kann.

»Freut mich, Sie kennenzulernen«, sagt sie. »Hereinspaziert, wir haben schon alles vorbereitet.«

Sie führt uns in eine Art Wohnzimmer mit großen Fenstern, von denen aus man die Fifth Avenue überblicken kann. Sie sind eingerahmt von hauchdünnen weißen Vorhängen, die sich bis zum Boden ergießen. Ich fühle mich wie in einem Musikvideo von Celine Dion.

Auf dem gläsernen Couchtisch stehen Tabletts mit bedruckten Seidenschals, pompösen Ohrringen und filigranen Golduhren. Auf einem Konsolentisch an der Seite stehen mindestens ein Dutzend Handtaschen aufgereiht. Alles ist beige oder goldfarben, auch die Möbel. Mir kommt es so vor, als befände ich mich in einem Wimmelbuch und müsste versuchen, in dem Meer aus Ecru, Creme und Gold das zu finden, was nicht hineinpasst. Nur dass das, was hier ganz offensichtlich nicht hingehört, ich selbst bin in meinen abgewetzten Doc Martens und einer acht Jahre alten Jeans mit einem Loch am Knie.

»Champagner?«, flötet Miriam. Sogar die Getränke entsprechen hier offenbar streng dem Farbschema.

Theo dreht sich zu mir, um mir die Entscheidung zu überlassen, also sage ich: »Ja, gern.«

Miriam geht den Champagner holen und lässt uns mit Waren im von mir geschätzten Wert von mehreren hunderttausend Dollar allein. Wir sind aus zwei Gründen hier: Der erste ist, Weihnachtsgeschenke für Theos zwei Mutterfiguren zu finden, und der zweite besteht darin, herauszufinden, was wir an Finns letztem Weihnachten hier in New York machen sollen. Ich bin mit beiden Aufgaben gleichermaßen überfordert, aber es tut gut, von dem Ring abgelenkt zu werden.

Annabelle, Theos leibliche Mutter, hat Theos Vater mit 22 Jahren geheiratet und sich am Höhepunkt seines Reichtums von ihm scheiden lassen, von dem sie einen beträchtlichen Teil übernommen hat. Jetzt lebt sie abwechselnd in einem Stadthaus in London, einem Penthouse in Paris und einem Anwesen in Südfrankreich. Ich habe sie zwar noch nie persönlich getroffen, aber sie klingt weniger wie eine Mutter, sondern eher wie eine lustige Tante, die einmal im Jahr in die Stadt kommt und Theo mit Einladungen zu Drinks und Shoppingtouren verwöhnt.

»Schon als ich auf die Welt kam, haben sie sich gehasst, aber bis zur Scheidung hat es noch ein gutes Jahrzehnt gedauert, weil mein alter Herr wusste, dass es teuer für ihn werden würde«, hat Theo einmal erklärt. Den größten Teil seiner Kindheit verbrachte er in einem leeren Stadthaus zusammen mit Lourdes, seiner geliebten Kinderfrau, für die wir heute auch Weihnachtsgeschenke kaufen.

»Und was gefällt deiner Mutter?«, frage ich.

»Das Geld meines Vaters ausgeben und sonst eigentlich nichts.« Er hält ein Paar Diamantohrringe hoch, die das Licht einfangen und Regenbogenflecken an die Wände um uns herum malen.

Miriam kommt mit zwei Champagnergläsern auf einem Silbertablett zurück.

»Sag mal, was ist das Teuerste hier, Miriam?«, fragt Theo.

Sie nimmt ein Klemmbrett vom Konsolentisch und fährt mit dem Zeigefinger die Liste ab. »Das wäre das Tennisarmband von Cartier.« Sie durchquert extra den Raum, um ihm ihre Liste zu zeigen und uns die Peinlichkeit zu ersparen, den Preis laut auszusprechen.

Theo nickt. »Dann wäre das geklärt. Können Sie es einpacken und an die Londoner Adresse schicken lassen?«

»Natürlich.« Miriam lässt sich nichts anmerken, obwohl sie wahrscheinlich gerade eine horrende Provision verdient hat. »Wenn Sie mir einen Moment geben, kann ich umräumen lassen, damit Sie das andere Geschenk aussuchen können.«

Ein Heer von Verkäuferinnen wuselt so schnell herbei, dass ich mich frage, ob Miriam einen Panikknopf in ihrem Ärmel versteckt hat, um sie zu rufen. Die Angestellten tragen die Tabletts mit den weißen Schals und dem Diamantschmuck weg.

Miriam, die in ihrem schwarzen Hosenanzug, den hohen Absätzen und dem flotten roten Schal um den Hals wie die schickste Stewardess der Welt aussieht, rollt einen Wagen mit neuen Tabletts herein, nur dass auf diesen Tabletts statt Minidosen Cola Light und Ginger Ale kaugummigroße Perlen und bonbonfarbene Edelsteinohrringe liegen. Es gibt auch Schals in Electric Blue, Barbie Pink und Orange. Eine von Miriams Helferinnen bringt noch einen Arm voll Handtaschen, alle in kräftigen Farben. Eine andere rollt ein Regal mit Pelzen herein.

»Jetzt kommt der spaßige Teil«, sagt Theo. »Lourdes mag auffällige Sachen.«

Er geht vom Sofa zum Konsolentisch und streicht mit den Fingern über eine feuerrote Handtasche mit Krokolederprägung. Die ist auf jeden Fall auffällig.

»Das ist eine limitierte Auflage. Es gibt nur fünf Stück auf der ganzen Welt«, betont Miriam.

Er hält sie mir hin, damit auch ich sie befühlen kann. Als ich sie ihm abnehme, lasse ich sie beinahe fallen. Sie ist so schwer, dass sie wahrscheinlich gleich noch ein paar Goldbarren enthält.

»Was meinst du?«, fragt er mich.

»Ich meine, ich bin in dem Fall nicht die beste Ratgeberin.« Ich besitze genau eine schwarze Handtasche, die ich schon seit Jahren mein Eigen nenne. »Vielleicht ist sie ein bisschen schwer?«, sage ich, unsicher, ob das gut oder schlecht ist.

Theo lächelt über meine Antwort, er weiß, dass ich keine Ahnung habe, aber er will mich trotzdem einbeziehen.

»Wie wäre es mit einem Pelzmantel?«, fragt er.

»Wohnt sie nicht am Strand?«

»Stimmt.«

»Mag sie Schals?«, erkundigt sich Miriam. »Schals sind der beste Freund jeder Frau ab einem gewissen Alter.« Sie deutet auf ihren eigenen, von einem Schal bedeckten Hals, und ich frage mich, was sich wohl darunter verbirgt. Kiemen oder ein Gefängnistattoo erscheinen mir ähnlich unwahrscheinlich, aber ich muss trotzdem kichern.

»Ich glaube, ich habe Lourdes noch nie mit einem Schal gesehen.«

»Wie wäre es mit etwas Persönlicherem?«, schlage ich vor.

»Was zum Beispiel?«

»Ich weiß nicht.« Ich denke an die Geschenke, die Brooke und ich unserer Mutter als Kinder gemacht haben: selbstverzierte Töpferware, Perlenketten aus Fimo, bemalte Porzellanteller, die sie stolz in der Küche ausstellte. Zu Weihnachten vor ihrem Tod bastelte ich ihr ein Fotoalbum. Ich suchte ein teures Lederalbum aus und ließ unsere Lieblingsfotos nachmachen. Einmal fand ich sie schlafend im Krankenhausbett in unserem Wohnzimmer, das Album wie ein Stofftier an ihre Brust gedrückt.

»Ich habe meiner Mutter mal ein Fotoalbum gemacht, und es hat ihr sehr gefallen«, sage ich.

»Jay Strongwater macht wunderschöne Bilderrahmen aus Kristall und Emaille«, wirft Miriam ein, »und Cristofle hat ein paar wunderschöne platinierte Rahmen. Möchten Sie, dass ich eine Auswahl hochbringen lasse?«

»Das wäre nett, Miriam«, sagt Theo.

Auch wenn sie nicht dem entsprechen, was ich im Sinn hatte, mache ich mir nicht die Mühe, die beiden zu korrigieren. Miriam stakst auf ihren Zahnstocher-Absätzen davon, um dem Wunsch Folge zu leisten.

»Müssen wir auch noch etwas für deinen Vater besorgen?«, frage ich Theo, der wieder ins Sofa gesunken ist.

»Nein, er macht sich nichts aus Dingen, nur aus *Erfahrungen*«, sagt Theo.

»Ich kann mir nicht vorstellen, was für Erfahrungen ein Milliardär zu schätzen wüsste«, antworte ich. »Eine Reise ins Weltall vielleicht? Vom Aussterben bedrohte Tiere jagen? Eine Kleinstadtbuchhandlung in den Ruin treiben?«

Bevor mir weitere Ideen kommen, meldet sich Theo zu Wort: »Er weiß, was er will. Er will, dass wir zusammenarbeiten. Er hat mir einen Job angeboten.«

»Einen Job?« Soweit ich weiß, bestand der einzige Job, den Theo bisher je hatte, in dem Versuch, mit einigen seiner Internatsfreunde einen Privatclub in London zu eröffnen, ein exklusives Soho House für eine jüngere Klientel. Das Unternehmen scheiterte spektakulär, denn es gab nicht genug Vierundzwanzigjährige, die sich den exorbitanten Mitgliedsbeitrag leisten konnten. Aber schon damals war Theo der Geldgeber. Seine Rolle bestand darin, die Launen seiner Mitbegründer zu finanzieren.

Seit wir ihn kennen, veranstaltet er jedes Jahr die Art Party im Whitney und sitzt im Vorstand von einer Handvoll Wohltätigkeitsorganisationen, die unterprivilegierten Schülern Zugang zu künstlerischen Bildungsprogrammen verschaffen, aber ich glaube nicht, dass er jemals ein Meeting hatte, das nicht von einem Mittagessen oder Cocktails begleitet war.

Theo fährt sich mit den Händen übers Gesicht, als würde es ihm allein bei der Vorstellung grauen, für seinen Vater zu arbeiten.

»Was hast du ihm gesagt?«

»Ich habe gefragt, ob er Colin, seinen Handlanger, kaputtgekriegt hat. Ich war immer nur der Ersatz für den Tag, an dem Colin endlich einen Nervenzusammenbruch erleidet, aber ich hatte nicht damit gerechnet, dass das vor seinem 50. Lebensjahr passiert.«

»Überlegst du, das Angebot anzunehmen?« Ich kann nicht verhindern, dass sich ein Hauch von Panik in meine Stimme schleicht. Ich nehme an, dass der Job einen Umzug nach London bedeuten würde, und ich könnte es nicht verkraften, wenn noch ein Freund wegginge.

»Nein.« Er winkt ab, als sei das eine lächerliche Idee. »Das ist nur eines seiner Machtspielchen.« Er nimmt einen Schluck Champagner, um diese geschmacklose Vorstellung hinunterzuspülen. »Und was gibt's Neues bei dir?«, fragt er dann. »Du wirst mir verzeihen, wenn ich das sage, aber du scheinst irgendwie ... mit den Gedanken woanders zu sein.«

»Woanders?«, wiederhole ich.

Er führt es nicht weiter aus, sondern sieht mich nur abwartend an, und ich wäre beinahe mit allem herausgeplatzt, was zwischen David und mir gerade los ist – unser Streit an Thanksgiving, dass es seitdem komisch zwischen uns ist, der Ring in seiner Sockenschublade –, aber ich kann mich nicht dazu durchringen. Je mehr Leuten ich es erzähle, desto realer fühlt es sich an.

»Ach, bei mir ist alles in Ordnung«, lüge ich, aber ich habe das Gefühl, dass ich ihm antworten muss. »Ich bin bloß gestresst wegen der Arbeit, schätze ich. Ich versuche gerade diesen Musikgeschichtspodcast zu pitchen und werde immer wieder abgewiesen. Es wäre mein erstes Soloprojekt, aber ich kann meinen Chef nicht dazu bringen, das Potenzial zu erkennen, das ich darin sehe.«

Besonders frustrierend ist das, wenn man bedenkt, dass Mitch in seiner dreimonatigen Amtszeit schon jede Art von Podcasts mit zwei Typen genehmigt hat. Zwei Typen, die über Kultfilme der Achtziger labern, zwei Typen, die über tatsächliche Kulte reden, zwei Typen, die über Fantasy-Golf palavern. Und letzte Woche machte er seine Drohung offiziell: Wenn ich ihm bis Ende des Jahres kein überzeugendes Thema für die Pilotsendung von *Hit-Story* liefern kann, wird er das ganze Projekt einstampfen. Er hat sogar angedeutet, dass er noch jemanden braucht, der *Pornobalken* produziert, seine neueste Zwei-Typen-Kreation, in der zwei Komiker sich VHS-Kassetten mit Pornos aus den Achtzigern ansehen und zerlegen.

»Worum geht es in deiner Show?«, fragt er.

Ich erzähle ihm von meiner Idee für den Podcast, und er lächelt, als ich ihm den Namen verrate. »Ich finde, das klingt nach einem Knüller«, meint er. »Wo ist das Problem?«

»Wir können uns nicht einigen, welchen Song wir für die Pilotsendung nehmen sollen. Ich habe meinem Chef ›Candy‹ von Mandy Moore vorgeschlagen, aber ihre Leute haben sich nie bei mir zurückgemeldet. Du kennst sie nicht zufällig, oder?«

»Könnte nicht behaupten, dass ich sie kenne. Aber was ist mit Clementine?«

»Was ist mit ihr?«

»Ich bin sicher, sie wäre dir gerne behilflich!«

»Das scheint mir eher unwahrscheinlich. Ich kann mir nicht vorstellen, dass sie sich überhaupt an mich erinnern kann.«

»Natürlich erinnert sie sich an dich. Hast du sie nicht letzten Monat bei Fallon gesehen? Sie hat ihm beigebracht, wie man das Lakenspiel spielt. Die Sache ist sofort viral gegangen.« Das scheine ich verpasst zu haben. »Soll ich sie für dich anrufen?«

»Seid ihr denn in Kontakt?«

»Nicht wirklich.« Er zuckt mit den Schultern.

Sosehr ich auch Ja sagen möchte, um die Geschichte hinter ihrem düsteren neuen Album zu erfahren und meinen eigenen Podcast zu machen (Mitch würde durchdrehen, denn das Album hat bereits Platinstatus erreicht), zögere ich. Es fühlt sich Finn gegenüber illoyal an, Clementine wieder ins Spiel zu bringen, gerade jetzt, wo Finn und Theo beide Singles sind. Was ist, wenn er sie anruft und das alte Feuer wieder aufflammt? Das verstößt eindeutig gegen den Beste-Freunde-Kodex.

»Ich denk drüber nach«, sage ich, aber ich weiß schon, dass ich sein Angebot nicht annehmen werde.

Ich trinke einen Schluck von meinem Champagner. Er ist sehr trocken und schmeckt wie ein richtig gutes Croissant. Ich habe keine Ahnung von Wein, aber selbst ich weiß, dass es sich um einen edlen Tropfen handelt.

»Du nimmst mich ständig in all diese schicken Läden mit«, sage ich nachdenklich.

»Das mach ich doch gern.«

»Ich hab das Gefühl, ich bin mal an der Reihe, dich irgendwohin mitzunehmen.«

»Wo sollen wir denn hingehen?«, fragt er, und ich höre einen Hauch von Sorge in seiner Stimme.

Eine Stunde später sitzen wir in einer braun gemusterten Sitznische in der Olive-Garden-Filiale am Times Square, und Priya stößt zu uns.

»Das ist der letzte Ort auf der Welt, an dem ich euch vermutet hätte«, verkündet sie, als sie sich auf meine Seite des Tisches setzt. Auf dem Platz neben Theo stehen zwei mattschwarze Saks-Einkaufstaschen, eine mit einem juwelenbesetzten Fotorahmen und die zweite mit der zwei Tonnen schweren roten Kroko-Handtasche in limitierter Auflage. Er konnte sich nicht entscheiden, was Lourdes besser gefallen würde, also hat er einfach beides gekauft.

»Glaub mir, ich bin genauso schockiert.« Theo blickt mich an, untypisch ernst. »Von allen Restaurants in Manhattan schleppst du mich ausgerechnet *hierher*?«

»Tja, es gibt kein Chili's in Manhattan, sonst wären wir natürlich dorthin gegangen«, sage ich.

»Ich bin ja eher der Taco-Bell-Typ.« Bei der Erwähnung der Fast-Food-Kette bekommt Priya einen verträumten Blick.

Theo lacht. »Na, da habe ich bestimmt was verpasst.«

»Mach dich ruhig darüber lustig, aber als ich klein war, waren wir jeden Freitagabend entweder im Olive Garden oder im Chili's. Für Suppe, Salat und Brotstangen ist man nie zu alt. Du hast mich zum Shoppen mitgenommen, um Dinge zu besorgen, die deinen Eltern gefallen würden, und jetzt nehme ich dich mit an einen Ort, der meinen gefallen hätte.«

»Jetzt fühle ich mich schlecht, weil ich mich darüber lustig gemacht habe«, sagt er seufzend.

Ein Kellner kommt an den Tisch und unterbricht unser kleines Wortgefecht. »Reise durch Italien«, verkündet er, während er mein Essen vor mich hinstellt. »Und Ihre Zuppa Toscana, Sir. Sagen Sie Bescheid, wenn Sie noch etwas benötigen. Oder wenn Sie noch eine andere Suppe probieren wollen, kein Problem. Was immer Sie wünschen«, sagt er, ohne den verächtlichen Blick zu bemerken, den Theo seiner Suppenschüssel zuwirft.

Dann wendet sich der Kellner an Priya. »Darf ich auch Ihnen noch eine Speisekarte bringen?«

»Nein, danke, ich habe schon gegessen.«

Es ist mir nicht entgangen, dass Priya nicht von sich aus erzählt, woher sie gerade kommt, aber ich beschließe, das Thema nicht weiter zu verfolgen. Ich bin einfach froh, dass sie noch gekommen ist.

»Aber wir müssen auf jeden Fall ein Beweisfoto davon für Finn machen«, sagt sie. »Sonst glaubt er uns nie, dass Theo hier war. Lächeln!«, sagt sie zu Theo, der ihrer Aufforderung widerwillig nachkommt.

Während Priya das Foto macht, wird mir etwas klar. »Es ist total seltsam«, sage ich laut.

»Ich weiß«, stimmt Theo mir zu. »Ich fass es nicht, dass sie einfach Eisbergsalat verwenden.«

»Nein, du Snob, das meine ich nicht. Es ist komisch, dass wir nur zu dritt sind. So wird es nächstes Jahr sein. Wir werden Fotos an Finn schicken, weil er nicht mehr da sein wird.«

»Verdammt, du hast recht«, sagt Theo. Schweigen senkt sich über den Tisch, während wir die bevorstehenden Änderungen innerhalb unserer Freundesgruppe sacken lassen. Plötzlich fühlt es sich so real an.

»Apropos Finn … habt ihr euch schon überlegt, was wir dieses Jahr zu Weihnachten machen?«, fragt Priya.

Theo und ich schütteln beide den Kopf.

»Ich habe keine Idee«, sage ich. »Dabei zerbreche ich mir schon die ganze Woche den Kopf, aber nichts kommt mir gut genug vor für Finns letztes Weihnachten mit uns.«

»Moment mal«, sagt Theo. »Reise durch Italien. So heißt dein Gericht doch, oder?« Er zeigt auf meinen Teller.

»Ja, und?«, erwidere ich, während ich mit der Gabel in der übergroßen Portion Fettuccine Alfredo rühre, voller Vorfreude auf den Geschmack meiner Vorstadtkindheit.

»Wie wäre es, wenn wir zu Weihnachten eine richtige Reise machen würden? Wir könnten doch nach Italien fahren, denn ich muss dir leider sagen, dass das Essen dort nicht so aussieht wie hier.«

»Ich weiß nicht …« Priya stibitzt eine Brotstange aus Theos Korb.

»Das wäre doch mal was anderes«, meint Theo.

»Ich finde schon, dass wir was in New York machen sollten, oder nicht?«, gebe ich zu bedenken. »Ist das nicht Sinn der Sache? Finn geht von hier weg, also schenken wir ihm ein letztes Weihnachten in New York?«

»Da hast du wohl recht«, räumt Theo ein. »Was ist mit Bobby Flay, ihr wisst schon, dem Starkoch? Ich habe ihn vor ein paar Jahren bei einer Wohltätigkeitsgala kennengelernt. Er kann viel besser italienisch kochen als die hier. Soll ich ihn fragen, ob er das Catering übernimmt?«

»Klar«, sagt Priya, »weil Bobby Flay sein Weihnachten damit verbringen will, für uns vier zu kochen, anstatt mit seiner Familie zu feiern?«

»Ich glaube, er ist geschieden. Vielleicht wechselt er sich an Weihnachten mit seiner Ex ab, und zufällig sind die Kinder dieses Jahr nicht bei ihm. Vielleicht ist er ja auch eine Art Weihnachtswaise?«

»Du meinst also, wir würden ihm damit einen Gefallen tun?«, frage ich skeptisch.

»Ist das ein Nein?«

»Ich wäre dabei«, sage ich. »Allerdings sollten wir vielleicht einen Plan B haben.«

»Hast du denn eine bessere Idee?«, fragt Theo in etwas gereiztem Tonfall.

Ich habe null Ideen. Nichts kommt mir so besonders vor, dass es unsere bisherigen Weihnachtsfeste toppen könnte. Wir brauchen ein großes Finale, das der vielen Weihnachten würdig ist, die Finn mir beschert hat.

Doch als ich gerade in mein Parmesanhähnchen beiße, habe ich einen Einfall. »Was, wenn wir gar keine neue Idee bräuchten?«, stelle ich in den Raum.

Theo schaut mich neugierig an. »Das wäre großartig, denn bisher sind alle unsere Ideen miserabel. Ich glaube sogar, sie werden immer schlimmer. Also, was schwebt dir vor?«

»Wie wäre es, wenn wir unser erstes gemeinsames Weihnachtsfest noch einmal aufleben ließen?«

Der Vorschlag hängt zwischen uns in der Luft, während wir darüber nachdenken.

»Genial!« Theo haut begeistert auf die Tischplatte, und etwas Suppe schwappt aufs Papiertischset.

13

Hannah

Weihnachten #9, 2016

»Finn, danke!«, ruft Priya und hält einen glitzernden lilafarbenen Thermobecher hoch.

Finn strahlt. »Der hält deinen Tee fünf Stunden lang warm.« Das ist eine Anspielung auf ihre Teatime-Tradition. Wenn ich von der Arbeit nach Hause komme, hocken Priya und Finn oft gemütlich auf unserer Couch und feiern ihre Version einer Teezeremonie. Sie trinken tassenweise Tee, während sie über irgendwelche D-Promis tratschen, von denen ich noch nie gehört habe, über die sie aber dank ihrer Besessenheit vom Promi-Gossip-Podcast *Who? Weekly* ein ausuferndes Wissen vorweisen können. Irgendwann geht der Tratsch dann zu den Nebenfiguren in ihrem eigenen Leben über: Finns Bürokollege, Priyas Neffen, Theos Portier. Ich habe schon überlegt, mir den Podcast anzuhören, damit ich an ihren Diskussionen teilhaben kann.

Der Boden von Theos Wohnzimmer ist bereits mit Geschenkpapier übersät: Pinguine mit Schals von Priya, klassisches braunes Packpapier von Theo (aber er hat sich bei den Schleifen ins Zeug gelegt) und winzige rote Autos mit Bäumen auf dem Dach von Finn. Über unsere Bescherung wacht in der Ecke ein drei Meter hoher Weihnachtsbaum – dieses Jahr ganz in Silber dekoriert. Ein paar gerahmte Fotos von unseren letzten drei Weihnachtsfesten haben sich einen stolzen Platz in Theos sonst so kargen Regalen verdient.

Mein Knie zuckt nervös, während ich darauf warte, dass ich an die Reihe komme. Meine Auswahl ist so viel besser als letztes Jahr.

Dieses Jahr haben wir ein Preislimit von 50 Dollar für Geschenke festgelegt, nachdem Theo uns letztes Jahr allen iPads geschenkt hat. Es ist zwar nicht so, als wüsste ich sein Geschenk nicht zu schätzen. Ich liebe mein Tablet sogar, vor allem seit ich herausgefunden habe, dass die New Yorker Stadtbibliothek eine App hat, mit der man E-Books ausleihen kann. Aber ich kam mir wie ein Volltrottel vor, als er mir ein iPad schenkte und ich ihm zum Spaß eine Jogginghose. Ich hatte ihn noch nie etwas Lässigeres als Jeans tragen sehen und dachte mir, er würde sich vielleicht über etwas Athleisure Wear in seinem Kleiderschrank freuen, aber ich habe ihn bisher nicht darin zu Gesicht bekommen. Wahrscheinlich befindet sie sich in der Versenkung irgendeiner Schublade und hat noch immer das Etikett dran.

Trotz des Preislimits bin ich mir sicher, dass ich es diesmal gut hinbekommen habe. Die Geschenke meine ich, nicht das Geschenkpapier, denn das ist ziemlich schlimm. Es hat ein kitschiges Cartoon-Weihnachtsmann-Motiv und war das Einzige, was an Heiligabend um 23 Uhr noch bei Duane Reade zu bekommen war.

Priya öffnet gerade den zweiten Teil von Finns Geschenk, und es kommt eine mintgrüne Teedose von Fortnum & Mason zutage. »Oooh, der Royal Blend«, jauchzt sie, bevor sie den Deckel abnimmt und ihre Nase hineinsteckt. Sie gibt dieses zufriedene Brummen von sich, das die Leute sonst gern in der Kaffeewerbung machen.

»Jeremy hat mir bei der Auswahl geholfen«, erklärt Finn. »Er mag auch lieber Tee.«

»Grüß ihn mal und sag ihm vielen Dank von mir«, meint Priya.

Finn zückt sein Handy, um Jeremy gleich eine Nachricht zu schreiben. Wenn ich richtig gezählt habe, ist es schon das dritte Mal, dass Finn ihn heute Morgen erwähnt. Das Positivste, was ich über Jeremy sagen kann, ist, dass es ihn gibt. Finn redet in letzter Zeit ständig von ihm: *Jeremy trinkt lieber Tee als Kaffee. Wusstest du, dass Jeremy in Princeton studiert hat? Genauso einen blauen Pullover hat Jeremy auch.* Abgesehen davon, dass Jeremy auf mich extrem langweilig wirkt, ist es süß, wie verknallt Finn in ihn ist.

Und ehrlich gesagt ist es auch eine Erleichterung.

Von Weihnachten bis Februar hat Finn wegen Raj nämlich Trübsal geblasen. Und auch nach Rajs Abgang um den Valentinstag herum hat sich seine Laune nicht gebessert.

Sobald Theo wieder Single war, habe ich versucht, Finn zu bewegen, mit ihm zu reden.

»Ich muss es mir von ihm nicht anhören, ich weiß es auch so. Mehr Zurückweisung von Theo kann ich nicht ertragen.«

»Aber er hat dich doch nie zurückgewiesen.«

»Nicht offen, aber stillschweigend schon. Wenn er mit mir zusammen sein wollte, wären wir es schon längst.«

»Ich finde, du bist echt dämlich«, sagte ich.

Der Frühling lief dann besser. Nach fast einem Jahr Arbeit bei ToonIn hatte Finn genug gespart, um in ein Studioapartment im West Village ziehen zu können – seine erste eigene Wohnung. Er fand es geradezu perfekt, weil es auf halbem Weg zwischen mir und Priya in der Lower East Side und

Theo in der Upper West Side lag. Allerdings verbrachte Theo die meiste Zeit des Frühjahrs in Paris, um seine Mutter nach dem Scheitern ihrer dritten Ehe zu trösten, die gerade mal 18 Monate gehalten hatte. In seiner Abwesenheit lud Finn jede Dating-App herunter, die er finden konnte, und widmete sich der Partnersuche, als wäre es ein Job, bei dem er sich um eine Beförderung bemühte. Auf einen frühen Drink und ein Dutzend Austern in der Mermaid Oyster Bar mit dem einen Typen und zum Absacker im Dante mit einem anderen.

»Keiner von denen ist auf der Suche nach etwas Ernstem«, beschwerte sich Finn.

»Bist *du* denn auf der Suche nach etwas Ernstem?« So wie ich es sah, brauchte er bloß einen Lückenbüßer.

»Natürlich will ich was Ernstes! Seit dem College gab es niemanden mehr, mit dem es ernst war. Ich habe die ganze Zeit mit Theo vergeudet, und jetzt bin ich im Verzug. Ich bin diesen Sommer auf eine Schwulenhochzeit eingeladen. Nicht bloß die Heten heiraten, sogar die Schwulen fangen jetzt damit an. Ist das zu fassen?«

Ich konnte gut nachvollziehen, was er meinte. An unserem Kühlschrank hingen derzeit so viele Terminankündigungen und Einladungen zu Junggesellinnenabschieden und Hochzeiten, dass uns die Magnete ausgingen und wir sie in Schichten nach Datum sortiert aufhängen mussten. Ich wusste gar nicht, dass ich so vielen Menschen so nahestand, dass sie mich zu ihren wichtigen Lebensereignissen einluden. Doch um ehrlich zu sein, stammte mehr als die Hälfte der Einladungen von Priyas erweiterter Familie. Aber ich sprang bei Bedarf gerne als ihre Begleitung ein. Ich hatte festgestellt, dass hinduistische Hochzeiten vom Essen und vom Spektakel her den amerikanischen Hochzeiten, zu denen ich selbst eingeladen wurde, weit überlegen waren. Bei der Hochzeit von Priyas Cousine im letzten Sommer kam der Bräutigam sogar auf einem Elefanten angeritten.

Nach sechs Monaten voller wilder Dates lernte Finn schließlich Jeremy kennen. Ich verstehe, warum Finn bei ihm nach rechts gewischt hat. Jeremy hat sandblondes Haar und sieht aus wie ein Abercrombie-Model, doch seine dicke schwarze Warby-Parker-Brille und sein verpeiltes »Wer, ich?«-Grinsen machen ihn nahbar. Als ich ihn das erste Mal traf, zur Happy Hour in einer unauffälligen Bar in der Bowery, tauchte Jeremy in einem knallengen Radtrikot auf und erläuterte mir in den ersten fünf Minuten seinen Trainingsplan, bevor er zu einem zehnminütigen Vortrag über die Essgewohnheiten von Seeanemonen überging, die er in seinem Labor an der NYU züchtet. Bei meinem zweiten Bier ertrank ich bereits in einem Meer nutzloser Fakten.

»Er ist nervös«, flüsterte Finn, als Jeremy auf die Toilette ging.

Nach diesem ersten Treffen fragte ich mich, ob Finn bloß deshalb beziehungstechnisch sesshaft wurde, weil er von seiner Datingtour nicht nur erschöpft, sondern auch total pleite war. Bestimmt war Jeremy lediglich eine Zwischenstation auf seinem Weg zur wahren Liebe. Aber das liegt jetzt drei Monate zurück, und Finn schwärmt noch immer von Jeremys Teebeutelgeschmack.

»Okay, ich bin dran«, verkünde ich, weil ich keine Sekunde länger damit warten kann, den anderen meine Geschenke zu überreichen. Ich verteile mittelgroße Schachteln an alle. »Es ist überall das Gleiche drin. Am besten öffnet ihr sie gleichzeitig.«

Finn und Priya reißen ihr Geschenk auf, während Theo seins sorgfältig auspackt, als wolle er das hässliche Papier wiederverwenden. Finn ist der Erste, der den Deckel der Schachtel öffnet. Er klappt das Seidenpapier auf und hält mit einem verwirrten Gesichtsausdruck eine Jeansjacke vor sich hoch.

»Nein, dreh sie um!«, rufe ich.

Er tut es, aber sein verwirrter Gesichtsausdruck bleibt.

Priya hält ihre Jacke auf dem Schoß. »Die hast du gemacht? Wie toll!«, sagt sie so übertrieben freundlich, wie man mit einem Vierjährigen sprechen würde, der einem eine Zeichnung überreicht, die nur aus einem grünen Klecks besteht.

Ich habe die Jacken tatsächlich gemacht. Na ja, natürlich nicht die Jacken selbst. Aber ich habe wochenlang Second-Hand-Shops durchforstet, um Jacken in der gleichen mittelblauen Waschung und den passenden Größen für alle zu finden. Dann habe ich bei Etsy spezielle Aufbügelbuchstaben bestellt, richtig schöne. Bei eBay habe ich sogar eine Pistole gefunden, mit der ich den Rücken der Jacken mit Nieten und Strasssteinen verziert habe. Es lässt sich nicht leugnen, dass die Jacken selbstgemacht aussehen, aber sie sind auch ziemlich cool.

Jetzt hat auch Theo seine ausgepackt. Er presst die Lippen zusammen, und seine Schultern zucken, als müsste er ein Lachen unterdrücken.

»Kommt schon, Leute, ich hab mir echt Mühe gegeben! Das sind unsere Clubjacken. Für den Christmas Orphans Club, den Club der Weihnachtswaisen!«

Christmas Orphans Club hat zu viele Buchstaben, also habe ich mich auf die Initialen des Namens konzentriert: COC.

»Sprich es mal laut aus, Han«, fordert Finn mich auf.

»Ce, oh, ce«, buchstabiere ich laut.

Priya gibt mir mit einer kreisenden Handbewegung zu verstehen, dass ich die einzelnen Buchstaben zusammensetzen soll.

»COC, das klingt ja wie cock, Hannah – also Schwanz!« Theo krümmt sich vor Lachen über seine Jacke.

»Jetzt sehen wir aus wie eine schwule Bikergang, die Probleme mit der Rechtschreibung hat«, bemerkt Finn. Auch er lacht so sehr, dass er sich die Tränen aus den Augenwinkeln wischen muss.

»Eine schwule Bikergang mit Hang zum Basteln.« Priya nestelt an den Strasssteinen herum, die den Kragen ihrer Jacke säumen.

Ich ziehe eine Schnute, aber dann siegt das Grinsen. So viel zu meinen perfekten Geschenken.

Finn wirft mir einen Seitenblick zu. »Aber wir müssen sie heute anziehen, wenn wir rausgehen!«, verkündet er. »Es gibt wirklich niemanden, mit dem ich lieber in einer schwulen Bikergang mit Rechtschreibschwäche wäre.« Er wirft sich seine Jacke über die Schultern, ohne die Arme in die Ärmel zu stecken, und starrt Theo auffordernd an.

Theo zieht seine Jacke ebenfalls an und dreht sich einmal im Kreis, um sie zu präsentieren. Sie ist zu kurz, und er sieht darin lächerlich aus. Jetzt muss ich laut lachen.

»Ich werde meine überall tragen. Nicht bloß heute!«, sagt er.

»Letztes Jahr habe ich einen Artikel über Lederjacken für beste Freunde geschrieben. Die hier sind viel cooler«, verkündet Priya, während sie kichernd in ihre Jeansjacke schlüpft.

Ich ziehe auch meine an. Obwohl die Abkürzung auf den Jacken unbeabsichtigt doppeldeutig ist, finde ich die Botschaft toll. Wir sehen vielleicht nicht wie Geschwister aus, aber mit diesem Kleidungsstück zeigen wir, was wir einander bedeuten. Ich möchte, dass man auch in einem überfüllten Raum sofort erkennt, dass das *meine* Leute sind. Wenn ich sie mir so ansehe, bin ich glücklich. Ich kann mir nicht vorstellen, dass ich mehr brauche als das hier.

»Jetzt, wo wir für den Tag gerüstet sind, wird es Zeit für Toaster Wars«, sagt Theo.

Ich habe keine Zeit, mich zu fragen, was er damit meint, denn Priya sagt: »Nicht für mich, ich gehe für ein paar Stunden rüber zu Bens Eltern.«

»Was?« Von diesem Plan höre ich zum ersten Mal.

»Wir sehen uns heute Abend wieder. Ich gehe nur zum Mittagessen hin.«

»Aber wir verbringen Weihnachten immer zusammen«, protestiere ich.

»Und wir verbringen Weihnachten immer noch zusammen. Ich bin jetzt hier und komme später wieder«, erklärt sie. Als sie meinen verletzten Gesichtsausdruck sieht, fügt sie hinzu: »Im Ernst, das ist keine große Sache. Nach allem, was ich über dieses Fest weiß, ist das Mittagessen daran die unwichtigste Mahlzeit. Ehe ihr es merkt, bin ich wieder da.« Finns und Theos Blicke springen zwischen uns hin und her, während wir die Bedingungen von Priyas Abwesenheit verhandeln.

Ich muss mir auf die Zunge beißen, um sie nicht darauf hinzuweisen, dass sie und Ben nicht einmal zusammen sind. Vielleicht waren sie es einmal im College, aber jetzt studiert

Ben im dritten Jahr Medizin an der Universität von Wisconsin. Er hat sie nur gern auf seiner persönlichen Ersatzbank, für den Fall, dass er in der Stadt ist.

»Egal«, sage ich. Wenn sie nicht begreifen will, warum es mir wichtig ist, kann ich sie nicht dazu zwingen. Finn legt mir die Hand auf den Rücken, was ich als Zeichen seiner Solidarität deute. Unser Weihnachten ist keine Zwischenstation, es ist das Hauptereignis.

Priya verkrümelt sich, noch immer in ihrer Jacke, als Theo uns rüber ins Esszimmer führt.

An jedem Platz stehen ein Teller, eine Tasse, eine Sektflöte und ein Toaster. In der Mitte des Tisches befinden sich Teller mit einem Dutzend verschiedener Varianten von Eggos-Waffeln, Pop-Tarts und Toaster Strudels. Ich muss grinsen, als ich mir Theo am Tiefkühlregal vorstelle, wie er seinen Einkaufswagen mit kistenweise gefrorenem Toastergebäck füllt.

»Ich habe noch nie Pop-Tarts gegessen«, verkündet Theo, »und in den amerikanischen Sitcoms, die ich als Kind geschaut habe, sahen die immer so gut aus, also dachte ich mir, dass wir meine kulinarische Bildungslücke gemeinsam schließen könnten.« Er nimmt eine rosafarbene Pop-Tart und steckt sie in seinen persönlichen Toaster.

»Haut rein!«, fordert er uns auf.

Es ist der wahrgewordene Traum meines zehnjährigen Ichs, aber bei mir kommt keine rechte Begeisterung auf. Dass Priya weg ist, hat der Sache etwas von ihrem Zauber genommen.

Nach einem gemütlichen Nachmittag mit Mimosa-Cocktails und Monopoly (noch etwas, das Theo in seiner Kindheit vermisst hat – nicht, weil es das Spiel in Großbritannien nicht gegeben hätte, sondern weil sein Bruder so viel älter war, dass es niemanden gab, mit dem er es hätte spielen können), machen wir uns auf den Weg ins West Village. Finn zwingt alle, ihre Jacken anzuziehen, weil er weiß, dass niemand auch nur mit der aufgeklebten Wimper zucken wird, wenn eine Bande durstiger Jeansjackenträger mit mangelnden Rechtschreibfähigkeiten eine weihnachtliche Dragshow mit dem Titel *The Ladies of the North Pole* besucht.

Als wir ankommen, schwärmen wir aus. Jeder von uns kennt seine Aufgabe. Theo geht an die Bar, um Zwanziger in Ein-Dollar-Scheine für Trinkgeld zu wechseln, und Priya, die nach dem Mittagessen bei Bens Eltern wieder zu uns gestoßen ist, folgt ihm, um eine Runde ultrastarke Wodka Sodas in Pappbechern zu bestellen. Finn und ich erobern einen klebrigen Tisch neben der Bühne. Hier drinnen fühlt es sich eher nach Halloween an als nach Weihnachten. Am Nebentisch haben ein paar Typen mit nackten Oberkörpern, Schmetterlingsflügeln und Glitzerschminke Platz genommen, und auf der anderen Seite des Raums sitzt ein ergrauter Bär in einem roten Latex-Catsuit, der aus dem Musikvideo von »Oops, I Did It Again« stammen könnte. Beschwipstes Geplapper mischt sich unter den Soundtrack von Popdiven, der über die Lautsprecher ertönt.

Auf der anderen Seite des Tisches sitzt Finn, vertieft in sein Handy. Ich drücke seinen Oberschenkel, um ihn in die Gegenwart zurückzuholen, weil ich mich darüber ärgere, dass er unseren Feierlichkeiten nicht seine volle Aufmerksamkeit schenkt. Schuldbewusst blickt er auf, und ich erspähe auf seinem Handydisplay ein Selfie von Jeremy ohne Hemd. Sein Fahrradtraining zeigt Wirkung.

Die Show ist fantastisch. Bereits nach der Hälfte gehen Theo die Ein-Dollar-Scheine aus, und er gibt erst Fünfer, dann Zehner und schließlich Zwanziger als Trinkgeld, wodurch unser Tisch in den Mittelpunkt der Aufmerksamkeit rückt. Als die Show vorbei ist, schieben zwei bullige Türsteher die Tische zur Seite, um Platz für eine Tanzfläche zu schaffen. Nach einer Stunde wildem Tanzen zu Madonna- und Cher-Remixen sind Priya und ich vollkommen außer Atem und verschwitzt. Ich bin außerdem mehr als nur ein bisschen angeschickert, nachdem ich mit den Schmetterlingsjungs Tequila-Shots getrunken habe und Jacky-Cola mit dem Moderator der Show, der wie ein sexy Grinch gekleidet ist. Und das alles in Kombination mit einem steten Fluss von Wodka Sodas in Pappbechern, die Theo mir immer wieder vorsetzt. Jedenfalls habe ich den Überblick verloren, wie viele Drinks ich bereits hatte, was wahrscheinlich ganz gut ist, denn die Zahl dürfte erschreckend hoch sein.

Finn und Theo sind seit dem Ende der Vorstellung jeder für sich allein unterwegs. Finn sitzt an der Bar, hängt die ganze Zeit am Handy und schreibt wahrscheinlich mit Jeremy, während Theo mit einer Dragqueen im »All I Want for Christmas Is You«-Mariah-Carey-Outfit herumalbert. Fakeriah Carey schmeißt sich an Theo heran, dessen oberen vier Hemdknöpfe bereits offenstehen wie bei Leonardo DiCaprio in der *Romeo+Julia*-Ära.

Irgendwann kommt Theo zu mir und Priya herübergetanzt.

»Hey«, schreit er so laut, dass man ihn auch über Donna Summer hinweg hören kann. Er fährt sich mit der Hand durch die verschwitzten Locken und beugt sich verschwörerisch vor, als wolle er uns ein Geheimnis verraten. »Wollt ihr ein bisschen E? Hab ich Mariah Scary abgekauft.« Er holt eine kleine Plastiktüte mit vier Pillen aus der Vordertasche seiner Jeans.

»Ich weiß nicht«, sage ich zögerlich. »Ich hab noch nie …«

»Auf jeden Fall!«, kreischt Priya begeistert und schnappt sich das Tütchen mit den Pillen. Ihr Überschwang vertreibt mein Zögern, und ich strecke meine Hand nach einer der Pillen aus. Wenn es jemals einen guten Zeitpunkt gab, um Ecstasy zu probieren, dann ist heute der perfekte Abend dafür. Ich bin mit meinen Freunden hier und habe eine Woche Zeit, um mich von den wahrscheinlich katastrophalen Nachwehen zu erholen, und ich befinde mich in einer mit Lametta geschmückten Schwulenbar voller glücklicher Menschen, von denen die meisten bestimmt auch was eingeschmissen haben. Ich nehme einen Schluck Wodka Soda, um die kleine gelbe Tablette mit dem Smiley runterzuspülen.

»Keine Sorge, ich pass auf dich auf«, sagt Theo und ergreift meine Hand. »Ich werde dein Anstandswauwau sein. Du bist in guten Händen.«

Wie versprochen bleibt Theo in meiner Nähe und vergewissert sich immer wieder, dass es mir gut geht. Die Wirkung der Droge setzt nach dreißig Minuten ein, aber es ist überhaupt nicht beängstigend. Ich fühle mich wie schmelzendes Erdbeereis, warm und glücklich. Es ist auch alles ein bisschen hübscher, als hätte jemand einen Instagram-Filter über die Realität gelegt. Als einer der Schmetterlingsjungs in meine Nähe tanzt, streiche ich ihm mit dem Finger über die glitzernde, haarlose Brust. Er lacht und wirbelt herum, bevor er in eine andere Richtung davontanzt.

Dann stellt sich heraus, dass Theo ein großartiger Tänzer ist. Wie ist es möglich, dass ich ihn in all den Jahren unserer Freundschaft noch nie habe tanzen sehen? An unserem ersten Weihnachten mit Theo waren wir zwar im China Chalet tanzen, aber ich erinnere mich vor allem daran, wie er und Finn sich an der Bar unterhalten haben. Theo hat überraschend sexy Moves drauf. Er kreist viel mit den Hüften, und ich versuche, seine Bewegungen nachzuahmen.

Als sich unsere Blicke treffen, müssen wir beide kichern. Der Abend ist einfach großartig!

Theo greift nach meiner Hand und wirbelt mich erst von sich weg und dann wieder zu sich hin. Ich lande mit Schwung an seiner Brust. Er legt seine andere Hand um meine Schulter, um mich zu stützen. Dann fährt er mir mit der Hand durchs Haar. Mein Haar ist schweißgetränkt, widerlich. Ich berühre auch seines, um zu sehen, ob es genauso verschwitzt ist wie meines.

Er nimmt seine Hand aus meinem Haar und streicht mir über die Wange. Seine andere Hand, die auf meiner Schulter liegt, gleitet meinen Arm hinunter und landet an meiner Hüfte. Ich sehe zu ihm auf und lächle. Ich hab so viel Spaß heute Abend. Ich möchte es ihm sagen. Aber dann küssen wir uns.

Das ist urkomisch. Theo und ich küssen uns.

Ich spüre, wie er an meinen Lippen lächelt, als ob wir beide den Witz verstehen würden. Ich habe immer noch eine Hand in seinem Haar und ziehe ihn damit näher an mich heran, als könnten wir so miteinander verschmelzen. Einen Moment lang verliere ich mich in der wunderbaren Vorstellung, dass Finn, Theo, Priya und ich zu einem einzigen Wesen werden könnten. Auf diese Weise hätte ich sie die ganze Zeit nah bei mir, denn ihr Herz wäre auch mein Herz.

Jetzt ist Theos Zunge in meinem Mund. Seine Fingerspitzen graben sich in meine Hüften. Ich habe schon lange niemanden mehr geküsst. Ich hatte vergessen, wie viel Spaß das macht. Theo ist ein guter Küsser.

Dann lösen wir uns wieder voneinander, beide außer Atem. Ich glaube, das Ganze hat nur ein paar Sekunden gedauert, aber ich bin mir nicht sicher. Die Zeit ist irgendwie dehnbar.

Wow, ich habe Theo geküsst. Wie lustig! Ich fange wieder an zu lachen und kann nicht mehr aufhören. Ich krümme mich vor Lachen. Das ist so witzig.

»Alles okay?« Priya steht plötzlich neben mir und legt ihre Hand an meinen Rücken. Ich schmiege mich an ihre Hand wie eine Katze, es fühlt sich alles so gut an.

»Mir geht's gut. Ich …« Ich kann nicht weitersprechen, weil ich wieder so lachen muss.

»Oh, ich dachte, du weinst«, sagt sie.

»Weinen? Nein. Warum sollte ich weinen? Das ist der beste Abend überhaupt.« Ich richte mich auf und schaue ihr in die Augen. Sie ist so wunderschön. Ich sehe mich nach Finn um. Vorhin war er an der Bar, aber jetzt ist er verschwunden. Warum tanzt er nicht mit uns?

»Wo ist Finn?«, frage ich.

»Er hängt den ganzen Abend am Handy«, sagt Theo. »Voll langweilig!«

»Ich glaube, er ist gegangen?« Priyas Antwort klingt wie eine Frage.

»Gegangen?«, wiederhole ich verwirrt. »Warum sollte er gegangen sein? Wir haben doch so viel Spaß.«

Priya kneift ein Auge zu, als ob der Versuch, sich zu erinnern, körperlich schmerzhaft wäre. »Ich glaube, er sah sauer aus, als er ging.«

»Wann ist er gegangen?« Ich bin sofort wieder nüchtern, als hätte mir jemand einen Eimer Eiswasser über den Kopf gekippt. Geht es Finn gut?

»Vor ein paar Minuten, als ihr geknutscht habt«, sagt Priya.

»Wir haben nicht geknutscht!«, protestiere ich.

»Also, ich bin mir ziemlich sicher, dass wir geknutscht haben«, sagt Theo.

Mist. Hat Finn das gesehen? Ist er deshalb gegangen? Ich muss ihn finden und es ihm erklären. Ich drehe mich mitten im Gespräch um und eile zum Ausgang.

»Hey, warte!«, ruft Theo hinter mir. »Warte auf uns!«

Ich ignoriere ihn und stolpere die Holztreppe hinauf, wobei ich mich an der Wand abstützen muss, und verlasse den Laden. Kaum bin ich draußen, bekomme ich Gänsehaut. Vorhin hatte ich einen Pullover an, meine Jeansjacke und einen Wintermantel. Ich hab keine Ahnung, wo mein Zeug geblieben ist. Aber das ist jetzt auch egal, nichts davon ist wichtig.

Ich spähe in beide Richtungen, um nach Finn Ausschau zu halten, aber ich kann ihn nirgends entdecken. Seine Wohnung ist nur ein paar Blocks von hier entfernt. Es ist drei Uhr morgens. Wo sollte er sonst hin sein? Ich muss ihn finden und mich vergewissern, dass es ihm gut geht. Er ist wahrscheinlich nicht mal sauer. Wenn er genauso betrunken ist wie wir, hat er vielleicht einfach einen polnischen Abgang gemacht und ist nach Hause ins Bett.

Es ist alles gut. Es muss alles gut sein.

O Gott, was habe ich getan?

14

Finn

Weihnachten #9, 2016

Kannst du reden?, schreibt Jeremy.

Bin immer noch unterwegs. Alles OK?, schreibe ich zurück.

Hast du Spaß?, fragt er.

Gute Frage. Ich habe keinen Spaß, auch wenn es eigentlich so sein sollte. Aus irgendeinem Grund fühle ich mich unwohl. Die Tatsache, dass ich hier in diesem Dragclub bin, macht mich irgendwie traurig. Der Laden ist so voll, als wäre es ein ganz normaler Samstagabend und nicht Weihnachten, und ein Teil von mir fragt sich, warum all diese Leute jetzt nicht bei ihren Familien sind. Wie vielen von ihnen geht es wie mir, und sie können nicht nach Hause fahren? An Weihnachten hier zu sein, gibt mir das Gefühl, einem schwulen Klischee zu entsprechen.

Niemand sonst scheint sich darüber Gedanken zu machen, also nehme ich einen Schluck von meinem Drink und versuche, das unangenehme Gefühl wegzuspülen. Ich überlege, ob ich rausgehen und Jeremy anrufen soll, aber seine Nachrichten wurden im Laufe des Abends immer häufiger und dringender, und ich bin nicht in der Stimmung, etwas über das idyllische Weihnachtsfest mit seiner Kernfamilie zu hören. Ein Teil von mir hat gehofft, er würde mich vielleicht einladen, obwohl wir erst seit drei Monaten zusammen sind. Es wäre zu früh gewesen, aber vielleicht hätte es eine Ausnahme gegeben, weil ich keine Familie habe, zu der ich fahren kann. Doch ganz gleich, wie viele Andeutungen ich gemacht habe, eine Einladung bekam ich nicht.

Der Barkeeper stellt einen weiteren Wodka Soda vor mich hin. Ich habe ihn nicht bestellt, aber er hat wohl Gefallen an mir gefunden, seit ich ihm ein Kompliment für seinen Pullover gemacht habe, und das zahlt sich jetzt aus. Der Pulli ist rot und mit einem bunten Sammelsurium aus Schleifen, Girlanden und Ornamenten verziert. Eindeutig selbstgemacht. Er wäre der Hit auf einer Mottoparty für hässliche Pullover, aber ich glaube nicht, dass er ihn ironisch trägt.

Meine Freunde drüben auf der Tanzfläche sind total hacke. Theo und Hannah tanzen zusammen im Licht einer schäbigen Discokugel, die aussieht, als könnte sie sich jeden Moment von der Decke lösen. Irgendwie niedlich, wie schlecht Theo tanzen kann, da er sonst in allen Bereichen so souverän ist. Es sieht so aus, als hätte er versucht, sich seine Moves aus den *Magic-Mike*-Filmen abzuschauen. Er wackelt ständig mit den Hüften und fährt sich mit den Händen durch die Haare und über die Brust. Unerklärlicherweise zeigt er auch oft mit dem Finger auf etwas. Die Tatsache, dass sein Hemd größtenteils aufgeknöpft ist, trägt nur noch zur Pseudo-Stripper-Anmutung bei.

Hannah tanzt teilweise mit ihm, aber alle dreißig Sekunden wird sie von einem pinken Laserlicht abgelenkt und hält inne, um es mit dem Finger zu verfolgen. Die beiden werden morgen total verkatert sein. Priya ist nirgends zu sehen. Ich hoffe, sie ist nicht gerade auf dem Klo, weil sie kotzen muss.

Vielleicht können wir heute Nacht alle bei Theo schlafen, dann mache ich morgen früh Pfannkuchen.

Wenn du hier wärst, hätte ich mehr Spaß, schreibe ich Jeremy.

Es ist nicht seine Schuld, dass ich schlechte Laune habe oder dass er eine Familie hat, die ihn liebt.

Er schreibt sofort zurück. Es ist nach zwei Uhr morgens, also muss er schon im Bett sein, denn ich kann mir nicht vorstellen, dass es um diese Zeit in Scranton, Pennsylvania, noch viel zu tun gibt.

Geht mir genauso. Ich wollte dir eigentlich sagen, was ich mit dir machen würde, wenn ich bei dir wäre, aber du kannst ja gerade nicht telefonieren :(:(:(

Oh, wow. Der süße, zurückhaltende Jeremy ist anscheinend auch sternhagelvoll. Ich bekomme fast einen Steifen beim Gedanken, Telefonsex mit ihm zu haben, während er in seinem Jugendzimmer liegt und seine Eltern am Ende des Flurs schlafen. Ich überlege kurz, ob ich auf die Toilette verschwinden soll, um ihn anzurufen, bis ich das Szenario in meinem Kopf durchspiele und mir klar wird, dass ich dann der creepy Typ wäre, der sich in der einzigen Kabine auf der Herrentoilette einen runterholt.

Bist du in einer Stunde noch wach?, schreibe ich ihm. *Ich glaub nicht, dass die anderen viel länger durchhalten.*

Drei Punkte erscheinen, dann verschwinden sie wieder.

Mein Blick wandert wieder zu Hannah und Theo auf der Tanzfläche.

Und …

WAS ZUR HÖLLE …?

Nein.

Das kann nicht sein.

Aber es ist so.

Sie küssen sich?

Sie küssen sich, definitiv. Und zwar richtig.

Von meinem Barhocker aus kann ich es nicht genau beurteilen, aber ich bin mir ziemlich sicher, dass da auch Zunge im Spiel ist. Ich zähle im Kopf, während ich zusehe.

Dreizehn … vierzehn … fünfzehn.

Das ist kein freundschaftlicher Kuss. Das ist ein »Ich reiß dir gleich die Kleider vom Leib«-Knutschen.

Vielleicht bin ich betrunkener, als ich dachte. Vielleicht habe ich Halluzinationen. Das kann doch wohl nicht wahr sein.

»Entschuldigung«, rufe ich dem Barkeeper zu, der am anderen Ende der Bar gerade eine Flasche Wodka abwischt, und gebe ihm ein Zeichen, dass ich zahlen will. Als er mit meiner Karte und der Quittung zurückkommt, kritzle ich eine unleserliche Unterschrift darauf und gebe ihm noch ein üppiges Trinkgeld.

Ich werfe einen letzten Blick über die Schulter, als ich die Treppe zur Straße hinaufgehe. Sie küssen sich immer noch. Hannahs Hände sind in Theos Haaren, seine auf ihrem Hintern.

Oben stoße ich die Tür mit so viel Kraft auf, dass sie von der Backsteinwand des Gebäudes abprallt und mir beinahe ins Gesicht knallt. War ja klar.

Erst bei meiner dritten Runde durch mein Viertel stelle ich fest, dass ich meinen Mantel in der Bar vergessen habe, aber das macht nichts, meine Wut hält mich warm. Ich bin zu aufgedreht, um nach Hause in meine Wohnung zu gehen.

Ich möchte schreien oder die Hand gegen eine Wand hauen oder eine vernichtende Nachricht an Hannah und Theo schicken, mit der ich sie wissen lasse, was für schreckliche Menschen sie sind. Ich überlege mir den genauen Wortlaut, während ich die Seventh Avenue entlangstampfe und rechts in die Leroy abbiege.

Als ich dann die Bleecker nach rechts nehme, bin ich wieder bei der Überlegung angekommen, ob ich laut schreien soll, nur um zu sehen, ob ich mich dann besser fühle. Meine Wut fühlt sich an wie ein Teekessel, der auf höchster Stufe kocht. Ich habe schon weitaus seltsamere Dinge gesehen als einen Mann, der um zwei Uhr morgens auf den Straßen von New York den Himmel anschreit. Aber dann sehe ich einen Mann mittleren Alters in einem Parka, der gerade versucht, seinen Corgi-Welpen zum Pinkeln zu überreden. Ich beschließe, das mit dem Schreien doch zu lassen, damit er mich nicht für verrückt hält oder, schlimmer noch, fragt, ob mit mir alles in Ordnung sei. Denn dann müsste ich erklären, dass meine beste Freundin meinen besten Freund geküsst hat, in den ich verliebt bin, obwohl ich einen Freund habe, und ich glaube nicht, dass ich das irgendjemandem verständlich machen könnte.

Vielleicht hört sich all das trivial und kleinkariert an, aber das ist es nicht. Es ist ein gigantischer, mieser Verrat.

Als ich meine vierte Runde um den Block drehe und mich meinem Haus nähere, sehe ich Hannah auf meiner Türschwelle sitzen. Sie trägt nur ein Trägershirt und hat die Arme um sich geschlungen. Mein erster Gedanke ist: *Sie muss am Erfrieren sein.* Aber dann fällt mir wieder ein, dass ihr Herz aus Eis ist, also fühlt sie sich hier draußen wahrscheinlich pudelwohl.

Ich überlege, ob ich in die andere Richtung gehen und so tun soll, als hätte ich sie nicht gesehen, aber langsam wird mir selbst kalt, und ich möchte nach Hause. Vielleicht versuche ich ja, in meiner Wohnung an die Wand zu schlagen. Mal sehen, ob das hilft – Heterotypen scheinen ja auf diesen Move zu schwören. Vielleicht haue ich ja auch einfach aus dieser Stadt ab und ziehe zurück nach Boston, dann wird das Loch, das ich in die Wand schlagen werde, das Problem von jemand anderem sein. Meine Freunde sind sowieso das Einzige, was mich hier hält, und die scheren sich offensichtlich einen Dreck um mich.

»Ich will nicht mit dir reden«, verkünde ich bereits, als ich noch ein paar Meter entfernt bin. Sie kann von mir aus die ganze Nacht hier draußen sitzen und frieren. Aber mir fällt auf, dass Theo sich nicht einmal die Mühe gemacht hat, hier aufzutauchen.

»Tja, Pech für dich! Ich werde nicht weggehen!«, schmettert sie zurück. Ihre Stimme ist zu laut und verrät, wie betrunken sie ist.

»Wie du willst. Es ist mir egal, ob du die ganze Nacht hier draußen hockst. Ich gehe jetzt rein.«

Sie steht auf und stellt sich zwischen mich und die Haustür. Was soll's, wenn sie auf der Straße eine Szene machen will, ist das für mich in Ordnung. Wir können das hier und jetzt klären und das alles beenden. Auf der Stelle. Es gibt kein Zurück mehr. Es gibt keine Erklärung, die es akzeptabel machen würde.

»Es tut mir leid.«

Die Tatsache, dass sie denkt, sie könne es mit einer einfachen Entschuldigung in Ordnung bringen, lässt das Blut in meinen Ohren rauschen. »Ist mir egal.«

»Aber es ist dir ganz offensichtlich ganz und gar nicht egal.«

Sich mit betrunkenen Leuten zu streiten, ist das Allerschlimmste. »Es ist mir egal, dass es dir leidtut«, stelle ich klar. »Spar's dir einfach, denn nichts, was du sagst, könnte es wiedergutmachen.«

Sie versucht es trotzdem noch einmal. »Ich hätte das nicht tun sollen. Wir waren betrunken und auf E, aber wir hätten es trotzdem nicht tun sollen.« Sie schweigt, wahrscheinlich wartet sie darauf, dass ich ihr verzeihe.

»Du hast recht. Ihr hättet das nicht tun sollen«, sage ich. »So. Sind wir dann hier fertig? Kann ich jetzt bitte nach oben gehen?«

»Nein, wir sind hier noch nicht fertig, Finn. Ich versuche, mich zu entschuldigen, was, wenn ich ehrlich bin, sowieso lächerlich ist. Du hast einen Freund. Einen, über den du den ganzen Tag redest. *Jeremy liiiebt Tee. Wusstest du, dass Jeremys Eltern einen deutschen Schäferhund haben? Und hast du Jeremys blöden Knackarsch gesehen, der von seinem beschissenen Fahrrad kommt, von dem er die ganze Zeit erzählt?*«, sagt sie mit einer weinerlichen Stimme, die mich wohl imitieren soll. Selten so eine schlechte Entschuldigung gehört. »Also, ja, es sollte eigentlich egal sein, wen Theo küsst. Du hast keinen Anspruch auf ihn, und du weißt, dass es nichts bedeutet hat. Es war ein bescheuerter Kuss im Suff.«

Im Geiste schreie ich meine Wut in voller Lautstärke von der Kante einer Schlucht. Körperlich stehe ich auf der Treppe vor dem Hauseingang und versuche, meine ehemalige beste Freundin nicht zu ohrfeigen, denn sie hätte es definitiv verdient. »Du hättest es besser wissen müssen! Er ist schließlich nicht irgendwer, sondern Theo. Er ist … Ich …«

»Was? Du liebst ihn? Vielleicht solltest du es ihm dann endlich mal sagen, anstatt bloß *mir* die ganze Zeit damit in den Ohren zu liegen. Dann wärst du vielleicht auch mit ihm zusammen und nicht mit diesem Typen, den du offensichtlich nicht einmal wirklich magst und mit dem du nur zusammen bist, um dir selbst etwas zu beweisen. Oder vielleicht Theo? Ich weiß nicht, was erbärmlicher wäre.«

»Das musst *du* gerade sagen!«, schreie ich. »Du bist ja total besessen von Weihnachten! Den ganzen Nachmittag hast du in Selbstmitleid gebadet, nur weil Priya für zwei Stunden weg war. Du kannst es einfach nicht ertragen, wenn einer von uns ein Leben außerhalb unserer Gruppe hat, was nichts mit dir zu tun hat, und auf Theo bist du sowieso schon immer eifersüchtig gewesen.«

»Oh, *ich* bin eifersüchtig? Jetzt bin ich aber gespannt!« Sie verschränkt die Arme vor der Brust.

»Du bist eifersüchtig auf Theo, und zwar seit dem Tag, an dem ich ihn mitgebracht habe. Du fühlst dich von ihm bedroht, hast Angst, ich könnte ihm näherstehen als dir. Also bist du hin und hast ihn geküsst. Und wozu? Um ihn mir auszuspannen? Um mich eifersüchtig zu machen? Nur weil *du* mit deinem sexlosen Einzelgängerleben zufrieden bist, heißt das nicht, dass das auch für uns gelten muss. Dir ist schon klar, dass ich nicht dein Ersatzpartner bin, oder? Weißt du was, Hannah? Das ging echt zu weit, und das hätte dir klar sein müssen.«

»Ach? So wie Theo deiner Meinung nach hätte wissen müssen, dass du in ihn verliebt bist, obwohl du es ihm nie gesagt hast? Und das wirst du wahrscheinlich auch nie! Aber so funktioniert das nicht, Finn. Wir können keine verdammten Gedanken lesen. Du wirst nie mit Theo zusammenkommen, weil du ein Feigling bist. Und es tut mir leid, dass du dir als Ersatz einen Freund gesucht hast, den du nicht liebst, aber das ist *dein* Problem.«

Eine Minute lang starren wir uns an, beide außer Atem vom Schreien, und warten darauf, dass der andere einknickt.

Ich bin bereit, die ganze Nacht zu warten, aber Hannah gibt zuerst nach. Ihr Tonfall wird weicher. »Ich schätze, wir sollten morgen früh noch mal darüber reden, wenn wir beide nüchtern sind und uns etwas beruhigt haben.«

»Ich habe alles gesagt, was zu sagen ist.«

»Aber ich nicht!«, sagt sie und stampft mit dem Fuß auf wie ein bockiges Kleinkind.

»Kann ich jetzt reingehen?«, frage ich.

»Na gut.« Sie tritt zur Seite, um die Tür freizugeben. »Ich schreib dir morgen früh. Spätes Frühstück im Waverly Diner? Das ist nichts, was mit Kartoffelpuffer nicht zu lösen wäre. Ich, äh, gehe jetzt noch mal zurück zur Bar und hole meine Jacke. Deine kann ich auch mitnehmen. Ich bringe sie dir dann morgen früh mit.«

Ich schnaube verächtlich. Als ob mich die dämlichen Jacken, die sie uns gemacht hat, noch interessieren würden. »Ehrlich gesagt, Hannah, möchte ich keinem Club angehören, in dem du Mitglied bist.«

Ich öffne die Tür und ziehe sie rasch hinter mir zu, damit sie mir nicht folgen kann.

Und dann reden wir ein ganzes Jahr lang nicht mehr miteinander.

15

Finn

Dieses Jahr, 14. Dezember

Mein Taxi hält vor dem Gebäude, in dem Theos Wohnung liegt, und ich ziehe meine Kreditkarte durch, während der Fahrer mein Gepäck aus dem Kofferraum holt. Zwei Hartschalenkoffer, eine Einkaufstasche voller Geschenke und mein verbeulter alter Rucksack sind alles, was von meinem Leben in New York übrig ist. Alles andere, was ich besitze, befindet sich bereits in einem Umzugswagen, auf dem Weg nach L.A.

Bis das Rolltor des Lastwagens sich schloss, fühlte sich der Umzug irgendwie nicht real an.

Genauso irreal fühlte es sich an, als ich mein Jobangebot unterschrieb und meinen Freunden davon erzählte. Und selbst als ich vor zwei Wochen nach L.A. flog, um mir eine Wohnung zu suchen, kam es mir völlig unwirklich vor. Es fühlte sich an, als würde ich *Spiel des Lebens* spielen und mir eine fiktive Wohnung besorgen. Es war bloß mein kleiner blauer Spielstein, der ein Feld nach oben rückte.

Aber es ist Realität. Vor einer Stunde habe ich die Tür zu meiner jetzt leeren Wohnung geschlossen und die Schlüssel unter die Fußmatte des Hausmeisters gelegt. Der Gedanke, dass ich den Ort, den ich in den letzten drei Jahren mein Zuhause nannte, nie wieder von innen sehen werde, ist seltsam. Auf dem Weg nach draußen habe ich noch ein paar Erinnerungsfotos geschossen, aber die sehen schon jetzt nichtssagend aus. Ein bisschen wie die Art von Fotos, die entstehen, wenn man versehentlich die Kamera-App öffnet.

»Bist du aufgeregt?«, fragte meine Schwester, als sie gestern Abend anrief, und ich wusste nicht, was ich antworten sollte.

Einerseits ist meine neue Bleibe – eine Zweizimmerwohnung in einem Hochhaus in West Hollywood – viel schöner als mein altes Apartment. Der Immobilienmakler hat mich mit einer Reihe von Annehmlichkeiten überzeugt: neue chromblitzende Haushaltsgeräte, eine Klimaanlage und ein begehbarer Kleiderschrank. Aber was mich am meisten beeindruckt hat, waren die sauberen, frisch gestrichenen Wände, ohne Dutzende von winzigen Löchern, die von den Vormietern nur notdürftig zugekleistert worden waren. Diese Wohnung glänzte und war neu. Sie roch sogar nach Neuanfang, obwohl das wahrscheinlich bloß an der Duftkerze lag, die der gewiefte Immobilienmakler auf die Kücheninsel gestellt hatte.

Das Problem ist, dass ich mir nicht vorstellen kann, wie mein Leben in L.A. sein wird. Ich kann mir zwar vorstellen, wie ich zur Arbeit fahre, im Stau stehe und mir dabei einen von Hannahs Podcasts anhöre. Ich kann mir auch mein Büro vorstellen, vor allem, weil ich es schon einmal besichtigt habe. Aber mein Leben jenseits der Arbeit kann ich mir nicht vorstellen.

Wann immer ich es versuche, fallen mir nur Szenen aus irgendwelchen Fernsehserien ein, und ich bin mir ziemlich sicher, dass mein Leben anders sein wird als in *New Girl*, denn leider ziehe ich nicht in ein Loft mit drei eingebauten besten Freunden. Und die hippen Clubs aus den Serien von vor 20 Jahren gibt es vermutlich auch nicht mehr, und selbst wenn es sie noch gäbe, würde ich wohl nicht dort reinkommen.

Die größte Unbekannte in meinem neuen Leben ist, mit wem ich meine Freizeit verbringen werde. Sean Grady, mit dem ich in der Collegezeit zusammen war, lebt zwar in L.A., aber seit einem kurzen Insta-Stalking weiß ich, dass er mittlerweile verheiratet ist und zwei Möpse hat, über deren Entwicklung er in ausufernden Posts schwärmt, als ob sie seine Kinder wären. Ein Mädchen, mit dem ich zur Highschool gegangen bin, versucht, in L.A. als Schauspielerin Karriere zu machen. Das weiß ich aber nur, weil sie jedes Mal, wenn sie einen Werbespot für eine Autoversicherung oder ein Mittel gegen Reizdarmsyndrom dreht, auf Facebook damit prahlt, wie super es bei ihr läuft.

Das ist der Teil des Umzugs, vor dem ich eine Scheißangst habe: Ich muss neue Freunde finden. Aber was ist, wenn ich zu alt dafür bin? Werde ich überhaupt Zeit dazu haben? Und ich weiß jetzt schon, dass, selbst wenn ich es schaffe, neue Freundschaften zu schließen, sie nie wieder so eng sein werden wie die, die ich hier habe.

Ein Mitglied der Armada von Portiers in Theos Apartmenthaus eilt heraus, um mir mit meinen Taschen zu helfen, und bewahrt mich davor, auf dem Bürgersteig eine Panikattacke zu bekommen. Er begrüßt mich mit »Kumpel« und einer Ghettofaust.

Es erfüllt mich mit Stolz, dass ich die Portiers bei Theo für mich gewonnen habe. Sogar bei Dwayne, dem Chefconcierge, habe ich Fortschritte gemacht. Wenn ich an seinem

Schreibtisch vorbeigehe, grüßt er mich mit dem Zwei-Finger-Gruß. Ich brauche mich nicht anzumelden, denn seit einem Jahr stehe ich auf Theos Liste – der Liste der zugelassenen Gäste, die nicht überprüft werden müssen und direkt eingelassen werden. Aber ich habe immer den Impuls, kurz stehenzubleiben und mich Dwayne gegenüber zu erklären, damit er weiß, dass ich Theo nicht wegen seines Geldes oder seiner Wohnung ausnutze. Dass ich nicht wie Elliot oder die anderen bin. Mir ist Theo wirklich wichtig. Aber es fühlt sich dann doch zu seltsam an, das einem Concierge zu erklären, der mich nur deshalb grüßt, weil er dafür bezahlt wird.

Im Laufe der Jahre habe ich mich auch an Theos noble Wohnsituation gewöhnt, und wenn sich die Fahrstuhltüren öffnen, denke ich nur noch eines: *Zuhause.* Wenigstens für die nächsten zwei Wochen.

Theo kommt, angelockt vom Klingeln des Fahrstuhls, in den Eingangsbereich geschlendert. »Hallo, Mitbewohner!«

Ich versuche gar nicht erst, mein schüchternes Lächeln zu verbergen, das sich bei seiner Begrüßung in meinem Gesicht ausbreitet.

»Ich hab dir das blaue Gästezimmer hergerichtet.« Er macht auf dem Absatz kehrt, und ich folge ihm durchs Wohnzimmer ins Gästezimmer gegenüber von seinem Büro. Das Zimmer mit der besten Aussicht. Auch wenn es irrational ist, bin ich ein wenig enttäuscht. Auf der Fahrt hierher hatte ich mich der Vorstellung hingegeben, dass wir ein Zimmer teilen würden.

Am Mittwoch kehre ich in unsere neue Wohngemeinschaft zurück, nachdem ich das hauseigene Fitnessstudio genutzt habe. Theo geht lieber ins Luxusgym Equinox. Er behauptet, er wolle nach dem Sport einfach gerne ins Dampfbad gehen, aber ich vermute, es liegt eher an den vielen attraktiven Männern im Equinox.

Auf dem Weg vom Aufzug zur Küche hinterlasse ich eine Spur von Schweißtropfen auf dem Boden. Aus meinen geplanten schnellen fünf Kilometern auf dem Laufband ist ein halber Marathon geworden. Als ich die Schwingtür zur Küche aufstoße, bin ich überrascht, Theo vorzufinden, der gerade seine Lebensmitteleinkäufe auspackt. Irgendwie war ich davon ausgegangen, dass er Leute hat, die das für ihn tun.

Theo hält inne, und sein Blick wandert über meinen verschwitzten Körper. Meine Trainingsklamotten kleben an mir wie eine zweite Haut. »Guten Lauf gehabt?«, fragt er.

Seine aufmerksame Musterung jagt mir eine Gänsehaut über die Arme. »Äh, ja«, antworte ich verlegen. »Ich bin gute elf Kilometer gelaufen. Ich glaube, die Arbeitslosigkeit macht mir zu schaffen. Ich hab mich schuldig gefühlt, weil ich den ganzen Tag nichts getan habe.«

Das ist eine Lüge. Ich bin erst seit vier Tagen arbeitslos. Was mir zu schaffen macht, ist das Zusammenleben mit Theo. Als ich heute Morgen nach einer unruhigen Nacht aus meinem Zimmer kam, lag er auf der Couch und schaute Frühstücksfernsehen, nur mit einer karierten Boxershorts und einer Hornbrille bekleidet, die ihm so gut steht, dass ich mich frage, warum er überhaupt Kontaktlinsen trägt. Seine Locken waren vom Schlafen noch ganz verwuschelt.

Es hat etwas Intimes, mit jemandem zusammenzuwohnen. Man bekommt die vielen kleinen Momente dazwischen mit, bevor der andere sich für die Welt bereit macht. Ich habe nie wirklich darüber nachgedacht, was Theo so treibt, wenn er allein zu Hause ist, aber in Unterwäsche Frühstücksfernsehen glotzen, wäre ziemlich weit unten auf meiner Liste gelandet. Eher noch hätte ich damit gerechnet, dass er mit Hilfe von alten Jane-Fonda-Fitnessvideos trainiert.

Danach saßen wir drei Stunden lang auf der Couch und sahen uns zusammen die Morgensendung an, gefolgt von der *Today*-Show und *The View*, bis ich schließlich erklärte, ich wolle laufen gehen. In Wahrheit war es mir unangenehm, weiterhin neben einem halbnackten Theo zu sitzen. Oder zu gewagt. Oder unangenehm gewagt. Ich konnte mich nicht entscheiden, denn ich war zu sehr abgelenkt von der feinen Haarlinie, die von seiner Brust über den Bauch bis in den Bund seiner Boxershorts verlief.

Das war alles zu viel, um es mit nur vier Stunden Schlaf zu ertragen. Letzte Nacht, als ich mich in Theos absurd bequemem Gästebett hin und her wälzte, hörte ich die Worte, die während meinem großen Streit mit Hannah gefallen waren, in einer Endlosschleife in meinem Kopf. *Du wirst nie mit Theo zusammenkommen, weil du ein Feigling bist.* Niemand kann dich so verletzen wie die Menschen, die du am meisten liebst, denn sie kennen deine verwundbarsten Stellen. Das Schlimmste aber war, dass ich den wahren Kern in ihren Worten erkannte. Und so machte ich mich auf den Weg ins Fitnessstudio, um auf dem Laufband vor meinen Gefühlen davonzulaufen.

Jetzt in der Küche trägt Theo eine dunkle Jeans und einen himmelblauen Pullover mit Rundhalsausschnitt, seine Locken sind vorübergehend gebändigt, und er füllt Zucker- und Mehlpakete in Gläser mit Kreidetafel-Etiketten um. Die

Szene wirkt seltsam häuslich. Mir schießt der Gedanke durch den Kopf, dass ich noch mehr von Theos langweiligen Seiten erleben möchte. Von diesen alltäglichen Momenten, die ein Leben ausmachen.

Ich schiebe mich durch die schlauchförmige Küche, dem wohl am wenigsten beeindruckenden Teil von Theos Wohnung, zum Kühlschrank mit Glasfront, um mir eine Flasche Wasser herauszunehmen. Im Vorbeigehen streife ich mit meiner Hüfte versehentlich seinen Hintern, was in einer so engen Küche kaum zu vermeiden ist. Vermutlich wurde sie in der Annahme entworfen, dass der Besitzer nicht selbst kocht. Ich öffne die Glastür, und die kalte Luft, die mir entgegenströmt, kühlt mein Gesicht, das teils noch von meinem Lauf im Fitnessstudio brennt und teils von dem Blick, den Theo mir zugeworfen hat.

Bevor ich mich wegbewegen kann, späht Theo über meine rechte Schulter in den Kühlschrank. »Siehst du, ob da Butter drin ist?«, fragt er.

»Äh, ja, ein ganzes Paket.«

»Gesalzen oder ungesalzen?« Theo ist mir so nah, dass ich seinen Atem an meinem Hals spüre. Wie kann eine so unglaublich unsexy Frage mich bloß so erregen?

Ohne nachzudenken, beuge ich mich vor, um das Etikett auf der Butterpackung lesen zu können. Dabei stößt mein Hintern an Theos Schritt, und ich höre, wie ihm der Atem stockt.

Kann das sein? Nein, das kann nicht sein.

Es ist bloß ein peinliches Missgeschick, verursacht durch die enge Küche und meine überaktive Fantasie. Von so einem Moment träume ich schon seit langem. Genau genommen seit Jahren. Und viele meiner Fantasien beginnen damit, dass ich nach dem Training verschwitzt bin. Das Schwelgen in einem solchen Szenario war es auch, das mich auf dem Laufband hielt und mich Kilometer um Kilometer weitertrieb, weit über mein ursprüngliches Ziel hinaus.

Aber ich hätte nie gedacht, dass Butter dabei eine Rolle spielen würde.

»Ungesalzen«, verkünde ich mit krächzender Stimme.

Dann richte ich mich wieder auf und weiß nicht, was ich als Nächstes tun soll. Soll ich mich einfach mit dem Rücken an Theo schmiegen? Oder soll ich mich umdrehen? Wenn ich mich umdrehe, wird er mich dann küssen? Verstehe ich einfach völlig falsch, was hier gerade passiert? Aber wenn Theo damit den ersten Schritt macht, warum zum Teufel hat es so lange gedauert? Warum hat er bis zwei Wochen vor meinem Umzug gewartet? Die letzten beiden Fragen machen mich richtig wütend.

Ich drehe mich zu ihm um und weiß nicht, ob ich ihn küssen oder anschreien soll. Ich erwarte, dass er einen Schritt rückwärts macht, um meine persönliche Distanzzone wiederherzustellen. Aber das tut er nicht. Stattdessen bewegt er sich weiter auf mich zu und drückt mich mit dem Rücken gegen den noch offenen Kühlschrank. Er lehnt sich mit seiner Kaschmirbrust an meine verschwitzte.

»Sorry«, sagt er. »Ich will bloß sehen, welche Marke es ist.«

Wie um alles in der Welt können wir hier immer noch über Butter reden?

Wartet er darauf, dass ich ihn küsse? Eine Sekunde lang denke ich darüber nach, bis mir der wohlbekannte Satz durch den Kopf schießt: *Du wirst nie mit Theo zusammenkommen, weil du ein Feigling bist.*

Doch leider spornen Hannahs Worte mich nicht dazu an, das Gegenteil unter Beweis zu stellen, sondern sie holen mich auf den Boden der Tatsachen zurück.

Was habe ich zu verlieren? Zunächst einmal ein Dach überm Kopf. Vermutlich könnte ich die zwei Wochen bis zu meinem Umzug auch bei Hannah und David bleiben, aber nach allem, was ich über ihren derzeitigen Weihnachtskonflikt gehört habe, klingt das nicht allzu verlockend. Viel schlimmer wäre es jedoch, einen meiner besten Freunde zu verlieren. Ich bin nicht bereit, für einen Kuss dieses Risiko einzugehen. Nicht, wenn ich mir nicht sicher bin.

Und schon ist der Moment verflogen. Theo tritt einen Schritt zurück, lehnt sich gegen den Tresen und beobachtet mich mit seinen waldgrünen Augen, um zu sehen, was ich als Nächstes tun werde.

»Ich geh duschen«, stammle ich. Es ist allzu offensichtlich, dass ich kneife. Mit hängenden Schultern husche ich zur Küchentür.

»Warte!«, ruft Theo mir hinterher.

Ich spüre, wie mir das Herz bis zum Halse schlägt, als ich mich umdrehe. Er zögert. Schließlich sagt er: »Willst du nach dem Duschen mit mir *Ellen* gucken? Heute ist Clementine zu Gast.«

»Äh, klar.«

Es wird wohl eine sehr lange, sehr kalte Dusche werden müssen.

16

Hannah

Weihnachten #10, 2017

»Oh Mann, ich bin so spät dran.« David kommt aus dem Badezimmer und verschwindet im begehbaren Kleiderschrank. Sein hellbraunes Haar ist noch feucht von der Dusche. Auf dem Nachttisch leuchtet sein Handy immer wieder auf.

»Jemand schreibt dir ständig Nachrichten«, sage ich.

»Adam ist stinksauer. Die Kinder drehen durch, weil meine Mutter sie erst die Geschenke auspacken lässt, wenn ich da bin.«

Im weißen Oxford-Hemd und einer Jeans erscheint er in der Tür, ganz so, wie man sich den Honor-Society-Präsidenten vorstellt, der er laut seiner Schuljahrbücher einmal gewesen ist. Er wurde außerdem in die Kategorie »Wird sicher eine glänzende Karriere machen« gewählt, während ich nur mit der fragwürdigen Auszeichnung »Wird man wahrscheinlich nie wieder von hören« bedacht wurde. Seit ich mit ihm zusammen bin, hätte ich *beinahe* Lust, zu einem Klassentreffen zu gehen, und sei es nur, um mit ihm und meinem Podcast-Job anzugeben. Um allen zu zeigen, dass ich es für das seltsame Mädchen, das alle bemitleidet haben, ganz gut getroffen habe.

Er grinst mich an. Der Grund für seine Verspätung ist uns beiden noch frisch im Gedächtnis.

»Bist du sicher, dass du nicht auch kommen willst?«

»Oh, ich bin schon gekommen. Zweimal«, antworte ich, während ich immer noch nackt unter der Bettdecke liege.

Nach dem Kaffee und den Geschenken – von mir gab es ein John-Mayer-Vinylalbum als Hinweis auf sein Dating-App-Profil, und ich bekam Eintrittskarten für The National im Forest Hills Stadium – hatte er mich noch einmal zurück ins Bett gezogen, um mir den anderen Teil meines Weihnachtsgeschenks zu geben, wie er es nannte. Nicht, dass man mich lang hätte bitten müssen.

»Ich mein es ernst. Komm mit nach Connecticut. Es ist unser erstes Weihnachten. Sollten wir es nicht gemeinsam verbringen?«

»Ich will nicht die Fremde sein, die an Weihnachten stört. Ich habe deine Eltern erst einmal getroffen.«

»Und sie haben dich vergöttert!«

»Nächstes Jahr«, sage ich.

»Nächstes Jahr«, erwidert er mit einem zaghaften Grinsen.

Er kommt zum Bett herüber und gibt mir einen letzten Kuss, bevor er geht. »Ruf mich an, wenn du es dir anders überlegst oder dir die Sache mit Finn zu unangenehm wird. Nur so für den Hinterkopf, es gibt einen Zug um 12:45 Uhr vom Grand Central aus. Ich kann dich am Bahnhof in Fairfield abholen.«

»Es wird schon gut gehen. Wir sind ja alle erwachsen«, sage ich mit mehr Gewissheit, als ich in Wahrheit empfinde. Eine Minute später höre ich, wie sich die Tür hinter ihm schließt.

Finn ist ein Gespenst geworden, das unsere Beziehung heimsucht. Man hört von ihm, aber man sieht ihn nicht.

Einmal, ganz am Anfang unserer Beziehung, habe ich David zum ersten Mal ins Lucky's mitgenommen. Die *Friends* hatten das Central Perk, die *How-I-Met-Your-Mother*-Gang hatte das McLaren's, und wir hatten das Lucky's. Vor ein paar Jahren haben wir versucht, in die Bar Belly mit ihren Ein-Dollar-Austern und Happy-Hour-Cocktails zu wechseln, aber es fühlte sich nicht richtig an. Das Lucky's ist zwar eine richtige Spelunke, aber es ist *unsere* Spelunke.

Kaum hatten wir die Tür geöffnet, schlugen uns der Eishauch aus der Klimaanlage und der Geruch von abgestandenem Bier entgegen. Michelle, unsere Lieblings-Barkeeperin, die gerade einen Screwdriver für den einsamen Stammkunden am Ende der Bar mixte, blickte auf und sagte: »Hey! Lange nicht gesehen. Wo hast du denn deine bessere Hälfte gelassen?«

Sie meinte Finn. Seit unserem Streit war ich nicht mehr dort gewesen. Ich zuckte mit den Schultern und hoffte, dass David ihre Bemerkung so interpretierte, dass sie sich auf einen nicht existierenden Ex-Freund bezog und nicht auf einen sehr realen Ex-Bestie.

Es war zwar unvermeidlich, dass David das eine oder andere über Finn erfuhr, da er in meinen Erinnerungen so allgegenwärtig war, aber bisher hatte ich nicht gerade offen über unseren Streit gesprochen. Schließlich traute ich mich auch erst seit einer Woche, in Davids Wohnung ausführlich aufs Klo zu gehen. Ich hatte das Gefühl, es sei noch zu früh, ihm zu sagen, dass ich nicht mehr mit meinem besten Freund redete, denn ich befürchtete, ich könnte dann wie ein gefühlloses Monster dastehen.

Ich führte David zu einer der Holznischen und rutschte auf die Sitzbank. Nachdem auch er sich niedergelassen hatte, beäugte er mich misstrauisch über den Tisch hinweg. »Sollen wir lieber woanders hingehen? Das Schiller's ist doch gleich hier um die Ecke, oder?«

»Nein!« Ich war geknickt, dass er diesen Ort so schnell abschrieb, aber ich konnte es nachvollziehen. Das Lucky's sah nicht gerade besonders aus. Auf den Tischen hatte sich eine klebrige Patina festgesetzt, und an den Wänden hingen signierte Fotos angeblich berühmter Gäste, von denen wir keinen einzigen kannten. Finn war überzeugt, dass es sich um einen Spaß handelte und die Fotos irgendwelche Freunde des Besitzers zeigten.

In den vier Monaten, die wir nun zusammen waren, hatte David mir seine persönlichen Wahrzeichen der Stadt gezeigt. Wir hatten uns durch »seine Orte« gegessen und getrunken. Dies hier war der einzige Ort in der Stadt, den ich wagte, als meinen zu bezeichnen.

»Das ist unser Ort. Lass uns wenigstens einen Drink nehmen.«

»*Unser* Ort?«, fragte er verwirrt und dachte, ich meinte ihn und mich.

»Der Ort von Finn und mir. Wir kommen hierher, seit wir in die Stadt gezogen sind.«

»Ah, der berühmt-berüchtigte Finn«, sinnierte er. »Irgendwie habe ich langsam das Gefühl, er ist bloß dein imaginärer Freund. Wann werde ich ihn denn endlich mal kennenlernen?«

»Na ja …« Ich zögerte und fragte mich, ob es sehr verwerflich wäre, für Finn einen glamourösen Job im Ausland zu erfinden. Er könnte in Barcelona sein oder besser noch in Shanghai, wo die Zeitverschiebung das FaceTimen erschwerte. Aber schließlich entschied ich mich für die Wahrheit. Ich wollte David nicht anlügen. »Wir reden im Moment nicht miteinander.«

Er machte große Augen, bevor sich leise Neugier in seinem Gesicht zeigte. »Warum denn das?«, erkundigte er sich schließlich.

»Was trinkst du denn heute, Schätzchen?«, erkundigte sich Michelle bei mir und unterbrach damit unser Gespräch.

»Was habt ihr denn vom Fass?«, fragte ich, dankbar für die Ablenkung, obwohl ich bereits wusste, dass ich eine Frozen Margarita nehmen würde. Das einzig Gute daran, dass Finn gerade fehlte, war, dass er bei meiner üblichen Bestellung nicht die Augen verdrehen und darüber spekulieren konnte, wann sie hier das letzte Mal die Margarita-Maschine gereinigt hatten.

Während Michelle die Getränkeoptionen aufzählte, entspannten sich meine Schultern langsam wieder. Sobald sie unsere Bestellungen aufgenommen hatte, wechselte ich das Thema und fing an, von Davids Softballliga zu reden, in der Hoffnung, dass er die Gelegenheit beim Schopf packen und Statistiken über die Spieler herunterbeten würde.

Es ist eigentlich nicht zu fassen, dass Finn, der wichtigste Mensch in meinem Leben, David nie kennengelernt hat. Doch kleine Informationshäppchen über Finn dringen immer wieder durch. An einem Sonntag im September, bei Bagels in Davids Wohnung, lieferte ein Kreuzworträtsel den Anlass. »Wort mit neun Buchstaben für ›Angebetete eines Phantoms‹?«

»Christine«, antwortete ich, ohne von dem Buch auf meinem iPad aufzublicken.

»Woher weißt du so was?«

»In unserem zweiten Studienjahr hat Finn Raoul in einer Inszenierung von *Phantom der Oper* gespielt. Eigentlich wollte er das Phantom spielen, aber er hat die Rolle nicht bekommen.« Ich erzählte ihm von den Kostümen, die wir an unserem ersten gemeinsamen Weihnachten trugen, und von den anschließenden Abenteuern in unseren Winterferien.

»Ich weiß, dass du Finn vermisst, aber du und ich könnten doch auch Abenteuer erleben, oder?«, schlug er zaghaft vor. Das war süß von ihm, und so behielt ich für mich, dass ich gar nicht wollte, dass das Loch in meinem Herzen, das so groß war wie Finn, von jemand anderem gefüllt wurde. Meine Liebe zu David nahm einen anderen, ebenso wichtigen Platz ein, aber sie waren nicht austauschbar, sosehr ich mir das an manchen Tagen auch wünschte.

»Das wäre schön«, sagte ich zu David, denn es war trotzdem ein nettes Angebot.

Und David war ein Meister im Planen von Abenteuern. Er schickte mir Veranstaltungshinweise aus *Time Out* und Bewertungen von versteckten Imbissbuden in irgendwelchen Einkaufszentren in Queens und schrieb dazu Nachrichten wie: *Dieses Wochenende?* Wir besuchten das Storm King Art Center und die Met Cloisters und sogar eine geheime Bar, die hinter einer Telefonzelle in einem Hotdog-Restaurant verborgen war. Diese Abenteuer waren eine gute Ablenkung von meiner Sehnsucht nach Finn. Genauso wie die erste Verliebtheit.

Seit David zu seinen Eltern aufgebrochen ist, verbringe ich den restlichen Morgen damit, im Bett durch Instagram zu scrollen, um mich von der Angst abzulenken, Finn zum ersten Mal seit einem Jahr wiederzusehen. An der Adresse, die Priya uns genannt hat, tauche ich um fünf nach zwei auf – noch lässiger und später bringe ich es in meiner Aufregung nicht fertig. Priya ist bereits da, in einem pflaumenfarbenen Mantel, der mit der grau verputzten Wand hinter ihr kontrastiert. Das unscheinbare Gebäude gibt keinerlei Hinweise darauf, was sie für heute geplant hat.

Zur Begrüßung umarmt sie mich und drückt mich dreißig Sekunden lang fest an sich, obwohl wir uns erst gestern früh gesehen haben, bevor ich mich mit David und sie sich mit Ben getroffen hat. »Frohe Weihnachten!«, quietscht sie mir direkt ins Ohr. Ihre Begeisterung grenzt an Besessenheit, als könne sie den Riss in unserer Freundesgruppe kitten, wenn sie nur alles gut genug geplant hat, und ich hoffe inständig, dass sie recht hat.

»Wo sind denn alle?«, frage ich.

»Verspäten sich, schätze ich.« Priya zuckt mit den Schultern.

Während Theo sich im letzten Jahr rargemacht hat, ist Priya unser Klebstoff geworden und hat versucht, mit jedem von uns Zeit zu verbringen. Genau genommen sorgte sie dafür, dass es überhaupt noch einen Freundeskreis gab, zu dem wir zurückkehren könnten, für den Fall, dass Finn und ich uns wieder versöhnen würden. Sie war auch diejenige, die David durchleuchtete und absegnete. Und sie verabredete sich auch mit Theo zum Mittagessen, wann immer er sich in New York aufhielt, was immer seltener vorkam, da er seit meinem Streit mit Finn häufig auf Reisen war.

Theo und ich haben nie über den Streit gesprochen, wir

hatten eigentlich überhaupt keinen Kontakt, abgesehen von einer Handvoll höflicher Textnachrichten an unseren jeweiligen Geburtstagen. Vielleicht dachte er, wenn er sich selbst aus der Sache rausnahm, könnten Finn und ich und damit auch unsere Gruppe wieder so werden, wie sie einmal war.

Und ich wusste, dass Priya auch Zeit mit Finn verbrachte, wobei sie sich allerdings weigerte, mir davon zu erzählen. »Wenn du wissen willst, was mit ihm los ist, kannst du selbst mit ihm reden«, sagte sie, als sie meine wenig subtilen Fragen irgendwann satthatte. Die einzige Ausnahme, die sie machte, war, mir anzuvertrauen, dass Finn geflunkert und Theo erzählt hatte, dass es bei unserem Streit um Jeremy ging, was ja auch teilweise stimmte.

Priya hat auch voller Tatendrang die Last unserer diesjährigen Weihnachtsplanung auf sich genommen, aber die Details hat sie geheim gehalten, denn es soll eine Überraschung werden. Seit einem Monat konnte ich immer wieder beobachten, wie sie sich davonschlich, um heimlich zu telefonieren, und verstohlen Einkaufstüten in ihr Zimmer schleppte.

»Sagst du mir wenigstens, ob Finn kommt?«, habe ich sie letzte Woche gefragt.

»Er kommt, aber es war nicht leicht, ihn davon zu überzeugen.«

Während Priya und ich am Weihnachtstag auf die anderen warten, plappere ich nervös über meine Bescherung mit David. Die Aussicht, Finn wiederzusehen, macht mich ganz hibbelig. Im April habe ich ihm eine Nachricht geschickt, um das Terrain zu sondieren. Ein Link zu einem Artikel über den Abriss der Sporthalle des Boston College, liebevoll »Plex« genannt, mit ihrem seltsam aussehenden Zirkuszeltdach, um

Platz für eine neue, hochmoderne Sportanlage zu schaffen. Es war nichts Persönliches, damit ich glaubhaft bestreiten könnte, dass der Artikel für ihn bestimmt sei, falls er nicht antwortete, was er tatsächlich nicht tat. Zwei Stunden später konnte ich den Gedanken nicht mehr ertragen, dass die Nachricht ungelesen im Äther schwebte, und schickte ihm eine durchsichtige Ausrede: *Sorry, war eigentlich für jemand anderen gedacht.*

Ich weiß, dass unser Streit bescheuert ist. Mittlerweile bin ich hauptsächlich deshalb wütend auf ihn, weil er immer noch wütend auf mich ist. Es ist die Art von Streit, die ich als Kind mit Brooke hatte, wenn sie mich dabei erwischte, wie ich ihre Anrufe abhörte, oder wenn ich mir ihr Lieblingsschlauchtop ausgeliehen hatte, ohne zu fragen. Irgendwann sagte unsere Mutter dann: »Dieses Haus ist zu klein, als dass die Hälfte der Bewohner miteinander im Clinch liegen könnte«, und zwang uns, etwas Nettes über die andere zu sagen, uns zu umarmen und zu versöhnen. Aber Finn und ich haben keine Eltern, die eingreifen könnten. Und von den Zuschauern, die wir haben, ist Priya viel zu nett, um uns die Leviten zu lesen, und Theo hält sich komplett raus.

Ich hoffe zwar, dass wir heute das Kriegsbeil begraben können, aber gleichzeitig habe ich Angst, dass alles nur noch schlimmer wird und wir die Brücken für immer abbrechen.

Zehn Minuten später biegt Finn um die Ecke der Bowery. Mit der einen Hand zieht er einen Rollkoffer hinter sich her und mit der anderen Jeremy. Ich wusste nicht, dass sie noch zusammen sind. Kurz bin ich wütend auf Priya, weil sie mir nicht gesagt hat, dass Jeremy mitkommt, und jemand Neues an unserer Tradition teilhaben lässt, ohne vorher zu fragen.

Aber ich unterdrücke meine Verärgerung, denn ich hege schon genug Groll. Ich werde das Gefühl nicht los, dass mir dieses Weihnachten schon wieder entgleitet.

»Jerey!«, quiekt Priya. »Du bist gekommen!« Wieder ein Anflug von Unmut, diesmal gemischt mit Eifersucht, weil Priya offensichtlich genug Zeit mit Finn und Jeremy verbracht hat, um ihn mit einem Spitznamen zu bedenken.

»Tut mir leid, dass wir so spät dran sind«, schnauft Finn. »Wir waren zum Frühstück und für die Bescherung bei Jeremys Familie und sind gerade erst mit dem Bus aus Scranton zurückgekommen. Es war unheimlich viel Verkehr.«

»Ich hab sowieso gelogen und dir gesagt, du sollst eine Stunde früher da sein als nötig.« Priya verdreht die Augen, und Jeremy stößt ein nervöses Lachen aus. Unbeholfen wie eh und je.

»Hannah, du erinnerst dich an Jeremy?«, erkundigt sich Priya in einem Versuch, das Eis zu brechen.

Jeremy streicht sich die blonden Haare aus der Stirn und lächelt auf den Bürgersteig hinunter, statt mich anzuschauen. Finn starrt mich an, und ich wäre am liebsten mit einer Million Entschuldigungen herausgeplatzt und hätte ihn um Verzeihung gebeten, aber es ist weder der richtige Zeitpunkt noch der richtige Ort. Nicht, wenn Jeremy danebensteht. Ich frage mich, was Finn ihm darüber erzählt hat, warum wir nicht mehr miteinander reden. Sicher nicht die Wahrheit. Ich kann mir nicht vorstellen, dass sie noch zusammen wären, wenn Finn ihm gesagt hätte, dass ich mit dem Mann, in den er verliebt ist, rumgeknutscht habe und er deswegen durchgedreht ist.

Ein schwarzer Cadillec Escalade, der Theo absetzt, rettet mich aus der Situation. »Ich dachte, ich würde Finn wenigstens bei der Pünktlichkeit schlagen!« Theo legt einen Arm um Finns Schulter.

Mein Magen zieht sich noch fester zusammen. Es scheint, als hätte das Debakel von letztem Weihnachten für Theo keinerlei Konsequenzen gehabt – die beiden scheinen sich so nahe zu stehen wie immer.

»Verrätst du uns jetzt, was wir machen?«, frage ich Priya, nun da die ganze Gruppe vollständig versammelt ist.

Priya macht es spannend und wippt auf den Zehenspitzen, während sie in die Runde blickt. »Es ist ein weihnachtlich gestalteter Escape-Room«, verkündet sie schließlich.

Ein Stöhnen geht durch die Runde.

»Was?«, fragt sie, als sähe sie kein Problem darin, uns neunzig Minuten lang in einen Raum zu sperren. Sie hat entweder kein Feingefühl oder ist ein hinterhältiges Genie. Dem herausfordernden Blick nach zu urteilen, den sie mir zuwirft, tendiere ich eher zu hinterhältigem Genie. »Im Oktober hat das *New York Magazine* darüber berichtet«, erklärt sie. »Es ist seit Monaten ausverkauft. Wisst ihr eigentlich, welche Beziehungen ich spielen lassen musste, um an diese Tickets zu kommen? Wir ziehen das durch!« Ihr Tonfall lässt keinen Raum für Diskussionen.

»Gibt es Teams?«, fragt Finn, während er näher an Jeremy heranrückt.

»Nein. Warum sollte es Teams geben? Es geht doch darum, dass wir Weihnachten zusammen verbringen.« Eindeutig ein hinterhältiges Genie. Wenigstens haben wir dann eine Aktivität, auf die wir uns konzentrieren können.

Fünfzehn Minuten später führt uns Brian, ein Mann mit einem bedauernswert spärlichen Ziegenbart und einem

Zelda-T-Shirt, der sich ohne einen Hauch von Ironie als unser »Rätselmeister« vorgestellt hat, zu unserem rot-grünen Gefängnis.

Unser Raum, einer von dreien auf dem Gelände, wie aus dem Plastikschild an der Rezeption hervorgeht, steht unter dem Motto »Siebziger-Jahre-Weihnachten mit Oma«. Der Raum ist so groß wie meine und Priyas Wohnung, also klein. Anscheinend hat Brian den Nachlass einer Oma aus Long Island mit zweifelhaftem Geschmack aufgekauft und seine gesamte Beute hier abgeladen, in den ehemaligen Büroräumen eines inzwischen aufgelösten Start-ups. In einer Ecke steht eine geblümte Couch mit einer gehäkelten rot-grünen Decke darüber, in einer anderen ein völlig überladener silberner Plastikweihnachtsbaum, dessen Lichter blinken. Ich spüre, wie hinter meinen Augen die Kopfschmerzen zu pochen beginnen.

Hier drinnen riecht es sogar nach alter Oma, etwas süßlich und blumig mit schimmeligen Untertönen, als ob das Parfüm der Vorbesitzerin im Laufe der Jahre in die Couch eingedrungen wäre und sich festgesetzt hätte oder, schlimmer noch, sie auf dieser Couch gestorben wäre.

»Ihr habt 90 Minuten Zeit«, erklärt Brian, »aber wenn ihr aus irgendeinem Grund rausmüsst, habe ich eine Kamera an der Rezeption installiert. Winkt einfach und gebt mir Bescheid. Ich muss das aus Versicherungsgründen sagen, aber ihr werdet nicht gehen wollen. Dieser Raum ist krass! Es ist unser schwierigster. Ich habe ihn selbst gebaut.«

Ich huste, um ein Lachen zu unterdrücken, weil ich mich für seine aufrichtige Begeisterung über diesen scheußlichen Raum fremdschäme. Aus dem Augenwinkel sehe ich, dass Finn ebenfalls grinst.

Man sollte meinen, mit jemandem in einem Raum ein-gesperrt zu sein, mit dem man nicht redet, wäre Motivation genug, um schnell Hinweise zu finden und rauszukommen, aber sobald Brian sich verabschiedet hat, erzählt Finn uns ausufernd von seinem Weihnachtsabend mit Jeremys Fami-lie in Pennsylvania, obwohl ihn niemand danach gefragt hat. Allein über den Eierpunsch palavert er ganze fünf Minuten. Während er scheinbar unberührt seinen Monolog hält, klet-tert ein fleckiger Ausschlag an Jeremys Hals hoch und wird mit jeder Minute schlimmer. Ich schätze, ich bin nicht die Einzige, die die angespannte Stimmung hier drinnen wahr-nimmt.

Ich wandere durch den Raum und fahre mit den Hän-den über die Wände, die alle mit einem anderen Geschenk-papiermotiv tapeziert sind, in der leisen Hoffnung, dass ich vielleicht über einen versteckten Riegel stolpere, der die Tür direkt öffnet und unser Elend beendet.

Der Einzige, der sich für den Escape-Room begeistert oder tauglich zeigt, ist Theo, der die Sache ausgesprochen ernst zu nehmen scheint. »Ich habe eine Nordpol-Landkarte gefunden, aber sie ist zerrissen.« Er hält ein Blatt hoch, das aussieht, als sei es aus einem Kindermalbuch herausgerissen worden. »Vielleicht gibt es irgendwo im Raum noch mehr Teile davon. Sucht nach Kartenseiten!«, fordert er uns mit der Ernsthaftigkeit eines Mannes auf, der seine Frau in den Wehen anfeuert.

»Ich habe einen Schlüssel gefunden!«, ruft Priya. »Er hing am Weihnachtsbaum.« Sie hält uns einen massiven, altmodi-schen Schlüssel hin, der aussieht, als gehöre er zu einem brö-ckelnden Steinhaus in den schottischen Highlands.

»Kann man damit die Ausgangstür aufschließen?«, flüstert Finn. »Vielleicht kommen wir damit raus?«

Ein zynisches Kichern entweicht mir, bevor ich es unterdrücken kann. Ich wünschte, es wäre so einfach.

Dann gleiten meine Finger über einen Knopf an der Wand, der mit Geschenkpapier so überklebt ist, dass er mit dem bloßen Auge nicht zu erkennen ist. Als ich draufdrücke, springt eine gruselige Weihnachtsmannfigur aus einer imposanten Standuhr auf der anderen Seite des Raumes und ruft: »Ho! Ho! Ho!«

»Alter, das Ding hat mich zu Tode erschreckt«, japse ich. Obwohl ich selbst den Knopf gedrückt habe, rast mein Herz. »Soll das irgendein Hinweis sein? Und kann man den auch ausschalten?«

Die Antwort lautet: Nein. Die geistesgestörte Weihnachtsmann-Kuckucksuhr ist eine der Ausgeburten der Hölle hier in Brians Folterkammer, denn drei Minuten später taucht der Weihnachtsmann aus der Uhr erneut auf und plärrt: »Ho! Ho! Ho!«, und wieder erschrecke ich mich fast zu Tode. »Scheiße, er hat mich noch mal erwischt. Macht er das jetzt ständig? Kann ihn bitte jemand außer Gefecht setzen?«

»Priya, gib mir mal den Schlüssel, den du gefunden hast. Vielleicht passt er in die Uhr?«, schlägt Finn vor.

Er probiert den Schlüssel an der Fronttür der Uhr aus, obwohl man sofort sieht, dass er viel zu groß ist. »Ho! Ho! Ho!« Der Weihnachtsmann kommt herausgeschossen und brüllt Finn direkt ins Gesicht, als wüsste er, dass er die Oberhand hat.

»Wir müssen irgendwie dafür sorgen, dass das Ding aufhört. Ich ertrage das nicht mehr.« Er wirft einen Blick auf die Countdown-Uhr über der Tür. »Noch eine Stunde und zwanzig Minuten!«

Es kann doch nicht sein, dass wir erst seit zehn Minuten hier drin sind?

»Passt das zu deiner Karte, Theo?«, piepst Jeremy und hält eine weitere Kindermalbuchseite zwischen Daumen und Zeigefinger hoch, als wäre sie ein empfindliches Artefakt, das mit Sorgfalt behandelt werden muss, im Gegensatz zu der wahrscheinlicheren Tatsache, dass es im Zehnerpack bei Amazon gekauft wurde.

»Gute Arbeit!«, ruft Theo und ballt die Hand zur Siegerfaust. Er und Jeremy beugen sich über den Schreibtisch und versuchen, die beiden Seiten zusammenzufügen oder zu sehen, ob sich die eine mit der anderen entschlüsseln lässt.

»Jeremy ist wirklich gut in so was«, gibt Finn dem versammelten Raum kund. »Er löst jeden Morgen das Kreuzworträtsel der *Times*.« Es ist unklar, ob Finn meinetwegen oder wegen Theo mit Jeremy prahlt. Wenn wir uns besser verstehen würden, dann würde ich jetzt sagen, dass David auch jeden Morgen das Kreuzworträtsel löst.

Ein Telefon klingelt.

»Keine Handys!«, schnauzt Theo. »Nicht schummeln!«

»Mensch, ich wäre doch eh nicht rangegangen«, sagt Finn. »Und wie sollte man hier überhaupt schummeln? Ich glaube nicht, dass man im Internet Cheat-Codes kaufen kann.«

»Wer war es denn?«, fragt Jeremy und späht über seine Schulter.

»Niemand, bloß meine Schwester«, antwortet Finn.

»Stimmt, du konntest ja heute Morgen nicht mit Amanda sprechen. Wir müssen daran denken, sie später zurückzurufen.« Jeremys Verwendung von »wir« ist mir nicht entgangen. Er muss Amanda bei ihrem alljährlichen Besuch in den Frühlingsferien kennengelernt haben, und ich spüre wieder einen Anflug von Eifersucht, weil Jeremy dabei war und ich nicht. Ich frage mich, was ich im letzten Jahr sonst noch von Finns Leben verpasst habe.

»Ich glaube, uns fehlen noch zwei weitere Kartenteile«, murmelt Theo vor sich hin.

Finns Telefon beginnt wieder zu klingeln.

»Ho! Ho! Ho!«, brüllt der Springteufel-Weihnachtsmann erneut.

»Sieht jemand ein Schloss, in das der hier passen könnte?« Priya hält wieder den Schlüssel hoch.

»Ich hab eine Schwarzlichttaschenlampe gefunden!«, verkündet Jeremy plötzlich.

»Vielleicht funktioniert sie mit der Karte!« Theo ist wie besessen von diesem blöden Ding.

Jeremy schlängelt sich um mich und Priya herum und leuchtet mit dem Schwarzlicht auf die Karte. »Scheint nicht zu funktionieren«, sagt er nach ein paar Sekunden zu Theo.

»Versuch es mal an der Wand.« Priya drückt auf den Lichtschalter. Dunkelheit senkt sich über den Raum.

»Hey! Mach das wieder an, ich schau mir gerade die Karte an!«, protestiert Theo.

»Ho! Ho! Ho!«, mischt sich der Weihnachtsmann wieder ein.

Und erneut klingelt Finns Handy.

»Kannst du bitte mal rangehen? Oder den Klingelton abstellen? Oder irgendwas!«, schnauze ich ihn an und vergesse für eine Sekunde, dass wir nicht miteinander reden.

Ich fürchte, ich bekomme eine Panikattacke, wenn ich noch eine Sekunde länger in diesem Raum gefangen bin.

Er verdreht die Augen und nimmt ab. »Hey! Kann ich dich zurückrufen?« Er stutzt und dreht sich zur Ecke, wobei er sich das andere Ohr mit einem Finger zuhält, um besser hören zu können.

»Langsam, ich kann dich nicht verstehen«, sagt er.

Nach ein paar weiteren Sekunden sagt er: »Was?«

Dann hämmert er an die Tür.

»Ich muss sofort hier raus!«, schreit Finn.

»Ho! Ho! Ho!«, antwortet ihm der Weihnachtsmann.

»Ach, komm schon, Finn, lass das. Wir müssen hier fertig werden«, sagt Theo und beugt sich weiter über seine kostbare Karte.

»Brian, lass ihn nicht raus«, sagt Priya in die Kamera in der Ecke.

»Ich mein es ernst, Brian. Lass mich raus, verdammt!«, schreit Finn und hämmert noch einmal gegen die Tür.

Dann tritt er einen Schritt zurück und dreht sein Gesicht in die Kamera. Tränen laufen ihm über die Wangen. Anscheinend geht es gar nicht um den schrecklichen Escape-Room, sondern um etwas Ernstes.

Jeremy eilt zu ihm und legt den Arm um seine Schulter. »Was ist denn los? Was ist passiert?«

Finn öffnet und schließt den Mund wie ein Fisch, während ihm weiter die Tränen übers Gesicht laufen, aber es kommt kein Ton heraus. Zum ersten Mal, seit wir den Raum betreten haben, ist es still.

Dann sagt er so leise, dass man ihn kaum hören kann: »Mein Vater ist gestorben.«

17

Hannah

Dieses Jahr, 25. Dezember

Der stahlgraue Himmel an diesem Morgen lässt auf Schnee hoffen. Vielleicht werden wir noch weiße Weihnachten bekommen. Obwohl ich eigentlich ausschlafen wollte, habe ich den Versuch um kurz nach sieben aufgegeben und bin ins Wohnzimmer gegangen, um im Schein des Weihnachtsbaums zu lesen.

Der anfangs noch recht spartanisch wirkende Baum ist mittlerweile geradezu prächtig überladen, da David und ich uns im vergangenen Monat gegenseitig mit immer ausgefallenerem Weihnachtsschmuck überboten haben. Ein David-Bowie-Anhänger von ihm, ein Weihnachtsmann auf einem Einhorn von mir. Eine Büste der Richterin Ruth Bader Ginsburg von mir (eine anwaltlichere Dekoration konnte ich nirgends finden), eine glitzernde Gurke von ihm.

An einem normalen Morgen würde ich jetzt E-Mails checken, aber mein Laptop bleibt bis Neujahr in meiner Arbeitstasche verstaut. Die Auszeit von meinem Job ist eine wahre Befreiung, eine einwöchige Erholung in dem ermüdenden Kampf mit Mitch um meinen Podcast-Pitch. Letzte Woche bin ich sogar eingeknickt und habe mir eine Episode von *Pornobalken* angehört, und sie war noch abstoßender, als ich es mir vorgestellt hatte. Nicht, weil ich ein Problem mit Pornos an sich habe, sondern weil die Sendung nur so vor Frauenfeindlichkeit triefte. 60 Minuten lang wurden Frauenkörper zu Objekten gemacht, unterbrochen von Werbepausen, in denen Nahrungsergänzungsmittel und Kochboxen angepriesen wurden. Wenn es so weitergeht, werde ich im Januar auf Jobsuche gehen müssen. Aber im Moment verdränge ich die Arbeit einfach aus meinem Kopf.

Meine Nerven flattern vor Aufregung. Ich kann es kaum erwarten, zu sehen, wie Finn auf den Tag reagiert, den wir für ihn geplant haben. Ich wünschte, das Leben hätte eine Taste, mit der man seine Geschwindigkeit auf die Hälfte drosseln könnte, so wie meine Podcast-App, damit ich diesen Tag so lange wie möglich auskosten kann, vor allem, weil es das letzte Jahr mit unserer Weihnachtstradition sein könnte.

Außerdem kann ich es kaum erwarten, David sein Geschenk zu überreichen. Ich habe einen Gutschein für ein Abendessen in dem mit zwei Michelin-Sternen ausgezeichneten Blue Hill at Stone Barns etwas außerhalb der Stadt gekauft, nachdem wir es in einer Folge von *Chef's Table* gesehen haben, seiner Lieblingsserie auf Netflix. Ich kann immer noch nicht glauben, dass ich so viel für ein einziges Essen ausgegeben habe. Für 350 Dollar pro Person (ohne Trinkgeld) könnte jeder von uns 66 Shack-Burger oder 88 wunderbar fettige Stücke Prince-Street-Pizza essen, aber ich weiß, wie glücklich ich David mit einem solchen Erlebnis mache. Ich gebe zu, dass ich es übertrieben habe, in der Hoffnung, dass ich dadurch das verpasste Weihnachtsfest mit seiner Familie etwas wettmachen kann. Gestern Nachmittag habe ich mich sogar unter dem Vorwand, Finn anrufen zu müssen, noch in seine Lieblingsbäckerei geschlichen, um Croissants zu besorgen. So können wir wenigstens noch einen perfekten Weihnachtsmorgen erleben.

Ich bin gerade mal auf Seite fünf meines Buchs angelangt, als David aus unserem Schlafzimmer kommt, die Arme über den Kopf streckt und zur Kaffeemaschine schlurft. »Frohe Weihnachten!«, rufe ich ihm von der Couch aus zu.

»Morgen«, nuschelt er zurück. Er ist süß, wenn er schlaftrunken ist, wie ein mürrisches Kleinkind. David wird erst nach seiner ersten Tasse Kaffee zum Menschen.

Ich lese noch zwei Seiten, während er sich mit der Zubereitung des Kaffees beschäftigt. Als er fertig ist, verschwindet er mit der Tasse in der Hand wieder im Schlafzimmer. Ich werfe einen Blick auf die Kaffeemaschine und stelle fest, dass er nur eine Tasse für sich selbst gemacht hat.

Mist. Er ist wirklich sauer. Gestern Abend hatten wir wieder mal einen Beinahe-Streit, was bei uns in letzter Zeit häufiger vorgekommen ist. »Du fährst morgen also wirklich nicht mit?«, fragte er, als ich mich umzog, bevor ich zu Theo ging.

»Ich weiß nicht, was du noch von mir hören willst.« Wir führen diese Unterhaltung seit einem Monat einmal pro Woche, und ich hatte mich bereits klar ausgedrückt: Ich kann an Weihnachten nicht mit zu seiner Familie kommen. Nicht in Finns letztem Jahr hier in New York. Doch David stellte sich absichtlich dumm und fragte mich immer wieder, als ob die Antwort dadurch plötzlich anders lauten könnte. »Bitte komm doch heute Abend mit zu Theo, es würden sich alle so freuen, dich zu sehen. Oder ich bleibe hier, und wir bestellen uns was zu essen und schauen uns Weihnachtsfilme an, wenn dir das lieber ist.« Sah er denn gar nicht, dass ich mir wirklich Mühe gab?

»Da bin ich doch bloß der Außenseiter«, sagte er resigniert.

Sosehr ich mich auch auf den heutigen Tag freue, ein kleiner Teil von mir ist auch froh, wenn er vorbei ist, damit David und ich diesen Streit hinter uns lassen und zur Normalität zurückkehren können.

Ich folge David ins Bad, wo er sich gerade Rasierschaum ins Gesicht schmiert. »Alles okay bei dir?«

»Alles gut«, antwortet er, ohne mich dabei anzusehen. Er ist ganz auf seine Aufgabe konzentriert, nimmt den Rasierer und fährt sich damit über die Wange.

»Ich dachte, wir könnten noch Geschenke austauschen und frühstücken, bevor du fährst«, versuche ich es noch einmal.

»Ich bin eh schon spät dran.«

Ich werfe einen Blick auf die Digitaluhr neben dem zerwühlten Bett. »Es ist erst viertel vor acht«, sage ich. »Wollt ihr noch Frühsport zusammen machen?«

Er lächelt nicht einmal über meinen Versuch, die Stimmung aufzulockern. »Meine Mutter bereitet Brunch vor. Wir wollen um zehn Uhr essen.«

»Oh«, sage ich und versuche, meine Enttäuschung zu verbergen. »Vielleicht können wir die Geschenke ja heute Abend auspacken, wenn du zurück bist. Wir sind zum Mittagessen verabredet, also sollte ich nicht allzu spät zurück sein. Wann glaubst du, kommst du nach Hause?«

»Ich weiß es nicht. Vielleicht bleibe ich auch über Nacht.«

Das ist das erste Mal, dass ich von diesem Plan höre. »Oh, das habe ich nicht gewusst.«

»Ich muss mir über ein paar Dinge klarwerden«, sagt er und fährt sich mit dem Rasierer übers Kinn. Dabei verletzt er sich, und ein Blutstropfen sickert hervor. »Verdammt!«

»Was ist dir denn unklar?«

»Das mit uns.«

»Mit uns?« Mir wird ganz flau im Bauch. »Was ist denn mit uns?«

»Ich denke, darüber sollten wir besser reden, wenn ich nicht gerade in Eile bin.«

In meinem Kopf gehen die Alarmglocken an. Es hat noch nie etwas Gutes bedeutet, wenn jemand sagt, dass er reden muss. Reden müssen bedeutet Trennung. Aber wir können nicht so einfach Schluss machen. Wir haben einen gemeinsamen Mietvertrag laufen, wir haben Konzertkarten für Maggie Rogers im März, und für Mai haben wir eine Reise nach Charleston geplant. Aber am wichtigsten ist, dass ich ihn liebe. Ich vertraue ihm. Bei ihm fühle ich mich sicher. Ich muss daran denken, wie wir uns nachts im Bett aneinandergeschmiegt und uns Geheimnisse anvertraut haben. Wie ich ihm verraten habe, dass ich fürchte, keine gute Mutter zu sein, weil meine Eltern schon so lange tot sind. Und er gestand mir, dass er Angst hat, sein Leben mit einem Job zu vergeuden, den er nicht einmal besonders mag, nur weil er gut bezahlt wird. Ich könnte es nicht ertragen, ihn zu verlieren. Ich habe ihm von meinen Eltern erzählt, und obwohl es nur kleine Erinnerungen waren, war das für mich eine große Sache. Ich spreche sonst mit niemandem über meine Eltern, nicht einmal mit Finn.

Ich spüre, wie mein Herz schneller schlägt. Er ist enttäuscht, weil ich an Weihnachten nicht mit zu seiner Familie komme, das weiß ich, aber ich hätte nicht geglaubt, dass er über eine Trennung nachdenkt.

»Lass uns lieber jetzt darüber reden«, dränge ich.

»Ich hab doch gesagt, ich bin spät dran.«

»Du kannst doch nicht einfach so eine Bombe platzen lassen und dann gehen.« Ihm muss doch klar sein, dass mir das den Tag ruiniert oder vielleicht sogar mehrere, falls er heute Abend nicht nach Hause kommt. »Willst du etwa mit mir schlussmachen?«

»Keine Ahnung, Hannah. Ich weiß nicht, was für eine Zukunft wir haben sollen, wenn du dich nicht richtig auf uns einlassen kannst.«

»Ich lass mich doch auf uns ein!«, argumentiere ich. »Wir haben ein gemeinsames Girokonto für Haushaltsausgaben, wir besitzen gemeinsames Geschirr, und ich habe dir von meinen Eltern erzählt, von meiner Vergangenheit. Du bist alles für mich. Wo lass ich mich nicht auf dich ein?«

Er legt seinen Rasierer weg, stützt sich mit den Händen auf die Kante des Waschbeckens und starrt mein Spiegelbild an, sein Blick ist verletzt. »Warum verbringen wir Weihnachten dann getrennt? Ist dir klar, dass du dich nicht nur geweigert hast, mit zu meiner Feier zu kommen, sondern mich nicht einmal zu deiner eingeladen hast? Wäre das nicht der naheliegende Kompromiss gewesen?«

Seine Bemerkung kommt völlig überraschend. Ich war komplett in die Weihnachtsplanungen und in meine Sorgen wegen unseres Streits an Thanksgiving vertieft und habe dabei gar nicht gemerkt, dass er die ganze Zeit auf eine Einladung gewartet hat.

»Ich meine, normalerweise hätte ich dich natürlich gefragt, aber es ist das letzte Jahr unserer Weihnachtstradition …«

»Schon klar. Ich bin dann gut genug, wenn es keine bessere Option gibt, oder?« Er schnaubt verärgert.

»Ehrlich gesagt bin ich mir nicht sicher, ob du mich noch brauchst oder überhaupt willst, jetzt wo du Finn wiederhast.«

»Das stimmt doch gar nicht!« Wie kann er so etwas nur glauben?

»Wie gesagt, ich denke, das ist eine längere Diskussion.« Er greift mit einer Hand in die Dusche und dreht den Wasserhahn auf. »Kannst du bitte die Tür zumachen? Ich dusche jetzt«, sagt er, als wäre ich eine Fremde, die ihn nicht nackt sehen soll.

Nachdem ich die Tür hinter mir zugezogen habe, laufe ich atemlos zu seiner Sockenschublade. Als ich sie öffne, befinden sich auf den ersten Blick nur Socken darin. Mit zitternden Händen durchstöbere ich das Fach, um zu sehen, ob die Ringschachtel noch irgendwo versteckt oder ganz nach hinten in die Schublade gerutscht ist, aber sie ist nicht mehr da.

Ich gehe zurück ins Wohnzimmer, schnappe mir den cremefarbenen Umschlag mit dem Blue-Hill-Gutschein vom Sofakissen und verstaue ihn in meiner Arbeitstasche. Zwar wusste ich, dass die Dinge zwischen uns nicht gut laufen, aber mir war nicht klar, dass es so schlecht um uns steht. Es fühlt sich an, als würde sich jeder, den ich liebe, aus dem Staub machen.

18

Finn

Dieses Jahr, 25. Dezember

Es klopft leise an der Tür. »Finn?«, ruft Theo vom Flur aus. »Bist du wach? Es ist Weihnachten.«

»Bin wach«, antworte ich, meine Stimme ist noch belegt, weil ich länger nicht geredet habe, aber ich bin schon seit Stunden viel zu aufgedreht, um schlafen zu können. Ich wünschte, es gäbe irgendwelche glücksverheißenden Worte, die man sagen könnte, damit der heutige Tag perfekt wird, so wie man vor einer Theateraufführung *Toi, toi, toi* sagt. Nach zwei verpatzten Weihnachtsfesten in Folge kommt es mir vor, als hätte ich dreimal so lange darauf gewartet, dass dieser Tag im Kalender erscheint.

»Willst du Kaffee?«, fragt Theo vom Flur aus.

»Ja, bitte.«

Der Türknauf dreht sich, und Theo steckt seinen Kopf ins Zimmer. Mir war nicht klar, dass er sofort meinte. Ich taste auf dem Bett nach dem T-Shirt, das ich ausgezogen habe, als mir mitten in der Nacht zu warm wurde, und schlüpfe hinein, während Theo mich von der Tür aus beobachtet.

Als ich angezogen bin, reicht er mir einen Kaffeebecher mit einem Weihnachtsbaum drauf, den ich hier noch nie gesehen habe. Er muss ihn extra für heute gekauft haben.

»Sind wir spät dran?«, frage ich.

»Unsere Calltime ist um zehn.«

»Calltime?«, erwidere ich. Das klingt ja so, als wären wir Schauspieler oder Models, die am Set erscheinen müssen. »Drehen wir etwa einen Weihnachtsfilm? Wenn ja, dann hoffe ich sehr, dass ich darin die Hauptrolle spiele und einen kernigen Arbeitertypen mit einem Herz aus Gold kennenlerne, der mir die wahre Bedeutung von Weihnachten nahebringt. Am liebsten wäre mir ein Schreiner, aber ich wäre auch mit einem Leuchtturmwärter zufrieden, wenn das alles ist, was ihr so kurzfristig auftreiben konntet.«

»Willst du etwa heiraten und in eine Kleinstadt ziehen?«, fragt Theo. »Denn dann habe ich schlechte Nachrichten für dich: All deine Habseligkeiten sind gerade auf dem Weg nach L.A.«

»Vielleicht muss mein Traumschreiner einfach in den Westen ziehen. Aiden Shaw hat es ja auch geschafft, sich in der Großstadt als Möbeldesigner durchzuschlagen«, erkläre ich ihm, während ich die Decke zurückschlage. Und ich schwöre, ich sehe, dass seine Augen an meinem Körper hinunterwandern, als ich das tue. »Also, ich muss noch kurz duschen. Schließlich will ich gut aussehen, für den Fall, dass ich einen griesgrämigen Witwer kennenlerne, den ich wieder in Weihnachtsstimmung bringen muss«, scherze ich, während ich an ihm vorbei in den Flur gehe.

Wir stehen im Stau. Auf dem Times Square herrscht mal wieder totaler Stillstand. Angesichts des gleißenden Lichts der fünfzehn Meter hohen Werbetafeln für *Aquaman* und

Swatch-Uhren, wünschte ich, ich hätte eine Sonnenbrille dabei, obwohl es ansonsten ein bewölkter Morgen ist.

Was unser Ziel angeht, hält Theo sich bedeckt. Er hat sogar darauf geachtet, dass ich keinen Blick auf sein Handy erhaschte, als er einen Wagen orderte, damit ich die Stecknadel auf der Karte nicht sehen konnte. Aber alles, woran wir vorbeikommen, ist geschlossen, vom M&M's-Store über den dreistöckigen Olive Garden bis hin zum TKTS-Ticketschalter.

15 Minuten und sechs Straßenecken später halten wir vor einem hellbraunen Backsteingebäude in der Forty-Fourth Street. Wir wären schneller gewesen, wenn wir zu Fuß gegangen wären.

»Komm schon«, drängt Theo und steuert auf eine unbeschriftete Metalltür zu. Ich folge ihm durch ein Labyrinth aus Gängen mit Wänden aus Schlackenbetonstein, bis wir eine weitere Metalltür erreichen, die mit einem selbstgebastelten goldenen Glitzerstern verziert ist, auf dem in Hannahs krakeliger Schreibschrift mein Name steht.

»Tada!«, ruft Theo mit einer überschwänglichen Geste, als er die Tür öffnet. Hannah und Priya sitzen in Regiestühlen aus Segeltuch vor verspiegelten Schminktischen. Eine Frau mit wilden grauen Haaren, die sie notdürftig mit Essstäbchen hochgesteckt hat, steht vor Hannah und appliziert Strasssteine auf ihr ohnehin schon intensives Augen-Make-up.

»Ist das Finn?«, fragt Hannah mit geschlossenen Augen und tastet mit der Hand in der Luft nach mir.

»Mach jetzt bloß nicht die Augen auf«, warnt die Visagistin sie und erhebt dabei drohend eine Pinzette.

»Na dann, frohe Weihnachten, wer auch immer du bist!«,

sagt Hannah und erntet dafür einen bösen Blick von der Make-up-Artistin.

»Finn, das ist Paula«, sagt Theo. »Wenn es einen Tony fürs Maskenbild gäbe, hätte sie ihn letztes Jahr für *Hello, Dolly* gewonnen.«

Ich strecke meine Hand aus, voller Ehrfurcht, dass ich gleich jemanden mit Handschlag begrüßen werde, der Bette Midler berührt hat. Doch Paula blickt nur mit Abscheu auf meine Hand hinunter und winkt mir stattdessen gönnerhaft mit ihrer Pinzette zu. Dann wohl doch nicht.

»Und das ist Anton.« Theo zeigt auf einen zierlichen Mann in einem Kimono mit Leopardenmuster, der gerade in der Ecke den Saum eines roten Seidenkleides mit einem Dampfgerät bearbeitet. »Er war der Assistent des Kostümdesigners bei *Hamilton*.«

Anton blickt kurz auf und sagt mit schroffem osteuropäischem Akzent: »Freut mich.«

»Und was machen wir hier?«, frage ich und versuche mir einen Reim darauf zu machen, warum Theo all diese talentierten Leute dazu gebracht hat, ihren Weihnachtsmorgen mit uns zu verbringen.

»Wir spielen unser erstes Weihnachten nach!«, ruft Hannah begeistert. Sie streckt erneut einen Arm zur Seite aus und schlägt Paula dabei fast die Palette mit Strasssteinen aus der Hand.

»Aber natürlich noch besser!«, fügt Theo hinzu. »Wir wussten nicht, was wir dieses Jahr machen sollen, bis uns klarwurde, dass die beste Art, unser letztes gemeinsames Weihnachten zu feiern, darin besteht, dem ersten zu huldigen.«

»Klingt irgendwie nach Make-A-Wish-Foundation. Dir ist schon klar, dass ich nicht sterbe, oder?« Ihre Annahme, dass dies mein letztes Weihnachten mit ihnen ist, schmerzt, auch wenn mir heute Morgen derselbe Gedanke durch den Kopf gegangen ist. Ich stelle mir meine Zukunft lieber als eine Art Gaststar vor, der jedes Weihnachten zur Freude des Studiopublikums zurückkehrt, oder wie ein Student, der eine Auszeit von seinem vollen und aufregenden Sozialleben nimmt, um über die Feiertage nach Hause zu fahren.

Paula tupft mit einem Taschentuch den knallroten Lippenstift ab, den sie soeben auf Hannahs Lippen aufgetragen hat, und tritt dann einen Schritt zurück, um ihre Arbeit zu betrachten. »Du bist ein Meisterwerk«, erklärt sie. »Aber Essen ist verboten, ja? Und denk nicht mal dran zu weinen. Am besten wäre, wenn du auch nicht redest.«

Hannah antwortet ihr mit einem hochgestreckten Daumen und beugt sich näher an den Spiegel, um sich besser betrachten zu können. Ich habe sie noch nie mit so viel Makeup gesehen.

»Wer ist als Nächstes dran?«, fragt Paula.

»Finn, jetzt du!«, drängt Priya. Sie trägt einen rosa Velours-Trainingsanzug, und ihre Beine baumeln über die Armlehne des Regiestuhls, auf dem sie sitzt.

Es ist Jahre her, dass ich Bühnenschminke getragen habe, und ich hatte vollkommen vergessen, wie unangenehm es ist. Ich habe das Gefühl, als hätte mir jemand eine ganze Dose Haarspray ins Gesicht gesprüht. Meine Haut fühlt sich straff und klebrig zugleich an, und diese Erfahrung flößt mir noch mehr Respekt vor Dragqueens wie Trixie Mattel ein.

»Hör auf damit. Du ruinierst meine Arbeit«, schimpft Paula, als ich meinen Mund öffne und schließe und versuche, das steife Gefühl in meinem Gesicht loszuwerden, während sie mir noch mehr Make-up auf die Augen ballert. Paula ist jetzt schon seit 45 Minuten mit mir beschäftigt. Der einzige Hinweis darauf, was sie mit mir macht, war ein merkwürdiges »Oooh!« von Priya vor 15 Minuten.

Als sie nach einer halben Ewigkeit endlich fertig ist, öffne ich die Augen und sehe ihr Werk. Sie hat mir ein regenbogenfarbenes Smokey Eye verpasst, nur eines. Es erstreckt sich bis auf meine Stirn und meine Wange, wie ein bunter Verweis auf die Halbmaske des Phantoms der Oper. Ich habe noch nie etwas so Schönes und Aufwändiges gesehen.

»Gefällt es dir?«, fragt sie verlegen, eine Hundertachtziggrad-Wendung im Vergleich zu dem Befehlston, den sie zuvor angeschlagen hat. »Man hat mir gesagt, dass du heute der Ehrengast bist, also wollte ich dir etwas ganz Besonderes zaubern.«

»Es ist toll«, sage ich und erschrecke kurz, weil die falschen Wimpern wie Fledermäuse in mein Blickfeld flattern.

Nach dem Schminken zieht mir Anton eine schmale Hose und ein makelloses weißes Hemd an. Das Cape, das er mir dann umhängt, erinnert mich allerdings eher an *Joseph and the Amazing Technicolor Dreamcoat* aus dem gleichnamigen Musical als an den schlichten schwarzen Umhang des Phantoms, und er ist auch aus einem viel schwereren Stoff als der billige aus dem Theaterfundus des Colleges, den ich an unserem ersten Weihnachten trug.

Während Priya und Theo nacheinander auf dem Schminkstuhl Platz nehmen, schlendere ich schon mal Richtung

Bühne. Ich gehe davon aus, dass wir diese Location dank einer großzügigen Spende von Theo für diesen Tag zur Verfügung gestellt bekommen haben.

Als ich aus den Kulissen heraus auf die Bühne trete, bin ich überrascht, dass Hannah bereits dort sitzt. Sie lässt die Beine über den Bühnenrand baumeln und beißt genüsslich in einen Bagel mit Frischkäse. Mein Puls schießt in die Höhe bei dem Gedanken daran, wie verboten das ist, was sie da tut, auch wenn niemand hier ist, der uns deswegen zusammenstauchen könnte.

»Paula wird dich umbringen«, sage ich zu ihr.

Sie erschrickt und sieht zu mir hoch. »Ich gebe dir einen Bissen ab, wenn du mich nicht verrätst.« Sie hält mir die Hälfte ihres Bagels hin. »Ich bin schnell zum Deli an der Seventh Avenue gelaufen, während du geschminkt wurdest. Auf der Straße wurde ich ganz schön komisch angeglotzt. Und wer soll ich überhaupt sein?«

Sie trägt das bodenlange rote Kleid, das Anton zuvor so sorgfältig zurechtgemacht hat, und dazu einen roten Federkopfschmuck.

»Du bist Dolly Levi aus *Hello, Dolly*«, erkläre ich ihr.

»Hab ich nie gesehen.« Sie zuckt mit den Schultern.

Ich muss plötzlich wieder an mein kleines schwarzes Moleskine-Notizbuch denken, das ich früher immer mit mir rumschleppte. Darin notierte ich alle Auditions, zu denen ich ging, die Regisseure, bei denen ich mich bewarb, und das, was dabei herauskam – ein paar wenige Rückrufe, aber meistens Funkstille. Ich gelobte, dass ich mir, wenn ich nach hundert Castings immer noch keine Rolle ergattert hätte, einen anderen Job suchen würde. *Einen richtigen Job*, hörte ich die missbilligende Stimme meines Vaters in meinem Kopf.

Bei meinem neunundneunzigsten Casting bekam ich wirklich mal einen Rückruf. Das war meine Chance! In der Nacht vor der Audition lag ich schlaflos im Bett und probte in Gedanken, wie ich meine Geschichte der Beharrlichkeit erzählen würde, wenn ich für die Rolle den Tony-Award entgegennehmen würde.

Ich bekam die neunundneunzigste Rolle nicht, und bei meiner hundertsten Audition brach meine Stimme während des Vorsingens, und ich wusste sofort, dass ich keine Chance hatte. Ich warf das Notizbuch in einen Mülleimer vor dem Theater und habe seitdem nicht mehr auf einer Bühne gestanden. Nicht einmal als Zuschauer bin ich seitdem in einem Theater gewesen. Als Theo mich letztes Jahr zu meinem Geburtstag in *Hamilton* mitnahm, war mir vom ersten Lied an übel, und in der Pause täuschte ich eine Migräne vor, damit wir gehen konnten.

»Aus meiner Sicht hast du noch mal Glück gehabt«, sagt Hannah nachdenklich, als wir auf die Reihen aus purpurnen Samtsitzen blicken. »Ich würde mir vor Angst in die Hose machen, wenn ich vor so vielen Leuten spielen müsste.«

Mein Blick schweift hinauf zum Balkon und zu den Rängen. Vor so vielen Menschen aufzutreten, wäre mein Traum gewesen. Verlegen wische ich mir über die Augen, weil mir die Tränen kommen. Ich dachte, das würde mein Leben sein: vor einer bewundernden Zuschauerschar aufzutreten. Ich frage mich, an welcher Stelle in meinem Leben ich so falsch abgebogen bin, dass alles so vollkommen schiefgelaufen ist.

Hannah hält mir eine ihrer Servietten hin. »Paula wird einen Doppelmord begehen, wenn du nicht mit dem Heulen aufhörst«, sagt sie und beißt dann erneut beherzt in ihren Bagel.

»Ich habe wirklich versucht, es hier hinzukriegen«, sage ich zu ihr.

»Das klingt, als wäre dein Leben in New York schrecklich gewesen. So schlimm war es doch gar nicht, oder?«, meint sie.

»Nichts ist so gelaufen, wie ich es mir vorgestellt habe.« Ich tupfe mir die Augen ab, und sofort bekommt die Serviette orangefarbene und lila Flecken.

»Ich glaube nicht, dass das Leben so funktioniert, Finn. Wenn das Leben so funktioniert hätte, wie ich es mir vorgestellt habe, wäre ich jetzt Lehrerin Schrägstrich Ballerina Schrägstrich Astronautin, und du weißt, dass ich in all diesen Dingen miserabel wäre.«

Ich muss lachen, als ich mir vorstelle, wie sie in einem Tutu und einem Raumfahrerhelm versucht, einen Raum voller schreiender Achtjähriger unter Kontrolle zu bringen. »Das ist doch was ganz anderes«, sagte ich dann. »Das sind verrückte Kindheitsträume. Aber ich konnte mir das wirklich vorstellen. Ich hab es mir auch nie anders überlegt, aber … ich hab keine wirkliche Chance bekommen.«

»Erinnerst du dich an den Abend, an dem wir uns kennengelernt haben? Da hast du mir gesagt, dass du einmal berühmt werden würdest.«

»Oh Gott, ich war unerträglich!« Ich lasse den Kopf hängen und schäme mich für mein neunzehnjähriges Ich, diesen naiven Jungen, der sich so sicher war, dass er es schaffen würde. Was würde er wohl jetzt von mir denken? »Ich habe das Gefühl, dass ich meine ganze Zeit in New York mit Träumen verschwendet habe, die nicht in Erfüllung gegangen sind.«

»Na und? Dann hast du eben nie *die* Rolle bekommen. Für mich klingt das sowieso nach einem ziemlich beschissenen Leben. Acht Vorstellungen pro Woche? Keine freien Wochenenden? Kein Sozialleben? Und zwischen den Engagements kellnern, um sich über Wasser halten zu können? Und für was? Damit du in einem Reisebus von einer Kleinstadt-Show zur nächsten tingeln darfst? Das hättest du doch gehasst.«

»Woher weißt du das überhaupt alles?«

»Ich hab es gegoogelt, als du damit aufgehört hast. Ich wollte darauf vorbereitet sein, dir den Weg schlechtzureden, den du letztlich doch nicht eingeschlagen hast.«

Ich stupse sie mit der Schulter an, gerührt von ihrer Bereitschaft, meine Feinde zu hassen, echte oder eingebildete. »Aber es ist nicht nur das.« Ich stehe auf und tigere auf der Bühne auf und ab, um etwas von der Unruhe abzubauen, die dieses Gespräch in mir verursacht.

»Klär mich auf.«

»Es ist das Theater, es ist die Sache mit Jeremy …« Sie schnaubt, als ich seinen Namen erwähne. »Verdammt, es ist auch das mit Theo. Ich habe hier so viel Zeit vergeudet.«

»Ich glaube, du konzentrierst dich auf die falschen Dinge«, sagt sie leicht genervt. »Wir hatten doch Spaß, oder? Für mich ist New York auch das eine Mal, als wir zu einem Spiel der Yankees gingen und dann merkten, dass wir uns beide einen Dreck um Baseball scheren, also haben wir uns lustige Hüte und Hotdogs gekauft und sind wieder gegangen. Es ist die Artischockenpizza im Village um vier Uhr morgens, und es sind die Radtouren am Wochenende nach Dumbo, um von der anderen Seite des Flusses auf die Stadt zu schauen. Es sind die acht Millionen Abendessen, Brunchs und Nächte im Freien, selbst die, die irgendwie scheiße waren, weil man am nächsten Morgen bei einem Bagel miteinander darüber lachen konnte. Ganz zu schweigen von den Weihnachtsfeiern. Na ja, nur die guten. Für mich bedeutet New York *wir*, und das war keine verschwendete Zeit. Jedenfalls nicht für mich.«

»Sag mal, hast du zufällig meine beste Freundin gesehen? Ich glaube, Außerirdische haben sie entführt, denn das eben war verdammt kitschig.« Aber dann lehne ich meinen Kopf an ihre Schulter, denn sie hat recht – es gab auch viele gute Momente. Sie lehnt ihren Kopf an meinen, und wir starren in den Saal.

»Ich bin stolz auf dich, weißt du?«, sagt sie nach einer Weile, und ich nicke. »Und ich bin traurig, was mich betrifft, denn es fühlt sich an, als hätte ich dich gerade erst zurückbekommen. Aber ich weiß, dass du gehen musst.«

Das kann ich gut nachvollziehen, denn für mich fühlt es sich genauso an. »Ich denke, ein Neuanfang wird mir guttun. Aber wir können ja ganz oft Videoanrufe machen – vielleicht sogar einen monatlichen virtuellen Filmabend, zu viert? Und du hast ja jetzt auch David. Du wirst das schon schaffen.«

Sie hebt den Kopf und starrt auf die Reste ihres Bagels in der Folienverpackung auf ihrem Schoß. »Ich weiß es nicht. Im Moment ist er ziemlich sauer auf mich.« Sie sagt es ganz beiläufig, aber als ich sie ansehe, beißt sie die Zähne zusammen, als kämpfe sie gegen Tränen.

Ich drücke ihren Arm und versuche, meiner Stimme einen lockeren Ton zu verleihen: »Lass uns zurück zu den anderen gehen, bevor Paula uns noch wegen dem Essen und dem Geheule umbringt.«

Als wir aufstehen, schiebe ich noch hinterher: »Du weißt, dass ich immer für dich da bin, wenn du reden willst, oder? Auch wenn ich nicht physisch hier bin.«

Unser Taxi bringt uns vom Theater zu einer Reihe von Luxusgeschäften an der Fifty-Fifth Street, die alle wegen des Feiertags geschlossen sind. Wir müssen wie eine Clownsparade aussehen, als wir aussteigen: Hannah in ihrem roten Kleid, ich in dem knallbunten Fantasieumhang und Theo wie King George in einem glänzenden rot-goldenen Anzug mit gepuderter Perücke, Krone und einer dalmatinergefleckten Pelerine. Priya sieht in ihrem schwarzen Charleston-Kleid aus wie Velma Kelly aus dem Musical *Chicago*. Auf der anderen Straßenseite bleibt eine Touristenfamilie im Daunenmantel-Partnerlook stehen und glotzt uns an. Der Vater zückt sogar sein Handy, um ein Foto von dem Spektakel zu machen.

Theo führt uns zu einer goldenen Tür neben einem Pflanzkasten mit immergrünen Heckengewächsen, und Priya stöckelt auf ihren hauchdünnen Stilettos hinter uns her. Ihr Bewegungsspielraum ist deutlich eingeschränkt durch das Kleid, das um die Knie herum eng anliegt, bevor es sich in einen Vorhang aus Perlenfransen teilt.

Als wir eintreten, blickt ein Oberkellner im karierten Sakko von seinem iPad auf. »Ah! Mr Benson, perfekt! Willkommen in der Polo Bar.« Er schüttelt Theo die Hand und klopft ihm auf die Schulter, als wären sie alte Kumpels. »Wie wäre es mit Cocktails, bevor wir nach unten gehen?«, schlägt er vor.

Nach einer Runde Dirty Martinis, die mit Chips, Nüsschen und frittierten gefüllten Oliven in silbernen Schälchen serviert werden, führt uns der Oberkellner nach unten. Der fensterlose Speisesaal gleicht dem Endzeitbunker eines pferdesportbegeisterten Landadligen. Wir werden zu einer mit cognacfarbenem Leder gepolsterten Nische geführt. Jeder

Platz ist mit einem karierten Kissen ausgestattet – ob zur Dekoration oder als Lendenwirbelstütze, weiß ich nicht. Als ich mich in dem holzgetäfelten Speisesaal umsehe, kann ich mir ein Grinsen nicht verkneifen. Seit den selbstgemachten Mensa-Pfannkuchen an unserem ersten gemeinsamen Weihnachtsfest haben wir uns deutlich verbessert.

Sobald wir Platz genommen haben, kommt auch schon ein weiterer Kellner mit karierter Fliege und Weste und bringt uns eine Flasche Champagner an den Tisch. Das Geräusch des knallenden Korkens hallt durch den menschenleeren Saal.

»Ich möchte einen Toast aussprechen«, sagt Theo und klopft mit dem Messer an den Rand seiner Champagnerflöte. »Wusstest du, Finn, dass ich die Nacht, in der ich dich kennengelernt habe, zu den besten meines Lebens zähle?«

Obwohl meine Erinnerungen daran bestenfalls verschwommen sind, fangen meine Wangen bei der Erwähnung dieses Abends an zu glühen. Die einzige Nacht, in der wir mehr als nur Freunde waren.

»Denn diese Nacht hat euch alle zu mir geführt«, fährt Theo fort, »und mittlerweile seid ihr für mich eine Familie geworden, die mir viel näher steht als meine Herkunftsfamilie.«

War klar, dass wir ganz unterschiedliche Gründe haben, warum wir uns gerne daran erinnern. Ich spüre die Ernüchterung und fühle mich wie ein Luftballon, aus dem mit einem heiseren Todesröcheln die Luft entweicht.

»Ich weiß, dass heute vielleicht eine Tradition zu Ende geht, aber das bedeutet nicht das Ende meiner Liebe zu euch allen«, sagt Theo feierlich. »Unsere Verbindung ist auf mein

Herz tätowiert. Natürlich nicht im wörtlichen Sinne, aber wenn wir noch ein paar Flaschen davon trinken«, er zeigt auf die Flasche Perrier-Jouet im Eiskühler neben unserem Tisch, »könnte ich mich noch davon überzeugen lassen.«

Leises Gelächter geht um den Tisch.

»Ich bin nicht gut darin, über meine Gefühle zu sprechen, aber ich wollte, dass ihr wisst, wie viel es mir bedeutet, Teil dieses Freundeskreises zu sein. Erheben wir also das Glas auf Finn und unser vielleicht letztes, aber hoffentlich schönstes gemeinsames Weihnachten.«

»Bravo!« Priya hält ihr Glas hoch.

»Prost!« Auch Hannah erhebt ihr Glas.

Ich schließe mich wortlos an und proste ihnen zu. Theo zwinkert mir über den Tisch hinweg zu. Wir alle nehmen einen Schluck aus unseren Sektschalen und besiegeln damit seine Worte.

Es gibt keine Speisekarten, doch unser Kellner mit der Fliege lässt uns nicht lange warten und erscheint mit einer Etagere, auf der sich Blinis, Kaviar und Crème fraîche befinden. Auf den Kaviar folgt eine Platte mit einer Art Würstchen im Schlafrock – für Priya in einer vegetarischen Version –, die in einen Mantel aus Pfannkuchen gehüllt sind. Als Nächstes gibt es winzige Pancake-Sandwiches mit Ei, Sausage-Patties und einer Scheibe geschmolzenem Käse. Danach kommen vier Kellner gleichzeitig an unseren Tisch geeilt. Jeder von ihnen trägt einen Teller mit einer silbernen Haube, die sie mit choreografischer Präzision gleichzeitig abnehmen. Darunter verbergen sich jeweils drei Stapel unerhört fluffige japanische Pancakes – der erste mit Beerenkompott beträufelt, der zweite mit Apfelchutney garniert und der dritte gekrönt von einer Wolke aus Schlagsahne und übersät mit Schokoladensplittern.

Ich muss grinsen. »Moment mal, habt ihr das Restaurant dazu gebracht, uns ein Essen zu servieren, das komplett aus Pancakes besteht?« Das Personal wundert sich bestimmt sehr über unser bizarres Festtagsessen.

»Historische Genauigkeit ist wichtig«, entgegnet Theo mit einem entschiedenen Nicken, bei dem seine Krone verrutscht.

»Glaub mir, ich war dabei, und bei unserem ersten Weihnachten gab es keinen Kaviar«, protestiere ich lachend.

»Und auch keinen Champagner«, fügt Hannah hinzu, »aber darüber beschwerst du dich ja auch nicht!«

»Wir haben es eben ein bisschen upgegradet«, sagt Theo mit einem unbekümmerten Achselzucken.

Am Ende sind wir so satt, dass wir das Dessert – Schokopancakes, die wie Lava-Muffins schmecken – kaum noch anrühren. Nachdem der fünfte und letzte Gang abgeräumt ist, sitzen wir noch bei Kaffee aus edlen Porzellantassen beisammen und trinken unseren Champagner aus. »Und was jetzt?«, frage ich.

»Na ja …«, Hannah zögert. »Das war eigentlich alles, was wir geplant haben.«

»Ich hab wirklich gedacht, es würde länger dauern.« Theo blickt auf seine Uhr.

»Wir könnten noch für eine letzte Runde rüber in die King Cole Bar gehen«, schlägt Priya vor.

»Ich glaube, wenn ich noch irgendetwas zu mir nehme, explodiere ich«, sagt Hannah und unterstreicht das Gesagte mit einem Schluck Champagner. Wir sind bereits bei der zweiten

Flasche. »Außerdem werden wir bloß besoffen und rührselig, wenn wir jetzt weitertrinken«, gibt sie zu bedenken. »Und David und ich wollten heute Abend eigentlich noch Bescherung machen.«

Bei der Erwähnung von Davids Namen wirft Priya Hannah ein anerkennendes Lächeln zu.

»Ich hab eine Idee«, sage ich. »Wir sind ganz in der Nähe des Rockefeller Centers, und ich war dort noch nie Schlittschuhlaufen. Das ist doch so ein typischer New Yorker Weihnachtsritus, oder? Sollen wir das machen? Bisschen was Neues zum Alten mischen?«

»Dein Wunsch ist uns Befehl«, sagt Theo, und Priya und Hannah nicken zustimmend. »Also, los!«

Es gibt allerdings einen Punkt, den ich bei meinem Vorschlag nicht bedacht habe. Die Schlange aus mit Zucker vollgepumpten Kindern, die neben ihren erschöpften Eltern auf und ab hüpfen, windet sich, so weit das Auge reicht, den Bürgersteig der Fifth Avenue entlang. Wahrscheinlich alles Touristen.

»Vielleicht ist das ja die falsche Schlange?«, meint Hannah. »Vielleicht ist es die Schlange für den Weihnachtsmann? Oder da vorne gibt es irgendwas umsonst.«

»Entschuldigung.« Priya tippt dem Mann vor uns auf die Schulter. »Ist das die Schlange fürs Schlittschuhlaufen?«

»Stellt euch an wie alle anderen, ihr Spinner«, schnauzt er mich an.

»Ja, schon gut. Ich habe ja nur gefragt.«

Es dauert eine Stunde, bis wir Schlittschuhe ausgeliehen und sie angezogen haben, kein leichtes Unterfangen, da meine Finger während der Wartezeit zu Eiszapfen gefroren sind.

»Ich weiß nicht, ob das eine gute Idee war.« Priya steht wackelig auf ihren leuchtend orangefarbenen Leihschlittschuhen. »Ich kann in diesem Kleid kaum gehen, geschweige denn Schlittschuh laufen.«

»Vielleicht kannst du es hochziehen, um mehr Beinfreiheit zu bekommen?«, schlage ich vor.

»Oder halt dich einfach am Geländer fest«, rät Theo ihr.

»Wir haben ewig in dieser riesigen Schlange gestanden. Wir gehen jetzt Schlittschuhlaufen. Und zwar alle«, beendet Hannah die Diskussion.

Unsere Gruppe wagt sich auf die Eisfläche. Der berühmte Rockefeller-Baum erhebt sich über der Eisbahn, Popmusik dröhnt aus den Lautsprechern. Als »Merry Christmas, Happy Holidays« von *NSYNC ertönt, drehe ich mich zu den anderen um und fahre rückwärts vor ihnen her, damit sie sehen können, wie ich Playback zur Musik singe. »Das war in meiner Kindheit mein absoluter Lieblingssong«, rufe ich begeistert.

»Oh, du denkst wohl, du bist der Einzige, der was draufhat!«, stichelt Hannah. »Ich hatte als Kind Eislaufunterricht. Sieh dir das an!« Sie hebt einen Schlittschuh vom Eis, bringt ihr Bein in einer niedrigen Waage nach hinten und wackelt gefährlich auf ihrem Standbein, bevor sie den Fuß schnell wieder absetzt. Das Ganze dauert etwa drei Sekunden. »Früher war ich beweglicher, da sah das viel besser aus«, räumt sie ein.

Priya hangelt sich ein paar Meter hinter uns an der Wand entlang. Ich fühle mich mitverantwortlich, weil ich sie zum Eislaufen gezwungen habe und sie jetzt offensichtlich Schwierigkeiten hat. Also laufe ich zurück zu ihr und biete ihr meinen Arm an.

»Halt dich lieber an mir fest«, sage ich zu ihr. »Ich passe auf, dass du nicht hinfällst.«

»Ich glaube, nach dieser Runde steige ich aus.«

»Bitte nicht! Im Ernst, ich halt dich. Ich bin ein guter Eisläufer.« Zum Beweis beschleunige ich vor ihr und fahre einen schnellen Kreis, wobei ich vorwärts übersetze, wie ich es mir als Kind beigebracht habe. »Siehst du?«

Dann laufe ich zurück an ihre Seite, nehme sie am Arm und ziehe sie vorwärts, um die Gruppe einzuholen. Jetzt ertönt »Mistletoe« von Justin Bieber, und ich lenke sie geschickt an einer Gruppe kleiner Kinder vorbei, die Verkehrskegel auf dem Eis umherschieben, um das Gleichgewicht zu halten.

»Du fährst zu schnell«, beschwert Priya sich.

»Du musst dich nur an mir festhalten. Vertrau mir!«

»Finn, ich …« Noch bevor sie den Satz beenden kann, bleibt ihr Schlittschuh an einer Unebenheit im Eis hängen, und sie versucht mit schnellen, kleinen Schritten, ihr Gleichgewicht wiederzufinden.

Das Geräusch von reißendem Stoff ist zu hören, silberne Perlen kullern über das Eis. »Scheiße«, flucht Priya leise, aber wenigstens ist sie nicht gestürzt.

»Scheiße sagt man nicht«, bemerkt ein bezopftes Mädchen in einem rosa Mantel und baut sich vorwurfsvoll vor Priya auf.

Wie in Zeitlupe beobachte ich, was dann geschieht. Priya stößt mit dem Kind zusammen, und ich spüre, wie ihr Arm sich von meinem löst. Dann fällt sie hin.

Wumms.

19

Hannah

Weihnachten #10, 2017

Mein Vater ist gestorben.

In dem Moment, in dem Finn diese drei Worte ausspricht, habe ich unseren Streit vergessen. Ich nehme ihn in den Arm, er vergräbt sein Gesicht in meinen Haaren, und ich spüre seine Tränen an meinem Kopf, während Theo in die Videokamera in der Ecke gestikuliert.

»Brian, wir haben hier einen echten Notfall!« Er wedelt mit den Armen, als wolle er ein Flugzeug auf eine einsame Insel lotsen. »Komm schon, Brian, das ist nicht witzig!«, versucht er es noch einmal und hämmert mit der Handfläche gegen die Tür, um seinen Worten Nachdruck zu verleihen. Ich habe noch nie erlebt, dass Theo die Beherrschung verliert, aber jetzt scheint es gleich so weit zu sein.

Nach den längsten zwei Minuten meines Lebens öffnet Brian die Tür. »Tut mir leid!« Er ist außer Atem und ganz rot im Gesicht. »Ich war auf der Toilette und habe euch nicht gesehen. Ich dachte, es wäre alles in Ordnung. Keiner schafft es in unter einer Stunde. Das ist unser schwierigster Raum!«

Ohne auf seine Entschuldigung einzugehen, drängeln wir fünf uns an ihm vorbei in den engen Eingangsbereich.

»Bitte gebt uns keine schlechte Bewertung!«, beschwört er

uns, während wir einen Kreis um Finn bilden, der auf einer schäbigen olivgrünen Couch zusammengesunken ist und das Gesicht in den Händen vergräbt.

Jeremy geht vor ihm in die Hocke und berührt ihn behutsam am Knie. »Können wir irgendwas für dich tun?«, fragt er hilflos.

Wir anderen warten nicht lange, sondern machen uns sofort an die Arbeit. Ich habe das dringende Bedürfnis, ihm zu helfen, auch wenn ich nicht weiß, was ich tun soll, also organisiere ich ihm erst mal ein Glas Wasser, während Priya eine Schachtel Taschentücher vom Check-in-Tresen holt.

»Es gibt einen Flug um fünf Uhr vom JFK«, sagt Theo, der auf seinem Handy bereits durch die Angebote der Airlines scrollt. »Und einen um sechs Uhr von LaGuardia.«

»Moment«, unterbreche ich ihn. Vier Augenpaare richten sich auf mich. »Willst du da wirklich hin?« Die Frage ist an Finn gerichtet. Es sind die ersten Worte, die ich seit einem Jahr bewusst mit ihm spreche. »Ich meine nur, du musst nicht, weißt du.«

»Keine Ahnung«, antwortet er. Sein Blick huscht von einem zum anderen, als wüssten wir die richtige Antwort. »Ich sollte wahrscheinlich hin, oder?«

»Scheiß auf *sollte*.« Ich setze mich neben ihn auf die Couch und lehne meine Schulter an seine. »Ich habe gefragt, ob du hinwillst. Du musst nämlich nicht hinfahren.«

Finn braucht einen Moment, um nachzudenken. Es bricht mir fast das Herz, ihn so zu sehen. Was für eine unmögliche Situation, in die ihn sein Vater da gebracht hat. Wenn er nicht tot wäre, würde ich ihm jetzt eine vernichtende Sprachnachricht schicken. Wie kann er es wagen, diese Welt zu verlassen, ohne mit seinem wunderbaren, warmherzigen, fürsorglichen Sohn ins Reine gekommen zu sein?

»Ich glaube, ich will hin«, sagt Finn. »Oder eigentlich ist es eher so, dass ich Angst habe, es später zu bereuen, wenn ich es nicht tue.«

»Also ist es ein Ja, oder?«, erkundigt sich Theo noch einmal zur Sicherheit. Er hält seine Kreditkarte schon bereit, um die Nummer in der Buchungsapp einzugeben. Er sieht mich fragend an.

Finn nickt mir zu.

»Es ist ein Ja«, bestätige ich mit der Ernsthaftigkeit eines Fünf-Sterne-Generals, der eine Militäroperation leitet.

»Vier oder fünf Plätze?«, fragt Theo. »Jeremy, kommst du mit?«

Jeremy blickt zu Theo hoch und sieht dabei aus wie ein Reh im Scheinwerferlicht. »Ich? Ich kann nicht ...«

»Willst du mich verarschen, Jeremy?«, schnauze ich ihn an.

»Ich muss morgen arbeiten. Ich muss meine Seeanemonen füttern, sonst muss ich das ganze Experiment noch einmal von vorne beginnen.« Zweifellos die lahmste Ausrede aller Zeiten.

Theo, Priya und ich haben nur noch Plätze in verschiedenen Sitzreihen im Sechs-Uhr-Flug von LaGuardia ergattert. Als die Fluggesellschaft Theo aufgrund seines Vielfliegerstatus ein Upgrade in die Businessclass anbot, bestand er darauf, dass Finn seinen Platz nimmt.

Vor dem Flug sind Theo und Priya noch kurz nach Hause, um ihre Taschen zu packen, während ich mit zu Finn gefahren bin, um ihm beim Packen zu helfen. Erst als unser Taxi vorm Escape-Room abfuhr und nur Finn und ich auf dem Rücksitz saßen, bemerkte ich, dass Jeremy sich klammheimlich davongemacht hatte. Finn hielt meine Hand auf der rissigen Vinylsitzbank fest umklammert. Ich überlegte kurz, ob ich den Taxifahrer bitten sollte zu wenden, damit ich Jeremy sagen konnte, was ich von ihm hielt, aber wahrscheinlich ist es besser so – nur wir vier.

In seiner Wohnung saß Finn abwesend auf der Couch, während ich Schubladen und Schränke aufriss und alles zusammensuchte, was er für die nächsten Tage brauchen könnte. Boxershorts, Rasierapparat, Zahnbürste, Schlafanzug. Ich zog auch noch die abgenutzte Ausgabe von Lev Grossmans *The Magicians* aus seinem Bücherregal und stopfte sie in seine Tasche, für den Fall, dass er im Flugzeug nicht schlafen könnte. Ich weiß, dass es sein Lieblingsbuch ist, und dachte mir, er könnte etwas Trost gebrauchen.

»Hast du einen Kleidersack für deinen Anzug?«, fragte ich ihn.

Er schüttelte den Kopf. Erneut traten ihm Tränen in die Augen.

»Kein Problem, ich mach das schon«, beruhigte ich ihn.

Eine Stunde später stand ich mit Finns Anzug in einer umgedrehten Mülltüte als Handgepäck in der Schlange zum Boarding. Als der Mann vor uns argwöhnisch mein Gepäck beäugte, funkelte ich ihn wütend an, bis er wegschaute. Heute kam man mir besser nicht in die Quere.

Sobald das Anschnallzeichen erloschen ist, kommt Finn zu uns in den hinteren Teil des Flugzeugs und klopft dem Mann neben Theo auf die Schulter. Von meinem Platz in der letzten Reihe aus kann ich nicht hören, was er sagt, aber ich sehe, wie Finn auf seinen Platz im vorderen Teil des Flugzeugs zeigt. Der ältere Mann packt eilig seine Sachen zusammen, bevor Finn sein Angebot zurücknehmen kann.

Als ich während des Fluges aufstehe, um zur Toilette zu gehen, stelle ich fest, dass Finn den Kopf auf Theos Schulter gelegt hat und eingeschlafen ist. Theo lächelt mich traurig an, während ich an ihnen vorbeikomme, und ich bin froh, dass Finn nicht allein ist.

Als wir in Atlanta ankommen, steht ein handgeschriebenes Schild auf dem Tresen der Alamo-Autovermietung. Die Nachricht, die mit Filzstift in klobigen Großbuchstaben geschrieben wurde, lautet: *FROHE WEIHNACHTEN. WIR HABEN LEIDER KEINE VERFÜGBAREN FAHRZEUGE MEHR.* Wir gehen die Reihe der verlassenen Mietwagenschalter entlang, bis wir den einzigen offenen entdecken. »Heute ist Ihr Glückstag«, sagt die Frau hinter dem Tresen mit süßlichem Südstaaten-Akzent. »Wir haben noch *einen* einzigen Wagen.«

Vielleicht ist das mit dem Glückstag ein wenig übertrieben, denn das letzte Auto entpuppt sich als knallgelber Hummer. Auf dem Parkplatz machen wir erst einen großen Bogen um den Wagen und bleiben in sicherer Entfernung stehen, als könnte er sensibel reagieren und sich angegriffen fühlen, wenn er hört, dass wir uns über ihn lustig machen.

»Wer fährt?«, fragt Theo.

»Du oder etwa nicht?«, frage ich Theo. Er hat den Mietwagen bezahlt und seinen Namen auf das Versicherungsformular geschrieben.

»Ich bin es nicht gewohnt, rechts zu fahren. Auch nicht in, ähm, weniger ausladenden Fahrzeugen. Ich habe Angst, dass ich von der Straße abkommen könnte«, sagt er, während er unser monströses Gefährt betrachtet.

»Und ich habe nicht mal einen Führerschein«, sage ich. Nach vier Jahren in New York habe ich ihn einfach nicht mehr verlängern lassen. Es war mir zu umständlich, extra zum Amt zu gehen, um einen Führerschein zu beantragen, den ich sowieso nur benutzte, um Zutritt zu irgendwelchen Bars zu bekommen, und dazu taugte auch mein Reisepass. Bis heute ist das noch nie ein Problem gewesen.

Keiner von uns sieht Finn an.

»Gut, ich fahre«, seufzt Priya schließlich. Theo wirft ihr die Schlüssel zu, doch es gelingt ihr nicht, sie zu fangen. Sie landen unter dem Auto, und Priya muss auf die Knie gehen, um sie darunter herauszufischen. Möglicherweise kein gutes Omen für die bevorstehende Fahrt.

Im Auto sieht Priya aus wie ein Kind, geradezu winzig auf dem massiven Fahrersitz aus rotem Leder. Sie stellt ihn so weit wie möglich nach vorne, bevor sie den Wagen anlässt. Als sie den Schlüssel im Zündschloss dreht, dröhnt in voller Lautstärke »Nookie« von Limp Bizkit aus den Lautsprechern. Ich drücke auf dem Armaturenbrett herum, um das Radio zum Schweigen zu bringen. Nicht der richtige Zeitpunkt, Fred Durst.

Um kurz nach elf fährt der Hummer röhrend vor Finns Elternhaus vor. »Sie haben Ihr Ziel erreicht«, verkündet die GPS-Stimme.

Priya tritt auf die Bremse, und der Wagen kommt in der

ruhigen Sackgasse ruckartig zum Stehen. Sie seufzt erleichtert auf, und ihre Schultern entspannen sich wieder, die sie während der gesamten fünfundvierzigminütigen Fahrt auf der fünfspurigen Autobahn nach Peachtree City, einem grünen Vorort südlich von Atlanta, bis zu den Ohren hochgezogen hatte.

Ich starre aus dem Beifahrerfenster auf das Haus. Irgendwie habe ich nie darüber nachgedacht, in was für einem Haus Finn aufgewachsen sein mag. Ich bin nimmer davon ausgegangen, wir wären gleich – ohne Eltern, ohne Zuhause, ohne Wurzeln –, aber das prächtige zweistöckige, weißgetünchte Backsteinhaus vor uns ist der sichtbare Beweis dafür, dass Finn durchaus eine Familie hat. Die ihn allerdings ausgeschlossen hat. Meine Hände ballen sich auf meinem Schoß zu Fäusten, als ich das Haus betrachte. Im vorderen Zimmer brennt Licht.

»Ich weiß nicht, ob ich reingehen kann«, sagt Finn. Seine Stimme klingt zittrig. »Vielleicht war es doch ein Fehler herzukommen.«

»Soll ich noch eine Runde drehen, bis du dich entschieden hast?«, schlägt Priya vor. Bei der Aussicht darauf, das Auto wieder anlassen zu müssen, wandern ihre Schultern sofort wieder nach oben.

»Können wir einfach eine Minute hier sitzen bleiben?«, fragt Finn.

»Wir können die ganze Nacht hier sitzen, wenn du willst«, bietet Theo an. »Du musst nichts tun, was du nicht willst.«

20

Finn

Weihnachten #10, 2017

Ich wache mit meinem Kopf auf Theos Schulter auf. Eine verkrustete Sabberspur klebt mir am Kinn, und der Nacken schmerzt wie verrückt, weil ich in einem komischen Winkel eingeschlafen bin.

Mein Handy zeigt an, dass es kurz nach sechs Uhr morgens ist. Ich hatte eigentlich nicht vorgehabt, die ganze Nacht hier draußen im Auto zu verbringen. Ich habe bloß ein paar Minuten gebraucht, um mich zu sammeln, denn einmal drinnen angekommen, würde es real sein. Dann würde mein Vater wirklich tot sein und ich meiner Mutter zum ersten Mal seit neun Jahren wieder gegenüberstehen.

Ich öffne und schließe die Autotür so leise wie möglich, um niemanden zu wecken. Vorne am Steuer sitzt Priya und hat ihren zerknitterten lila Mantel wie eine Decke über sich drapiert, während Hannah die Wange ans Beifahrerfenster gepresst hat. Dankbarkeit durchströmt mich. Egal, was drinnen passieren wird, diese Menschen, die da gerade so unbequem in diesem Monstrum von einem Auto schlafen, sind meine wahre Familie.

Einen Moment lang starre ich das Haus an. Auf der rechten Seite des Weges steht unsere Weide. Weidenbäume lassen ihre Äste nur in der Nähe von Wasser hängen, also steht unser Baum aufrecht und breit da und spendet der Vorderseite des Hauses im Sommer willkommenen Schatten vor der brütenden Sonne Georgias. Der Baum diente uns immer als sicherer Ort, wenn ich mit den Nachbarskindern Fangen spielte. Seit ich weg bin, ist er noch größer geworden.

An der Tür bleibe ich stehen. Ich besitze keinen Hausschlüssel mehr – ich habe meinen in einer meiner früheren Wohnungen in einer Schublade zurückgelassen. Ich habe ihn einfach dort vergessen, weil ich sowieso nicht mehr damit gerechnet hatte, noch einmal herzukommen. Es ist völlig irrational, aber ich habe nie in Betracht gezogen, dass mein Vater sterben könnte. Ich bin irgendwie davon ausgegangen, dass er ewig leben würde – das tun die Bösewichte schließlich immer. Als ich noch hier wohnte, lief er jeden Morgen acht Meilen, selbst im heißesten Sommer, und seit dem Hype um die Atkins-Diät in den neunziger Jahren hat er kein Brot mehr angerührt.

Ich will niemanden wachklingeln, also drehe ich versuchsweise am Knauf. Zu meiner Überraschung ist die Tür nicht verschlossen. Als ich eintrete, schlägt mir der Geruch von Pine-Sol-Putzmittel und den weißen Gardenienduftkerzen entgegen, die meine Mutter am liebsten mag. Es riecht nach zu Hause.

»Finn, bist du das?«, erklingt die Stimme meiner Mutter ganz in der Nähe. Sie ist also nicht oben, sondern im Wohnzimmer, das wir eigentlich nur nutzen, wenn wir Gäste haben. Dort liegt sie auf der weißen Couch unter einer selbstgehäkelten Decke von ihrer Mutter, die bereits verstorben ist, als ich elf war. Die Beerdigung meiner Großmutter war die erste und einzige, auf der ich je war. Bis jetzt, denke ich.

»Hallo. Ja, ich bin's.« Ich stehe in der Tür zum Wohnzimmer und betrachte meine Mutter. Mir fällt auf, dass ihr Haar langsam grau wird, und es überrascht mich, dass sie es nicht färbt. Sie hat immer so viel Wert auf ihr Äußeres gelegt. Ich überlege, ob ich sie umarmen soll. Erst jetzt wird mir bewusst, dass Amandas Anruf mit der Nachricht vom Tod meines Vaters keine Einladung enthielt. Ich bin einfach hier aufgetaucht. Aber vielleicht will meine Mutter mich nicht hier haben.

Als sie mich sieht, kommen ihr die Tränen. Ich weiß nicht, wie man sich in einer solchen Situation verhält. »Das mit Dad tut mir leid«, sage ich. Doch ich habe das Gefühl, es ist eher ihr Verlust als meiner.

»Ich weine nicht um deinen Vater. Das habe ich noch gar nicht richtig begriffen. Ich weine, weil du endlich wieder zu Hause bist, wo du hingehörst. Und jetzt komm her.« Sie winkt mich zur Couch. »Ich muss doch meinen Jungen umarmen.«

Ich setze mich neben sie, und sie nimmt mich in die Arme, mein Kopf schmiegt sich automatisch an ihre Schulter. Ich rieche ihr Jo-Malone-Parfüm, das gleiche, das sie schon immer getragen hat.

»Was machst du denn hier unten?«, frage ich.

»Die gleiche Frage könnte ich dir auch stellen. Ich habe gehört, wie du gestern Abend mit diesem Monstertruck vorgefahren bist, und seitdem warte ich darauf, dass du reinkommst.«

»Ich habe einen Moment gebraucht. Und dann bin ich wohl eingeschlafen.«

»Ich auch«, sagt sie, und ich bin mir nicht sicher, ob sie damit meint, dass sie einen Moment gebraucht hat oder dass sie eingeschlafen ist. »Wie wäre es, wenn ich uns einen Kaffee mache?«, bietet sie an.

Ich sitze mit meiner zweiten Tasse Kaffee auf einem Hocker an der Kücheninsel, während mir meine Mutter eine Liste von Personen diktiert, die wir informieren müssen. Wann wir sie anrufen sollen, ist eine Frage der Etikette, auf die sie auch keine Antwort hat. Nach zehn Uhr, entscheidet sie schließlich. Am Tag nach einem Feiertag schlafen die Leute aus, und sie möchte niemandem mit dem vorzeitigen Tod ihres Mannes Unannehmlichkeiten bereiten.

Die Liste ist drei Seiten lang: Arbeitskollegen, Golfpartner, entfernte Verwandte, ehemalige College-Mitbewohner, Kreditkartenunternehmen und der Versicherungsmakler der Familie. Mir war nicht bewusst gewesen, dass der Tod so viel Organisatorisches nach sich zieht. Naiverweise habe ich angenommen, dass man eine Todesanzeige aufgibt und das Beerdigungsinstitut den Rest erledigt. Mir bricht das Herz, wenn ich daran denke, dass Hannah das alles als Teenager nicht nur einmal, sondern gleich zweimal durchmachen musste.

»Was soll ich sagen, wenn sie fragen, wie er gestorben ist?« Die in Tränen aufgelöste Amanda hat mir am Telefon keine Einzelheiten genannt, als sie mir die traurige Nachricht überbrachte.

»Holiday-Heart«, sagt sie, als sollte mir das etwas sagen. Es klingt nach dem Titel eines Films, der ihr wahrscheinlich gefallen würde.

»Was ist das?«

»Das Holiday-Heart-Syndrom kommt ziemlich häufig vor, hat der Arzt gesagt. Allein gestern hat er fünf gesehen.«

»Das klingt aber nicht gerade feinfühlig für einen Arzt«, werfe ich ein.

»Er hat gemeint, dass die Leute über die Feiertage mehr essen und trinken als sonst und ihr Herz das oft nicht verkraftet. Deshalb kommt es zu vermehrten Herzinfarkten. Amanda hat gegoogelt, dass es an Weihnachten und Neujahr die meisten Herzinfarkte im Jahr gibt.« Meine Mutter klingt abgeklärt, als würde sie über eine Folge von *Grey's Anatomy* sprechen und nicht über die Todesursache ihres Mannes, mit dem sie 35 Jahre verheiratet war. Angesichts ihrer Emotionslosigkeit überlege ich, wie ihre Ehe wohl während meines zehnjährigen Exils verlaufen ist. Ich frage mich, ob sie ihn vermissen wird oder ob sie vielleicht, wie ich, ein klein wenig erleichtert ist, ihn los zu sein.

»Aber Dad war doch so gesund«, entgegne ich.

»Er ist gealtert in den letzten Jahren.« Sie greift nach ihrem Handy und zeigt mir ein Foto von Dad mit Amanda. »Das war an Thanksgiving.«

Das Georgia-Tech-Poloshirt spannt über seinem dicken Bauch, und das Haar ist schütter geworden. Um das zu verbergen, hat er es seitlich übergekämmt. Dieser Mann, der offensichtlich mein Vater ist, sieht ganz anders aus als auf dem Bild, das ich von ihm in meinem Kopf hatte. Er war schließlich nicht auf Facebook, und es hat mir auch niemand Familienfotos geschickt, die mein Bild von ihm aktualisiert hätten.

Tatsache ist, dass mein Vater alt aussieht, genau wie jemand, der an einem Herzinfarkt sterben könnte.

Ein Klopfen an der Haustür unterbricht unser Gespräch.

»Wahrscheinlich ist das jemand von meinen Freunden.«

Ich bin schon seit über einer Stunde drinnen und habe bisher nicht erwähnt, dass ich nicht allein hier bin.

»Ich bin noch nicht bereit für Besuch.« Meine Mutter streicht sich durch die Haare, um sie zu glätten, und zieht ihren Bademantel noch enger über ihr ohnehin schon sittsames Nachthemd.

»Keine Sorge, sie übernachten in einem Hotel. Sie wollen wahrscheinlich bloß sichergehen, dass bei mir alles in Ordnung ist, bevor sie dorthin fahren. Es dauert bloß eine Minute.«

Hannah steht vor der Haustür meines Elternhauses, mit verschmierter Wimperntusche und in den Klamotten von gestern. »Hallo«, krächzt sie, als ich aufmache. »Ich muss ganz dringend auf Klo.«

Ich führe Hannah zur Gästetoilette im Erdgeschoss und warte vor der Tür, bis sie fertig ist. Obwohl es mit meiner Mutter bisher gut gelaufen ist, löst sich ein Knoten in meinem Magen, weil ich weiß, dass Hannah zur Unterstützung hier ist.

»Wollen Theo und Priya auch reinkommen?«, frage ich, als sie aus der Gästetoilette tritt und sich die nassen Hände an ihrer uralten Jeans abwischt.

»Wir wollten gleich zum Hotel fahren und einchecken, damit wir duschen und uns umziehen können.«

Hoffentlich ist die Reservierung gestern Abend nicht verfallen, weil ich im Auto eingepennt bin. Ich ignoriere den Wunsch meiner Mutter und frage: »Könnt ihr vielleicht … noch etwas hierbleiben?« Wenn meine Mutter und ich alles Organisatorische rund um die Beerdigung besprochen haben, gehen uns vielleicht die Gesprächsthemen aus, und was dann?

»Wir können auch hierbleiben«, stimmt Hannah zu. »Dann hole ich mal Theo und Priya rein.«

Um halb elf kommt Amanda die Treppe heruntergestapft. Aus der Küche hört man sie jammern, dass es keinen Kaffee mehr gibt. Als niemand antwortet, kommt sie ins Wohnzimmer. »Mom, hast du mich gehört? Es ist kein Kaffee mehr da.«

Als sie Theo auf dem braunen Ledersofa sitzen sieht, erschrickt sie, zieht sich hastig die Schlafhaube vom Kopf und schüttelt ihr lockiges Haar auf.

»Ich wusste gar nicht, dass du hier bist«, sagt sie in anklagendem Ton zu mir.

»Wow, was für eine herzliche Begrüßung«, gebe ich zurück. Dann stehe ich auf, um frischen Kaffee zu kochen, damit meine Mutter es nicht tun muss. Doch als ich den Raum durchqueren will, stürzt sich Amanda in meine Arme und drückt mich so fest an sich, dass ich fast keine Luft mehr bekomme. »Ich bin so froh, dass du hier bist«, flüstert sie mir mit belegter Stimme ins Ohr. »Ich war mir nicht sicher, ob du kommen würdest. Aber ich habe es gehofft.«

Nachdem wir angefangen haben herumzutelefonieren, muss sich die Nachricht vom Tod meines Vaters in der Stadt verbreitet haben wie ein Lauffeuer, denn um zwei Uhr nachmittags ist das Haus voller Besucher. Ein Heer älterer Frauen in pastellfarbenen Hosen und geblümten Blusen strömt mit Aufläufen und Gebäck ins Haus. Ich frage mich, ob sie die Gefriertruhen voll davon haben, für den Fall, dass jemand stirbt, oder ob sie heute Morgen alles stehen und liegen lassen mussten, um schnell einen Beileidskuchen zu backen. Vielleicht bekommen wir aber auch einfach, wie im Fall der Dame mit dem Limetten-Himbeer-Marshmallow-Wackelpudding, die schlimmsten Reste vom Weihnachtsessen vorgesetzt.

Als ich meiner Mutter anbiete, das Kaffeekochen zu übernehmen, verscheucht sie mich. »Du vermasselst es bloß«, protestiert sie, und ich merke, dass sie mich immer noch für den Neunzehnjährigen hält, der zuletzt unter diesem Dach gewohnt hat.

»Mom, ich mache mir jetzt schon seit zehn Jahren meinen Kaffee selbst. Glaub mir, ich kann das!« Bevor sie widersprechen kann, nehme ich ihr den Kaffeefilter aus der Hand, fühle mich aber schuldig, weil ich sie angeschnauzt habe. »Setz dich doch mal ein bisschen hin.«

Am späten Nachmittag versiegt der Besucherstrom, und als es Zeit fürs Abendessen wird, verfrachten wir auch Tante Carolyn und Tante Ruthie erfolgreich in ihre Autos. Meine Mutter sackt auf einem Hocker an der Kücheninsel zusammen wie ein Duracell-Häschen, dem die Batterien ausgegangen sind, während wir anderen an den Pizzastücken knabbern, die Theo bestellt hat.

»Ich bin hundemüde, aber ich bezweifle, dass ich heute Nacht schlafen kann«, seufzt meine Mutter und legt ein Stück Peperonipizza aus der Hand, ohne einen Bissen gegessen zu haben.

»Soll ich dir einen Einschlaftee machen?«, bietet Amanda an.

»Das wird nichts bringen.« Meine Mutter winkt ab.

Theo geht in den Flur, und als er zurückkommt, hält er ihr ein orangefarbenes Pillendöschen hin. »Die könnten helfen.«

»Was gibst du meiner Mutter denn da für Tabletten?«, frage ich entsetzt. Das letzte Mal, als Theo jemandem Pillen angeboten hat, haben Hannah und ich ein Jahr lang nicht miteinander geredet. Wir haben das noch immer nicht geklärt und sind einfach wieder in unsere alten, vertrauten Muster verfallen.

»Das sind bloß Schlaftabletten, aber vielleicht ist eine halbe erst mal besser.«

Ich rechne nicht damit, dass meine Mutter sie annimmt, aber sie lässt das Pillendöschen in der Tasche ihrer schwarzen Leinenhose verschwinden. »Kann ja nicht schaden«, meint sie.

Nachdem Mom nach oben gegangen ist, machen wir anderen die Küche sauber. »Brauchst du noch was, bevor wir ins Hotel fahren?«, erkundigt sich Priya, nachdem sie die Arbeitsflächen abgewischt hat. Sie trägt immer noch den silbernen Lamettapulli, den sie im Escape-Room anhatte. Das war zwar erst gestern, aber es fühlt sich an, als wäre es eine Ewigkeit her. Ihr Haar ist zu einem schlappen, fettigen Pferdeschwanz zusammengebunden.

»Es sei denn, du willst, dass wir bleiben?«, bietet Theo an.

Ich sollte sie gehen lassen. Sie haben schon jede Menge für mich getan. Erst der Flug hierher (was mich daran erinnert, dass ich Theo Geld für mein Ticket schulde), dann die Autofahrt, und jetzt haben sie auch noch den ganzen Tag Konversation mit einem Haus voller Fremder betrieben. Es wäre unfair, sie jetzt auch noch zu bitten, über Nacht zu bleiben.

»Wir bleiben gerne bei dir«, erklärt Hannah.

»Wirklich?«, frage ich, um ihnen einen Ausweg zu lassen.

»Natürlich«, bekräftigt Hannah noch einmal.

Ich stoße die Luft aus, von der ich erst jetzt merke, dass ich sie die ganze Zeit angehalten hatte.

»Es ist ziemlich unbequem«, entschuldige ich mich, während ich das Sofa mit einem Laken beziehe. »Derjenige, der darauf schlafen muss, wird bestimmt mit Rückenschmerzen aufwachen. Wahrscheinlich ist sogar die Luftmatratze bequemer, aber der geht leider über Nacht gern die Luft aus.« Während ich die Übernachtungsmöglichkeiten im Keller aufbaue, erzähle ich ununterbrochen von den weniger idealen Aspekten ihrer Schlafplätze. Das letzte Mal, dass Freunde hier bei mir übernachtet haben, war bei einer Pyjamaparty mit meinem Leichtathletikteam in der Highschool. Ich hätte drauf bestehen sollen, dass sie ins Hotel gehen.

»Das macht uns nichts aus«, sagt Theo und legt mir die Hand auf den Rücken. »Wir sind deinetwegen hier, nicht wegen irgendwelcher Annehmlichkeiten. Wir werden auch keine Tripadvisor-Bewertung hinterlassen.«

30 Minuten später wälze ich mich im Bett hin und her. Eigentlich müsste ich nach den letzten 24 Stunden vollkommen erschöpft sein, aber ich finde einfach nicht in den Schlaf. Es ist seltsam, nach all der Zeit wieder in meinem Kinderzimmer zu sein.

Gerade als ich eine bequeme Position gefunden und das Gefühl habe, gleich einzuschlafen, schrecke ich durch Schritte auf der Treppe wieder hoch. Wahrscheinlich ist es Mom. Ich habe Geschichten gehört, dass Leute schlafwandeln und alle möglichen seltsamen Dinge tun, wenn sie Schlaftabletten genommen haben. Ich sollte besser aufpassen, dass sie nicht im Nachthemd durch die Siedlung geistert oder sich im Arbeitszimmer an den Rechner setzt und den gesamten Neiman-Marcus-Onlineshop leer kauft.

Doch noch bevor ich mich aus dem Bett schälen kann, klopft es leise an der Tür. Dann dreht sich der Türknauf. »Mom?«, flüstere ich und setze mich auf, um zu sehen, was sie braucht.

»Tut mir leid, ich bin's bloß.« Hannah trägt einen Pyjama von Priya: Shorts und ein Oberteil mit Einhörnern. Ich will sie schon damit aufziehen, aber da fällt mir wieder ein, dass sie ja keine eigene Tasche packen konnte, weil sie für mich gepackt hat, sogar nach einem Jahr, in dem wir nicht miteinander geredet haben.

»Brauchst du noch was?« Ich habe ihnen gezeigt, wo der Temperaturregler ist, falls es zu stickig wird, und ich habe genug Handtücher für alle zum Duschen hingelegt. Ich überlege fieberhaft, was ich vergessen haben könnte.

»Nein, ich wollte bloß noch mal nach dir sehen. Du hast dich den ganzen Tag um deine Mutter und deine Schwester gekümmert. Ich wollte sichergehen, dass sich auch jemand um dich kümmert.« Sie verharrt in der Tür. »Also, äh, wie fühlst du dich?«

»Ich glaube, ich habe es noch nicht ganz begriffen.« Ich schlage die Bettdecke zurück, eine Einladung. Ohne zu zögern, durchquert sie das Zimmer und klettert hinein. Ihre noch feuchten Haarsträhnen kitzeln meinen Arm, als sie es sich neben mir bequem macht. Wir wenden uns einander zu, so wie früher schon ganz oft in ihrem Bett in der Orchard Street.

»Wie war es, deine Mutter wiederzusehen?«

»Es fühlt sich komisch an. Ist das jetzt für immer so oder

nur für ein Wochenende? Wir haben über nichts gesprochen, außer über Organisatorisches. Ehrlich gesagt ist es für mich eine größere Erleichterung, wieder mit dir zu reden als mit ihr.«

Hannah berührt zaghaft meinen Arm. »Es tut mir leid, weißt du. Ich habe das alles nicht so gemeint, ich habe diese Dinge nur gesagt, weil ich wütend war.«

»Ich weiß«, sage ich. »Mir tut es auch leid. Wir hätten das schon viel früher klären sollen.«

Komischerweise habe ich, als ich vom Tod meines Vaters hörte, nicht bedauert, was zwischen uns ungesagt geblieben ist. Zum Teufel mit ihm. Ich bin wegen meiner Mutter und wegen Amanda hier. Sicher, die Nachricht war ein Schock, aber nun wird mir klar, dass dieses bleierne Gefühl in meinem Magen eigentlich Hannah galt. Was wäre gewesen, wenn ihr etwas zugestoßen wäre und wir uns nie wieder hätten versöhnen können? Sie hatte immerhin einmal versucht, mir die Hand zu reichen. Ich erinnere mich an ihre SMS im Frühjahr, die ich unbeantwortet gelassen habe. Wie konnte ich nur so leichtfertig sein, ein Jahr lang nicht mit ihr zu reden, und einfach davon ausgehen, dass noch eine endlose Reihe von Jahren vor uns liegt, um die Dinge zwischen uns wieder in Ordnung zu bringen? Wie konnte ich eine der wichtigsten Beziehungen in meinem Leben für so selbstverständlich halten? Sie war für mich da, als die Menschen, die mich großgezogen hatten, dieser Aufgabe nicht gerecht werden konnten.

»Wir müssen jetzt nicht über unseren Streit reden, wenn du nicht willst. Du hast schon genug um die Ohren«, räumt sie ein. Wir liegen eine Weile schweigend da, und es fühlt sich überhaupt nicht unangenehm an, sondern tröstlich.

»Darf ich dir etwas Peinliches verraten?«, fragt sie dann wie aus dem Nichts heraus.

»Immer.«

»Jedes Mal, wenn ich dir etwas erzählen wollte und mir eingefallen ist, dass ich dich nicht anrufen kann, habe ich stattdessen eine Sprachnotiz auf mein Handy gesprochen.«

»Oh mein Gott.« Ich muss schmunzeln.

»Ich weiß, das ist so bescheuert.«

»Das ist nicht der Grund, warum ich lache. Ich lache, weil ich ein Tagebuch angefangen habe, in dem ich alles aufgeschrieben habe, was ich dir sagen wollte, aber nicht konnte, weil wir uns gestritten haben. Ich hab mir dafür extra ein neues Notizbuch besorgt.«

Jetzt müssen wir beide grinsen. »Wow, wir sind offiziell die größten Nerds auf diesem Planeten«, erklärt sie.

»Ich würde mir diese Sprachnotizen gerne mal anhören, weißt du?«, sage ich zu ihr. »Ich muss alles nachholen, was ich verpasst habe.«

»Das ist gut, ich will nämlich auch das Tagebuch lesen.«

»Das wird so was von peinlich werden.«

»Keine Sorge, das meiste werde ich wahrscheinlich sowieso nicht lesen können, weil deine Handschrift einfach grauenhaft ist.«

Ich versetze ihr einen kleinen Stups.

»Weißt du, dass David dich meinen imaginären Freund nennt, weil ich so viel von dir rede, obwohl er dich noch nie getroffen hat?«

»Der berüchtigte David …«

»Seit wann ist er berüchtigt?«

»Für mich ist er das. Oder vielleicht eher mysteriös. Priya hat mir untersagt, weitere Fragen über ihn zu stellen. Sie meinte, wenn ich mehr über ihn wissen will, soll ich mit dir reden.«

»Das Gleiche hat sie mir über dich gesagt. Sie meinte, ich soll sie nicht mit meinen Fragen nerven.« Jetzt müssen wir so lachen, dass das Bett wackelt. Es fühlt sich tröstlich für mich an, dass sie genauso unter meiner Abwesenheit gelitten hat wie ich unter ihrer. Ich hatte mich nämlich schon gefragt, ob sie mich einfach aus ihren Gedanken verbannt hat oder mich einfach nicht mehr braucht, jetzt, wo sie in einer Beziehung ist.

»Ich fass es nicht, dass du dir ausgerechnet dann einen richtigen Freund zugelegt hast, als wir nicht miteinander geredet haben.« Auf dem College hatte sie ein paar oberflächliche Affären und gelegentlich ein erstes oder zweites Date, aber ich hatte noch nie erlebt, dass es mit Hannah und einem Typen wirklich ernst geworden wäre.

»Ich hatte eine Menge Zeit.«

»Ach, und jetzt, wo wir wieder miteinander reden, servierst du ihn etwa ab?«

»Nein!«, protestiert sie empört. Dann fährt sie mit leiser Stimme fort: »Er will, dass wir zusammenziehen. Die Sache ist ziemlich ernst.«

»Was? Das ist ja eine Riesensache.«

»Es ist beängstigend.«

»Werde ich ihn mögen?«

»Ja, ich denke schon. Er ist ein guter Typ. Anwalt. Er hasst den Großteil meiner Lieblingsmusik …«

»Dann geht es ihm ja wie mir«, unterbreche ich sie.

»Er kann kochen, was natürlich schön ist.« Sie hält inne. »Und ich weiß nicht. Ich liebe ihn einfach …« Sie vergräbt das Gesicht in den Händen, als ob ihr das peinlich wäre.

Sie liebt ihn, wow. Das habe ich so noch nie von Hannah gehört, und ich bedaure, dass ich eine so große Veränderung in ihrem Leben verpasst habe. Sie scheint sich ihrer Sache sicher zu sein. Und ich schätze, sie ist sich ihrer Sache sogar sicherer, als ich es mir mit Jeremy nach anderthalb gemeinsamen Jahren bin. Es versetzt mir einen Stich, dass Hannah, die bis gestern nicht mit mir gesprochen hat, jetzt hier bei mir ist und Jeremy, in dessen Bett ich gestern früh aufgewacht bin, nicht.

Aber vielleicht bin ich gar nicht so überrascht. Meine Beziehung zu Jeremy hat wohl hauptsächlich auf einem Gefühl der Erleichterung basiert. Ich war erleichtert, jemanden gefunden zu haben, der mich auch mag. Ich war erleichtert, dass ich nicht mehr daten musste und dass ich mit der Checkliste der Lebensmeilensteine nicht mehr so sehr hinterherhinkte. Und es gab eine sexuelle Kompatibilität zwischen uns, vielleicht sogar eine Leidenschaft. Aber aus der Leidenschaft ist nie ein echtes Bedürfnis nach Nähe geworden. Ich brauche ihn nicht. Nicht so, wie ich Hannah oder Theo brauche. Ich kann mir auch nicht vorstellen, ein Tagebuch zu kaufen, um alles aufzuschreiben, was ich Jeremy sagen wollte, falls er auf eine lange Reise ohne Handyempfang gehen würde. Das ist wahrscheinlich kein gutes Zeichen.

»Vielleicht können wir noch ein Doppeldate machen, bevor ich Jeremy abserviere«, schlage ich vor.

»Oh ja, darüber haben wir noch gar nicht gesprochen. Er war gestern echt unmöglich.«

Ich zucke bei ihren Worten zusammen, weil es mir peinlich ist, dass meinem Freund seine Meerespflanzen wichtiger sind als ich.

»Was für eine lahme Ausrede!«, fährt Hannah unbeirrt fort. »Du hast echt was Besseres verdient. Du verdienst nur das Beste.« Sie tastet nach meiner Hand und drückt sie.

»Ja.« Ich lasse sie in dem Glauben, dass ich ihn wegen gestern abservieren werde und nicht, weil sie recht hatte mit dem, was sie bei unserem Streit damals gesagt hat: Ich liebe ihn nicht, und ich bin mir nicht sicher, ob ich ihn jemals geliebt habe.

Danach schweigen wir. Hannah macht keine Anstalten zu gehen, und ich möchte sie nicht dazu bewegen. Ein paar Minuten später geht ihr Atem ruhiger. Ich bin froh darüber, wieder in dem Haus meiner Kindheit willkommen zu sein und die nostalgische Behaglichkeit meines alten Zimmers zu spüren, aber meine wahre Trostquelle ist Hannah. Die Person, die an meiner Seite stand und an meinem Leben teilhatte, als meine leibliche Familie nicht für mich da war. Und obwohl ich dachte, ich könnte nicht einschlafen, fallen mir jetzt, da sie neben mir liegt, die Augen zu.

21

Hannah

Dieses Jahr, 25. Dezember

»Sind Sie sicher, dass Sie ins Krankenhaus wollen, Lady? Da ist heute sicher die Hölle los«, meint der Sanitäter zu Priya, als wollte sie ihr in einem unnatürlichen Winkel verdrehtes Bein bei näherer Betrachtung doch lieber mit ätherischen Ölen behandeln oder gleich gesundbeten.

»Ziemlich sicher«, erwidert sie in sarkastischem Tonfall. Wenigstens hat sich mittlerweile die Menge der Schaulustigen wieder aufgelöst. Eine Zeit lang hat eine ganze Traube von Touristen interessiert dabei zugesehen, wie zwei Sanitäter Priya auf eine Trage geschnallt haben, als wäre das ein wichtiger Teil ihrer New-York-City-Experience.

»Tja, dann stellen Sie sich schon mal besser drauf ein, dass Sie warten müssen. Das ist alles, was ich sagen will.« Mit diesen Worten knallt der Sanitäter die Flügeltüren des Rettungswagens zu und klopft zweimal mit der flachen Hand dagegen.

Eigentlich wollte Finn bei Priya mitfahren, aber sie hat abgelehnt, also sitze ich nun hinten bei ihr. »Ich sage ja nicht, dass es deine Schuld ist, Finn, aber wenn du mich einfach gelassen hättest, wäre das nie passiert«, sagte Priya, ohne ihn anzusehen, weil ihr Hals für den Fall, dass sie sich die Wirbelsäule verletzt hat, fest in einer Krause steckt.

Die Notaufnahme der NYU Langone Klinik ist voller als ein ausverkauftes Konzert im Irving Plaza, und die Einlasskontrolle ist doppelt so streng. Nachdem Priya geröntgt wurde, bringt uns eine Krankenschwester in eine mit Vorhängen abgetrennte Kabine, wo wir auf einen Arzt warten, der uns sagt, was wir bereits wissen: Ihr Bein ist gebrochen.

»Möchte jemand noch Kaffee?«, frage ich. Auf dem Rolltisch neben uns häufen sich bereits die Pappbecher. Wenn ich noch mehr Kaffee trinke, brauche ich wahrscheinlich selbst ein Krankenhausbett, aber mit den Ausflügen zum Automaten im Foyer kann ich mir wenigstens etwas die Wartezeit vertreiben.

»Nur, wenn du einen Flachmann dabeihast, um ihn zu pimpen«, antwortet Theo. »Also, der Finn von 2014 hätte einen dabeigehabt.«

»Der Finn von 2014 hätte auch einen Kater gehabt«, füge ich hinzu. Theo lacht wissend.

Finn ignoriert uns und nimmt stattdessen wieder sein in den vergangenen Stunden vertraut gewordenes Frage-und-Antwort-Spiel auf. »Hast du Schmerzen?«, erkundigt er sich bei Priya.

»Ja«, antwortet sie mit zusammengebissenen Zähnen, obwohl ich vermute, dass ihr barscher Tonfall eher Verärgerung als Schmerz zum Ausdruck bringt.

»Kann ich irgendetwas tun?«

Bei den letzten hundert Malen, als er sie das fragte, antwortete sie einfach, nein, er könne nichts tun, aber dieses Mal schnauzt sie ihn an: »Nur wenn du eine Zeitmaschine hast und in der Zeit zurückreisen kannst, um Medizin zu studieren.«

Langsam wird die Sache hier ungemütlich. Ich überlege, was ich sagen könnte, um die Stimmung aufzulockern. »Keine gute Idee. Finn ist sogar zweimal durch den Einführungskurs Biologie gefallen«, sage ich scherzhaft. »Er musste stattdessen Geologie belegen, um überhaupt eine naturwissenschaftliche Note zu bekommen. So wie es alle Footballspieler gemacht haben, um die Grundanforderungen zu erfüllen. Glaub mir, du würdest Finn nicht als Arzt haben wollen.«

Priya nickt grimmig. »Ja, vermutlich hast du recht.«

»Ich schätze, heute ist der ›Alle-gegen-Finn-Tag‹«, meint Finn und klingt nicht gerade fröhlich. Er fährt sich mit der Hand durchs Haar. »Ich will mich ja nicht beschweren, aber eigentlich sollte das heute doch mein letztes besonderes Weihnachten sein, bevor ich nach L.A. gehe, oder?«

»Verdammt, jetzt geht's mal ausnahmsweise nicht um dich«, zischt Priya.

Bevor die Situation eskalieren kann, zieht ein umwerfend gut aussehender Arzt mit Ein-Tages-Bart und wuscheligen braunen Haaren den Vorhang zu unserer Kabine zur Seite. Er sieht aus, als wäre er einer Arztserie entsprungen.

»Patel, Priya?«, liest er von der Akte in seinen Händen ab.

Priya streicht sich mit der Hand übers Haar. Paula hat ihre Korkenzieherlocken mit so viel Gel befestigt, dass trotz eines Sturzes, einer Fahrt im Krankenwagen und zwei Stunden im Bett keine einzige Strähne aus der Form geraten ist. Ich kann ihr die eitle Geste allerdings nicht verübeln – der Arzt ist locker einen Meter achtzig groß und sieht sich mit eisblauen Augen im Raum um.

»Ben?«, fragt Priya mit vor Schreck geweiteten, schwarz umrandeten Augen.

Ben? Wie Ben-Ben?

Priyas Ben? Ihr Ex-Was-auch-immer Ben?

Die Redensart, dass New York manchmal ein Dorf ist, stimmt zwar, aber falls es jemals einen guten Zeitpunkt gibt, seinem Ex zufällig über den Weg zu laufen, dann wohl am besten mit einer Frisur und Make-up vom Profi.

»Priya?« Er schaut erneut auf seine Akte und dann wieder zu ihr, ebenso erschrocken, als wäre er gerade erst aus seinem Autopilot-Modus aufgewacht und hätte ihren Namen beim Ablesen nicht richtig registriert.

»Ähm …«, stammelt er, bevor er abbricht.

Wir drei sehen zwischen Ben und Priya hin und her.

»Ich kann einen anderen Arzt für dich rufen lassen, wenn du willst«, sagt er schließlich, »aber das dauert dann vermutlich eine Weile.«

»Nein, schon gut«, sagt sie zu ihm. »Nichts, was du nicht schon gesehen hättest.«

»Vielleicht könnten deine Freunde kurz rausgehen, damit ich die Untersuchung durchführen kann?«

Über Bens Schulter werfe ich Priya einen fragenden Blick zu, und sie nickt mir unauffällig zu. »Wir sind dann so lange im Warteraum«, sage ich zu den beiden.

Wir haben Glück, dass wir drei Stühle nebeneinander ergattern können, und das vermutlich auch nur deshalb, weil alle im Warteraum der Notaufnahme den Mann meiden, der neben mir sitzt und dessen Finger in ein blutverschmiertes Geschirrtuch gewickelt ist. Als er meinen verstohlenen Blick bemerkt, erklärt er: »Gemüsehobel-Missgeschick. In den Kochsendungen sieht das immer so einfach aus, wahrscheinlich habe ich einfach zwei linke Hände.«

20 Minuten später stürmt eine Krankenschwester auf uns

zu. Mein Körper verspannt sich, als ich ihren panischen Gesichtsausdruck sehe. Ist es mit Priya doch ernster, als wir dachten? Aber der Sanitäter hat doch betont, dass die Halskrause eine reine Vorsichtsmaßnahme sei und dass er keine Wirbelsäulenverletzungen vermutet.

»Was machen Sie denn *hier*?«, fragt die Krankenschwester empört. Sie verschränkt die Arme vor der Brust, während sie auf unsere Antwort wartet.

Ich schaue mich verstohlen um, ob sie jemand anders angesprochen haben könnte. Als sie sich nicht rührt, zeige ich auf mich. »Meinen Sie mich? Uns?«

»Ja, Sie. Mit wem sollte ich sonst reden?« Sie stemmt eine Hand in die Hüfte wie eine strenge Lehrerin. »Sie sollten doch um sechs Uhr da sein. Sie sind zu spät.«

»Wie bitte?« Wenn sie keine übersinnlichen Kräfte hat, kann sie uns unmöglich erwartet haben.

»Sie sind doch die Theatertruppe, oder?«, fragt sie in einem genervten Ton. »Sie sollten im Kinderflügel sein und nicht hier unten. Die Vorstellung sollte direkt nach dem Abendessen beginnen. Die Kinder haben einen strikten Zeitplan und müssen sich rechtzeitig bettfertig machen.«

»Was?«, frage ich verwirrt. Neben mir stecken Finn und Theo die Köpfe zusammen und unterdrücken mit Mühe einen Lachanfall. Erst als ich zu ihnen hinüberschaue, wird mir plötzlich alles klar. Ich hatte ganz vergessen, wie wir aussehen: Finn mit seinem Regenbogen-Augen-Make-up und dem passenden Umhang, Theo mit seiner gepuderten Perücke, die Krone auf dem Schoß, und ich in meinem Ballkleid. Bei der Vorstellung, wie wir wohl auf all die anderen im Wartezimmer wirken, muss auch ich lachen.

Kein Wunder, dass alle einen großen Bogen um uns gemacht haben.

»Auch wenn unsere Aufmachung etwas anderes vermuten
lässt, sind wir nicht die Theatertruppe, sondern bloß ein paar
stylische New Yorker«, erklärt Theo und springt von seinem
Stuhl auf. Er vollführt eine theatralische Verbeugung, wobei
ihm seine Perücke vom Kopf rutscht.

»Na ja, wir könnten natürlich die Theatertruppe sein …«,
widerspricht Finn.

Ich stoße ihn mit dem Ellbogen in die Seite. »Wir warten
hier auf Priya.«

»Also gut, wir sind nicht die Theatertruppe«, stellt er klar.

Die Krankenschwester kneift die Augen zusammen und
versucht einzuschätzen, ob es sich bei unserer Vorstellung
um einen lustigen Sketch handelt. Doch bevor sie zu einer
abschließenden Einschätzung der Situation kommt, taucht
Dr. Ben auf und sagt uns, dass wir wieder zu Priya können.
Theo winkt der verwirrten Krankenschwester noch einmal
über die Schulter zu, als wir Ben aus dem Wartebereich folgen.

»Wir müssen noch warten, bis der Orthopäde kommt«,
verkündet Priya, als wir ihre Kabine betreten. »Wenn er mir
einen Gips verpasst hat, können wir gehen. Aber er muss
mindestens acht Wochen dranbleiben.«

»So ein Mist«, sage ich.

»Vielleicht gibt dir Dr. Ben ja eine Privatbehandlung und
pflegt dich wieder gesund«, sagt Theo und wackelt mit den
Augenbrauen.

»Sag mal, was ist das überhaupt mit Dr. Ben? Ich wusste
nicht, dass er wieder in der Stadt ist.« Erwartungsvoll lässt
Finn sich aufs Fußende von Priyas Bett plumpsen.

»Er hat vor zwei Wochen mit mir Schluss gemacht. Schon wieder. Das ist es mit Dr. Ben.«

»Warte, was? Warum wissen wir gar nichts davon?«, hake ich nach. »Ich hatte ja keine Ahnung, dass ihr wieder was laufen habt, geschweige denn, dass ihr euch getrennt habt.« Da wir nie davon gehört haben, kann es nicht so ernst gewesen sein. Okay, es war sicher unangenehm, ihm unter diesen Umständen zu begegnen. Aber nichts wirklich Schlimmes.

»Ihr wisst nichts davon, weil sich keiner von euch jemals für mein Leben interessiert«, explodiert sie. Ihr Gesicht läuft rot an, und sie wirft die Arme hoch, um ihren Standpunkt zu unterstreichen, wobei sie versehentlich eine Kaskade leerer Kaffeebecher vom Beistelltisch purzeln lässt.

»Das ist nicht wahr«, erwidere ich empört. Auch wenn alles andere in meinem Leben gerade ungewiss ist – meine Beziehung zu David, mein Job, vielleicht sogar meine Wohnung –, bin ich mir einer Sache absolut sicher, nämlich dass ich eine gute Freundin bin. Das hier sind *meine Leute*, und ich bin stolz darauf, für sie da zu sein. Laut David sogar zuungunsten unserer Beziehung. Wie kann Priya bloß auf die Idee kommen, mir vorzuwerfen, ich sei eine schlechte Freundin?

»Doch! Den ganzen letzten Monat ging es nur um Weihnachten *hier*, Weihnachten *da*. Wie können wir diesen bescheuerten Tag für Finn möglichst perfekt machen?« Priya lässt ihren Blick zu Finn wandern. »Und du!«

»Ich?«, fragt er erschrocken. In Priya scheint ein Damm gebrochen zu sein, und nun bricht der ganze Ärger hervor, der sich im Laufe unserer Freundschaft offenbar in ihr aufgestaut hat.

»Du bist genauso schlimm wie sie! ›Ist Hannah sauer auf

mich, weil ich umziehe?‹ ›Ich will Hannah an Weihnachten nicht allein lassen.‹ Ihr seid alle so besessen von diesem bescheuerten Feiertag.«

»Er ist nicht bescheuert!« Ich bin so überrumpelt, dass ich meine Gedanken nicht schnell genug ordnen und nur der letzten Anschuldigung widersprechen kann.

Schweigen macht sich im Raum breit.

»Was machen wir überhaupt hier?«, fragt Priya nach einer Weile.

Theo eilt an ihre Seite. »Du bist gestürzt, erinnerst du dich nicht?« Er sieht mich voller Sorge an. »Soll ich Dr. Ben noch mal holen? Ich habe es vorhin im Taxi hierher gegoogelt, und Gedächtnisverlust kann ein Zeichen für eine Gehirnerschütterung sein. Hast du dir vielleicht doch den Kopf gestoßen, als du gefallen bist?«

»Oh mein Gott, jetzt komm mal wieder runter!«, ruft Priya und schubst seine Hände von ihrer Schulter. »Ich hab keinen Gedächtnisverlust. Was ich damit eigentlich sagen will, wir hätten dieses Jahr gar nicht erst Weihnachten feiern sollen.«

Ich frage mich, ob sie recht hat. Dies ist das dritte Jahr in Folge, in dem Weihnachten in einer Katastrophe endet. Aber ich muss immer wieder an das denken, was sie vorhin gesagt hat. »Wir interessieren uns nicht für dein Leben?«

»Genau«, erwidert sie.

»Also, *falls* das stimmt, was ich immer noch nicht glaube, dann nur, weil du so normal bist und so … glücklich?« Finn schiebt das letzte Wort hinterher, als ob es in seinem Mund seltsam schmecken würde.

»Das heißt aber nicht, dass ich keine Probleme habe! Es tut mir leid, dass ich in der Trauma-Olympiade nicht mit dir mithalten kann, aber manchmal ist mein Leben auch beschissen. Ben hat mich zum millionsten Mal abserviert, und ach ja, letzte Woche bin ich gefeuert worden.«

»Du wurdest gefeuert?« Ich bin schockiert. Priya hat seit ihrem Start im April ununterbrochen von ihrem Job bei Glossier geschwärmt. Wer würde nicht gerne jemanden mit so viel Leidenschaft und Erfahrung wie Priya in seinem Team haben wollen? Ich spüre, wie ich an ihrer Stelle wütend werde.

»Ja. Alles in allem ein ziemlich beschissener Monat an allen Fronten.« Sie lässt ihren Kopf zurück auf das Kissen sinken und starrt an die Decke. Nach ihrer Tirade scheint die Energie aus ihr gewichen zu sein. Sie sieht erschöpft und resigniert aus, was einen seltsamen Kontrast zu ihrem kunstvoll mit Perlen besetzten Charleston-Kleid bildet.

»Warum hast du uns das nicht erzählt?«, frage ich.

»Weil ihr nicht gefragt habt. Außerdem ist es mir peinlich. Und wie spricht man so was an? ›Hey, Leute, ihr wisst schon, der Job, von dem ich ständig schwärme? Der, den ich so liebe? Tja, leider hat sich rausgestellt, dass meine Arbeitgeber das alles etwas anders sehen.‹«

Theo setzt sich neben Priya aufs Bett und nimmt ihre Hand.

»Es tut mir leid«, sage ich zu ihr, während ich wie erstarrt neben ihrem Bett stehe. »Finn hat recht, du wirkst immer so glücklich. Ich glaube, deshalb vergessen wir manchmal zu fragen, wie es dir geht.«

»Ach, komm! Wenn du sagst, ich wirke so *glücklich*, dann klingt es so, als wäre es irgendeine mythische Insel, zu der du keinen Zutritt hast. Dabei *willst* du einfach nicht glücklich sein. Manchmal habe ich das Gefühl, als wärst du allergisch gegen das Glück. Warum bist du jetzt nicht bei David? Oder er hier bei uns? Es ist schon eine echte Unverschämtheit, dass er eine Familie hat, die ihn liebt und die auch dich gernhat, oder?«

Jetzt gehe ich in Verteidigungshaltung. »Ich bin heute nicht mit David zusammen, weil das *unsere* Tradition ist und weil es mir wichtig ist. Ihr seid meine Wahlfamilie. Das bedeutet mir etwas. Aber dir anscheinend nicht.«

»Hannah, wir sind das ganze Jahr über zusammen. Nicht dieser eine Tag im Jahr macht uns zu einer Familie«, kontert sie. »Das ist nur ein Zeitvertreib an einem Tag, der sonst für euch drei echt traurig wäre.« Sie hält inne. »Tut mir leid, ich weiß, das war hart, aber …«

»Irgendwie hat sie recht«, meint Finn.

Mein Blick durchbohrt ihn. Sie verstehen es einfach nicht. Keiner von ihnen.

»Ich dreh mal 'ne Runde. Ich brauche einen Moment«, schaffe ich noch zu sagen, dann reiße ich den Vorhang beiseite und stürme davon.

22

Hannah

Weihnachten #3, 2010

»Pommes?«, fragt Finn, als wir am leuchtend orangefarbenen Schild eines Diners vorbeikommen.

»Pommes!«, stimme ich zu.

In Boston macht alles früh zu. Es grenzt an ein Wunder, an Weihnachten über ein Diner zu stolpern, das um elf Uhr nachts noch geöffnet hat, und es ist ein Riesenglück, weil wir noch eine Stunde totschlagen müssen, bis der Mitternachtsbus nach Chinatown fährt.

Brooke hat uns zwar angeboten, dass wir über Nacht bleiben können, aber wir fanden nichts an der Vorstellung verlockend, uns die Ausziehcouch mitten im Wohnzimmer zu teilen, die jetzt auch noch nach verkohltem Schinken riecht. Und wenn wir geblieben wären, hätten wir morgen früh nur ein weiteres unangenehmes Essen mit Brooke und Spencer durchstehen müssen, auch wenn seine Familie dann wenigstens nicht mehr mit von der Partie gewesen wäre.

Als sie es anbot, gab ich Finn dezent das Signal, das wir uns für Partys ausgedacht hatten, wenn einer von uns gehen wollte, und legte mein rechtes Ohr an meine Schulter, als würde ich meinen Hals strecken wollen. »Ach schade, aber weißt du, ich muss heute Abend noch zurück. Ich habe nämlich vergessen, meine Schildkröte zu füttern, bevor wir losgefahren sind, und sie hat bestimmt schon Hunger«, log er.

»Du hast eine Schildkröte als Haustier?«, fragte Brooke erstaunt.

»Ein ziemlich großes Kerlchen«, erwiderte Finn todernst.

Als wir draußen waren, zog ich ihn mit der Schildkröte auf.

»Tja, du hättest dir doch auch ein exotisches Haustier ausdenken können«, entgegnete er.

»Sind Schildkröten exotisch? Ich weiß ja nicht.«

»Ich will damit nur sagen, dass du die Chance verpasst hast, einen Papagei zu erfinden.«

Im Diner schiebe ich meinen Rucksack auf die rote Vinylbank in einer Nische, bevor ich hinterherrutsche und mich aus meinen Schichten von Winterklamotten schäle. Eine Kellnerin um die 60 in einem rosa Bowlinghemd mit eingesticktem Namen nimmt unsere Bestellung auf. Marthas wasserstoffblondes Haar ist zu einer Hochfrisur auftoupiert, und sie verströmt den intensiven Geruch von Haarlack.

»Mann, das war übel, oder?«, sage ich zu Finn, nachdem Martha sich in die Küche zurückgezogen hat, um unsere Bestellung weiterzugeben und das Schicksal herauszufordern, indem sie sich mit ihrer Frisur auch nur in die Nähe einer offenen Flamme traut.

»Ich hoffe, Brooke rechnet nicht mit einem Michelin-Stern.«

Es lag gar nicht mal so sehr daran, dass Brooke den Schinken anbrennen ließ, was sie definitiv getan hat, sondern daran, dass sie jedes Fünkchen unserer Familienweihnachtstraditionen komplett ausradiert hatte. Und sie grinste die ganze

Zeit wie eine Irre und versuchte sich bei Spencers Familie einzuschleimen, die für diesen Tag extra aus Maine angereist war.

Erstens: Schinken? Wir haben an Weihnachten immer Lasagne gegessen. Und dann war da noch die Bescherung mit »lustigen« Zufallsgeschenken, auf der sie bestanden hatte und bei der allein drei Leute Karamellbonbons mitgebracht hatten. Irgend so ein dummer Insiderwitz von Spencers Familie. Oma Betty war dann aber gar nicht angetan, als sie mein Geschenk bekam, ein Kissen mit einem Bild von Nicolas Cage mit freiem Oberkörper, dessen untere Hälfte aus Sittsamkeitsgründen von einer Bananenschale verdeckt war. Ich hatte es in einem Scherzartikelladen in der Newbury Street gekauft und gehofft, Finn würde mein Geschenk auswählen.

Vollkommen ruiniert wurde der Abend aber dann von Spencer, der dafür plädierte, *Der Grinch* auszuschalten und stattdessen lieber den alten Schwarz-Weiß-Schinken *Ist das Leben nicht schön?* anzuschauen, und Brooke hat ihn auch noch darin bestärkt.

Unsere Kellnerin Martha kommt zurück und stellt uns einen Teller mit in Käsesoße schwimmenden Pommes hin und dazu zwei Schokomilchshakes.

»Wir hätten lieber auf dem Campus bleiben sollen.« Ich nehme einen großen Schluck von meinem Milchshake, um meinen Unmut zu ertränken.

»Dann hätte sich auch Reginald Tiddlywinks wieder zu uns gesellen können«, meint Finn. Reginald Tiddlywinks III – Erbe des Erfinders des berühmten Flohspiels mit den Plastikchips – ist das vornehme Alter Ego, das Finn letztes Weihnachten für sich erfunden hat. Wir haben das ganze

Herbstsemester über geknausert und gespart, um für die Weihnachtsfeiertage ein Zimmer im Copley Plaza Hotel buchen zu können. An Weihnachten gingen wir in die piekfeine holzgetäfelte Bar, tranken Zuckerstangen-Martinis in Kostümen, die wir uns aus dem Uni-Theaterfundus ausgeborgt hatten, und gaben vor, Reginald Tiddlywinks und seine Geliebte, Miss Scarlett Oglethorpe, zu sein.

Der charakteristische Weihnachtscocktail der Bar war gefährlich, denn er schmeckte wie geschmolzenes Pfefferminzeis und überhaupt nicht wie Alkohol. Je mehr wir tranken, desto flüssiger wurde Finns britischer Akzent – er perfektionierte ihn fürs anstehende Casting für die Rolle des Henry Higgins in der Frühjahrsaufführung der Theaterfakultät von *My Fair Lady*. Doch mein Akzent schwankte durch die Zugabe von Alkohol eher zwischen *Der Pate* und *Cool Runnings*. Niemand nahm uns unsere erfundenen Geschichten ab, aber das machte nichts, denn wir genossen den Abend in einer Blase aus Insiderwitzen und lachten dabei so sehr, dass Finn tatsächlich Tränen vergoss.

»Nächstes Weihnachten verbringen wir definitiv wieder mit Reginald, weil ich es nie wieder bei meiner Schwester feiern werde.«

»Von mir aus gern.« Finn hält seinen Milchshake hoch, um die Sache zu besiegeln.

Ich bin froh, dass Finn heute Abend dabei war, nicht nur als moralische Unterstützung, sondern auch als Zeuge der olympischen Anstrengung meiner Schwester, unsere Herkunftsfamilie durch eine strahlende, neue Familie zu ersetzen. Mich und Finn hat sie definitiv nur aus Mitleid eingeladen, das ist mir jetzt klar. Dabei ist es gar nicht so schlimm, keine »richtige« Familie zu haben. Was Finn und ich haben, ist sowieso viel besser, denn wir haben uns einander ausgesucht.

»Außerdem bin ich mir sicher, dass wir nächstes Jahr viel coolere Pläne haben werden«, sagt Finn. »Nächstes Jahr werden wir nämlich hier in New York leben.«

Das ist der Plan. Nach unserem Abschluss im Mai wollen wir nach New York ziehen. Finn wird ein großer Broadway-Star. Er hat vor, sich innerhalb von zwei Jahren durch das Ensemble zu den Hauptrollen hochzuarbeiten und mit 25 einen Tony zu gewinnen. Was meine eigene Zukunft betrifft, bin ich mir allerdings weniger sicher. Bei der Berufsberatung der Universität habe ich ein abgenutztes Exemplar von *Durchstarten zum Traumjob* bekommen, das ich über die Ferien lesen soll.

Heute Morgen, bevor wir zu Brooke gingen, sind wir durch den Tompkins Square Park gelaufen und haben uns die Häuser angesehen, in denen wir gerne wohnen würden, wenn wir erst in die Stadt gezogen wären.

»Das hier ist definitiv das Beste an Weihnachten dieses Jahr«, sage ich zu Finn, während ich eine Fritte in die Käsesoße auf dem Teller dippe.

»Da ist noch ein verbranntes«, sagt Finn und zeigt auf ein dunkelbraunes Kartoffelstäbchen. Unsere sich perfekt ergänzenden Vorlieben für Pommes – ich mag sie ganz knusprig, er eher weich – scheinen ein zusätzlicher Beweis dafür zu sein, wie gut wir zusammenpassen. Ich sehe zu Martha hinüber, die hinter der Theke mit Ketchupflaschen hantiert, und habe Mitleid mit ihr. Sie ist an Weihnachten allein. Sie hat keinen Finn.

»Okay, genug von Brooke«, sagt Finn. »Worüber ich eigentlich reden möchte, ist Spencers Hemd. Blau mit weißen Manschetten, für wen hält er sich, Gordon Gekko?«

Seine Bemerkung trifft mich so unvorbereitet, dass mir vor Lachen der Milchshake aus der Nase schießt. Niemand kann mich so schnell aufmuntern wie Finn.

23

Hannah

Dieses Jahr, 25. Dezember

Ich sitze seit 20 Minuten vor dem Aufenthaltsraum der Kinderstation und habe schon einen Erzfeind. Ein pickeliger Teenager hat einem der jüngeren Kinder ein Knallbonbon gestohlen. Er scheint ein echter Fiesling zu sein. Klar, wahrscheinlich hat er Krebs, aber er ist trotzdem ein Mistkerl. Außerdem fühlt es sich besser an, meinen Unmut auf ihn zu projizieren, als mich selbst zu hassen. Was, wenn Priya recht hat und ich eine schlechte Freundin bin?

Nachdem ich mich verzogen hatte, fühlte es sich gut an, die Treppenhaustür gegen den Stopper zu knallen und die Stufen hinaufzustampfen, bis ich außer Atem war. Dann betrat ich keuchend den neunten Stock und streifte ziellos durch die Flure. Aber auch nachdem ich mich von dem Aufstieg erholt hatte, pochte mir das Herz weiter heftig in der Brust, und ich spürte, wie mir die Tränen in die Augen stiegen.

Ich stand kurz vor einer Panikattacke, als ich die Kinderstation erreichte. Dieser Bereich der Klinik wirkt seltsam fröhlich, die Flure sind mit bunten Wandbildern versehen. Durch das Glasfenster des Aufenthaltsraums beobachte ich, wie die Theatertruppe, die eigentlich eher eine Folkband ist, den Kindern Weihnachtslieder vorsingt.

Ich zucke erschrocken zusammen, als sich jemand vor mich stellt. Ich hebe den Kopf in der Erwartung, dass es sich um eine Krankenschwester handelt, die mir sagen wird, dass ich hier nichts zu suchen habe, aber es ist Finn.

»Wie hast du mich gefunden?«, frage ich.

»Soll das ein Witz sein? Du trägst ein knallrotes Ballkleid und einen Kopfschmuck aus Federn. Jeder in diesem Krankenhaus hat von uns gehört, und alle halten uns für totale Freaks. Ich habe zufällig mitbekommen, wie zwei Krankenschwestern spekuliert haben, dass wir in einer Art Sekte sind. Die eine hat mir verraten, dass du hier oben bist. Ich glaube, sie hat sich Sorgen gemacht, dass du die Kinder anwirbst.«

Ich muss lachen, bin aber insgeheim enttäuscht, dass er nicht verzweifelt nach mir gesucht hat. Idealerweise, weil er mir versichern will, wie falsch Priya lag und wie ungerecht ihre Worte waren.

Aber stattdessen sagt er: »*Unsere* Kostüme sind besser.« Er nickt in Richtung der Musikgruppe im Aufenthaltsraum. »Noch dazu singe ich besser als der da.« Der einzige Mann in der Truppe verpfuscht gerade »Christmas (Baby Please Come Home)«, ein sehr anspruchsvolles Lied für seinen begrenzten Stimmumfang. Seine Kopfstimme klingt brüchig und schrill, aber das scheint sonst niemandem aufzufallen. Die Kinder sind zu überdreht von den vielen Süßigkeiten, und ihre Eltern sind vermutlich dankbar für jede Ablenkung.

»Wir könnten sie zu einem Duell herausfordern«, schlage ich vor.

»Ich schätze, Duelle sind hier eher verpönt. Und was machst du überhaupt hier oben? Ist das nicht ein bisschen strange, die kranken Kinder anzuglotzen, als wäre es eine Art Trauerzoo?« Er rümpft angewidert die Nase.

»Kommt das etwa so rüber? Ich wollte bloß irgendwo in Ruhe nachdenken.«

»Worüber denkst du denn nach?«

»Weißt du noch das Weihnachten, das wir bei meiner Schwester verbracht haben? In unserem letzten Jahr auf dem College?«

»Ja, ich kann mich erinnern«, sagt er. »Aber wie kommst du jetzt darauf?«

Ich zucke mit den Schultern. Die ehrliche Antwort ist, dass ich das, was Priya gesagt hat, aus meinem Kopf verdrängen wollte. Denn wenn ich nicht daran denke, muss ich mich auch nicht damit auseinandersetzen. Zumindest vorerst.

»Weißt du noch, wie schrecklich der Abend war?«, frage ich weiter.

»Oh Gott, ja, deine Schwester kann überhaupt nicht kochen. Nicht, dass du darin viel besser wärst … also, wer im Glashaus sitzt und so weiter.« Er schaut mich mit hochgezogenen Augenbrauen an. »Der Schinken, den sie gemacht hat, war außen schwarz, aber in der Mitte irgendwie noch roh. Und diese Brötchen! Mit denen hätte man Hockey spielen können. Na ja, also, wenn einer von uns Hockey spielen könnte.«

»Klar. Aber weißt du noch, wie unerträglich sie war?«

»Wie meinst du das?« Er schaut mich groß an.

»Wie sie jede Spur unserer Eltern ausradiert und einfach alles anders gemacht hat, nach dem Motto: Simsalabim – ein ganz neues Leben!«

Er schweigt eine Weile, während er darüber nachdenkt.

»Keine Ahnung, das kann ich nicht wirklich beurteilen. Ich kann mich vor allem an den schrecklichen Schinken erinnern und daran, dass die ganze Wohnung nach verbranntem Fleisch roch. Obwohl ich mich im Rückblick frage, was ausgerechnet wir für einen Grund hatten, uns zu beschweren. Ich bin mir ziemlich sicher, dass wir mit leeren Händen gekommen sind.«

»Du musst dich doch noch daran erinnern, wie Brooke sich bei Spencers Mutter eingeschleimt hat. Es gab diese blöden Quatschgeschenke, weil Spencers Familie das jedes Jahr so macht. Und dann haben wir nicht mal den *Grinch* angeschaut. Als ich klein war, haben wir ihn uns jedes Jahr angeschaut, das war unser Lieblingsfilm an Weihnachten.«

»Hannah, wahrscheinlich wollte sie den *Grinch* nicht anschauen, weil du damals 21 warst und nicht mehr zwölf.«

Ich schnaube empört. Wie kann er nur vergessen haben, wie schrecklich dieses Weihnachten war? Die Zeit muss seine Erinnerung getrübt haben. Für mich war dieses Weihnachten jedenfalls schmerzhaft – und ohne ihn hätte ich es nicht überlebt.

»Aber an eine Sache erinnere ich mich noch gut«, sagt er und streckt den Finger in die Luft. »Ich weiß noch, wie sie von ihrer Reise erzählt hat, auf der sie all die Orte besucht hat, die im Tagebuch deiner Mutter standen. Das fand ich wirklich schön.«

»Was?« Wenn es das gewesen wäre, was Brooke in ihrer einjährigen Auszeit gemacht hätte, wüsste ich davon. »Nein, glaub mir, sie ist nur von einem Hostel zum nächsten gezogen und Spencer hinterhergelaufen wie ein kleines Entlein.«

»Ich weiß noch genau, dass sie erzählt hat, wie viel ihr

diese Reise bedeutet hat und dass die Liste deiner Mutter ihr als Leitfaden dafür gedient hat. Vielleicht warst du da ja gerade auf der Toilette? Oder du hast dich mit jemand anderem unterhalten?«

Leise Zweifel befallen mich. Falls sie das wirklich erzählt hat, habe ich es wohl nicht mitbekommen. »Selbst wenn das mit ihrer Reise stimmt«, maule ich, »wiegt das nicht die Tatsache auf, dass sie unsere Familie aufgegeben hat.«

»Ich weiß nicht, ob ich es so ausdrücken würde. Vielleicht hat sie …«, er zögert, »… einfach weitergelebt?«

»Genau! Sie hat einfach weitergelebt! Ohne mich, dabei bin ich der letzte Rest ihrer Familie. Wer macht so etwas?«

»Sie lädt dich jedes Jahr zu Weihnachten und Thanksgiving ein. Hast du dich nicht letztes Jahr darüber beschwert, dass sie dich auch zu einem Grillfest am vierten Juli eingeladen hat?«

»Ja, aber das sind bloß Einladungen aus Mitleid. Sie ist froh, wenn ich nicht komme. Man lässt seine Familie nicht einfach im Stich. Du würdest mir sowas nie antun.«

»Warte …« Er dreht sich um und sieht mich an. »Ist das der Grund, warum du Weihnachten nicht bei Davids Eltern verbringen wolltest?«

»Was redest du denn da? Das hat nichts mit Brooke zu tun.« Ich fass es nicht, wie wenig Finn und ich momentan im Einklang sind. Ich frage mich, ob er noch ein bisschen angeheitert ist vom Champagner beim Mittagessen.

»Ja klar, ich meine jetzt auch nicht direkt. Aber du weißt, dass es in Ordnung wäre, wenn du Weihnachten mit David verbringen würdest, oder? Es ist okay, wenn wir diese Tradition hinter uns lassen und uns weiterentwickeln. Es wäre sogar gesund.«

»Aber was ist, wenn ich diese Tradition nicht hinter mir lassen will? Was ist, wenn ich die Dinge so mag, wie sie sind?«

Warum wollen alle anderen die Dinge ändern? Wie wäre es, wenn man mal das zu schätzen wüsste, was man hat? Denn ich weiß aus Erfahrung, dass es damit jeden Moment vorbei sein kann. Endlich habe ich Finn zurück, und mit David läuft es auch gut – zumindest bis vor einem Monat. Warum kann das nicht genug sein?

Er legt eine Hand auf mein Knie. »Hannah, nur weil wir uns an Weihnachten kennengelernt haben, bist du immer noch meine Familie, auch wenn wir Weihnachten mal nicht zusammen verbringen. Wir können zum Beispiel auch den Tag des Baumes oder Halloween zusammen feiern. Oh, und ich bestehe darauf, dass wir den Nationalen Margarita-Tag ganz groß feiern. Oder wir können auch am Valentinstag oder am Flag Day etwas Besonderes machen. Was ich damit sagen will, ist, dass du mich nicht so schnell loswirst, selbst wenn du es versuchst. Und es ist völlig egal, an welchem Tag wir das feiern. Es wird immer etwas Besonderes sein, einfach weil wir zusammen sind, nicht wegen eines bestimmten Datums im Kalender. Hey, wir könnten sogar unseren eigenen Feiertag erfinden. Wie wär's mit dem 23. Juli? Ich hatte schon immer das Gefühl, dass es im Sommer zu wenige Feiertage gibt.«

Ich falle ihm um den Hals, und meine Tränen sickern in seinen regenbogenfarbenen Umhang. »Ich wünschte, mir würde etwas Besseres einfallen als: ›Ich liebe dich‹«, nuschle ich in seine Schulter.

»Ich liebe dich auch«, sagt er in meinen Nacken, und ich werde das Gefühl nicht los, dass er dabei ebenfalls ein paar

Tränchen verdrückt. »Und es ist okay, wenn du auch David liebst. Das ist doch kein Entweder-oder.«

Plötzlich fällt es mir wie Schuppen von den Augen. Nach dem Tod meiner Eltern ist mein Vertrauen ins Leben ganz klein geworden. Ich habe ein Dasein wie eine Elster geführt und mich an meine Freunde geklammert wie an einen gehorteten Schatz. Ich war mir sicher, dass es nur eine Frage der Zeit ist, bis man mir alles Gute wieder wegnehmen wird, und dass hinter jeder Ecke die Katastrophe lauert. Vielleicht hat Brooke einfach das Gegenteil davon getan und sich fürs Leben geöffnet? Sie stürzt sich kopfüber in jede neue Erfahrung – Reisen, Verabredungen, Kinderkriegen –, denn die Zeit, die wir auf der Erde verbringen dürfen, ist begrenzt.

Oh Gott, was habe ich getan?

Ich denke an den Ring, der heute Morgen nicht mehr in Davids Sockenschublade lag, und seine Worte von unserem Streit klingen in meinem Kopf nach: *Ehrlich gesagt bin ich mir nicht sicher, ob du mich noch brauchst oder überhaupt willst, jetzt wo du Finn wiederhast.* Was, wenn ich ihn einmal zu oft weggestoßen habe?

»Finn, ich glaub, ich hab's echt vermasselt.«

»Priya wird dir verzeihen. Aber ich fürchte, sie hat ein bisschen recht. Vielleicht sogar mehr als ein bisschen. Wir waren alle so sehr auf Weihnachten konzentriert.«

»Ich kann nicht glauben, dass wir das mit Ben nicht wussten oder dass sie gefeuert wurde. Ich fühl mich schrecklich, weil sie das ganz alleine durchmachen musste. Wie konnte ich nur so blind sein? Ich hab's echt so was von verbockt. Und zwar nicht nur mit Priya, sondern auch mit David.« Ich erzähle ihm von dem Ring, der erst da war und dann nicht mehr, und von unserem Streit heute Morgen.

Während ich darauf warte, dass er mir bestätigt, dass ich die einzige ernsthafte Paarbeziehung, die ich je hatte, im Alleingang ruiniert habe, geht eine Frau in einer Anzughose und einem purpurfarbenen Pullover an uns vorbei, die ich schon vorhin im Aufenthaltsraum gesehen habe.

»Es tut mir leid, was Sie gerade durchmachen. Ich weiß, wie schwer das ist«, raunt sie uns im Vorbeigehen zu. Im ersten Moment denke ich, dass sie von Priya oder David spricht, und frage mich, woher sie das weiß, aber dann sehe ich in Finns Gesicht, das so tränenüberströmt ist wie meins vermutlich auch. Und wir sitzen im Flur der Kinderstation.

»Oh nein, wir sind nicht …«, will ich hastig klarstellen.

»Danke«, sagt Finn gleichzeitig.

Als die Frau das Ende des Flurs erreicht hat und in einer Toilette verschwindet, schauen wir uns an. Finns Schultern zucken vor unterdrücktem Lachen.

»Das ist überhaupt nicht lustig«, sage ich zu ihm.

»Hey, du bist doch diejenige, die hier die kranken Kinder angeglotzt hat. Ich hab mich dir bloß angeschlossen. Und dir ein offenes Ohr geschenkt.« Dann strafft er die Schultern, und sein Blick wird ernst. »Hör zu, ich glaube nicht, dass es zu spät ist, die Dinge mit David wieder in Ordnung zu bringen. Du musst mit ihm reden und ihm sagen, dass du es verbockt hast. Ruf ihn an, und erzähl ihm alles, was du mir gerade erzählt hast. Es ist immer noch …«, er blickt auf sein Handy, »viereinhalb Stunden Weihnachten.«

»Okay«, stammle ich, obwohl ich mich alles andere als okay fühle – ich bin panisch und bekomme nur noch schlecht

Luft. »Ich schaffe das«, sage ich, hauptsächlich um mich selbst zu überzeugen, zücke mein Handy und tippe auf Davids Namen in der Favoritenliste.

Das Telefon klingelt.

Und klingelt.

Und klingelt.

Mailbox.

Wahrscheinlich sitzt er mit seiner Familie um den Weihnachtsbaum und muss sich der Frage stellen, warum ich nicht da bin. Inzwischen haben sie bestimmt kollektiv beschlossen, mich zu hassen, und versichern ihm, dass er sowieso etwas Besseres als mich verdient hat. Als ich auflege, fühlt sich das Drücken des roten Buttons an, als würde ich unsere Beziehung beenden.

»Er geht nicht dran«, sage ich, obwohl es offensichtlich ist. Dann versuche ich es noch einmal, aber es ändert nichts am Ergebnis. »Wir sollten hier verschwinden, bevor noch jemand denkt, unser Kind sei gestorben. Und ich muss mit Priya reden. Vielleicht kann ich wenigstens die Sache mit ihr ins Reine bringen.«

»Dann treffen wir uns nachher dort«, sagt Finn. »Ich halte mal Ausschau nach Theo. Ich fürchte, er irrt immer noch durchs Krankenhaus und sucht nach dir.« Er zieht eine schuldbewusste Grimasse.

Ich stehe vor einer der Krankenhauskabinen, von der ich glaube, dass es Priyas ist. Es ist die dritte auf der rechten Seite hinter der Tür, aber auf einmal bin ich mir nicht mehr sicher. Ist es überhaupt die richtige Tür? Oder war es doch die vierte Kabine? Da sie nur mit Vorhängen abgetrennt ist, atme ich tief durch und rufe: »Klopf, klopf!« Ich klinge wie die neugierige Nachbarin aus irgendeiner Vorabendserie, aber das ist immer noch besser, als einen halbnackten alten Mann zu überraschen, der womöglich vor Schreck einen Herzinfarkt bekommt.

»Hallo?« Aus der Kabine vor mir dringt tatsächlich Priyas Stimme. Sie klingt müde.

Ich ziehe den Vorhang nur so weit auf, dass ich hindurchschlüpfen kann. Priya schaut mich erwartungsvoll an.

»Wenn du glaubst, dass ich gleich einen Klopf-Klopf-Witz erzähle, muss ich dich leider enttäuschen.«

Sie lacht nicht über meinen Versuch, die Stimmung aufzulockern, sondern starrt mich einfach nur an. Ihre Augen sind glasig. Ich kann nicht sagen, ob ich sie geweckt habe oder ob sie geweint hat. Ich vergeige es heute wirklich an allen Fronten.

»Also, ich habe zwar keinen Klopf-Klopf-Witz für dich, aber dafür eine Entschuldigung. Es tut mir leid, dass ich so egozentrisch war. Du hattest recht, ich bin wirklich eine schlechte Freundin.«

»Da ist was dran«, sagt Priya. »Du warst schon ein bisschen egozentrisch, aber du bist eine tolle Freundin, Hannah. Manchmal übertreibst du es vielleicht ein bisschen, denn du bist unfassbar loyal.«

»Das ist nett von dir, aber unfassbar blöd trifft es wohl eher. Sei nicht so nachsichtig mit mir. Ich war in den letzten Monaten ein egoistisches Miststück.« Ich ziehe eine Grimasse und korrigiere mich: »Vielleicht auch in den letzten Jahren?«

»Nein, das stimmt nicht. Ich war vorhin ziemlich hart zu dir, aber jetzt haben sie mir ein paar Schmerzmittel gegeben, und ich glaube, die fangen langsam an zu wirken.« Sie zuckt mit den Schultern. »Du hattest eben eine egozentrische Phase. Und wenn schon. Weißt du noch, als ich mit Charlie, diesem Cartoonisten vom *New Yorker*, zusammen war und mir sicher war, dass er mich betrügt? Da habe ich auch vier Monate lang von nichts anderem geredet.«

»Aber du hattest recht, er hat dich tatsächlich betrogen.«

Als ich Charlie damals auf einer Dating-App entdeckte, schrie ich auf und schleuderte mein Handy quer durch den Raum. Ich erkannte ihn anhand seines Fotos, weil ich Priya abendelang beim Online-Stalking unterstützt hatte. Sie bestand darauf, dass ich mich mit ihm verabredete, um ihn als Betrüger zu überführen. Also flirteten Charlie und ich ein paar Tage lang mit Nachrichten, die Priya als Ghostwriterin verfasste, und am Abend unseres ersten Dates tauchte Priya an meiner Stelle auf, um ihn zu konfrontieren. Er stürmte einfach davon, dafür wartete ich an der Bar auf sie. Wir stießen auf den Erfolg unserer Mission an, wobei der Kick, ihn überführt zu haben, den Schmerz über seinen Verrat abmilderte. Er war nicht wichtig – wir hatten ja uns.

»Also, was ich damit sagen will: Jeder darf mal eine Phase haben, in der er die Hauptrolle spielt.«

Priya war in jenem Frühjahr wirklich ziemlich unausstehlich gewesen. »Wo wir schon beim Thema sind … möchtest du darüber reden, was zwischen dir und Dr. Ben vorgefallen ist?«

Priya klopft auf das Laken neben sich. Ich setze mich zu ihr und achte dabei tunlichst darauf, dass ich nicht aus Versehen ihr verletztes Bein berühre, das auf einem Stapel Kissen liegt, während sie noch immer auf ihren Gips wartet. Irgendwo in der Ferne piepst ein Herzfrequenzmonitor vor sich hin.

Priya lehnt ihren Kopf an meine Schulter und flüstert mir die Geschichte direkt ins Ohr, damit die Leute in den angrenzenden Kabinen nicht durch die Vorhänge zuhören können.

»Ich bin einfach blöd, Han. Das Problem mit uns war ja immer die Entfernung, also dachte ich, wenn Ben hierherzieht, wäre das Problem gelöst, und wir wären zusammen. Er hat zwar von Anfang an gesagt, dass er nichts Ernstes will, dass das erste Jahr seines Praktikums hier sehr intensiv wird und er keine Zeit für eine Beziehung hat, aber ich dachte, das hat er nicht so gemeint. Also ging ich davon aus, dass wir zusammen sind, und er dachte, wir treffen uns hin und wieder auf einen Drink und für unverbindlichen Sex.« Sie schlägt die Hände vors Gesicht. »Er hat mir genau gesagt, was er von mir wollte, aber ich hab ihm nicht geglaubt. Ich bin mir nicht einmal sicher, ob es als Trennung zählt, wenn zwei Menschen sich nicht mal einig darüber sind, ob sie eine Beziehung hatten.« Sie seufzt. »Und als ich ihn gefragt habe, was wir an Weihnachten machen, ist er total ausgeflippt und hat die ganze Sache beendet. Ich glaube, deshalb war ich im letzten Monat so kritisch mit dir. Du hast dich darüber beklagt, dass du Weihnachten nicht mit David feiern willst, während ich mir fast ein Bein ausgerissen habe, damit Ben Weihnachten mit mir verbringt. Ich dachte mir, da hast du schon diesen tollen Kerl, der dich so liebt und mit dir eine Zukunft aufbauen will, und du trittst auf die Bremse.«

»Tja, für Ben ist das wohl nach hinten losgegangen. Jetzt verbringt ihr Weihnachten zusammen im Krankenhaus. Eins zu null für dich.«

»Das ist echt nicht witzig«, meint Priya. »Und es war ja auch völlig ungeplant.«

»Tut mir leid, dass ich dich die ganze Zeit mit meiner Davidthematik vollgequatscht habe. Ich wusste ja nicht, was bei dir los ist. Außerdem ist Ben ein Vollidiot, wenn er nicht mit dir zusammen sein will. Du bist doch eine echte Traumfrau.«

Ich drücke Priya einen Kuss auf die Stirn. Unsere Rollen in diesem Gespräch sind uns vertraut. Schließlich haben wir schon so oft so getan, als wäre ein Frosch ein Prinz, und waren dann enttäuscht, wenn er sich doch als Frosch entpuppte. »Falls es dich aufmuntern sollte: Wahrscheinlich bin ich auch bald wieder Single. Ich fürchte, David wird mit mir Schluss machen. Er ist supersauer.«

Sie nimmt meine Hand und drückt sie. »Dazu hat er auch allen Grund.«

»Wow«, sage ich trocken. »Echt toll, dass ich Freunde habe, die bedingungslos auf meiner Seite stehen. Finn hat im Grunde das Gleiche gesagt. Habt ihr alle heimlich ein Wahrheitsserum genommen?«

»Es ist die Aufgabe deiner Freunde, es dir zu sagen, wenn du dich bescheuert verhältst. Unternimm lieber etwas, um es zu verhindern.«

»Ich hab's ja versucht. Ich habe David angerufen, aber er ist nicht rangegangen. Wahrscheinlich hat er mich schon blockiert.«

»Oh mein Gott!«, kreischt Priya genervt. Falls die Leute in den umliegenden Kabinen bisher nicht zugehört haben, dann tun sie es jetzt garantiert. »Das ist doch kein Gespräch, das man am Telefon führt. Du musst zu ihm fahren!«

»Ja, aber haben wir uns nicht gerade gestritten, weil ich eine schlechte Freundin bin? Du liegst hier im Krankenhaus, also … sollte ich doch bei dir bleiben, oder?«

»Oh Mann«, stöhnt sie. »Sei morgen eine gute Freundin für mich. Heute Abend musst du nach Connecticut zu David fahren.«

Sie hat recht. Ich muss wirklich zu ihm. Das ist kein Gespräch, das man am Telefon führen kann. Das ist eine Situation, in der ich real zu Kreuze kriechen muss. Und selbst dann bin ich mir nicht sicher, ob wir das wieder hinbiegen können.

»Bist du wirklich sicher, dass es dir nichts ausmacht? Finn und Theo können hierbleiben. Und du kannst mich jederzeit anrufen, wenn du was brauchst, dann komme ich sofort zurück.«

»Ich werde nichts brauchen. Sie behalten mich bloß über Nacht hier, weil sie den diensthabenden Orthopäden nicht erreichen können. Und nimm Finn und Theo mit, ich glaube, du brauchst sie jetzt nötiger als ich. Ben hat mir angeboten, mit mir zu warten, wenn seine Schicht um elf zu Ende ist.«

Ihr Gesichtsausdruck ist undurchdringlich, und ich könnte nicht sagen, ob sie doch noch hofft, dass es mit ihnen nicht endgültig vorbei ist.

»Du wirst dich aber nicht wieder auf ihn einlassen, oder?«, frage ich.

»Nein, aber wir müssen noch mal reden. Ich glaube, ich brauche einen richtigen Abschluss. Ich bin noch nicht über ihn hinweg, aber das wird schon. Noch einmal mache ich diesen Fehler allerdings nicht, das war das letzte Mal.«

»Und mit uns ist wieder alles in Ordnung?«

»Alles gut. Unter Schwestern streitet man sich nun mal.« Sie grinst mich an, und ich lege meinen Kopf kurz auf ihre

Schulter. »Im Ernst jetzt, Hannah, raus aus meinem Bett und ab nach Connecticut mit dir, und zwar sofort!«

»Ja doch, ich geh ja schon.«

Ich schreibe Finn und Theo eine Nachricht und schlage vor, dass wir uns im Foyer treffen, und während ich dort auf sie warte, öffne ich die Uber-App und gebe die Adresse von Davids Eltern ein. Der Fahrpreis wird astronomisch sein, aber das ist mir egal. Die Sache ist zu wichtig.

Keine Fahrzeuge verfügbar.

Ich öffne die Lyft-App und gebe die Adresse erneut ein. *Keine Fahrzeuge verfügbar.*

Dann checke ich den Fahrplan der Metro North, aber anscheinend sind alle Züge für die restliche Nacht gestrichen worden. Die Gleise müssen eingefroren sein.

Ich gehe durch die automatische Tür hinaus auf die First Avenue. Es war Nachmittag, als wir herkamen, aber inzwischen ist es stockdunkel. Ich schaue blinzelnd zum hell erleuchteten Gebäude auf der anderen Straßenseite, während ich versuche, mich zu orientieren. Die Stadt ist seltsam ruhig, als würde die gesamte New Yorker Bevölkerung nach einem langen Tag voller Essen und Familienbesuch in bequemen Gummizughosen auf der Couch sitzen.

Ich halte nach einem Taxi Ausschau. Vereinzelt fahren welche an mir vorbei, aber bei keinem brennt das Licht auf dem Dach.

Als Finn und Theo ins Foyer kommen, laufe ich hektisch vor der Eingangstür auf und ab. Ich habe schon alle Transport-Apps heruntergeladen, die ich finden konnte, und es überall versucht. Aber ich habe noch immer kein freies Fahrzeug gefunden.

Theo hält einen riesigen Plüschbären und einen Strauß rot-grün gefärbter Nelken in den Armen, Finn einen Luftballon mit der Aufschrift: »Es ist ein Junge!«

»Wir waren noch schnell im Geschenkeladen«, erklärt Theo.

»Du solltest bei so einer großen romantischen Geste nicht mit leeren Händen auftauchen, meinte Theo. Er wollte unbedingt noch Riesenzettel schreiben, wie in *Tatsächlich … Liebe*, aber im Geschenkeladen gab es kein so großes Papier«, erklärt Finn. »Das war das Beste, was wir kriegen konnten.«

»Tja, ich fürchte, wir fahren nirgendwohin. Es gibt keine Fahrzeuge. Ich habe schon jede App ausprobiert.«

»Wir könnten ein Auto mieten. Hast du es bei Zipcar versucht?«, schlägt Finn vor.

»Die haben bis übermorgen nichts mehr. Das ist bei allen Autovermietungen so.«

»Wie wäre es mit einer Mitfahrgelegenheit?«, fragt er, als ob ich nicht schon alle Möglichkeiten durchprobiert hätte.

»Hab ich auch versucht. Nichts zu machen.« Ich höre auf, hin und her zu laufen, und lehne mich an die Fassade des Gebäudes, bevor ich in die Hocke rutsche und den Kopf in die Hände stütze. »Ich habe es auch noch ein paar Mal bei David versucht, aber er geht einfach nicht ran.«

»Hast du eine Nachricht hinterlassen?«, erkundigt sich Finn.

»Ich weiß, dass du gerade versuchst, mir zu helfen, aber du stresst mich nur noch mehr.«

»Abgesehen davon, wer will schon eine Entschuldigung auf der Mailbox? Das macht doch den Eindruck, als wolltest du dich vor einem realen Gespräch drücken«, sagt Theo, ohne von seinem Handy aufzublicken. Dann stellt er den Plüschbären und die Blumen neben mir ab und geht mit dem Telefon am Ohr ein paar Schritte von uns weg. Ich höre ihn die Worte »verzweifelt«, »Phillip Benson« und »wichtiger Kunde« sagen.

Finn und ich wechseln einen Blick. Noch nie habe ich erlebt, dass Theo den Namen seines Vaters für eine Vorzugsbehandlung benutzt. Ich habe sogar schon mitbekommen, dass er einen falschen Nachnamen angibt, um jedes Tamtam zu vermeiden. Er ist ausgesprochen zurückhaltend, was seinen milliardenschweren Vater betrifft.

Nachdem Theo sein Telefonat beendet hat, kehrt er mit einem breiten Grinsen zu uns zurück. »Ein Wagen ist unterwegs!«

Ich springe auf und falle ihm um den Hals. »Wenn David und ich uns entscheiden sollten, Kinder zu kriegen, werden wir unser Erstgeborenes nach dir benennen, versprochen.«

Ich hätte genauer nachfragen sollen, bevor ich Theo die Namensrechte versprach, denn der Wagen, der vorfährt, ist eine verrostete weiße Limousine aus den Achtzigern, die große Ähnlichkeit mit dem Auto auf den Abschlussballfotos meiner Mutter hat. Ein Fahrer in Uniform steigt aus und geht um das Auto herum, um uns die Tür aufzuhalten. Als ich mich bücke und den Kopf hineinstecke, um auf den Rücksitz zu klettern, fallen mir die blitzenden Lichtleisten auf.

Der Fahrer bemerkt meinen Gesichtsausdruck und entschuldigt sich. »Das ist leider alles, was wir heute Abend noch zur Verfügung hatten.«

»Mich interessiert nur, dass wir vor Mitternacht in Connecticut sind«, sage ich.

»Das kriegen wir hin«, versichert er mir.

Ich bin ernüchtert, aber absolut nicht überrascht, als die Limousine bereits 30 Minuten nach Beginn unserer Fahrt mitten auf der I-95 in Mamaroneck eine Panne hat. Ein lauter Knall ist zu hören, dann ein stotterndes Geräusch, bevor die Limousine auf der rechten Fahrspur zum Stehen kommt. Ich schaue Theo und Finn an und hoffe, dass meine Miene ganz deutlich *What the fuck!* zum Ausdruck bringt.

»Das ist nicht gut«, brummt George, unser Chauffeur, vom Fahrersitz. Durch die Trennwand sieht er uns an, als wüssten wir, was zu tun ist. Er versucht, den Motor wieder anzulassen, aber der macht nur ein jämmerliches Geräusch wie eine Katze, die sich übergeben muss.

Finn, Theo und ich steigen aus und schaffen es irgendwie, das Auto auf den Pannenstreifen zu schieben, während George, der behauptet Rückenschmerzen zu haben, den Leerlauf einlegt und lenkt. »Ich hoffe, du bekommst dein Geld zurück«, sage ich zähneknirschend zu Theo, während ich mich mit meinem ganzen Gewicht gegen die hintere Stoßstange der Limousine stemme. »Und das mit Baby Theo oder Theodora kannst du vergessen.«

»Halte Theo Jr. da raus, er hat mit der Sache nichts zu tun«, witzelt Theo und zieht einen Schmollmund.

Zwei Stunden später sitzen wir zitternd auf dem Rücksitz und warten noch immer auf die Pannenhilfe. George ruft alle 30 Minuten dort an und fragt nach, aber das Einzige, was der Disponent ihm sagen kann, ist: »Demnächst.« Es ist bereits elf Uhr.

»Was für ein Scheiß«, sage ich zu Finn und Theo. »Vor Mitternacht schaffen wir es nicht mehr.«

»Das ist kein Scheiß, sondern total romantisch«, widerspricht mir Theo.

Dann tauchen plötzlich blendende Scheinwerfer hinter uns auf. Sie sind so hell, dass sie das Innere der Limousine sogar durch die fünf Zentimeter dicke Schneeschicht erhellen, die sich auf der Heckscheibe angesammelt hat.

Inzwischen haben wir nur noch wenig Vertrauen in George, und als er aussteigt, um mit dem Mitarbeiter des Pannendienstes zu sprechen, folgen wir ihm vorsichtshalber, um ihn zu belauschen. Ich höre die Tür des Lastwagens zuschlagen, kann aber nichts sehen, weil ich von den Scheinwerfern geblendet werde. Seltsamerweise höre ich, wie sich bimmelnde Glöckchen auf uns zubewegen. Ich schirme meine Augen mit der Hand ab, um besser sehen zu können, aber es hilft nicht.

»Finn?«, fragt die Silhouette eines älteren Mannes im Gegenlicht.

»Wen könntest du hier draußen kennen?«, raune ich ihm zu. Wahrscheinlich sind wir schon so verfroren, dass wir halluzinieren.

»Und Liam? Hannah? Seid ihr das?«, ruft die Stimme da.

Aus dem Gegenlicht der Scheinwerfer tritt der Mann in unser Blickfeld. Er trägt einen Weihnachtsmannumhang über einem Overall und hat einen Riemen mit Schlittenglocken über der Schulter hängen. In seinem dichten grauen Bart verfangen sich Schneeflocken. Irgendwie kommt er mir bekannt vor, aber ich kann ihn nicht einordnen. Kurz kommt mir der Gedanke, dass ich ihn aus dem Fernsehen kennen könnte und wir uns in einer Art Quizsendung befinden, in der wir Fragen zum Thema Weihnachten beantworten müssen, um eine Taxifahrt zu gewinnen.

Dann fällt mir ein, dass es Kevin ist. Oder Pete? Nein, Richard? Jedenfalls der Mann im Hühnchenkostüm, mit dem wir vor Jahren auf der Weihnachtsparade waren.

»Keith!«, schreit Finn.

Richtig, so hieß er.

»Was macht ihr denn hier draußen in der Vorstadt?«, ruft Keith uns zu, noch immer aus ein paar Metern Entfernung.

»Und was machst *du* hier?«, entgegnet Finn. »Ich glaub's ja nicht! Und wieso kannst du dich überhaupt an uns erinnern?«

»Oh, ihr vier habt Eindruck bei mir hinterlassen. Moment, wo ist denn eure andere Freundin?«

»Im Krankenhaus«, sagt Finn, und Keith schaut erschrocken. »Es geht ihr gut, das ist aber eine lange Geschichte. Was wolltest du gerade sagen?«

»Ach, wisst ihr, in all den Jahren, in denen ich bei der Parade mitgemacht habe, hat mich nie jemand eingeladen, hinterher noch mitzukommen. Abgesehen von euch. Normalerweise bin ich mittags schon wieder zu Hause, esse ein Erdnussbutter-Marmeladen-Sandwich und übernehme dann die Abendschicht, damit meine Kollegen mit ihren Familien zu Abend essen können.«

Ich fühle mich schuldig, weil ich mich kaum noch an ihn erinnere, obwohl unser Treffen einen solchen Eindruck auf ihn gemacht hat.

»Wir sind echt froh, dass du hier bist«, sagt Finn. »Wir haben, äh, ein paar Probleme mit dem Auto.«

»Was macht ihr denn so weit draußen? Ihr seid doch nicht etwa auf der Flucht, oder?« Keith lacht über seinen eigenen Scherz.

»Wir wollen eigentlich zu Hannahs Freund nach Fairfield. Sie haben sich gestritten, und sie muss mit ihm reden.«

»Na, dann schauen wir mal, was wir tun können«, sagt Keith. »Die Chancen stehen gut. Wir haben den Weihnachtszauber auf unserer Seite. Wie ich sehe, hat er bei euch beiden funktioniert.« Er zeigt auf Theo und Finn. »Ich freu mich, dass ihr noch zusammen seid.«

»Wir?« Finn schnappt nach Luft. »Nein, wir … äh … da irrst du dich.«

Keith schaut ihn komisch an, sagt aber nichts weiter dazu. »Also, dann sehen wir uns den Wagen mal an.«

Keith klopft 15 Minuten lang unter der Motorhaube der Limousine herum, während George mit einer Taschenlampe neben ihm steht und wenig hilfreiche Theorien darüber aufstellt, was kaputt sein könnte. Irgendwann bittet Keith Finn, das Auto versuchsweise anzulassen, und ein paar Sekunden lang klingt es vielversprechend, aber dann passiert nichts mehr.

»Es tut mir leid«, sagt Keith. »Ich fürchte, wir müssen es abschleppen.«

»Und dann könnt ihr die Limousine in eurer Werkstatt reparieren?«, frage ich hoffnungsvoll.

»Sicher, irgendwann. Aber ich muss erst ein paar Teile bestellen.«

»Aber wir müssen nach Fairfield«, sage ich. »Noch heute Nacht.«

»Vielleicht kann ich euch da helfen«, sagt Keith.

Wir quetschen uns auf den Rücksitz von Keiths Abschleppwagen und werden von einer als Weihnachtsfrau verkleideten Kollegin auf dem Vordersitz begrüßt. Keith stellt sie uns als Elaine vor, seine neue Frau, und erzählt, dass er seine Paraden-Tradition dieses Jahr gegen etwas Neues eingetauscht, die Kostüme aber als Andenken an seine verstorbene Frau behalten hat. Wenigstens eine weihnachtliche Liebesgeschichte, die gut ausgegangen ist.

Eine Stunde später sitzen wir in einem alten Pick-up, den Keith uns geliehen hat. Finn fährt, und ich sitze zwischen ihm und Theo auf der Sitzbank. Die Uhr auf dem Armaturenbrett zeigt 0:34 Uhr. »Ich schätze, ich werde dieses Weihnachten wohl doch nicht mehr retten können«, seufze ich.

»Was soll das heißen?«, sagt Finn empört. »Laut Keiths Wegbeschreibung sind wir in einer Stunde da.« Unsere Handyakkus sind alle leer, also navigieren wir wie in den Neunzigern, in der Zeit vor GPS. Keith hat uns versichert, dass es nach Fairfield auf der I-95 einfach immer geradeaus geht und dass es im Handschuhfach jede Menge Karten gibt, falls wir sie doch brauchen sollten. Aber ich bin mir ziemlich sicher, dass ich mich an die Strecke vom Highway zu Davids Elternhaus erinnere.

»Ja, aber dann ist nicht mehr Weihnachten.«

»Ach, nimm das doch nicht so wörtlich. Es ist Weihnachten, bis wir ins Bett gehen.«

Er schaltet das Radio ein, und »Last Christmas« ertönt im Fahrerhaus des Trucks. *Last Christmas, I gave you my heart. But the very next day you gave it away.* Wie passend, wenn man bedenkt, dass dies wahrscheinlich unser letztes gemeinsames Weihnachten ist und David am 26. Dezember mit mir Schluss machen wird. In diesem Moment spüre ich mich sehr verbunden mit George Michael.

Eine Stunde und ein paar falsche Abzweigungen später halten wir vor Davids Elternhaus. »Vielleicht war das doch keine so gute Idee?«, bemerke ich, als wir das dunkle Haus anstarren, in dem wahrscheinlich alle schon seit Stunden schlafen.

»Ich schätze, das hängt davon ab, wie die Sache ausgeht«, sagt Finn, »und wir werden nie erfahren, wie sie ausgeht, wenn du nicht klingelst.«

Ich stupse Theo an, damit er mich aus dem Auto lässt. »Die Würfel sind gefallen. Wünscht mir Glück«, sage ich.

»Viel Glück!«, ruft Finn, und Theo meint: »Das brauchst du nicht. Liebe ist stärker als Glück.«

24

Finn

Dieses Jahr, 26. Dezember

Hannah flitzt den schneebedeckten Gehweg hinauf, ein karmesinroter Blitz vor einem Hintergrund aus makellosem Weiß. Ich kann mich nicht entscheiden, ob diese Symbolik eher düster ist (der erste Blutstropfen auf einem schneebedeckten Schlachtfeld in einem Filmepos aus dem Zweiten Weltkrieg) oder hoffnungsvoll (eine einzelne Blume, die nach einem langen, kalten Winter aus dem Boden hervorbricht). In meinem Kopf wird die Szene von dramatischer Filmmusik begleitet, die mit jedem Schritt, den sie auf die Haustür zugeht, weiter anschwillt.

»Ich kann gar nicht hinsehen«, sagt Theo, obwohl seine Augen durch das Beifahrerfenster fest auf sie gerichtet sind. Er greift nach meiner Hand, als wäre die Spannung unerträglich.

Eine Minute lang steht sie vor der Tür und tut gar nichts. Mein mentaler Soundtrack gerät ins Stocken wie eine zerkratzte Schallplatte.

Wird sie jetzt kneifen? Wenn ja, bin ich bereit, loszufahren und sie im Vorgarten von Davids Eltern zurückzulassen. Irgendwann werde ich schon zurückkommen, aber ich bin mir nicht zu schade, sie zu ihrem Glück zu zwingen. Ich werde nicht zulassen, dass sie sich diese Chance jetzt noch versaut. Es wäre nur zu ihrem Besten. Das mit David ist etwas Ernstes, sie hat bloß Schiss. Und ganz egoistisch betrachtet, gefällt mir die Vorstellung, dass jemand für sie da sein wird, wenn ich wegziehe.

Endlich nähert sich ihr Finger der Türklingel. *Yes!* Ich schwinge die Faust, als wäre sie meine Lieblingsmannschaft und hätte gerade das Siegestor geschossen. Theo zuckt erschrocken zusammen, überrascht von meiner lauten Reaktion.

Im oberen Stockwerk des Hauses geht ein Licht an, und kurz darauf öffnet eine ältere Frau in einem flauschigen weißen Bademantel die Tür. Ihr kinnlanges Haar steht auf der einen Seite senkrecht ab und ist auf der anderen Seite plattgedrückt und leicht verfilzt, sodass sie unwillentlich an einen Möwenschwarm erinnert.

»Mach das Fenster einen Spalt weit auf«, zische ich. »Mal sehen, ob wir sie hören können.«

Er drückt auf den Knopf, um das Fenster herunterzulassen, aber es bewegt sich nicht. »Ich glaube, es ist festgefroren.«

Wir beobachten, wie Hannah und die Frau, die wir für Davids Mutter halten, sich kurz unterhalten, aber keine zwei Minuten später umarmen sie sich, und Hannah dreht sich um und kommt zurück zum Auto.

»Meinst du, dass er sie nicht sehen wollte?«, fragt Theo. »Das wäre total gemein.«

»Pst, tu so, als hätten wir sie nicht beobachtet.« Ich drehe meinen Kopf und blicke demonstrativ durch die Windschutzscheibe. »Tu so, als ob du über etwas lachst, was ich gesagt habe, damit es so aussieht, als ob wir uns die ganze Zeit unterhalten hätten.«

Aber Theo ist kein dankbarer Bühnenpartner und starrt mich nur verständnislos an.

Hannah öffnet die Beifahrertür und verkündet: »Er ist nicht mehr da. Er ist schon zurück in die Stadt gefahren.«

Theo und ich stöhnen auf. Keith war so freundlich, uns seinen Wagen zu leihen, aber er hatte keinen Ladeadapter für den Zigarettenanzünder, und der Wagen ist zu alt für einen USB-Anschluss. Zu dem Zeitpunkt kam uns unsere Mission zu kritisch vor, um an irgendeiner Tankstelle eine kurze Pause einzulegen und unsere Handys aufzuladen, aber rückblickend betrachtet hätte uns das eine Menge Zeit und Kopfschmerzen erspart.

»Also fahren wir wieder zurück in die Stadt?«, frage ich. Hannah nickt, ihr Gesichtsausdruck zeugt von grimmiger Entschlossenheit.

Die Fahrt zurück verläuft ruhig. Der Feiertag, die späte Stunde und der Schnee sorgen dafür, dass wir den Highway fast für uns alleine haben. Im Autoradio laufen die üblichen Weihnachtslieder. In der Nähe von New Rochelle sagt Hannah plötzlich: »Seine Eltern denken bestimmt, dass es um unsere Beziehung nicht gerade rosig steht. Erst tauche ich zu Weihnachten nicht auf, und jetzt weiß ich nicht einmal, wo David ist.«

»Wen interessiert schon, was sie denken?«, sage ich.

»Mich offenbar schon«, erwidert sie. Ich weise sie lieber nicht darauf hin, dass es mir schon immer wichtiger war, als ich zugeben wollte. Wir versinken eine Weile in nachdenkliches Schweigen, während »I'll Be Home for Christmas« in »Let it Snow« übergeht.

»Was mache ich, wenn es zu spät ist?«, fragt sie schließlich.

»Wir könnten es wie die *Golden Girls* machen und zu viert in ein Haus in Miami ziehen, jede Menge Käsekuchen essen und über unsere Ex-Freunde lästern«, schlage ich vor.

»Klingt nicht nach dem schlechtesten Plan«, sagt Theo. Er hatte den Kopf ans Beifahrerfenster gelehnt und vor sich hingedöst, deshalb war mir gar nicht klar, dass er zugehört hat.

Es ist fast halb drei, als wir vor dem Hochhaus halten, in dem die Wohnung von Hannah und David liegt. Bis auf zwei Fenster ist das Gebäude dunkel.

»Wir bleiben in der Nähe«, versichere ich. »Wir versuchen nur, irgendwo unsere Handys aufzuladen. Ruf an oder schreib uns, damit wir wissen, dass alles in Ordnung ist. Und wir können jederzeit zurückkommen und dich abholen, wenn du uns brauchst.« Ich drücke ihr einen Kuss auf die Schläfe. »Ich bin stolz auf dich«, flüstere ich in ihr Haar.

Wir parken in einer überteuerten Garage – 60 Dollar für zwei Stunden plus 15 Dollar Extragebühr für übergroße Fahrzeuge – und lassen die auffälligsten Teile unserer Kostüme im Wagen. Die Schminke habe ich mir noch in der Krankenhaustoilette mit Handseife und Papiertüchern von den Augen geschrubbt. Wir sehen zerknautscht und müde aus, aber beinahe normal, wenn man nicht zu genau hinschaut und merkt, dass Theo eine goldene Lamé-Hose trägt. Die letzten 18 Stunden, seit ich gestern Morgen aufgewacht bin, kommen mir wie eine ganze Woche vor.

Das Einzige, was um diese Zeit geöffnet hat, ist ein Vierundzwanzig-Stunden-Deli in der Greenwich Street.

»Was nimmst du?«, frage ich Theo, während wir die riesige Speisekarte hinter dem Tresen studieren.

»Einen Kaffee.«

»Kann ich ein Patty Melt bekommen?«, frage ich den jungen Mann hinter dem Tresen. Er ist wahrscheinlich auf dem College, und ich frage mich, ob er ein weiteres Weihnachtswaisenkind ist oder nur deshalb hier, weil die Überstunden am Feiertag zu gut bezahlt werden, um es sich entgehen zu lassen. Ich hoffe, es ist Letzteres.

Ich sehe, wie Theo mir wegen meiner Bestellung einen amüsierten Seitenblick zuwirft.

»Was?«, frage ich. »Wir haben nicht zu Abend gegessen, hast du keinen Hunger?«

»Ich bin zu nervös zum Essen.«

Wir setzen uns an einen zerkratzten Holztisch am Fenster.

»Du glaubst also nicht, dass er ihr verzeihen wird?«, frage ich Theo. Ich selbst gehe davon aus, dass Hannah und David inzwischen Versöhnungssex im Flur hatten. Er wird froh sein, dass sie endlich zur Vernunft gekommen ist.

»Ich weiß es nicht.« Theo nimmt einen nachdenklichen Schluck aus seinem Pappbecher. »Aber ich finde, sie ist mutig.«

»Weil sie ihrem Freund sagt, dass sie im letzten Monat ein Sturkopf war? Stur zu sein, ist Hannahs Normalzustand. Ich weiß nicht, ob ich das mutig nennen würde.«

»Nein, ich meine, dass sie etwas für die Liebe riskiert. Dass sie bereit ist, ihre Komfortzone zu verlassen. Damit macht man sich verletzlich, und ich finde, das ist mutig.«

Ich frage mich, nicht zum ersten Mal, ob wir immer noch von Hannah sprechen oder ob wir vielleicht dazu übergegangen sind, über uns zu reden. Schon immer habe ich mich gefragt, ob Theo weiß, was ich für ihn empfinde. Ob er weiß, dass es bei meinem Streit mit Hannah nicht nur um Jeremy ging. Jedenfalls fühlen sich seine Worte wie eine Aufforderung an: Wenn ich mutig wäre, würde ich es ihm sagen. Wir starren uns an, das Geräusch des brutzelnden Pattys auf dem Grill übertönt unser Schweigen.

Was soll's. Ich bin es leid, ein Feigling zu sein. Ich habe es satt, mich minderwertig zu fühlen. Außerdem bin ich müde und erschöpft und etwas benommen vor Hunger, und in diesem Zustand erscheint es mir gar keine so schlechte Idee, es ihm endlich zu sagen. Ein letzter mutiger Vorstoß – wenn auch mit wenig Aussicht auf Erfolg –, bevor ich New York verlasse.

»Wenn das so ist«, beginne ich, »muss ich dir etwas sagen.«

Seine grünen Augen fixieren mich, und mir wird so flau im Magen, als befänden wir uns am Kipppunkt einer Achterbahn.

»Ich habe Gefühle für dich. Also, romantische Gefühle, keine freundschaftlichen. So habe ich schon immer für dich empfunden, und ich will, dass du das weißt.« Ich mache es kurz, um mir keine Möglichkeit für einen Rückzieher zu geben. Lieber reiße ich das Pflaster schnell ab.

Er blinzelt mich an. Sein Gesicht ist ausdruckslos. Ich frage mich, ob er durch mein Hemd hindurch in meine Brust blicken kann, bis zu meinem rasend schnell schlagenden Herzen.

»Ist das eine gute Idee?«, fragt er dann.

Der kleine Hoffnungsfunke, den ich all die Jahre gehabt habe, flackert ein wenig auf, weil er mich nicht direkt abgewiesen hat. »Natürlich ist das keine gute Idee. Aus einer ganzen Reihe von Gründen.« Ich zähle sie an meinen Fingern ab. »Ich gehe weg, und wir sind Freunde, und wir könnten es vermasseln. Es ist eine schreckliche Idee.« Er nickt so eifrig wie eine dieser Wackelkopffiguren. »Aber ich liebe dich, und manchmal ist die Liebe chaotisch und unbequem.«

»Ich liebe dich auch …«, sagt er. Seine Betonung macht deutlich, dass seine Liebeserklärung mit einem Komma und nicht mit einem Punkt versehen ist, und ich mache mich auf das große Aber gefasst. Ich wäre am Boden zerstört, wenn der Rest des Satzes lauten würde: *aber nur als Freund*, und falls er sagt: *aber ich bin nicht in dich verliebt*, kann ich nicht garantieren, dass ich ihm keine Ohrfeige verpasse.

Doch es kommt keine Fortsetzung. Er verstummt einfach. Am liebsten würde ich ihn am Kragen packen und den Rest des Satzes aus ihm herausschütteln. Nicht zu wissen, wie der Satz endet, ist einfach zu viel für mich. Diesmal bin ich nicht bereit, einen Rückzieher zu machen. Jetzt, wo ich schon so weit gekommen bin. Also hake ich nach. »Ich hab dich jetzt noch nicht sagen gehört, dass du *keine* Gefühle für mich hast. Also hast du welche?«

Der Moment ist wie elektrisch aufgeladen.

»Ich halte das für keine gute Idee«, bestätigt Theo.

»Das habe ich schon verstanden. Aber hast du nun Gefühle für mich oder nicht? Empfindest du mehr für mich als für einen Freund? Denn wenn ja, dann sollten wir genauer hinsehen.«

Aus dem Augenwinkel erwische ich den Jungen hinter dem Tresen dabei, wie er uns gebannt beobachtet. Als er merkt, dass ich in seine Richtung schaue, senkt er hastig den Kopf und macht sich an dem Burgersandwich zu schaffen, auf das ich jetzt keinen Appetit mehr habe.

»Du verlässt New York, was also würde es bringen?«

»Ich verlasse ja nicht dich, ich gehe bloß nach L.A. Du könntest mitkommen. Oder mich dort besuchen.«

Er wirkt nicht gerade begeistert.

»Du hast hier keinen Job«, fahre ich fort. »Deinem Vater gehört eine verdammte Fluggesellschaft. Das wäre also höchstens eine kleine Unannehmlichkeit. Mein Umzug wäre kein K.o.-Kriterium, und ich werde auch nicht so tun, als ob. Also sag mir, hast du Gefühle für mich oder nicht?« Ich spiele ein gefährliches Spiel. Heute Abend werde ich meine Antwort bekommen.

»Ich …«, das Wort hängt eine unerträglich lange Zeit zwischen uns in der Luft, bevor Theo Luft holt und den Satz beendet: »… empfinde nicht so für dich.«

Er greift mit seiner Hand nach meiner, die auf dem Tisch zwischen uns liegt, und ich schubse sie weg, als hätte ich mich daran verbrannt.

»Aha«, ist alles, was ich dazu sagen kann.

Er hatte also keine Angst, zuzugeben, dass er Gefühle für mich hat. Er hat einfach nur versucht, meine Gefühle nicht zu verletzen, indem er für sich behalten hat, dass er nicht so für mich empfindet. Galle steigt in meiner Kehle auf, während meine Augen feucht werden. Ich fühle mich wie eine Wasserbombe, die zu platzen droht.

Der Junge hinter dem Tresen steht mit meinem Sandwich auf einem Pappteller an der Kasse bereit und wartet bloß auf den richtigen Zeitpunkt, es mir zu bringen. Ich kann nicht so tun, als hätte er nicht jedes Wort gehört, denn hier drin ist es mucksmäuschenstill, und wir haben uns nicht gerade leise unterhalten. Ich weiß genauso wenig wie er, was ich als Nächstes tun soll.

»Jetzt weiß ich es also«, sage ich.

Tränen steigen mir in die Augen, doch ich will auf gar keinen Fall, dass Theo mich weinen sieht. »Weißt du was? Ich werde mich mal bei Hannah erkundigen, ob alles in Ordnung ist. Ich habe mein Handy nicht aufgeladen, wie ich es ihr versprochen habe, und ich will nicht, dass sie sich Sorgen macht.« Ich stehe auf, zücke mein Portemonnaie und werfe alles Bargeld auf den Tisch, das ich bei mir habe – drei Scheine. Es ist nicht genug, aber jetzt ist nicht der richtige Zeitpunkt, um über Fairness gegenüber Theo nachzudenken. Das Leben ist nicht fair. Wäre es das, würde er mich auch lieben.

»Finn«, sagt er, »das muss doch nichts ändern.«

Ist er wirklich so dumm, das zu glauben? Das ändert alles.

Als ich zur Tür gehe, hält der Junge den Teller mit meinem Sandwich hoch und ruft: »Soll ich Ihnen das einpacken?«

Ich kann nicht antworten, weil ich es jetzt natürlich nicht mehr will, aber wenn ich es ihm sage, wird meine Stimme brechen, und ich werde erst weinen, wenn ich aus Theos Blickfeld verschwunden bin.

Also eile ich aus der Tür und gehe mit festen Schritten an der Fensterfront des Delis vorbei. Theo erhebt sich von seinem Stuhl, und für einen Moment frage ich mich, ob er mir nachlaufen wird. Stattdessen bleibt er stocksteif stehen und starrt mich durchs Fenster mit einem gequälten Gesichtsausdruck an. Als ob er genau wüsste, dass er das mit uns vermasselt hat.

Aber so ist es.

Ich eile weiter, Schneeflocken verfangen sich an meinen Wimpern, und sobald ich außer Sichtweite bin, laufen mir die Tränen herunter.

25

Hannah

Dieses Jahr, 26. Dezember

Ich fand immer schon, dass der Flur unseres Wohnhauses wie ein Hotel wirkt, nicht wie ein richtiges Zuhause. Als ich an unserer Tür ankomme, taste ich nach meinem Wohnungsschlüssel. Nichts.

Ich klemme mein Handy zwischen Kinn und Brust und drehe alle Taschen auf links, um nach dem Schlüssel zu suchen, und als ich ihn nicht finde, nach einem Loch in den Nähten. Oh Gott, was ist, wenn er irgendwo in die vielen Innenfutterlagen des Kleides gerutscht ist? Aber bei meiner Suche kommen weder Schlüssel noch Löcher zutage. Er muss mir im Lastwagen herausgefallen sein, oder vielleicht steckt er in meinen normalen Klamotten, die ich im Krankenhaus vergessen habe.

Der pessimistischste Teil meines Gehirns fragt sich, ob ich sie nach heute Abend überhaupt noch brauchen werde. David würde die Wohnung behalten, wenn wir uns trennen. Ich könnte mir die Miete ohnehin nicht leisten.

Zaghaft klopfe ich an die Wohnungstür.

Was, wenn David gar nicht hier ist? Was, wenn er sich ein Hotelzimmer genommen hat oder seine Wut auf der Couch seines Bruders ausschläft? Ich will gerade zurück zum Eingang gehen, um den Ersatzschlüssel von der Rezeption zu holen, als David die Tür öffnet. Er trägt seine Chino von heute Morgen und ein weißes Unterhemd. Trotz der späten Stunde sieht er hellwach aus. Seine Haare stehen ab, als hätte er sich immer wieder mit den Händen hindurchgefahren.

Instinktiv falle ich ihm um den Hals und drücke ihn so fest, dass er kaum noch Luft bekommt. Ich klammere mich an ihn, als könne er mich nicht verlassen, wenn ich ihn einfach fest genug halte. Und selbst wenn er mit mir Schluss machen sollte, müsste er mich für den Rest seiner Tage mit sich herumtragen wie eine Klette. Erleichterung macht sich in mir breit, als er meine Umarmung erwidert und eine Reihe von schnellen Küssen auf meinen Haaransatz drückt.

»Wo warst du denn?«, fragt er. »Ich habe mir solche Sorgen gemacht. Du hast mich 15 Mal angerufen, keine Nachricht hinterlassen und bist dann nicht mehr ans Telefon gegangen. Ich dachte schon, dir wäre etwas passiert.«

»Mein Handyakku ist leer.« Ich löse mich von ihm und halte mein Telefon hoch, um den Wahrheitsgehalt meiner Aussage zu beweisen.

»Geht's dir gut?« In seiner Stimme schwingt Sorge mit.

»Mir geht es gut. Allen geht es gut«, antworte ich, bevor mir einfällt, dass das nicht ganz stimmt. »Allerdings ist Priya im Krankenhaus …«

»Oh Gott! Was ist passiert?«

»Sie ist beim Schlittschuhlaufen gestürzt. Hat sich das Bein gebrochen, aber das wird schon wieder.«

»Dann warst du die ganze Zeit im Krankenhaus?«

»Ich war in Connecticut.«

»In Connecticut? Warum? Ich bin schon seit ungefähr halb acht wieder hier. Ich hab deine Anrufe erst nicht mitbekommen, weil ich das Handy auf lautlos hatte und auf der Couch eingepennt bin.«

Ich muss mir ein Lachen verkneifen. David war die ganze Zeit hier. Er war schon zu Hause, bevor wir das Krankenhaus überhaupt verlassen haben. Der ganze Aufwand heute Abend war ein komplett sinnloses Unterfangen.

»Ich bin zu deinen Eltern gefahren. Ich musste dich sehen, persönlich, weil ich mich bei dir entschuldigen wollte. David, es tut mir so leid, ich war so ein Trottel. Nicht nur heute Morgen, schon seit Monaten. Und du verdienst etwas viel Besseres als mich, aber ich liebe dich, und ich will alles besser machen, wenn du mich lässt. Ich hätte heute mitkommen sollen. Wenn es für dich wichtig ist, Weihnachten mit deiner Familie zu verbringen, dann ist es auch für mich wichtig. Das hätte ich früher erkennen sollen, aber ich verspreche, dass ich nächstes Jahr mitkomme.«

»Hannah«, sagt er und stößt einen tiefen Seufzer aus. »Ich will kein Lückenbüßer sein. Ich will nicht, dass Weihnachten mit mir nur der Trostpreis für dich ist, wenn Finn weg ist und du keine bessere Option hast.« Er klingt nicht wütend, nur traurig.

»Das ist nicht so, wie du …«, beginne ich, bevor mir klar wird, dass es genau so klingt.

Auf einmal ergreift mich die Panik, dass unser Streit bereits zu weit fortgeschritten sein könnte. Ich frage mich, wo in unserer Beziehung die Linie liegt, die nicht überschritten werden darf, wenn noch eine Chance auf Vergebung bestehen soll. Schlimmer noch, ich überlege, ob ich sie in den letzten Monaten nicht schon überschritten habe, ohne es zu merken, geblendet von meiner eigenen Sturheit.

Diese Erkenntnis verschlägt mir fast den Atem. Ich beginne hektisch zu atmen, doch David drückt mich an sich. Er streicht mir übers Haar und macht leise beruhigende Geräusche. »Atmen«, sagt er zu mir. »Alles gut.«

»Es ist gar nicht alles gut. Ich bin so blöd«, jammere ich kläglich.

Er lacht an meinem Ohr.

Lachen ist gut. Normalerweise lachen die Leute doch nicht, wenn sie sich trennen.

Ich löse mich von ihm, und wir stehen im Flur und sehen uns an. Ich muss ihm unbedingt klarmachen, wie ernst es mir ist. Mit ihm, mit uns.

»Du bist kein Trostpreis. Ganz und gar nicht. Mir ist heute klargeworden, dass ich mich eigentlich nur wegen Brooke so an meine Weihnachtstradition geklammert habe …«

»Brooke? Mit der hast du doch schon seit Jahren kein Weihnachten mehr verbracht.«

»Ganz genau. Ich dachte immer, dass ihr unsere Familie nichts mehr bedeutet. Dass sie einfach abgehauen ist, sobald sich etwas Besseres ergab, und unsere Herkunftsfamilie hinter sich gelassen hat. Zumindest ist es mir so vorgekommen. Was das betrifft, ist mir inzwischen auch einiges klargeworden, aber ich kann gerade nur eine Entschuldigung zurzeit anpacken. Jedenfalls lag es an dieser Sache mit Brooke, dass ich meine eigene Weihnachtstradition mit Finn, Theo und Priya um keinen Preis aufgeben wollte. Ich weiß, dass du das nicht verstehst, aber für mich sind sie auch Familie.«

Er greift nach meiner Hand, verschränkt seine Finger mit

meinen und senkt den Blick. »Ich weiß, dass sie für dich Familie sind, und ich verlange nicht, dass du sie aufgibst. Ich weiß, wie wichtig sie für dich sind. Und ich mag, wie engagiert und loyal du bist, wenn es um deine Freunde geht.« Er sieht mich an, offen und verletzlich. »Ich bitte dich nur darum, dass du mich genauso wichtig nimmst. Ich will bei dir auch an erster Stelle stehen – nicht die ganze Zeit, aber schon manchmal. Es geht auch nicht wirklich um Weihnachten. Es ist mir egal, wo wir Weihnachten feiern. Wir können diesen Tag von mir aus in irgendeiner Spelunke verbringen oder in der Wüste oder auf dem Mond. Solange wir nur zusammen sind.« Er drückt meine Hand und fügt dann hinzu: »Es sei denn, wir haben Kinder, dann müssen wir Weihnachten mit meiner Familie verbringen, sonst würde meine Mutter ausflippen.«

»Das können wir gerne machen«, meine ich lachend. »Ich möchte Weihnachten auch mit dir verbringen. Und das sage ich nicht nur so.« Jetzt verstehe ich, warum es große Gesten gibt. Ich möchte ihm zu verstehen geben, dass dies kein Lippenbekenntnis ist. Es ist kein leeres Versprechen, das ich in den nächsten 364 Tagen wieder vergessen werde. Es kommt von Herzen. Ich wünschte, ich könnte es mit einem Flugzeug in den Himmel schreiben lassen oder ein Feuerwerk in Herzform abbrennen oder ein Picknick mit all seinen Leibspeisen veranstalten, um ihm zu beweisen, wie tief meine Liebe zu ihm ist.

Mein Blick fällt auf eine Brottüte, die in einer Keramikschale auf der Kücheninsel liegt. Ich ziehe David mit mir dorthin und löse den Verschluss von der Tüte.

»Was machst du da?«, fragt David, verwirrt von der Unterbrechung unseres Gesprächs und meinem plötzlich scheinbar übermächtigen Hunger auf Brot.

Ich drehe mich wieder zu ihm und lasse mich auf ein Knie sinken. Ich habe das überhaupt nicht durchdacht, aber es fühlt sich richtig an. Mein leuchtend rotes Kleid breitet sich um mich herum auf dem Boden aus. Ich sehe zu ihm auf und versuche, all die Liebe in meinen Blick zu legen, die ich in diesem Moment für ihn empfinde.

»David?«

»Ja.« Er lächelt überrascht.

»Ich möchte, dass du weißt, wie ernst es mir mit uns ist. Ich möchte samstags gemeinsam mit dir auf den Markt gehen und sonntagmorgens zusammen mit dir Kreuzworträtsel lösen. Ich will dir vor einer wichtigen Präsentation in der Arbeit deine Lieblings-Ramen-Suppe mitbringen, und ich will wissen, was als Nächstes kommt, wenn du dein Pizzarezept perfektioniert hast. Außerdem möchte ich endlich mit dir nach Italien reisen. Aber vor allem will ich dich. Ich will, dass du auch meine Familie bist. Willst du mich heiraten?«

»Ja … ich hab doch schon Ja gesagt.« Er hat Tränen in den Augen, als ich den Brottütenverschluss um seinen Ringfinger wickle. Er zieht mich zu sich hoch und schließt mich in die Arme. Dann küsst er mich. Es ist ein Kuss, der ein Versprechen für ein ganzes Leben in sich trägt – ein verheißungsvoller Kuss.

Dann löst er sich kurz von mir und sagt: »Ich liebe dich so sehr, Hannah«, bevor er mich erneut küsst und mit dem Rücken gegen die Kücheninsel schiebt. Ich knabbere spielerisch an seiner Unterlippe. Seine Hände wandern hinunter zu meinem Po und heben mich auf die Arbeitsplatte. Ich schlinge meine Beine um seine Hüfte, während ich seine Zunge an meinen Lippen spüre.

»Ich habe keine Ahnung, wie ich dich aus diesem Kleid herausbekommen soll«, murmelt er.

»Das wird ein Albtraum, es hat unzählige winzige Knöpfe.«

Er fährt mit der Hand über meinen Rücken und fängt an, am obersten Knopf herumzunesteln. »Kann ich es nicht einfach aufreißen?«, fragt er grinsend.

»Es gehört mir leider nicht. Ich muss es zurückgeben, und zwar am besten heile.«

Er hat etwa die Hälfte der Knöpfe geschafft – er kommt nur sehr langsam voran, weil er es blind macht, während wir fieberhaft weiterknutschen –, als es an der Tür klopft.

Wir lösen uns widerwillig voneinander und sehen uns fragend an. Ich will schon vorschlagen, das Klopfen einfach zu ignorieren, aber dann fällt mir wieder ein, dass ich Finn versprochen habe, Bescheid zu geben, dass alles in Ordnung ist, und das habe ich nicht getan.

»Ich glaube, das ist Finn«, sage ich zu David. »Es dauert nur eine Sekunde.«

Als ich die Tür öffne, sehe ich in Finns niedergeschlagenes Gesicht. Seine Wangen sind nass – ob vom Schnee oder von Tränen, kann ich nicht sagen.

»Was ist denn los?«

»Kann ich reinkommen?«, fragt er.

Ich schaue über meine Schulter zu David, der immer noch an der Kücheninsel steht, und erinnere mich an das Versprechen, das ich ihm gerade gegeben habe, dass ich versuchen werde, ihn an erste Stelle zu setzen. Das Ganze fühlt sich an wie eine Prüfung des Schicksals. Mein Blick wandert zwischen den beiden hin und her, und ich weiß nicht, was ich in dieser unmöglichen Lage tun soll. Es bringt mich fast um, aber ich sage zu Finn: »Gerade ist wirklich nicht der beste Zeitpunkt. Können wir morgen reden?«

David tritt hinter mich und sieht Finns mitgenommenes Gesicht. Daraufhin beugt er sich über meine Schulter und flüstert mir ins Ohr: »Das ist nicht der Moment, in dem ich an erster Stelle stehen muss. Manchmal ist es in Ordnung, wenn ich an zweiter Stelle komme.«

»Danke«, sage ich zu ihm und ziehe Finn in die Wohnung.

»Soll ich euch beiden einen Tee machen?«, bietet David an. »Es ist halb vier morgens, ich könnte Sandwiches oder French Toast machen, bevor das hier noch verkommt«, sagt er und zeigt auf die offene Brottüte am Küchentresen.

»Habt ihr auch Tequila?«, fragt Finn kläglich.

»So eine Nacht also?«, meint David und nickt wissend.

Ich führe Finn zur Couch, während David zum Küchenschrank geht, in dem wir die harten Sachen aufbewahren.

Kaum haben wir uns hingesetzt, fängt Finn an zu schluchzen. »Ich habe es ihm gesagt.«

Er braucht mir nicht zu erklären, wem er was gesagt hat.

»Nein?«, frage ich nur.

Er nickt. »Nein.«

Ich ziehe ihn an mich und streiche ihm über den Rücken, während er weint.

26

Finn

Dieses Jahr, 26. Dezember

Ich wache allein in Hannahs und Davids Gästezimmer auf. Zwar bin ich an Hannah geschmiegt eingeschlafen, aber sie muss sich irgendwann in der Nacht weggeschlichen haben. Ich mache mich auf den Weg zum Badezimmer, wo sie, wie ich weiß, die Kopfschmerztabletten aufbewahrt. Ich fühle mich verkatert, auch wenn ich es nicht bin. David konnte gestern keinen Tequila mehr auftreiben, und nachdem ich meinen Weinkrampf überwunden hatte, wollte ich nur noch schlafen und ein weiteres katastrophales Weihnachtsfest hinter mir lassen.

Ich fühle mich wie eine ausgetrocknete, leere Hülse. Mein Kopf dröhnt, und meine Kehle ist noch ganz kratzig vom Weinen.

Nachdem ich gepinkelt und drei Tabletten genommen habe, gehe ich zurück ins Gästezimmer, wo mein Handy auf dem Nachttisch liegt. Ich schaue nach, wie viel Uhr es ist: fünf nach neun. Fünf Stunden Schlaf. Außerdem fünf SMS von Theo, jede Stunde eine, so als hätte er sich absichtlich zurückgehalten, damit er nicht zu verzweifelt wirkt.

4:45 Uhr: *Ich fahre jetzt nach Hause. Ich bin da, falls du reden willst.*

5:34 Uhr: *Du bist immer noch nicht zu Hause. Ruf mich an und sag mir, dass es dir gut geht. Ich mache mir Sorgen um dich.*

6:19 Uhr: *Können wir reden? Ich hab das Gefühl, ich hab's total verbockt.*

7:54 Uhr: *Es tut mir leid.*

8:42 Uhr: *Bitte melde dich bei mir.*

Wut steigt in mir hoch. Ich fange an, die Nachrichten zu löschen, damit ich sie mir nicht noch einmal ansehen muss, aber stattdessen beschließe ich, einfach meinen gesamten Verlauf mit Theo zu löschen, damit ich nicht in Versuchung komme, unsere früheren Nachrichten zu durchforsten, um herauszufinden, wo ich alles falsch verstanden habe. An welcher Stelle ich die Dinge so unglücklich interpretiert habe und dachte, dass er vielleicht mehr als freundschaftliche Gefühle für mich hegt.

Sobald ich alles gelöscht habe, fühle ich mich ganz hohl. Ich starre auf unseren leeren Nachrichten-Thread – fünf Jahre voller Erinnerungen, die mit einem einzigen Klick verschwunden sind. Ich überlege kurz, ob ich googeln soll, wie ich sie wiederherstellen kann, doch stattdessen schiebe ich das Handy unter eines der Kissen. Ich brauche einen klaren Cut.

In den nächsten Tagen veranstalten Hannah und ich einen kleinen Nancy-Meyers-Filmmarathon. Durch die Protagonisten in den Filmen, die eher mittleren Alters sind, fühlt sie sich bemüßigt, mir mindestens einmal pro Film zu sagen, dass es noch nicht zu spät sei, die große Liebe zu finden, oder – im Fall von *Wenn Liebe so einfach wäre* – dass es mit

Theo vielleicht doch noch nicht vorbei sei, was mich dazu veranlasst, ihr ein Sofakissen ins Gesicht zu schleudern, denn es ist definitiv vorbei.

»Können wir bitte nicht über ihn reden?«, sage ich.

Es fühlt sich ein bisschen so an, als wären wir wieder im College. Wir sind wie aus der Zeit gefallen – ich bin arbeitslos und Hannah noch im Urlaub –, also schlafen wir bis elf, trinken Wein zum Frühstück und gehen um sechs Uhr abends zur Bodega an der Ecke, um Frühstückssandwiches zu holen. Manchmal schaut David mit, wenn wir Filme gucken. Einmal macht er eine riesige Auflaufform voller gefüllter Muscheln und serviert sie uns mit Parmesan überbacken. »Trostessen«, sagt er.

Hannah braucht drei Tage, um zuzugeben, dass sie und David sich an Weihnachten verlobt haben. Genau genommen gibt sie es nicht wirklich zu, aber ich zwinge sie, es mir zu sagen, als auf mysteriöse Weise ein klassischer Diamantring an ihrer linken Hand auftaucht. Der Ring war nur deshalb so plötzlich aus Davids Sockenschublade verschwunden, weil er gemerkt hat, dass der Erste, den er zusammen mit seiner Schwägerin Jen ausgesucht hatte, überhaupt nicht zu Hannah gepasst hätte. Stattdessen hat er Brooke gefragt, ob er den Ring von ihrer und Hannahs Mutter nehmen könnte – Brooke trug ihn nicht, weil sie irgendein fünfkarätiges Monstrum von ihrem geschmacklosen Ehemann bekommen hatte. Während Hannah mir davon erzählt, streicht sie liebevoll über den Ring ihrer Mutter, der jetzt an ihrem Finger steckt.

Ich biete an, in ein Hotel zu gehen, aber sie lehnt ab. Letztendlich gelingt es mir auszuhandeln, dass die beiden aus diesem feierlichen Anlass wenigstens ohne mich essen gehen, was sie nur widerwillig akzeptiert.

Während sie im Restaurant sind, entdecke ich im Bücherregal das Tagebuch, das ich in dem Jahr, in dem wir nicht miteinander geredet haben, für Hannah geführt habe. Auf dem Einband ist ein Kaffeefleck, und man sieht ihm an, dass es oft gelesen wurde. Es macht mich noch trauriger, dass ich sie bald verlassen muss.

Theo hinterlässt mir immer wieder Sprachnachrichten, die ich jedoch nicht abhöre. Ich lese lediglich die Transkriptionen davon, bevor ich sie lösche. Ich kann es nicht ertragen, seine Stimme zu hören.

Nach den Sprachnachrichten kommen die Lieferungen. Zuerst schickt er einen Aufstrich von Zabar's, am nächsten Tag meine Lieblingskekse von Levain. Am dritten Tag kommt ein Kurier mit den Koffern, die ich in seiner Wohnung gelassen habe. Jedem der Koffer liegt ein Zettel bei, auf dem steht: BITTE RUF MICH AN XX.

Dann, am vierten Tag, schickt er Clementine.

David ist knallrot im Gesicht, nachdem er die Tür geöffnet und sie zum Sofa geführt hat, wo wir gerade *Liebe braucht keine Ferien* schauen. »Ähm, hier ist Besuch für dich«, stammelt er.

Mein erster Gedanke ist: *Wow, das wird ja immer schlimmer.* Erst weist Theo mich ab, und jetzt schickt er auch noch seine Ex-Geliebte vor, um die Scherben zu beseitigen. Mein zweiter Gedanke ist, dass sie fantastisch aussieht. Sie trägt einen fuchsiafarbenen Pullover mit riesigen Ballonärmeln und eine ausgewaschene Mom-Jeans, ein Outfit, das niemandem außerhalb von Modemagazinen steht, aber bei ihr funktioniert es natürlich.

»Ooooh! Ich liebe diesen Film«, jauchzt sie zur Begrüßung.

Bevor ich mit einer bissigen Antwort aufwarten kann, um sie darauf hinzuweisen, dass sie uneingeladen hier auftaucht, hat sie es sich auch schon zwischen mir und Hannah auf der Couch bequem gemacht, als wäre das völlig normal und sie unser willkommener Gast zum Filmabend.

»Clementine … äh, was machst du eigentlich hier?«, fragt Hannah, bevor sie auch noch eine unserer Decken in Beschlag nehmen kann.

»Theo meinte, du hättest eine Art Podcast-Notfall, und ich bin hier, um zu helfen.«

»Du willst bei meinem Podcast mitmachen?«, wiederholt Hannah vollkommen perplex.

»Klar. Natürlich nur, wenn du mich dabeihaben willst«, antwortet Clementine.

Hannahs Blick wandert zwischen mir und Clementine hin und her, als ob sie nicht wüsste, was sie tun soll. »Und das ist der einzige Grund, warum du hier bist?«, schalte ich mich ein, weil ich sicher bin, dass Theo Hintergedanken gehabt hat.

Clementine schaut leicht schuldbewusst drein. »Wenn du wissen willst, ob ich von *eurer* Sache gehört habe … Ich wollte eigentlich nichts dazu sagen, aber ich weiß es in groben Zügen. Ehrlich gesagt, finde ich, dass du versuchen solltest, es dir nicht zu sehr zu Herzen zu nehmen. Du kennst doch Theo, mit echten Sachen kann er einfach nicht gut umgehen. Er ist der totale Peter Pan. Ich habe ihm gesagt, dass ich auf deiner Seite bin.«

»Äh, danke …«, sage ich, perplex von dieser überraschenden Wendung.

»Übrigens: Willkommen im Club! Der Leute, die Theo abserviert hat, meine ich. Glaub mir, ich weiß, wie das ist. Ich glaube, wenn man alle zusammennimmt, könnten wir einen ganzen Fußballverein gründen. Wenn die Gerüchte stimmen, haben wir vielleicht sogar den einen oder anderen Profifußballer in unseren Reihen.«

Hannah lacht nervös.

»Macht es euch was aus, wenn wir den Film noch zu Ende schauen, bevor wir die Podcast-Sache besprechen?«, fragt Clementine.

»Von mir aus«, brummle ich.

Silvester ist eine traurige Angelegenheit. David macht Pasta – diesmal mit Hummer in einer Weißwein-Butter-Soße mit viel Knoblauch und Kirschtomaten – und öffnet eine teure Flasche Champagner. Der erinnert mich allerdings an Theo, und das führt dazu, dass mir die Pasta wie Kleber im Hals steckenbleibt. Um Mitternacht küssen sich Hannah und David, während ich auf den Fernseher starre und Ryan Seacrest dabei zusehe, wie er das neue Jahr ankündigt.

»Alles auf Anfang.« Hannah drückt meinen Oberschenkel, und ich nicke und verkneife mir, ihr zu sagen, dass ich mich so gar nicht in Aufbruchstimmung fühle.

Am 2. Januar ist es dann aber so weit, und ich muss nach L.A. aufbrechen. Wir stehen uns im Hausflur gegenüber, doch es ist einfach unvorstellbar, sich von Hannah zu verabschieden. Wie soll man von einem Teil von sich selbst Abschied nehmen? Es ist ja auch eine absurde Vorstellung, sich von seinem eigenen Ellbogen zu trennen und ihn zu Hause zurückzulassen, während man einkaufen geht, ein erstes Date hat oder zum Taj Mahal reist. Hannah ist wie mein Ellbogen, dieser seltsame knorrige Teil von mir, den ich unmöglich zurücklassen kann. Und zwar nicht gedanklich, sondern auf eine ganz konkrete, körperliche Art und Weise.

Ich habe mich noch nicht damit abgefunden, dass sie nach meiner Landung in L.A. nicht hinter einem Zeitschriftenkiosk hervorspringen und rufen wird: »War bloß ein Scherz!«

Zugleich bin ich erleichtert, dass ich gehen muss. Ich war wie eine Gewitterwolke, die Hannahs und Davids Wohnung in einer Zeit verdunkelt hat, in der es für sie eigentlich etwas zu feiern gab.

»Schreibst du mir, wenn du gelandet bist?«, fragt Hannah.

»Versprochen.«

»Und du weißt, dass du mich jederzeit anrufen kannst, ja? Wir sehen uns dann im Februar.« Neulich Abend hat sie spontan einen Flug nach L.A. gebucht, für das erste Februarwochenende, wenn David mit seinen Brüdern wie jedes Jahr beim Skifahren sein wird.

»Ich weiß.« Ich ziehe sie noch einmal an mich. »Und danke, dass ich die letzten Tage hier pennen durfte.«

»Nichts zu danken«, sagt sie. »Dafür hat man doch eine Familie.«

Wir stehen Stirn an Stirn da, und ich weiß nicht, wie ich mich von ihr lösen soll.

»Ich hab dich lieb«, sage ich zu ihr.

»Ich habe dich auch lieb. Für immer und ewig.« Sie hält mir ihren kleinen Finger hin, damit wir es uns schwören können. Wir verschränken die Finger und küssen abwechselnd unsere Fäuste, um unser Versprechen zu besiegeln.

Mein dringender Wunsch, New York hinter mir zu lassen, hat mich anscheinend in einen dieser nervigen Menschen verwandelt, die sich vor dem Einsteigen ungeduldig am Gate herumdrücken, als würden sie dadurch schneller an ihr Ziel kommen. Das Einzige, worauf ich mich freuen kann, ist der Schokomuffin in meinem Rucksack, den ich mir für den Flieger aufhebe.

Jemand kommt durch die Flughafenhalle gerannt, und alle drehen sich um, weil es immer irgendwie beunruhigend ist, wenn jemand am Flughafen rennt. Natürlich könnte derjenige es eilig haben, weil er einen Anschlussflug erwischen muss, aber er könnte ja auch vor einer Gefahr weglaufen oder drauf und dran sein, etwas Gefährliches zu tun. Flughäfen machen mich immer nervös.

Ich habe keine gute Sicht auf das Geschehen, weil ich mitten im Gedränge am Gate stecke. Also recke ich meinen Hals, um die potenzielle Gefahr einzuschätzen. Mein Blick fällt auf einen Mann, der sich neben einem Kiosk zusammenkrümmt. Alles, was ich sehen kann, ist sein Schopf aus dunklen, lockigen Haaren. Er stützt sich mit den Händen auf die Knie, während er nach Luft japst.

Als er sich wieder aufrichtet und sich suchend umsieht, erkenne ich grüne Augen.

Theo?

Er trägt ein hellgrau meliertes T-Shirt und eine Jeans und sieht derangierter aus, als ich ihn je gesehen habe.

Als er mich entdeckt, ist ihm die Erleichterung ins Gesicht geschrieben. »Finn!«, ruft er.

Am liebsten hätte ich den Kragen meines Mantels hochgeklappt und mich versteckt. Einfach so getan, als ob ich nicht da wäre. Doch er bahnt sich einen Weg zu mir. Ein Mann beschwert sich darüber, dass Theo sich vordrängelt, aber seine Frau bringt ihn zum Schweigen.

»Hallo«, sagt Theo zu mir. »Können wir reden?«

Ich habe keine Lust zu reden. In fünf Minuten sitze ich im Flugzeug und schließe das New-York-Kapitel meines Lebens endgültig ab. Ein Scheitern an so gut wie allen Fronten. Das Letzte, was ich jetzt möchte, ist, meine Zurückweisung durch Theo noch einmal in diesem überfüllten öffentlichen Raum aufzuwärmen.

Eine Flughafenangestellte ruft: »Die Passagiere der Hauptkabine eins, bitte«, und die Menge drängt vorwärts.

»Was machst du hier?« Ich muss nur noch die paar Minuten rumbringen, bis die 15 Leute vor mir ihre Bordkarten vorgezeigt haben, dann bin ich weg. Ich beschließe, mir eine Bloody Mary zu gönnen, sobald wir abgehoben haben, um das Gespräch, das er zu führen versucht, aus meinem Kopf zu vertreiben. Ich denke, ich werde vorsichtshalber um eine zusätzliche Miniflasche Wodka bitten.

»Ich hab die ganze Woche versucht, dich zu erreichen. Ich muss mit dir reden, bevor du fliegst«, erklärt er und geht neben mir her, während die Schlange langsam vorrückt.

»Nein, ich meine, wie kommst du überhaupt hier rein? Ich dachte, seit 9/11 lassen sie niemanden mehr ohne Ticket durch.«

»Ich hatte noch ein Freiticket … aber darüber wollte ich nicht mit dir reden.« Er drückt sich die Finger an die Schläfen.

»Ein Freiticket wohin?« Jetzt sind nur noch zehn Passagiere vor mir, dann sitze ich im Flugzeug.

»Keine Ahnung, ist doch auch egal. Ich benutze es ja eh nicht.« Ich warte ab, bis er auf das Ticket in seinen Händen blickt. »Bogotá, wie's aussieht«, räumt er dann ein. »Können wir bitte eine Minute reden?« Er fasst mich am Arm und will mich aus der Warteschlange ziehen, aber ich bleibe standhaft.

»Ich bin gleich dran. Also, wenn du was zu sagen hast, kannst du es hier tun«, erkläre ich unwirsch. Ich bin sauer, dass es ihm anscheinend nicht in den Sinn gekommen ist, dass ich seine Nachrichten deshalb nicht beantwortet habe, weil ich nicht mit ihm reden will.

Er atmet tief durch und schätzt den Abstand zwischen uns und dem Anfang der Schlange ab. »Finn, ich habe Angst bekommen. Ich bin neulich in Panik geraten, als du mir gesagt hast, was du empfindest. Ich schätze, ich habe nicht viele Freunde ...«

»Das ist doch Blödsinn, du hast mehr Freunde als jeder, den ich sonst so kenne.« Ich werde nicht zulassen, dass er die Wahrheit verdreht, wie es ihm gefällt. Wie kann er es wagen, mein Mitleid erregen zu wollen, nachdem er *mir* an Weihnachten das Herz gebrochen hat?

»Ja, ich habe viele Samstagabendfreunde, aber keine Freunde für Dienstagnachmittage. Ich habe sonst niemanden, mit dem ich unter der Woche mal ins Kino gehe oder Besorgungen mache. Ich habe keine anderen Freunde, die nachts um zwei Uhr mit mir reden, wenn ich nicht schlafen kann. Meine anderen Freunde sind nicht da, wenn es keine Eintrittskarten oder Partys gibt und keine Beziehungen, die ich für sie spielen lassen kann. Und ich will nicht wieder ohne Dienstagsfreunde dastehen.«

»Du fühlst dich also nicht zu mir hingezogen, aber du willst, dass wir zusammen Besorgungen machen?« Das wird ja immer schlimmer. Ich bin also nicht mal ein Freund, ich bin eine Hilfskraft für ihn. Oder bestenfalls ein menschlicher Ersatz für die Calm-App.

»Nein … Offenbar habe ich es dir falsch erklärt. Ich bin … Kannst du bitte aus der Schlange kommen, damit wir in Ruhe reden können? Finn, natürlich fühle ich mich zu dir hingezogen! Hast du dich schon mal selbst singen hören? Wie soll man sich da nicht in dich verlieben? Aber es ist nicht nur das, es sind auch deine Hände und die Art, wie du gehst – das wirkt bei dir alles so anmutig, als wäre die ganze Welt deine Bühne –, und deine wunderschönen braunen Augen und wie sie funkeln, wenn du lachst. Und dein Herz, nicht zu vergessen dein großes, wunderbares Herz. Ich habe mich von der ersten Nacht an zu dir hingezogen gefühlt. Aber ich dachte, ich könnte nicht beides haben.« Ich bin am Anfang der Schlange angekommen und halte mein Handy bereit, um den QR-Code scannen zu lassen, aber das lässt mich innehalten.

»Entweder Sie scannen jetzt Ihr Ticket, oder Sie verlassen die Schlange«, motzt der Warteschlangendiktator hinter mir.

»Einen Moment«, zischt Theo mit zusammengebissenen Zähnen, um den Typen nicht anzuschreien.

»Können wir kurz?« Er deutet zur Fensterwand, wo eine Reihe verlassener Stühle steht. Mittlerweile haben sich alle meine Mitreisenden in die Schlange eingereiht.

»Na gut«, lenke ich ein.

»Hast du gehört, was ich gerade gesagt habe?«, versucht er es noch einmal, nachdem wir zur Seite getreten sind. »Ich habe mich an Weihnachten total bescheuert verhalten. Natürlich liebe ich dich, aber ich hatte Angst und habe gekniffen. Ich weiß, dass ich dir damit wehgetan habe, und ich kann dir gar nicht sagen, wie leid mir das tut, aber ich würde es gerne versuchen …«

»Du liebst mich, und du fühlst dich zu mir hingezogen?«, unterbreche ich ihn, weil ich es noch einmal hören muss. Ich nehme meinen Eiskaffeebecher in die andere Hand und fahre mir mit der kalten, feuchten Handfläche über den Nacken, um mich zur Besinnung zu bringen, falls dies bloß ein Traum oder irgendeine Wahnvorstellung ist. Ich hätte nie gedacht, dass ich eines der wichtigsten Gespräche meines Lebens mal mit einem Dunkin-Eiskaffee in der Hand führen würde. So muss es sich anfühlen, wenn man Ben Affleck ist.

»Meine Güte, Finn, ich bin gleich am ersten Abend, an dem wir uns kennengelernt haben, mit zu dir nach Hause gegangen. Du hättest mich damals schon haben können. Aber ich dachte nicht, dass du mich willst. Und dann seid ihr – ihr alle, Hannah und Priya auch – mir so schnell so wichtig geworden. Da war mir das Risiko, euch als Freunde zu verlieren, einfach zu groß. Du weißt ja, meine Dating-Bilanz ist echt beschissen. Also dachte ich, es ist besser, wenn ich einfach mit dir befreundet bin … besser für uns beide.«

Leicht hysterisches Gelächter steigt in meiner Kehle auf. Es beginnt als Kichern und steigert sich zu einem lauten Lachen. »Verstehe ich das richtig?«, sage ich japsend. »Wir beide wollten die ganze Zeit zusammen sein?«

Er nickt. »Die ganze Zeit«, bestätigt er.

»Und du hast bis jetzt damit gewartet, mir das zu sagen? Buchstäblich bis zu der Minute, in der ich weggehe?«

»Sieht so aus.« Er schaut sich im Gate-Bereich um, in dem die Schlange der wartenden Passagiere stetig kürzer wird, als wüsste er nicht weiter. »Finn, würdest du bitte hierbleiben?«

Bleiben?

Es fühlt sich an, als hätte er meine Seifenblase des Glücks mit einer Nadel zum Platzen gebracht.

Wie kann er mich das bloß fragen? Wut kocht in mir hoch, und ich bin so überrumpelt von seiner Bitte, dass mir nichts Besseres einfällt als: »Ich bin doch nicht Andie Anderson!«

»Wer?« Seine Stimme klingt verzweifelt, und er macht ein verwirrtes Gesicht. »Ich bitte dich nicht, dieser Typ zu sein. Ich weiß ja nicht mal, wer das ist!«

»Kein Typ! Eine Sie. Andie Anderson aus dem Film *Wie werde ich ihn los – in 10 Tagen?*« Sein verständnisloser Blick bleibt. »Du weißt schon, Matthew McConaughey, wie er mit dem Motorrad über die Manhattan Bridge heizt, um Kate Hudson davon abzuhalten, zu einem Vorstellungsgespräch nach Washington, D.C. zu fliegen, dem einzigen Ort, an dem sie ihren Traum vom seriösen Journalismus verwirklichen kann … Natürlich ist das nicht der einzige Ort, an dem sie diesen Traum verwirklichen kann, aber wie kann er ihre Selbstverwirklichungspläne zunichtemachen und sie bitten, für ihn in New York zu bleiben?«

Nach dieser Tirade sieht Theo noch verwirrter aus als zuvor. Die beiden Flughafenangestellten, die mittlerweile alle Passagiere abgefertigt haben, starren uns an und beobachten die Szene, die ich gerade mache.

»Finn, ich verlange nicht, dass du irgendetwas aufgibst«, sagt er und legt beschwichtigend die Hand an meinen Bizeps. »Ich bitte dich nur, einen Flug später zu nehmen.«

Immer, wenn ich mir ausgemalt habe, dass wir zusammenkommen, endete die Fantasie mit einer Liebeserklärung. Ich habe nie darüber nachgedacht, was danach kommt, und jetzt gerate ich in Panik.

»Wie soll das funktionieren?«, frage ich.

»Ich dachte, wir hätten bereits darüber gesprochen, dass mein Vater eine Fluggesellschaft besitzt. Ich bin mir sicher, wir finden da eine Lösung.«

»Ich meine nicht den Flug, sondern das mit uns.«

»Tja, wie du schon gesagt hast – ich habe hier keinen Job, der mich hält. Und ich bin mir sicher, dass mir alle möglichen Gründe einfallen werden, falls ich einen zusätzlichen Vorwand bräuchte, um nach L.A. zu fliegen. Ich habe mir überlegt, dass wir vielleicht wirklich dieses *Golden-Girls*-Ding ausprobieren könnten: Wir wohnen zusammen und sind beste Freunde und essen bis spät in die Nacht Käsekuchen, aber wir lieben uns auch … Doch diese Details sind jetzt gar nicht das Wichtigste.«

»Okay? Was ist dann das Wichtigste?«, frage ich.

Er lächelt schüchtern. »Dass wir noch nicht unseren zweiten Kuss hatten.«

Alles in mir schmilzt dahin, als er sich zu mir beugt und mit der Hand mein Kinn berührt. Ich sehe, wie sich seine Augen schließen, bevor auch ich den Kopf leicht nach vorne neige. Und dann treffen sich unsere Lippen. Zuerst ganz zaghaft, doch dann legt er seine Arme um mich und zieht mich fest an sich. Ich kann gerade noch meinen Eiskaffee zur Seite schwenken, bevor er zwischen uns zerquetscht wird.

Es ist unglaublich, dass ich mich nicht mehr an unseren ersten Kuss erinnern kann. Wie konnte ich einen so großartigen Kuss vergessen? Ich fühle mich wie elektrisiert, als würden knisternde Energiepartikel durch seine Hände, seine Lippen, seine Zunge und überall da, wo wir uns berühren, in meinen Körper fließen.

Ich hebe meine freie Hand, streiche ihm über den Nacken und vergrabe meine Finger in seinen Locken.

Wir küssen uns so lange, dass ich nicht mehr sagen kann, ob es sich um fünf Minuten oder fünf Stunden handelt. Als wir uns irgendwann wieder voneinander lösen, pfeift einer der Schalterangestellten anerkennend, und mir wird wieder bewusst, wo wir uns befinden. Wir stehen noch immer dicht beieinander, und unsere Stirnen berühren sich, während wir das Geschehene verarbeiten.

»Okay, Theo, ich nehm einen späteren Flug.«

Sieben Monate später

Epilog

Hannah

Ich creme mich gerade mit Lichtschutzfaktor 70 ein – die mineralische Variante, die man zwar leicht verteilen kann, die aber trotzdem eine weiße Schicht auf der Haut hinterlässt –, da klopft es an der Tür.

Als ich öffne, steht Finn davor, ohne Hemd, in einer rotgrün gestreiften Badehose und mit einer Pilotenbrille auf dem Kopf. Sein schlanker Oberkörper ist nach drei Tagen in der Sonne bereits gebräunt.

»Was macht ihr denn hier?«, fragt er.

»Wir haben das Zimmer gewechselt. Die Wände sind nicht ganz so dick, wie du und Theo denken.«

Theo hat alle zwölf Zimmer des Boutique-Hotels gemietet, sodass wir das ganze Haus für uns haben, und da nur drei Zimmer belegt sind, gab es keinen Grund, in dem direkt neben Finn und Theo zu bleiben und weiterhin Zeugen ihres Wiedersehenssex-Marathons zu sein.

»Hoppla«, sagt er und klingt dabei überhaupt nicht zerknirscht. »Wir haben uns seit einem Monat nicht mehr gesehen.«

Die beiden führen eine Fernbeziehung, seit Finn New York verlassen hat. Doch Theo hat mir beim Abendessen an unserem ersten Tag hier auf der mexikanischen Insel Holbox nach ein paar Mezcal-Margaritas gestanden, dass er sich bereits nach Häusern in L.A. umsieht. Ich musste ihm hoch und

395

heilig schwören, Finn noch nichts davon zu erzählen. Er will Finn an seinem Geburtstag nächsten Monat fragen, ob er mit ihm zusammenziehen will.

»Wolltest du etwas Bestimmtes?«, erkundige ich mich.

»Ich wollte fragen, ob ihr Lust auf ein Abenteuer habt. Anscheinend kann man über die Sandbank bis zur Spitze der Insel laufen, und manchmal gibt es dort sogar Flamingos. Wir wollten noch vor dem Mittagessen hin.«

»Ja, das machen wir.« Ich ziehe mir rasch eine kurze Hose über den Badeanzug und stecke meinen Pferdeschwanz durch die hintere Öffnung einer Yankees-Kappe. Schuhe braucht man hier auf der Insel nicht, denn es gibt keine richtigen Straßen, nur sandige Wege, auf denen in beängstigendem Tempo Golfcarts herumheizen.

Wir treten hinaus aufs Pooldeck aus Teakholz. Das Hotel ist um einen dreieckigen Swimmingpool herum gebaut, und jedes Zimmer hat eine Hintertür, die direkt zu dem kleinen türkisfarbenen Becken führt. Theo hat das Personal dazu gebracht, einen drei Meter hohen künstlichen Weihnachtsbaum auf der Terrasse aufzustellen. Er ist mit goldenen Girlanden und einem bunten Sammelsurium aus Anhängern geschmückt, von denen ich einige noch aus den vergangenen Jahren bei Theo kenne. Der Hotdog war schon immer einer meiner Favoriten. Ich bin froh, dass er es hierher geschafft hat.

Aus versteckten Lautsprechern ertönt »Dog Days Are Over« von Florence and the Machine. Anfangs hat Theo »Feliz Navidad« in Dauerschleife abspielen lassen, aber nach einer Stunde hatten wir es satt. Also habe ich eine Playlist zusammengestellt – diesmal ist sie überhaupt nicht depri, sondern besteht aus Liedern, die mich an die glücklichsten Momente unseres Freundeskreises erinnern.

Finn und ich gehen durch den Empfangsbereich und schlagen den kurzen Weg zum Strand ein.

»Ach, übrigens, ich habe mir heute Morgen beim Laufen deinen Podcast angehört«, erzählt er mir. Ich hatte ihn und David damals aus der Wohnung verbannt, während Clementine und ich ihn aufnahmen. Mit Publikum war es mir einfach zu viel Druck. »Superspannend. Ich hatte keine Ahnung, dass Clementines Plattenfirma ihre Masters verkauft hatte und sie sie heimlich zurückkaufen musste. Kein Wunder, dass ihr letztes Album so wütend war.«

Der Start meines ersten eigenen Podcasts *Hit-Story*, dessen erste Folge letzte Woche rauskam und sofort auf Platz eins bei Apple Podcasts und Spotify landete, ist nur eines der Ereignisse, die wir diese Woche in Mexiko feiern. Auch Finns erste Sendung bei Netflix hat grünes Licht für die Produktion bekommen, und Priya tritt nächste Woche ihren neuen Job bei Estée Lauder an, wo sie eine ganz neue Themensparte aufbauen wird. Und natürlich ist es unser erstes Weihnachten mitten im Juli.

Dieses Jahr werden David und ich Heiligabend mit Brooke und ihrer Familie in New Jersey und den ersten Weihnachtstag mit seiner Familie in Connecticut verbringen.

Als wir unten am Strand ankommen, liegt David im Schatten auf einem Liegestuhl und schläft mit einer aufgeschlagenen Ausgabe von *Bon Appétit* auf der Brust, während Priya und Marcus, der Orthopäde, der ihr letztes Weihnachten den Gips angelegt hat, ins kristallblaue Wasser gewatet sind und sich zu unterhalten scheinen. Sie sind ganz frisch zusammen.

Er hat sie zu einem Date eingeladen, nachdem er ihr im März den Gips abgenommen hatte, und seitdem sind sie unzertrennlich. Wir wollten ihn eigentlich hier gründlich unter die Lupe nehmen, aber noch bevor das Flugzeug abgehoben hatte, waren wir uns einig, dass wir ihn großartig finden. Ich habe Priya noch nie so glücklich gesehen. Trotz aller Katastrophen hat das letzte Weihnachtsfest für uns alle etwas Magie gebracht.

Als Theo uns sieht, breitet sich ein Grinsen auf seinem Gesicht aus. Er trägt eine Weihnachtsmannmütze und eine Badehose mit Zuckerstangenmuster.

»Und wie findet ihr Weihnachten bisher?«, fragt er, als wir vor ihm stehen.

»Vielleicht ist es das beste, das wir je hatten«, sage ich.

»Es könnte der Beginn einer wunderbaren neuen Tradition sein«, meint Finn.

Das Einzige, was besser ist als Weihnachten, sind zwei Weihnachten.